Das Buch:

Alea und ihr Vater ziehen in einem Wohnwagen von Ortschaft zu Ortschaft. Sie verdienen ihren Lebensunterhalt als Akrobaten.

Als sie bei einem Auftritt in die Tiefe stürzt, statt in die sichernden Hände ihres Vaters, ändert sich Aleas Welt schlagartig.

Die Diagnose eines Hirntumors fesselt ihren Vater ans Bett und Alea muss mit einem Mal allein für sich sorgen. Um ihn zu retten, braucht sie eine Menge Geld. Ihre Hoffnung ist der Acrowinx Wettkampf, bei dem sie eine stattliche Summe verdienen könnte.

Doch sie ist nicht die Einzige, die davon träumt, den Wettbewerb für sich zu gewinnen. Außerdem fehlt ihr ein Partner, mit dem sie auftreten könnte.

Der Autor:

Sebastian Gröning wuchs im überschaubaren Bundesland Saarland auf. Mit 18 Jahren heiratete er und zog der Liebe wegen nach Österreich um.

Neben dem Schreiben gilt seine Leidenschaft der Akrobatik – sowohl persönlich, als auch als Trainer von Kindern und Jugendlichen.

Nach vielen Lebensjahren in Wien lebt er in der Region um den Wienerwald, wo auch einige seiner Liebesromane ihren Schauplatz finden.

SO LANGE
Ich Atme
FANGE ICH DICH

Sebastian Gröning

Amazon KDP

1. Auflage, 2022

Covergestaltung: hollybookstore

ISBN: 9798370417818

Independent published

Eigentümer, Herausgeber, Autor:

Sebastian Gröning

Götzwiesenstraße 8

A-3032 Eichgraben

sagroening@gmx.at

Inhaltsverzeichnis

Für alle, die an das Gute in der Welt glauben.

Für alle, die der Überzeugung sind, dass guten Menschen auch Gutes widerfahren soll.

Und für alle, die sich nie unterkriegen lassen, egal wie widrig die Umstände sind.

Kapitel 1

Maja ging in die Hocke und reichte ihrem Bruder die Hände. „Lehn dich dieses Mal nicht gleich zurück und geh langsam rauf.“

„Ja ja, schon gut“, erwiderte Tim, der es kaum abwarten konnte, einen weiteren Versuch zu starten. Vorsichtig setzte er den ersten Fuß auf ihren Oberschenkel und sah sie fragend an. „Bereit?“

Maja nickte und schwungvoll zog er das zweite Bein nach. Sie stolperte beinahe nach hinten, konnte aber gerade noch den Oberkörper vorbeugen und sie ausbalancieren.

„Geschafft!“, jubelte ihr Bruder.

Maja grinste zufrieden. *Wenn wir so weitermachen, bin ich bald so gut wie er.* Ihr kamen wieder Bilder des starken, wunderschönen Manns in den Kopf, den sie heute im Zirkus gesehen hatte.

Ihr Bruder schrie auf, stolperte nach hinten und zog sie mit sich. Sie kugelten auf dem Boden übereinander. „Du hast es schon wieder gemacht!“

„Ach Unsinn, du hast gewackelt.“

Er zeigte anklagend auf sie. „Nein, ich hab’s genau gesehen. Du hast wieder so blöd gegrinst und bist ganz rot geworden.“

Maja schob die Lippen zusammen. „Gleich gibt’s einen Satz heiße Ohren!“

Tim rappelte sich auf und ging auf Sicherheitsabstand. „Dann erzähle ich Mama, was du mir verraten hast!“

„Niemals! Du hast versprochen, dass du dichthältst!“

„Der will dich eh nicht haben. Du bist viel zu klein. Außerdem hat er eine Frau, die ist so hübsch wie eine Prinzessin.“

„Das ist nicht seine Frau!“ *Die beiden turnen sicher nur miteinander.*

Tim lachte auf. „Ist sie wohl!“

„Warte du nur!“ Sie lief ihm hinterher. Er jagte quer durch den Garten, bis er über einen Pflasterstein stolperte, mit denen ihre Mutter das Rosenbeet umrundet hatte.

Maja kniff die Augen zusammen, als Tim mitten in die Dornen stürzte. Als er quäkend aufheulte, rannte sie sofort zu ihm und half ihm raus. Seine Haut war mit Schrammen übersät.

„Das ist deine Schuld! Ich erzähl's Mama!"

„Warte!" Sie hielt ihn an der Hand fest. „Bitte nicht." Ihre Mutter hatte ihr die Verantwortung für ihn überlassen, während sie einkaufen ging. Das würde furchtbaren Ärger geben. Ihr Bruder war talentiert darin, die Dinge so darzustellen, dass sie ihr als kleiner Teufel erschien.

Er versuchte, sich loszureißen. Sie packte ihn mit beiden Händen. „Jetzt hör schon auf!"

„Lass mich!"

„Wie wär's, wenn wir das auf den Schultern üben?"

Tim hielt inne und sah sie misstrauisch an. Er wollte das schon die ganze Zeit üben, während Maja ihn mit leichteren Techniken bei der Stange hielt. Ihr war das eigentlich zu gefährlich, aber lieber, als wenn er sie verpetzte.

„Du lügst. Du hast gesagt, das machen wir auf keinen Fall."

„Ich verspreche es."

Er ließ die Hand locker und sie löste den Griff. Erleichtert stellte sie fest, dass er keinen Fluchtversuch startete. „Dann los."

„Wir warten auf Mama, damit sie dich halten kann."

„Nein, ich will es ihr dann zeigen."

„Und wenn du runterfliegst?"

Er hielt ihr den kleinen Finger hin. „Ich verrate Mama nichts."

Sie schürzte die Lippen. „Also gut, ein Versuch."

Ihr Bruder sprang freudig auf und stellte sich vor sie hin. „Wirf mich hoch."

„So wie im Zirkus kriegen wir das nicht hin."

„Dann klettere ich auf deinen Rücken."

Sie nickte zögerlich, beugte sich nach vorne, damit er auf ihre Hüfte kam. Mit einem Hüpfer gelangte er auf ihren Rücken und als sie sich aufrichtete, kraxelte er auf ihre Schultern.

„Pass auf meine Haare auf!"

„Ich muss mich ja irgendwo festhalten."

Sie kippte beinahe nach hinten und machte zwei Ausgleichsschritte.

„Bleib still stehen!"

„Dann wackel nicht so da oben!"

„Ich stell mich jetzt hin, ja?"

Maja atmete angestrengt ein und aus. Das Gewicht drückte ihr auf die Wirbelsäule und es fühlte sich unheimlich wackelig an. Sie bemühte sich, so ruhig wie möglich zu stehen.

„Ich stehe!", jubelte Tim.

Geschafft. Sie lachte innerlich auf. Damit konnte sie ihn beeindrucken. Morgen würden sie den Zirkus noch einmal besuchen. Wenn sie dann am Ende ein paar Kinder auf die Bühne holten, zeigte sie ihm ihren Trick. „Was tust du da?" Maja kippte fast zur Seite und balancierte es mit einem großen Schritt aus.

„Ich komme runter."

„Warte! So geht das nicht!"

„Bleib einfach ruhig stehen."

Das konnte sie aber nicht. Sie kam aus dem Gleichgewicht. Er kippte nach hinten! Sie lief rückwärts, um das zu verhindern, griff mit den Händen nach oben, damit er sich daran festhalten konnte. Ihre Ferse stieß gegen etwas Hartes. *Der Brunnen!*

Sie fiel, knallte mit dem Rücken auf den Schachtdeckel und sah aus den Augenwinkeln, wie ihr Bruder in Richtung der Brunnenpumpe fiel. Er schrie aus vollem Halse, bis ein metallisches Geräusch erklang. Seine Stimme versagte.

Den Schmerz ignorierend drehte sie sich um und rüttelte an seinem Bein. „Tim?"

Nichts.

„TIM!"

*

Maja schrak aus ihrem Traum auf und sah sich panisch um. Die Turnhalle. Richtig.

„Na endlich", nörgelte ein Mann und nahm den freigewordenen Platz neben ihr auf der Langbank ein.

Sie streckte die Arme und blinzelte den Schlaf aus den Augen. Als sie hier viel zu früh angekommen war, hatte gähnende Leere geherrscht. Mittlerweile war die Turnhalle in Maria Anzbach rappelvoll. Auf der Tribüne quetschten sich die Menschen dicht an dicht. Maja war zwei Stunden vor Beginn des Auftritts gekommen und hatte einen der begehrten Plätze auf den sechs Langbänken im Hallenbereich ergattert.

Vor ihr alberten drei Jugendliche herum. Sie nutzten die fehlende Kontrolle dazu, in ihrem Blickfeld fangen zu spielen, Räder zu schlagen und bei dem Getue eine Menge Krach zu verursachen. Maja sah vor ihrem geistigen Auge bereits, wie einer der drei stürzte und sich verletzte.

Seufzend lehnte sie sich zurück. Das aufgeregte Kribbeln in ihren Beinen war stummer Anspannung gewichen. Sah sie ihn heute wieder? In Kürze würde es losgehen. Ihr Hintern schmerzte vom langen Sitzen auf der harten Holzbank und sie hatte es sich verkniffen, zwischendurch aufs Klo zu gehen. Eine Jacke, Handtasche oder sonstiger Platzhalter hielten hier niemanden davon ab, sich des freigewordenen Platzes zu bemächtigen. Um sie herum saßen viele Leute auf dem Boden. Der einzige freie Bereich waren die acht Turnmatten, die die Darsteller für ihre Vorführung aufgelegt hatten.

Wo sie wohl sich gerade befanden? Sicher machten sie sich frisch. Was würde sie darum geben, einen Blick auf den Mann hinter dem Akrobaten zu erhaschen. Nur wegen ihm hatte sie sich hierher unter diese Massen gewagt. Sie würde die Gelegenheit nutzen und ihn ansprechen.

Sie wedelte sich Luft zu. Die Lüftungsanlage kämpfte auf verlorenem Posten gegen die Abendsonne, die durch die mehrere Meter hohe Fensterfront in den Turnsaal eindrang und die Abwärme der Körper unzähliger Menschen. Maja wischte sich zum wiederholten Mal die Handflächen an der Hose trocken. Sie würde ihm kaum die Hand schütteln können, so glitschig war sie vor Schweiß. Es war mehr als nur die Hitze, die ihn ihr aus den Poren trieb. Sie hatte Angst.

Die letzten Jahre hatte sie die Erinnerung in den Griff bekommen. War es das, was sie hier wollte? Sich in die Vergangenheit zurückkatapultieren? Oder hatte sie eine irrwitzige Hoffnung gepackt, als sie auf dem Plakat neben ihm eine andere, für ihn viel zu junge Frau gesehen hatte?

Endlich betraten die beiden die Halle. Es war zu spät, um umzukehren. Sie verspürte beinahe so etwas wie die alte Aufregung, wenn sie mit ihren Eltern beim Zirkus war. Im Gegensatz zum Rest der Meute beherrschte sie sich, nicht in Jubelgeschrei zu verfallen, und applaudierte höflich. Die bloße Anwesenheit des bulligen Manns, der mit einer Musikbox über der

Schulter zum rückseitigen Teil der Halle marschierte, ließ die amateurhaft Turnenden eiligst einen Platz auf dem Boden aufsuchen.

Er war es. Da war sie sich hundertprozentig sicher. Er war älter geworden, was man nur an seinem flüchtenden Haaransatz erkannte. Sie wusste nicht einmal seinen Namen. Heute würde sie ihn herausfinden.

Über diese Artisten war allgemein wenig bekannt. Weder wo sie herkamen, noch wo sie wohnten. Sie tauchten kurzfristig angekündigt hier und dort auf, stellten ihre Künste dar und verschwanden wieder von der Bildfläche. Als Maja vom Niedergang des Zirkusses *EnChapin* gehört hatte, war sie fast erleichtert gewesen. Sie hatte sich nicht mehr der Frage stellen müssen, ob sie es je wagte, ihre Darbietung noch einmal zu verfolgen. Und auf einmal waren sie hier. Die beiden Darsteller, die den Stein ins Rollen gebracht hatten – oder besser gesagt einer davon. Sie nannten sich die *High Stackers*.

Zurzeit waren sie länger als je zuvor in der Gegend. Unüblich für Zirkusleute, die von Stadt zu Stadt zogen. Ihre ständige Präsenz, die immer wieder erneuerten Plakate, hatten Maja dazu genötigt, sie intensiver zu mustern, bis sich ein Wiedererkennen einstellte. *Vielleicht haben sie hier ein Haus gekauft oder eine Wohnung gemietet?* Ihr Herz schlug vor Aufregung schneller.

Wenn es einen Mann auf der Welt gab, auf den sie sich einlassen konnte, dann war es er. Das hätte fast etwas Märchenhaftes an sich. Immerhin hatte sie sich als Jugendliche nichts sehnlicher gewünscht, als ihn einmal zu heiraten.

Sie hatte nie großes Glück beim anderen Geschlecht gehabt. Das lag vielleicht auch daran, dass sie nicht recht wusste, wohin sie wollte. Kinder wären ihr lieb, aber sie großzuziehen erschien ihr wie ein bitteres Los. Seit dem Unfall ihres Bruders wagte sie nicht einmal mehr den Gedanken daran. Es hatte all ihre Träume von einer Zukunft mit Familie zerstört.

Ihre Arbeit als Kindergärtnerin war für sie wie eine Art Therapie. Dadurch hatte sie genug Kinder um sich gehabt, um drei Leben auszufüllen. Dieser Mann wäre in vielerlei Hinsicht die perfekte Partie für sie. Alt genug, um keine weiteren Kinder mehr zu wollen, und er brachte bereits den perfekten Spross mit sich. Wohlerzogen, sportlich – so wie Maja sich eine Tochter vorstellte. Vielleicht eine Spur weniger drahtig. Sonst würde sie sich täglich mit ihr vergleichen und das Gefühl haben, unbedingt ein paar Kilos abnehmen zu müssen. Zumindest nahm sie an, dass sie seine Tochter war.

Sie fragte sich, was aus seiner alten Partnerin geworden war. Hatte sie sich während der Rezession in eine andere Berufssparte geflüchtet? War das womöglich ihr eigenes Kind, das ihren Platz eingenommen hatte? Sie würde es herausfinden.

Das Mädchen, welches sich auf der Bühne platzierte und dehnte, sah ihm nur marginal ähnlich. Doch vom Alter her könnte es passen. Sie besaß schulterlanges kastanienbraunes Haar, er war ein Blondschopf, dessen Stirn vom Alter zusehends freigelegt wurde. Ihre Stupsnase ließ sie kindlich süß erscheinen, was im Gegensatz zu ihrer weiblichen, spitz zulaufenden Gesichtsform stand. Er besaß ein eher typisch männlich, kantiges Gesicht. Er könnte auch als Bauarbeiter durchgehen. Ein gedrungener Mann mit klarem, aufgewecktem Blick.

Er schaltete die Musik ein und trat würdevoll an den Mattenrand, wo seine Turnpartnerin ihn erwartete. Ein kaum merkliches Nicken, ein vertrauensvoller Blick. Sie ergriffen sich bei den Händen. Sie erklomm ihren Partner, einer Fee gleich, die über einen Regenbogen tanzt, und stellte sich auf seine Schultern.

Es sah wie die alltäglichste Bewegung aus. Als wöge diese Jugendliche, deren schlanke Gestalt mit sichtbar konturierten Muskeln durchzogen war, nicht mehr als eine Feder.

Sie erinnerte Maja an sich selbst. Nur dass sie weit weniger sportlich gewesen war. Dieses Mädchen versinnbildlichte das Ziel, das Maja verfolgt und schließlich aufgegeben hatte.

Es war ihre Schuld gewesen. Sie war die Ältere und hätte es besser wissen müssen. Ihre Eltern hatten es ihr nie verziehen, genauso wenig wie Maja sich selbst. Sie ballte die Hände zu Fäusten. Seitdem hatte sie sich einem Zirkus nie wieder genähert.

Auf der Mattenfläche bot der Vater seiner Tochter die Hände dar, die diese ergriff, um sich gleich darauf auf ebendiesen in den Handstand zu schwingen. Allein diese Übung erschien Maja eine grandiose sportliche Leistung. Sie fast zwei Meter über dem Boden zu sehen, balancierend auf den Händen eines Unterpartners, wirkte wie ein Spiel mit dem eigenen Leben. Einzig an den aufgeblähten Oberarmmuskeln, den zusammengepressten Lippen und den winzigen Ausgleichsbewegungen des Vaters erahnte sie, dass diese Übung nur den Schein von Leichtigkeit vermittelte.

Der Vater ging in die Knie, ehe er explosiv hochschnellte und seine Partnerin aus den Händen katapultierte, wonach er sie an den Hüften auffing.

Gewaltiger Applaus brandete durch die Halle und ließ die Zuschauer neben ihr merklich aufatmen. Es machte einen gehörigen Unterschied, ob man zwei Erwachsenen bei so etwas zusah, oder wenn einer der Turner minderjährig war. Zumindest in Maja weckte diese Darbietung eine Art mütterlichen Schutzinstinkt. Das ständige Bangen um die Sicherheit dieses Mädchens, das seinem Auftreten nach bereits seit Langem eine selbstbewusste Frau war, die sich durch nichts schrecken ließ.

Die beiden trennten sich tänzelnd, ehe sie sich wieder einander zuwandten. Das Mädchen rannte auf ihren Vater zu und wurde über dessen Hände in die Luft katapultiert. Sie landete mit der Hüfte auf seinen Händen in einer überstreckten Position, die bei allen Filmkundigen sicher sofort Szenen aus *Dirty Dancing* aufkommen ließen. Gleich danach fiel sie und wurde von seiner Hüfte aufgefangen. Erneut schleuderte er sie in den Handstand, den sie nur flüchtig hielt, ehe sie mit einem Salto über den Vater hinwegflog. Dieser drehte sich eilends und fing sie auf, als wöge sie nicht mehr als ein Jonglierball.

In dieser Manier ging es weiter. Zwischendurch unterbrachen sie ihre Partnerübungen durch gymnastische Elemente, die vor allem von dem Mädchen aufgeführt wurden, derweil ihr Vater seine Kräfte für die nächste Übung sammelte.

Der Einfallsreichtum der beiden begeisterte Maja. Sie kannte bereits viele der Hebe- und Wurffiguren. Doch die Art und Weise, wie sie diese verbanden, war anders, als sie es in Erinnerung hatte. Die Konstante, die Jahre überdauert zu haben schien, war das Verhältnis von Ober- und Unterpartner. Ein spürbares Band des Vertrauens, das Maja bis ins Innerste berührte. Es erinnerte sie an ihr früheres Leben.

Ihre Sorge um das Mädchen schwand mit jeder Übung, die sich in immer größere Höhen schraubten und doch zu einem guten Ende fanden. Ständig rotierte sie um ihre eigene Achse. Mal zusammengestaucht wie eine Kugel, in sitzender Haltung oder auch völlig durchgestreckt. Sie waren Profis. Keine Amateure, die das hier zum ersten Mal versuchten. Maja lehnte sich entspannt zurück.

Das Mädchen zögerte keinen Moment. Stürzte sich todesmutig kopfüber nach unten, die Arme zur Decke gestreckt, als wäre da kein Boden, der ihr das Genick brechen könnte. Der Vater verfolgte jede ihrer Bewegungen mit Argusaugen, reagierte flink wie eine Gazelle und stand stets perfekt, um sie wohlbehalten zurück zu Boden zu führen.

Die Hintergrundmusik schwoll an, kündete das baldige Ende der Show an. Das Mädchen überschlug sich mehrfach um sich selbst am Boden, bog sich wie eine Brezel nach hinten, landete auf den Händen, um erneut auf die Füße zu kommen. Sie wiederholte diese Übung, bis sie auf gut zehn Metern Abstand zum Vater war. Maja wurde allein vom Anblick schwindelig.

Die beiden hielten inne, atmeten angestrengt. Wieder ein unmerkliches Nicken, ehe sie losrannte. Der Vater beugte sich, hielt die Hände wie eine Schaufel geformt bereit, in die das Mädchen einsprang und bis auf Höhe der Tribüne katapultiert wurde. Die Zeit dehnte sich, während sie sich drehte und wand, einem Engel gleich, der einen Tanz im Himmel aufführte. Kopfüber rauschte sie nach unten, den Rücken elegant überstreckt.

Maja schlug die Hände vorm Gesicht zusammen. Es war zu viel. Welch Wagnis. Was für ein Wahnsinn. Die Musik spielte ihre letzten Takte und gab der Stille in der Halle hörbaren Raum.

Der Vater blinzelte, taumelte einen Schritt zurück. Er behielt sie nicht im Blick. Gehörte das zur Show? Wollte er den Eindruck erwecken, einen Fehler zu begehen, um im letzten Moment doch zuzupacken? Maja erhob sich instinktiv. Furcht überkam sie.

Mit einem Mal sprang ein Mann aus der Zuschauermenge. Ein groß gewachsener junger Kerl, der wie aus dem Nichts erschienen war und mit der Geschwindigkeit eines Leichtathleten voran stürmte. Er pflückte das Mädchen aus der Luft, prallte dabei zurück und fiel, sie in den Armen haltend, auf den Rücken. Es ging so schnell, dass Maja kaum Zeit hatte, es mit den Augen zu verfolgen. Als wäre er aus einem Wurmloch hervorgesprungen.

Die Musik verklang. Der Vater landete auf dem Hintern, griff sich auf die Nasenwurzel, wie ein Kind, das gerade aus dem Schlaf erwacht war. Das Mädchen tauschte einen Blick mit ihrem Retter, die Augen weit aufgerissen, ungläubig, mit hochroten Wangen. Dem Fänger standen Tränen des Glücks in den Augen. Er lächelte einem Vater gleich, der sein Kind zum ersten Mal im Arm hielt.

Stille. Sie war greifbar.

Das Mädchen hatte sich wieder unter Kontrolle, rollte sich in einer fließenden Bewegung aus den Händen ihres Retters und verbeugte sich vor dem Publikum.

Ein Teil der Show? Ihre Pupillen, die zur Seite ruckten, wo der Vater sich mühselig aufrichtete und die Verbeugung nachahmte, erzählten etwas anderes. Was war das gerade?

*

Er hatte den Turnsaal schnellstmöglich hinter sich gelassen, war über den Steg zur Straße gelaufen und kauerte sich zwischen die geparkten Autos. Fernab der Massen fühlte er sich sicherer, wenngleich er zunehmend unruhig wurde.

Warum kann ich nicht zurück? Meine Aufgabe ist getan.

„Rede mit mir“, zischte er ins Gebüsch vor sich.

Nur der Wind, der seufzend durch die Baumkronen strich und die schillernden Sonnenflecken am Boden zerstob, antwortete ihm.

„Du kannst mir deswegen nicht zürnen! Ich musste mich einmischen. Sie wäre schwer verletzt geworden, hätte nie wieder ihren Traum ...!“

Er erhob sich und griff sich an den Kopf, als litte er unter Schmerzen. „Wozu soll das führen?“

Gedämpfte Schritte von nackten Füßen auf Beton. Er drehte sich in Richtung der Turnhalle, wo das Gequäke der herausströmenden Menschenmenge die herannahende Läuferin übertönte. Seinen feinen Ohren zum Dank nahm er sie trotzdem wahr, doch zu spät, um in Deckung zu gehen.

„Hey du!“, rief Alea ihm zu, als er sich unauffällig zum Gehen wandte. „Warte!“

Er leckte sich nervös über die Oberlippe. Das hier war so ungewohnt. Was sollte er sagen? Er drehte sich langsam um, doch obwohl er lange über seine nächsten Worte nachdachte, kam nicht mehr als ein halblautes *guten Tag* über seine Lippen.

Alea stützte sich auf ihre Knie, atmete durch. Offensichtlich hatte sie einiges an Zeit und Mühe darauf verwendet, ihn aufzuspüren. Sie lächelte selig darüber, ihn endlich gefunden zu haben. „Warum bist du gleich abgehauen?“

Weil ich nicht hier sein sollte. Weil ich mich fürchte, mit dir zu sprechen. Er hob die Schultern an.

„Du hast mich aufgefangen. Keine Ahnung, wie du so schnell sein konntest, aber danke.“ Sie machte einen Schritt auf ihn zu, hielt ihm die Hand hin.

Eine Geste, die ihm bekannt war, doch ihre Nähe verunsicherte ihn. Das Verlangen, sie zu berühren, übertraf die Angst davor, einen Fehler zu begehen. Er schüttelte ihre Hand, mühte sich ein Lächeln ab. „Ein glücklicher Zufall.“

„Ich heiße übrigens Alea.“

„Das ist mir bekannt“, sagte er vorschnell, ehe er abwehrend mit den Händen wedelte. „Ich meine, ein schöner Name.“

Sie legte den Kopf schief. Alea war clever, das wusste er. Wenn er sich weiter so aufführte, würde sie ihn noch für einen Verrückten halten. „Und wie heißt du?“

Er öffnete den Mund, sah zur Seite und stieß einen nachdenklichen Laut aus, der sie die Stirn runzeln ließ. „Moses“, antwortete er schließlich.

„Ungewöhnlicher Name.“

Er lächelte. „Deiner aber auch.“

„Deine Eltern wollten wohl auch, dass du überall schief angesehen wirst, was?“, fragte sie mit einem Zwinkern.

„Sie wollten, dass du einzigartig bist“, erwiderte er, ehe er sich auf den Mund griff. „Ich meine, dass ich einzigartig bin. Aber ich schätze, dass deine ähnliche Absichten hatten.“

Sie kniff ein Auge zusammen. Es war Moses, als funkele es interessiert aus dem Inneren ihrer Augenhöhlen. Als arbeite sie an einem unlösbaren Rätsel, von dem sie nicht ablassen konnte. „Wartest du hier auf mich?“ Sie tappte von einem Fuß auf den anderen. „Ich will meine Schuhe anziehen und mir eine zweite Jagd auf dich ersparen.“

„Ich muss leider weiterziehen.“ Die Worte fielen ihm schwer, aber sie waren notwendig. Er durfte sie nicht länger sehen. Seine Anwesenheit brachte den Lauf der Dinge durcheinander.

Sie presste die Lippen zusammen. „Gibst du mir dann deine Nummer?“

Er drehte die Handteller nach oben. „Ich besitze kein Handy.“

„Haustelefon?“

Er hob die Schultern und sie schnaufte unwillig.

„Treffen wir uns später?“

Er wollte nicken, schüttelte aber den Kopf.

„Du willst mich loswerden, was?“ Ihr Blick senkte sich zu Boden. Sie war sichtlich peinlich berührt.

„Nein!“, stieß Moses vorschnell aus. *Wenn ich es dir doch nur sagen könnte.*

Er wünschte sich nichts sehnlicher, als ihr nahe zu sein, aber das durfte nicht geschehen. „Ich habe wirklich keine Zeit. Es hat nichts mit dir zu tun.“

„Dann morgen vielleicht?“

„Da bin ich nicht mehr hier.“

„Reist du aus, oder was?“

Er schüttelte lächelnd den Kopf. „Du bist mir nichts schuldig, falls das dich bewegt. Es war ein glücklicher Zufall und ich bin froh, dass ich helfen konnte.“

„Okay, wie du meinst.“

Er hob die Hand zum Abschied. Ihr trauriger Blick brach ihm beinahe das Herz. Alea war kein Mensch, der so etwas auf sich beruhen lassen konnte. Aber sie würde es aushalten. Sie vollbrachte mehr als genug gute Taten, um diese kleine Schuldigkeit auszugleichen.

„Warte!“

Er hielt inne.

„Wir stehen am Ende der Ganghofergasse. Wenn du es dir anders überlegst, komm um sieben vorbei. Ich lade dich zum Essen ein.“

Er schmunzelte über ihren Starrsinn. „Ich denke darüber nach, ja?“

„Versprochen?“

„Ich habe noch nie gelogen“, erwiderte er winkend und eilte davon, ehe sie ihn weiter mit Worten ködern konnte. An der nächsten Kreuzung hielt er inne. Sein Körper kannte keine Erschöpfung, aber er hatte kein Ziel, also konnte er gleich gut für den Moment hier stehenbleiben. Er griff sich wieder an den Kopf. „Ich soll dorthingehen? Wieso?“

*

Das Klackern des Messers hallte durch den kleinen Wohnwagen. Samuel saß über einem Stoß Papier, den er mit missmutig gerunzelter Stirn durchging. Dabei schaute er immer wieder auf das Display seines Handys. Derweil schnitt Alea emsig Zwiebeln, Kartoffeln und Karotten in mundgerechte Häppchen.

„Reden wir darüber?“, fragte sie, als sie nach hinten kam, einen der Wasserkanister unter der Sitzbank hervor hievte und damit einen Kochtopf befüllte.

„Ich habe dir schon gesagt, dass es mir leidtut.“

Sie seufzte genervt auf. *Warum muss er immer auf heile Welt tun?* „Ich mache dir keinen Vorwurf.“

Er sah von seiner Arbeit auf, die Augen gerötet, die Stirn in verzweifelte Falten geworfen. Alea hatte ihm mehrfach empfohlen, sich eine Brille zuzulegen. Aber für derlei Impulse war ihr Vater unzugänglich. Er verfolgte einen klaren Plan. Der beinhaltete in erster Instanz, nichts zu unternehmen, was ihre Ersparnisse ankratzen könnte. Wahrscheinlich könnte er blutend am Boden liegen und er verlangte nicht mehr, als ein Blatt Küchenrolle, um es auf die Wunde zu pressen.

„Könnten wir das auf später verschieben, wenn ich hiermit fertig bin?“, bat er.

„Du arbeitest bereits Tage daran.“

„Weil ich rätsele, was das Finanzamt von mir will.“

„Schalt dir ein ordentliches Licht ein, damit du was siehst.“

Die Sonne eilte dem Horizont entgegen und reduzierte das ohnehin kärgliche Licht, das durch die winzigen Fenster ins Innere drang, auf ein Maß, das sogar Aleas jungen Augen Mühe bereitete. Sie ging zum Lichtschalter neben der Tür, aber ihr Vater hob abwehrend die Hand. „Schonen wir lieber die arme Autobatterie. Beim letzten Mal hat der Motor gezickt wie ein störrischer Bock.“

„Dann werfen wir das Aggregat an.“

„Bei den Benzinpreisen? Hauen wir uns lieber früher aufs Ohr. Was treibst du da überhaupt in deiner Hexenküche?“

„Ich koche.“

„Ist nicht noch was von gestern da?“

„Du meinst die halbe Konserve Thunfisch?“

„Es gibt sicher noch eine zweite.“

„Das Gemüse muss weg, ehe es schimmelt.“

„Wir sollten Gas sparen. Die Preise explodieren. Bald wird es sich lohnen, eine Kuh zu kaufen und in ihr Hinterteil eine Gasleitung einzubauen.“

Alea griff sich auf die Nasenwurzel. *Ich werde Moses heute sicher keine Konserve servieren, wenn ich ihn zum Essen einlade.*

„Es ist das zweite Mal, dass du einen Aussetzer hattest“, wechselte sie das Thema und sah ihn kritisch an.

„Das liegt am Schlafmangel. Die letzte Zeit mussten wir ständig umziehen. Ich schlafe schon mit einem offenen Auge und erwarte den nächsten Spießer, der uns von unserem Standplatz vertreiben will. Aber glücklicherweise hat uns das Schicksal eine Helferin zugespielt. Ich habe heute ein Gespräch mit einer Maja aus Altlengbach geführt. Sie meinte, wir könnten den Wohnwagen auf ihren Parkplatz stellen.“

„Die Nachbarn werden begeistert sein“, säuselte sie.

„Wir sollten unsere Aufführung reduzieren. Mehr sichere Elemente turnen. Dinge, bei denen du selbst landest.“

Alea reagierte auf den plötzlichen Themenwechsel mit einem Runzeln der Stirn. Ihr Vater sprang gerne von einem Thema zum nächsten. Manchmal glaubte sie, das war Teil einer Verwirrtaktik. „Der letzte Versuch dieser Art hat uns außer Applaus nur eine leere Spendenkasse gebracht.“

„Die Leute hier in der Gegend sind zu verwöhnt. Nächste Woche könnten wir mal wieder in die Steiermark fahren“, schlug er vor.

„Du fährst überhaupt nirgendwo hin, ehe du das beim Arzt abklären hast lassen.“

„Das gibt nur Ärger mit der Krankenversicherung. Ich habe nichts.“ Er klopfte sich auf die Brust, worauf Alea stöhnend den Kopf schüttelte.

„Nimm das nicht auf die leichte Schulter.“ Sie schaltete den Gasherd ein, warf die Zutaten in den Topf, würzte, rührte um und beobachtete sinnierend die aufsteigenden Luftbläschen im Wasser. Seit dem Tod ihrer Mutter fürchtete sie ständig, ihr Vater könnte ihr nachfolgen. Sie bemühte sich, ihm eine Stütze zu sein, hatte ein Auge darauf, dass sie nicht nur günstig, sondern auch gesund aßen und er sich nicht überlastete. Aber Samuel achtete schlicht nicht auf sich.

„Du klingst wie deine Mutter“, klagte er. „Samuel, Schatz, willst du nicht mal wieder einen Gesundheitscheck machen? Man weiß nie, was kommt“, ahmte er ihre Stimme miserabel nach.

„Die hätte dich längst ins Krankenhaus gefahren.“

Stille nahm den Raum zwischen ihnen ein. Sie versuchten häufig, das Thema nebenbei zu schneiden, es zu etwas Alltäglichem zu machen, damit fertigzuwerden. Aber sie fehlte. Lange Zeit hatte Alea sich eingeredet, es wäre nur ein böser Traum, stand jeden Morgen auf und wollte sie begrüßen. Sie war felsenfest davon überzeugt, dass ihre Mutter nach dem Schlafengehen wieder da wäre.

„Koch das nicht stundenlang. Tu den Deckel drauf und die Resthitze erledigt das.“

Alea sah auf die Uhr. Bereits halb sieben. „Das dauert viel zu lange.“

„Hängt dir der Magen schon in den Kniekehlen?“

„Ich habe jemanden eingeladen.“ Sie biss sich auf die Unterlippe und beobachtete aus den Augenwinkeln die Reaktion ihres Vaters. Er war sichtlich überrascht.

„Kommt die Bürgermeisterin, um uns zu applaudieren?“

„Den Mann, der mich aufgefangen hat.“

„Der ist doch gleich danach weiter?“

Sie hob die Schultern. „Vielleicht kommt er trotzdem.“

„Hast du ihm gesagt, wie wir hausen?“

Sie presste die Lippen zusammen. Das hatte sie sich nicht getraut. Bis zu einem gewissen Alter empfand sie es als Abenteuer, in einem Wohnwagen zu leben. In der Volksschule sahen das auch ihre Schulkameraden so. Als Jugendliche empfing man dafür nur noch ungläubige Blicke. Sie war dankbar, nicht mehr zur Schule zu gehen. Dort galt sie als Sonderling und fand schwierig Anschluss, nachdem sie mit jedem Wechsel ihres Standplatzes die Schule wechselte.

„Also hast du es ihm verheimlicht?“

Sie nickte zögerlich.

„Es tut mir leid“, sagte er resignierend.

„Warum sollte es?“

„Du schämst dich dafür, wie wir leben – zu Recht.“

„Ich falle nur nicht mit der Tür ins Haus.“

Er machte eine ausschweifende Handbewegung. „Deine Mutter hatte es mir immer wieder gepredigt. Das hicr ist kein Leben für ein Kind. Du hättest von Anfang an einen festen Wohnsitz gebraucht, Stabilität, Freunde."

Alea schüttelte entschieden den Kopf. „Unsinn!"

Er legte den Kopf schief.

„Hör auf, so etwas zu sagen." Sie legte den Kochlöffel beiseite und kniete sich vor ihrem Vater hin, ergriff sein Bein, wie sie es als kleines Kind getan hatte, und lehnte den Kopf an sein Knie. „Es ist perfekt so, wie es ist. Hör auf mit den blöden Schuldgefühlen."

Er streichelte ihr Haar. Sein warmer Atem strich seufzend über ihren Schopf „Also gut."

Alea wischte sich über die Augen und richtete sich abrupt wieder auf. „Und jetzt räum dein Chaos hier beiseite. Was soll unser Gast von uns denken?"

„Falls er überhaupt kommt."

„Wenn nicht, verpasst er das beste Essen seines Lebens!" Sie schnappte sich den Kochlöffel und wedelte damit in der Luft wie mit einem Zauberstab.

Samuel griff sich ans Kinn und schmunzelte. „Hoffentlich muss er nicht auf den Pott."

Seine Worte brachten sie zum Lachen. Er stimmte mit ein und die Nachwehen der gedrückten Stimmung lösten sich.

Für gewöhnlich redeten sie nicht über ihre Situation. Alea ließ ihn in Frieden, dafür nervte er sie nicht mit Themen wie Freunde, Verhütung oder sonst welchen oberpeinlichen Elternfragen. Sie gewährten einander die nötige Privatsphäre, akzeptierten die Grenzen. Alea wusste, dass ihr Vater sich ständig um ihr seelisches Wohl sorgte. Ihr wäre es lieber, er kümmerte sich mehr um sein körperliches. Doch so schwer es Alea fiel, das zu akzeptieren, sie würde ihren Vater allein nicht umstimmen, einen Arzt aufzusuchen. Für ihn war sie immer noch die kleine Tochter voller verrückter Ideen. Er kümmerte sich um das Organisatorische. Ihre Sorgen um ihn blieben auf der Strecke.

Mit jedem Schritt, die der Minutenzeiger sich auf die Zwölf zubewegte, wurde Alea unruhiger. Würde er kommen? Er kam ihr wie ein Geschenk des Himmels vor. Ein attraktiver Mann, der ihr das Leben rettete. So etwas kannte sie nur aus Märchen oder schnulzigen Romanen. Wahrscheinlich verbrachte sie zu viel Zeit allein mit ihrem Vater, der ihr solche Geschichten schon als kleines Kind erzählt hatte. Ihr fehlte der nötige Sinn für die Realität. Es war womöglich wirklich nur ein glücklicher Zufall gewesen.

Sie fühlte sich ihm gegenüber auf der einen Seite schuldig und andererseits interessierte es sie, ihn kennenzulernen. So gern sie ihren Vater hatte, sie vereinsamte hier und wünschte sich seit Langem, ihr würde jemand über den Weg laufen, mit dem sie so etwas wie eine Freundschaft anfangen konnte.

Die Bühne machte einsam. Die Leute sprachen sie an, weil sie sie für ihr Können bewunderten, aber nicht aus Wertschätzung ihr als Mensch gegenüber. Als wäre sie ein Kunstobjekt, das man nicht anfassen durfte.

Es klopfte an der Tür. Die beiden sahen sich an. Alea unterdrückte einen Jauchzer, Samuel schien eher zwiegespalten, was er von dem abendlichen Besuch halten sollte. Nicht zuletzt, weil es nicht unbedingt Aleas Retter sein musste, der da an ihre Pforte pochte. Oft waren es Nachbarn, die höflich darauf hinwiesen, dass das Kampieren am Straßenrand verboten sei oder es war gleich die Polizei, die sie des Platzes verwies.

„Moses!", begrüßte Alea den Besucher euphorisch. „Doch Zeit gehabt?"

Samuel atmete erleichtert auf.

Moses fuhr sich mit einem nervösen Grinsen durch die Haare. „Ich habe kurzfristig umgeplant."

Samuel reichte ihm die Hand zur Begrüßung und dankte ihm überschwänglich für seine Hilfe, ehe er ihn wie einen alten Freund zu Tisch bat. Ihr Gast hätte auch schlecht stehenbleiben können. Der Wohnwagen bot nicht den nötigen Platz, um sich stehend zu unterhalten und gleichzeitig nicht jedermann den Weg zu versperren.

Ihr Vater nahm ihn gleich in Beschlag, was Alea erleichterte. Sie fühlte sich eine Spur beklommen, rührte hin und wieder im Eintopf und beobachtete ihn aus den Augenwinkeln. Er trug eine blaue Jeans und ein legeres Hemd. So schlicht gekleidet er war, auf Alea machte er einen ätherischen Eindruck. Seine Kurzhaarfrisur entblößten eine Kopfform, die wie planmäßig aus Stein gemeißelt wirkte. Sein Gesicht war eher das eines Jugendlichen mit weichen Zügen, obwohl er sicher erwachsen war. Sie entdeckte keine Unregelmäßigkeit auf seinem Hautbild. Offenbar quälte er sich nicht mit Hautunreinheiten. Nicht einmal ein Muttermal auf dem Arm. Als wäre er von einer Maschine geformt geworden. Seine Bewegungen erschienen ihr eine Spur ungelenk wie die eines Kleinkinds und gleichzeitig kraftvoll, beherrscht, als halte er sich zurück.

„Ich danke dir für die Einladung", wandte er sich direkt an Alea, nachdem er Samuels quälenden Fragen eine Weile ausgewichen war.

Sie griff in die Besteckladé, worauf er eilfertig aufstand und ihr zu Hilfe kam. Seine Finger streiften ihre und sie zuckte zurück. „Und ich dir dafür, dass du mir das Leben gerettet hast."

„Nun werd' mal nicht melodramatisch!", mischte sich Samuel feixend ein.

Sie deutete anklagend auf ihn. „Du red' nicht. Solange du nicht zum Arzt gehst, traue ich dir nicht mehr über den Weg."

„Hauptsache, du willst mich zu diesem Acrowinx Wettbewerb schleifen!"

„Fehlt Ihnen etwas?", wandte sich Moses direkt an Samuel, während er das Besteck verteilte.

„Du kannst mich duzen und nein, es geht mir prächtig. Meine Tochter leidet unter chronischer Hypochondrie."

„Du eher unter übermäßiger Sorglosigkeit", erwiderte sie und stellte den Topf auf einem Holzbrett zwischen den beiden ab, ehe sie sich neben ihren Vater setzte. „Das war schon sein zweiter Aussetzer", fuhr sie hinter vorgehaltener Hand fort.

Samuel griff nach dem Schöpfer und füllte Moses Teller, ehe er Alea und sich selbst einschöpfte. „Alea hat einen unverkennbaren Sinn für Tischgespräche."

Sie biss sich auf die Unterlippe. Er hatte Recht. Sie belud Moses mit ihren familiären Problemen. Wollte sie so den Abend verbringen?

„Ich bin flexibel, was das Thema angeht. Um ehrlich zu sein, pflichte ich deiner Tochter bei. Es schadet nicht, sich einmal untersuchen zu lassen."

Samuel klappte die Kinnlade herunter. „Ihr beide habt euch abgesprochen!"

Alea zwinkerte zu Moses rüber. „Klar, was sonst?"

„Das Essen ist übrigens vorzüglich", sagte dieser und lenkte damit vom eigentlichen Thema ab.

„Es ist nichts Besonderes", wiegelte Alea ab.

„Ich empfinde es als äußerst besonders, wenn ich etwas von einem so sympathischen Mädchen Gekochtes essen darf.“

Alea wusste darauf nichts zu erwidern und starrte in ihren Teller.

„Ist dir heiß, Schatz? Du läufst ganz rot an“, neckte ihr Vater sie, wofür er einen Ellbogenstoß in die Rippen bekam. „Wie alt bist du Moses?“

Er blickte von seinem Essen auf und sah wieder zur Seite, als müsse er überlegen. Alea nahm jeglichen seiner Gesichtszüge wahr und fragte sich, ob ihrem Vater sein Zögern auch auffiel. Bereits im Dialog mit ihm hatte er bei den einfachsten Fragen unsicher auf sie gewirkt. Oder wollte er aus irgendeinem Grund keine Antwort geben? Dabei brannte ihr dieselbe Frage auf der Seele. War er viel älter als sie?

„Papa, du machst ihn verlegen mit deiner Fragerei.“

„Entschuldige, aber wenn ich dich die Konversation betreiben lasse, herrscht hier Grabesstille.“

Alea quittierte das mit einem Schmollmund.

„Lass mich raten. Sechzehn? Oder eher achtzehn? Du siehst nach einem Erwachsenen aus.“

„Das trifft auch zu“, erwiderte Moses erleichtert.

Über zwei Jahre Unterschied? Könnten es nicht weniger sein? Sicher sah er in ihr nur einen quengeligen Teenager. Kein Wunder, dass er ihr Angebot erst ablehnte. Und jetzt stellte er auch noch fest, dass sie in einem Wohnwagen lebte. Er hatte sich in keiner Weise dazu geäußert. Als wäre es ihm unangenehm, darüber zu reden. Er war schlicht respektvoll, daran musste es liegen.

Moses nahm den letzten Löffel aus seinem Teller.

„Darf es noch was sein? Alea hat für zehn gekocht.“

Er schüttelte den Kopf. „Danke, das war sehr gut.“

Will er schon wieder gehen? Sicher ist ihm die Situation unangenehm. Wahrscheinlich glaubt er, dass er uns etwas wegisst. Diese Portion hat ihn unmöglich satt gemacht.

„Spielst du gerne Karten?“, warf Alea ein.

Moses hob die Schultern. „Ich kenne kein Spiel, aber ich muss auch langsam los.“

Ihre Mundwinkel senkten sich. Es wäre unpassend, ihn zum Bleiben zu überreden.

Samuel erhob sich und schüttelte ihm die Hand. „Du bist hier jederzeit willkommen. Danke noch einmal für deine Hilfe."

„Keine Ursache. Ich danke für eure Gastfreundschaft. Eine Bitte hätte ich aber."

Aleas horchte auf. Am liebsten hätte sie gesagt, *alles, was du willst.*

„Geh ins Krankenhaus und lass dich untersuchen. Wenn es nichts ist, verlierst du nichts. Aber deine Tochter braucht dich und du solltest kein unnötiges Risiko eingehen."

Samuel sah ihn nachdenklich an. Moses erwiderte seinen Blick. Kein Vorwurf lag in seinen Augen, keine Regung, nur eine spürbare, geradezu hypnotische Ernsthaftigkeit.

Schließlich senkte ihr Vater den Kopf und kratzte sich am Hals. „Also gut, ich denke darüber nach."

Alea verschränkte die Arme. „Auf ihn hörst du!"

„Ihm schulde ich ja auch etwas."

„Ich bin deine Tochter!"

Er boxte sie in die Seite. „Dafür schuldest du mir einen Ausgleich für Jahre vollgeschissener Windeln, junge Dame."

Moses lachte heiter. Ein solch klarer, ehrlicher Ton, der Alea innehalten und erröten ließ. Er reichte auch ihr die Hand, hielt sie für einen Augenblick. Sie wünschte, es würde ewig andauern. „Du bist ein tolles Mädchen. Eure Show hat mich beeindruckt. Mach weiter so."

„Danke." Ihre Antwort kam ihr fade und unscheinbar vor.

Er winkte zum Abschied und schloss die Tür hinter sich.

Eine Weile stand sie nur da, unschlüssig, traurig, mit dem Gefühl, etwas verpasst zu haben. Samuel knurrte unwirsch. „Wenn du ihm was zu sagen hast, dann tu es jetzt. So wie ich das verstanden habe, reist er heute ab und kommt eine Weile nicht wieder."

Sie musterte ihren Vater unsicher, bis er ihr einen deutlichen Wink gab.

„Ich habe kein Weichei erzogen. Hopp, geh schon!"

*

Es war getan. Samuel würde zum Arzt gehen. Alles würde sich richten. Vielleicht hatte er eine winzige Korrektur vorgenommen, aber welches

Leben hätte Alea bevorgestanden, wenn sie ihrer Leidenschaft nicht mehr nachgehen hätte können?

„Moses, warte!"

Ihre Stimme zu hören erfreute ihn, weckte aber auch Beklommenheit. Es durfte nicht sein. Er drehte sich zu ihr um. Sie blieb auf angemessenem Abstand stehen und verbarg die Hände hinter dem Rücken. Sie war sichtlich verlegen. *Im Inneren bist du eben doch noch eine Jugendliche, auch wenn du auf der Bühne so erwachsen wirkst.*

„Ich dachte, ich könnte dich ein Stück begleiten."

„Du weißt doch überhaupt nicht, wohin mein Weg mich führt."

Sie zuckte mit den Achseln. „Ich gehe gerne spazieren."

Moses schüttelte schmunzelnd den Kopf. Sie würde ihn wohl kaum bis nach Mitternacht begleiten. Er machte eine einladende Geste.

„Ich hoffe, es war nicht seltsam für dich", druckste sie herum, während sie nebeneinander hergingen.

Er blinzelte sie verständnislos an. „Wieso sollte es das gewesen sein?"

„Du bist gleich wieder aufgebrochen."

„Ich habe meine Abreise bereits über Gebühr hinausgezögert."

„Es hat also nichts damit zu tun, dass wir ...?"

„In einem Wohnwagen leben?" Er schüttelte den Kopf. „So etwas interessiert mich nicht bei einem Menschen."

„Was dann?"

Er hielt inne und tippte sich auf die Unterlippe. Wie sollte er ihr das erklären? Seit ihrer Geburt waren sie verbunden. Er hatte jeden ihrer Schritte beobachtet, mit ihr gelacht und geweint. Er hatte sie lieben gelernt. Auf eine andere Art und Weise, als sie es definieren würde. Oder war es doch ...? „Ich konzentriere mich eher auf innere Werte."

Sie hob beide Augenbrauen. „So gut kennst du mich doch gar nicht."

Er ging weiter, folgte der sich windenden Straße, die beiderseitig von Einfamilienhäusern flankiert wurde. Hier lebten besitzende Menschen, doch die wenigsten von ihnen waren in ihrem Herzen so gut wie Alea. Wenn Besitz nach Tugend vergeben würde, säßen die meisten wohl auf der Straße. „Ich habe eine gute Menschenkenntnis."

„Das behaupten alle Jungs von sich", erwiderte sie keck.

Er lachte auf. Sie wurde lockerer. Er genoss es, mit ihr zu reden. Nicht immer nur zuzuhören. Doch es galt, sich zurückzuhalten. Am Ende schloss sie ihn noch ins Herz und würde sein Fehlen betrauern. Keine unnötige Einmischung. „Zum Glück bin ich bereits erwachsen."

„So viel älter als ich bist du gar nicht."

„Mag sein."

Sie spazierten schweigend zur Hauptstraße. Moses wusste nicht recht wohin. Eine abgelegene Gegend wäre ihm am liebsten. Aber für ein junges Mädchen wäre es besser, wenn er sie nicht fernab des Zentrums führte, wo das ein oder andere rechtschaffene Auge ihren Heimweg begleitete.

„Warum bist du mir gefolgt?"

„Wie gesagt, ich gehe nur spazieren."

Er verdrehte die Augen. „Du bist mir nichts schuldig. Ich finde es allgemein seltsam, dass man von einer Schuld spricht, wenn jemand das Richtige tut. Würden alle Menschen sich darauf konzentrieren, rechtschaffen zu handeln, statt nur auf ihr eigenes Wohl und das Eintreiben von Schuldigkeiten zu stieren, wäre die Welt ein hoffnungsvollerer Ort."

„Es geht nicht nur darum."

Er setzte sich auf eine Bank vor dem Gemeindezentrum. Sie folgte ihm mit etwas Abstand. „Worum dann?"

Sie biss sich auf die Unterlippe. „Ich dachte mir, wir könnten uns mal treffen, wenn du wieder in der Gegend bist."

„Ich werde nicht zurückkommen."

„Warum?"

„Weil ich nicht von hier komme."

„Oh", stieß sie hervor und musterte ihren Schoß. „Wir fahren übers Jahr so ziemlich ganz Österreich ab."

Er schüttelte mit einem Schmunzeln den Kopf. Es tat ihm weh, sie enttäuschen zu müssen, aber er durfte ihr keine Hoffnungen machen. „Ich muss weiter weg."

„Wohin?"

„Du könntest mit dem Namen nichts anfangen."

Sie schürzte die Lippen, sichtlich ernüchtert über die ungenaue Auskunft. „Mit anderen Worten, wir sehen uns nicht wieder?"

Er nickte stumm.

Sie stieß langgezogen die Luft aus. „Warum wundert mich das nicht?" Mit dem Fuß kickte sie einen Stein davon.

„Wie meinst du das?"

„Ist schon in Ordnung, ich kenne das, diese höfliche Abfuhr. Du kannst auch ehrlich sein, das macht es einfacher." Sie richtete sich auf und strich sich die Hose glatt.

„Ich bin ehrlich gewesen."

Sie winkte ab. „Ich bin dir wirklich dankbar." Sie mühte sich ein Lächeln ab, doch die Frustration hinter ihren Augen konnte sie nicht verbergen. „Gute Reise."

Er hob die Hand. Es war besser so. Wozu lange darüber reden? So fiele es ihr am leichtesten. Und doch nagte es an ihm, dass sie so über ihn dachte.

Kapitel 2

Die Nacht hatte Alea unruhig verbracht. Es nagte an ihr, dass sie Moses etwas schuldig war. Doch wie machte man solch eine Schuld gut? Sicher hatte sie ihn mehr als irritiert. Trotz seines jungen Alters hatte er sich gewählt ausgedrückt. Aleas Lehrerinnen hatten ihr eine schonungslose Direktheit attestiert und selten ein Wort des Lobs für ihre Rhetorik gefunden. Darüber hinaus lebten sie wie Vagabunden in einem Wohnwagen. Er war nur zu höflich gewesen, all das zuzugeben. Seine Anwesenheit beim Abendessen entsprang wohl ebendieser vornehmen Weise, die es ihm nicht erlaubte, eine Einladung abzulehnen.

„Ich wasche mich jetzt." Sie schob den Vorhang zu, der den vorderen vom hinteren Teil des Wohnwagens trennte.

„Ich hüte mich davor, die Sperrzone zu betreten", ulkte Samuel.

Mittels des letzten vollen Kanisters befüllte sie eine kleine Metallwanne und kramte ein Stück Seife aus einer der Plastikvorratskisten. Eine gewohnte Prozedur. Zunächst die Seife einweichen, dann rieb sie sich ein, schrubbte sich mit einem Schwamm ab und tauchte zuletzt die Haare in den Bottich und befreite sie von Schweiß und Dreck.

Fertig gesäubert räumte sie alles wieder an seinen Platz, trocknete sich mit einem Handtuch ab, das schon streng nach ihr roch und zog das sauberste T-Shirt mitsamt Leggins an, die sie in ihrem Fach finden konnte.

„Wir müssen Wäsche waschen!" Sie schnüffelte unter ihrer Achsel und sprühte sich deftiger mit Deodorant ein, als es ihr die beinahe leere Flasche erlaubte. In Neulengbach hatten sie es versäumt, einzukaufen. Jetzt saßen sie in diesem supermarktfreien Kaff und ihr Vater würde sich kaum motivieren lassen, für eine Einkaufstour Benzin zu verschwenden.

„Wie wäre es bei unserem nächsten Auftritt? Dann gehen wir früher in die Turnhalle und kochen Wasser ab?"

„Soll ich jetzt weitere drei Tage in diesem muffigen Zeug herumlaufen?" Sie zog den Vorhang energisch auf, ging vor die Tür und entsorgte das Wasser im Kanal.

Samuel musterte sie beim Hereinkommen. „Sieht doch ganz passabel aus.“

„Ich stinke Papa!“

Er schnüffelte hörbar. „Fällt mir gar nicht auf.“

„Wahrscheinlich stinkt der gesamte Wohnwagen und wir bekommen es nicht mit.“ *Wie konnte ich Moses nur hierher einladen? Er muss mich für ein Dreckschwein halten.*

„Zum Glück haben wir hier nie Besuch, was?“ Er zwinkerte ihr zu und sie entgegnete es mit einem giftigen Blick.

Sie ersparte sich einen Kommentar, ging zum Brotkasten und säbelte sich ein paar Scheiben runter. „Frühstücken wir gemeinsam?“

„Ich hab noch gar keinen Hunger.“

„Wundert mich nicht bei dem Brot.“ Sie drückte mit dem Finger darauf. Vor einer Woche hatte es unter dem Druck nachgegeben.

„Was meintest du?“, fragte ihr Vater geistesabwesend.

„Wir müssen einkaufen!“ Sie holte sich Butter und das Wenige an Belag aus dem Kühlschrank, was übrig war, und belegte sich ihre Frühstücksbrötchen. Eigentlich war ihr noch nicht nach Essen zumute. Sie wickelte drei Brote in Butterpapier ein und die anderen zwei legte sie auf einen Teller, den sie vor ihm abstellte. „Iss, bevor du nachher wieder jammerst.“

Er lächelte ihr dankbar zu.

„Wolltest du heute nicht zum Arzt?“, fragte sie, als sie bereits auf halbem Weg nach draußen war.

Er streckte sich gähnend. „Ich hab heute Nacht geschlafen wie ein Murmeltier. Sparen wir uns das.“

„Wie viele Leute müssen dir noch sagen, dass du auf deine Gesundheit achten sollst?“

„Mindestens zwei – und der liebe Herrgott. Wenigstens einer, den ich ernst nehme.“

„Du hast zugesagt!“

„Dein Besuch hat mich unter Druck gesetzt.“

„Also hast du mich belogen?“

Er biss sich auf die Unterlippe und Alea grinste selbstzufrieden. „Lass mich das hier wenigstens fertigmachen.“

„Immer noch die Buchhaltung?“

„Das ist wie beim Seiltanz. Sobald du auf einem Bein balancieren kannst, läufst du nur so drüber."

Sie sah ihm grüblerisch über die Schulter. Eine Zettelwirtschaft offenbarte sich ihr, die selbst einen erfahrenen Buchhalter überfordern würde. „Meintest du nicht immer, diese Gewinn-und-Verlust-Rechnung wäre ganz einfach?"

„War sie auch – bis das Finanzamt was anderes sagte."

Sie verdrehte die Augen. „Ich hole schnell Wasser." Damit schnappte sie sich die Kanister, den eingeklappten Bollerwagen, den sie unter ihrer Sitzbank – die zugleich das Bett war – verstaut hatten, und lud die Plastikbehälter in den Wagen ein. „Du hast eine Stunde, dann fahren wir. Ob du willst oder nicht", kündigte sie mit erhobenem Zeigefinger an.

„Wir haben die Halle für heute nicht gemietet."

„Der Schlüssel sperrt trotzdem."

„Das ist Diebstahl."

„Andere Leute lassen das Wasser in den Abfluss laufen, bis es ihnen kalt genug zum Trinken ist. *Das* ist ein Verbrechen."

„Du klingst schon viel zu sehr nach mir!", rief er ihr hinterher.

„Ich weiß auch nicht, wie Mama es anders ausgehalten hat", erwiderte sie schmunzelnd, winkte ihm und zog los.

*

Immer dasselbe. Wenn man ihn nicht zu seinem Glück zwang, dann passierte nichts. Missmutig zog sie den quietschenden Wagen hinter sich her. Hoffentlich fuhr er gleich ins Krankenhaus und ließ sich ordentlich durchchecken. Dann könnte sie sich mal wieder eine Dusche gönnen. Außerdem reihte sich in Wien ein Geschäft an das nächste. Somit konnten sie sich mit allem Lebensnotwendigen eindecken.

Ihr Vater vergaß häufig auf diese alltäglichen Dinge. Das hatte früher ihre Mutter erledigt. Er war eher der Kreative, der mit den spontanen, genialen Einfällen. Seit dem Tod ihrer Mutter übernahm Alea sowohl deren Rolle als Haushälterin als auch als Turnerin. Früher hatten sie zu dritt geturnt oder er mit ihrer Mutter allein. Damals war Alea mehr Zeit geblieben, Leute in ihrem Alter kennenzulernen.

Doch Besserung nahte. Bald hatten sie die Summe für eine Genossenschaftswohnung zusammen. Sie würden zwar immer noch hin und wieder zu Veranstaltungsorten fahren, hätten aber eine feste Bleibe. Alea freute sich darauf, die Nachbarschaft kennenzulernen, potenziellen Freunden eine Adresse geben zu können und natürlich auf W-Lan. Sie besaß kein eigenes Handy. Das war auch unnötig, wenn man niemanden kannte und Internetzugriff sich auf Hotspots beschränkte. In Sachen Vertragshandy war ihr Vater so knauserig wie mit allem andern.

Sie erreichte die schmale Straße, die entlang eines Bachs zur Sporthalle führte. Rechts und links des Wegs parkten Autos auf dem morastigen Grund. Hinter dem Wall aus Bäumen, der den Sportplatz abschirmte, hörte sie Kindergelächter vom Spielplatz.

Sie überquerte die Holzbrücke, grüßte zwei vorbeikommende Spaziergänger und öffnete die Halle, die sie mit dem schrillen Signal der Alarmanlage begrüßte. Der Schlüssel verfügte über einen Chip, mit dem sie diese abstellte. Trotzdem brachte es jedes Mal ihr Herz zum Rasen. Einmal hatte das System nicht funktioniert und die Anlage war mit lautem Getöse losgegangen. Zum Glück hatte die Sirene irgendwann wieder aufgehört und offensichtlich hatte niemand die Polizei gerufen.

Sie schüttelte den Gedanken ab, ging zur Toilette und füllte die Kanister. Das Waschbecken war nicht besonders hoch. Ein Teil des Wassers schwappte wieder hinaus, wenn sie den Behälter aus dem Becken nahm. Sie hatte dafür einen Schlauch, ihn aber vergessen. Morgen würde sie ohnehin wieder herkommen und Wäsche waschen. Ihr Vater mochte das nicht so eng sehen, doch sie ertrug den Gedanken nicht, zu riechen, als lebte sie auf der Straße.

Mit gut fünfzig Kilo beladen, bog sich das Gestell des Bollerwagens Richtung Boden und er war um einiges schwieriger zu manövrieren. Ihr Vater hatte ihn mehrmals repariert, entsprechend wackelig waren die Reifen befestigt. Sie hatte wenig Lust, die Kanister paarweise den weiten Weg zu schleppen.

Ein paar Kinder wurden auf sie aufmerksam und liefen ihr aufgeregt entgegen. „Du bist die Zirkusfrau!“, sagte ein Mädchen mit blonden Löckchen und deutete mit großen Augen auf Alea.

Alea vollführte eine tiefe Verbeugung.

„Darf ich in deinem Auto mitfahren?“

Sie kniff ein Auge zusammen. „Das wird die alte Kiste nicht aushalten.“

Das Mädchen schürzte die Lippen.

„Kannst du einen Spagat?“, mischte sich die Zweite ein.

Sie nickte dazu. „Ich muss das hier leider nach Hause bringen.“

„Zeigst du es mir?“, beeilte sich das Mädchen zu fragen.

Seufzend glitt Alea hinab in den Spagat. Eine leichte Übung für sie, selbst ohne vorzudehnen. In der Schule hatte sie ihre Hausaufgaben nur so erledigt.

Die beiden klatschten Applaus. „Was kannst du noch so?“

Sie sah in Richtung der Brücke. Wahrscheinlich würde ihr Vater ohnehin noch eine Ewigkeit bei der Buchhaltung sitzen, ehe sie ihn dazu zwingen konnte, endlich zum Arzt zu fahren. Sie zeigte den Mädchen ein paar Turnübungen, die diese bereitwillig nachmachten, übte mit ihnen einfache Hebefiguren und teilte ihr Frühstück, als das erste sich auf den grummelnden Bauch griff.

Kleine Kinder stellten keine großen Fragen. Mit ihnen konnte man unverfänglich Spaß haben. Schlussendlich verabschiedete sie sich. Sie hatten sicher über zwei Stunden miteinander verplempert. Die beiden Mädchen quengelten eine Weile, wurden aber schließlich von ihren Müttern zur Raison gebracht, nachdem sie sich an Aleas Fußknöchel hängten und allen Überredungsversuchen standhielten.

Das Spielen mit den Kleinen hatte Aleas Stimmung aufgehellt und kaschierte ihren Ärger darüber, dass ein Vorderrad des Bollerwagens immer weiter nach außen driftete. Sie fuhr besonders langsam, hob sicherheitshalber einen Kanister auf die Schulter und betete, dass er bis nach Hause standhielt. Sie erinnerte sich an ihre Kindheit, als sie ihre ersten Schritte auf akrobatischem Boden tat. Es war eine gute Zeit. Unbeschwert.

Je kleiner man war, desto weniger bekam man vom Trubel des Erwachsenenseins mit. Damals hatten sie eine feste Anstellung beim Zirkus. Ihre Eltern konnten sich voll auf ihr Handwerk konzentrieren, die Bürokratie wurde andernorts erledigt.

Es hatte sich keine neue Gelegenheit ergeben, wieder Teil eines Zirkus zu werden. Die Branche war von der Pandemie schwer angeschlagen, arbeitete sich in winzigkleinen Schritten zurück ins Leben. Alea fragte sich manchmal, wie sie ihre Kinder großziehen würde. Sie wollte natürlich, dass sie in ihre Fußstapfen traten und ebensolche schönen Kindheitserfahrungen machten wie sie selbst. Andererseits wünschte sie ihnen nicht ihre Jugend. Aber zumindest würde sie für ihre Kinder da sein und sich nicht aus dem Leben stehlen.

„Bin wieder da!“, rief sie, als sie den Wohnwagen in der Ferne stehen sah. Ein Glück. Es wäre nicht das erste Mal, dass ihr Vater übereilt den Standplatz wechseln musste und ihr eine Notiz hinterließ, wo sie sich trafen. Die Tür stand offen. Das tat sie an heißen Tagen praktisch den ganzen Tag. Wenn sie nicht gerade einen schattigen Platz hatten, wurde es im Wohnwagen bullig heiß. „Wie wär’s, wenn du mir beim Reintragen helfen würdest?“

Keine Antwort. *Sicher sitzt er noch immer über seinem Papierkram.* Alea stöhnte auf und stellte sich auf eine Diskussion ein. Ob sie sich durchsetzen könnte? Er musste einfach zum Arzt. Auch wenn es nichts war, Hauptsache sie hatten Klarheit. Sie klopfte an die Tür und trug den ersten Kanister die Treppe hinauf. „Erde an Papa!“, rief sie gedehnt.

Sein Papierchaos lag am selben Platz. Wahrscheinlich war er ausgetreten. Sie trug den Kanister in Richtung ihrer Bettstätte und erstarrte in der Bewegung.

Da lag er. Unwahrscheinlich, dass er ein Mittagsschläfchen am Boden hielt.

„Papa?“ Sie ließ den Wasserkanister fallen und kniete sich neben ihm ab, rüttelte an seiner Schulter. „Geht es dir gut?“

Keine Reaktion. Panik schnürte ihr die Kehle zu. Ihre Bewegungen wurden fahrig, ziellos. So war es früher bei ihren Auftritten der Fall gewesen. Doch heute lag es nicht am Lampenfieber. Nackte Angst beherrschte sie. Sie schüttelte ihn durch. Nichts. „Hör auf mit dem Mist, das ist nicht witzig!“ Tränen traten ihr in die Augen. Ihr Atem wurde hektisch und flach, ein Schwindel drohte sie zu überkommen.

Einatmen. Ausatmen. Innerlich tat sie den Schritt auf die Mattenfläche, bereit in Aktion zu treten. Sie hatte keine Ahnung, was jetzt zu tun war. Einzig diese dämliche Melodie der Notrufnummern aus der Schule kam ihr in den Sinn. Sein Handy lag bei den Papieren. Sie sprang auf und rannte zu dem Tisch, stieß sich den Kopf an einem Hängeschrank. Für einen Augenblick wurde ihr schwarz vor den Augen. Ein pochender Schmerz breitete sich hinter ihrer Schläfe aus.

Ihre Finger tippten fahrig die Notrufnummer ein. Es dauerte gefühlt viel zu lange, bis jemand abhob. Endlich meldete sich eine weibliche Stimme.

„Hilfe! Mein Papa liegt am Boden und rührt sich nicht mehr! Bitte, helfen Sie ihm!"

*

Henris Puls raste, als würde er ein Granprix-Rennen fahren. Dabei kam er nur mit Besuch nach Hause. Doch für seine Frau war es eine Überraschung und sie war es gewohnt, dass Überraschungen nichts Gutes zu bedeuten hatten.

„Ihr Haus ist älter als erwartet, Herr Reich", stellte der Makler fest, der mit einem Klemmbrett bewaffnet die Außenfassade musterte, einen Blick in den verwilderten Garten warf und eifrig Notizen machte. Die ersten Bilder hatte er bereits oben vom Hang gemacht.

„Es ist unser Herzensprojekt." Er öffnete die Tür und gestikulierte einladend in den Gang.

Den Makler, Herrn Markinson, erwartete eine marode Garderobe, daneben ein Schuhregal, welches sich unter der Last seines Inhalts bog, Fliesen aus der Vorkriegszeit und mehrere Versuche, die abblätternde Farbe der Wände mit verschiedensten Farbtönen zu übermalen. „Sind Sie gerade beim Renovieren?"

„Wir verbessern hier drinnen ständig was", erwiderte Henri euphorisch. „Liebling?", rief er die morsche Treppe hinauf. „Wir haben Besuch. Machst du Kaffee?"

Caro trottete aus dem Schlafzimmer. Sie trug eine schlabberige Jogginghose, ihre Bluse hing ihr von der Schulter und entblößte Teile ihres Busens. Sie rieb sich über das schlaftrunkene Gesicht und blinzelte verständnislos. „Ich muss bald zur Arbeit."

Henri deutete sich auf die Schulter, worauf sie die Bluse eilfertig richtete.

„Entschuldigen Sie die Störung, Frau Reich, es dauert nur einen Moment", sagte der Makler.

„Laben", korrigierte Henri, „wir sind nicht verheiratet." Er deutete voran ins Wohnzimmer.

Dieser Raum war offen gestaltet und lichtdurchflutet durch die großen gläsernen Terrassentüren. Der Makler sah sich interessiert um. Henri klopfte mit stolzgeschwellter Brust auf den Rahmen einer Tür. „Eigenhändig verbaut."

Herr Markinson schenkte ihm ein schmales Lächeln und den Wasserflecken um die Tür herum ein besorgtes. „Ich nehme an, die offene Raumgestaltung haben Sie nachträglich eingefügt?"

„Ja, alles aufgestemmt. Ich sag Ihnen, eine Mordsarbeit."

„Das glaube ich gerne. Hat das ein Statiker geprüft?"

Henri machte eine abwinkende Geste. „Ein befreundeter Baumeister meinte, das Fachwerk hält das aus."

„Solche Änderungen müssen grundsätzlich vom Bauamt genehmigt werden."

Henri kratzte sich am Hinterkopf. „Ja, wir wollten das hier erstmal fertigmachen und dann alles zusammen nachträglich einreichen."

Der Makler leckte sich über die Lippen. Henri bot ihm einen Platz an. Endlich kam auch Caro die Treppen hinunter, dackelte zu dem Makler rüber und musterte ihn.

„Darf ich vorstellen? Meine Frau Caroline."

„Caro reicht vollkommen."

„Sehr erfreut." Der Makler hielt ihr die Hand hin, aber Caro war bereits auf dem Weg in die Küche.

„Als ob du die Maschine nicht allein bedienen könntest."

Henri setzte sich dem Makler gegenüber an den Tisch und faltete die Hände ineinander. „Also, was meinen Sie?"

Herr Markinson hielt sich an seinem Klemmbrett fest und ging seine Notizen durch. „Nun, Herr Reich, wenn Sie mit den Renovierungsarbeiten fertig sind", setzte er an und sah dabei unschlüssig durch den Raum, „könnte dieses Haus einiges an Wert haben."

„Wie viel schätzen Sie?"

Der Makler richtete seine Brille und machte eine bedeutsame Pause. Caro stellte ihm eine Tasse Kaffee hin, dazu einen vergilbten Zuckerstreuer, nach dem der Mann erst greifen wollte, ihn beim zweiten Blick jedoch nicht anrührte. Er besah sich die mit Flecken vergangener Kaffees verunstaltete Tasse und ließ davon ab, einen Schluck zu nehmen. „Ich würde sagen, im besten Fall bekommen Sie hier 300.000 raus. Die Immobiliennachfrage ist riesig und das Angebot gering. Gerade jetzt nach der Pandemie halten die meisten eisern an ihren Häusern fest und die Städter wollen unbedingt aufs Land. Aber es fehlt an Baugründen."

Henri klatschte in die Hände. Seine Frau zog eine Braue in die Höhe. „Moment Mal, worum geht's hier? Was redet der Kerl da?"

Henri streichelte seiner Frau über den Arm. „Das ist Herr Markinson. Er ist Makler und bewertet das Haus."

„Du willst unsere Hütte verscherbeln? Ist das dein scheiß Ernst?"

Herr Markinson sah unglücklich zwischen den beiden hin und her. „Vielleicht besprechen Sie das erstmal mit Ihrer Frau."

„Da hat er verdammt Recht. Was soll das hier? Ich penn seelenruhig da oben und plötzlich eiert hier dieser Anzugträger rum und glotzt umher wie in einem Museum."

Henri legte ihr beschwichtigend die Hand auf ihre, doch sie entzog sie ihm. „Reden wir später darüber. Brauchen Sie noch Bilder für die Anzeige, Herr Markinson? Dann würde ich Ihnen das Obergeschoss zeigen."

„Bist du gestört? Du führst den nicht in unser Schlafzimmer. Da liegt überall meine Unterwäsche rum und ich wette, du hast heute Morgen das Gummi nicht in den Mist geworfen."

Herr Markinson lächelte entschuldigend. „Ich denke, ich habe vorerst alles. Melden Sie sich doch, wenn Sie das unter sich geklärt haben." Er nahm sein Klemmbrett zur Hand und klopfte es auf den Tisch, als würde er einen Stoß Papier ordnen.

„Den Kaffee hätte ich mir sparen können", nörgelte Caro.

Henri stand mit dem Makler auf und führte ihn zur Tür. „Dann melde ich mich bei Ihnen, ja?"

Herr Markinson reichte ihm die Hand. „Es wäre mir eine Freude, dieses Projekt mit Ihnen anzugehen, Herr Reich."

Caro stellte sich mit verschränkten Armen hinter ihrem Freund auf und bedachte den Makler mit dem Blick einer trotzigen Jugendlichen.

„Einen schönen Tag noch. Auch Ihnen Frau Laben."

„Stolpern Sie nicht beim Raufgehen", rief sie ihm nach und donnerte die Tür ins Schloss. Sie sah Henri aus wütend aufgerissenen Augen an, als dieser sich zögerlich zu ihr umdrehte. „Was zur Hölle?"

„Setzen wir uns." Er wollte an ihr vorbeigehen, aber sie packte ihn am Ärmel.

„Weißt du. Sonst stehe ich auf, du sitzt an deiner Klapperkiste und holst dir einen runter. Daran habe ich mich gewöhnt. Aber heute höre ich Stimmen und denke mir nur: Machen sie es jetzt zu zweit? Und dann steht da dieser Schlipsträger und starrt mich an, als wäre ich Mogli, der gerade aus dem Dschungel gerannt kommt."

„Du bringst eben immer noch alle Männer um den Verstand." Er wollte ihr einen Kuss aufdrücken. Sie stoppte ihn mit der offenen Hand.

„Wie kommst du auf die irrwitzige Idee, unser Haus zu verschachern?"

Henri schritt euphorisch Richtung Wohnzimmer. „Ich habe dir doch vor zwei Wochen erzählt, dass man zurzeit Häuser in Goldbarren aufwiegt."

„Und ich sagte, was für ein Glück, dass wir eins haben und nicht wie diese Idioten in Wien die Dauerquarantäne bei dreißig Grad drinnen verbringen."

Er griff in seinen Rucksack, den er meist zur Arbeit trug und holte einen bunt bedruckten Flyer hervor. Darauf turnten zwei Personen in Gymnastikanzügen miteinander. „Ich bin zufällig über das hier gestolpert."

Caro riss ihm den Flyer aus der Hand und überflog ihn. „300.000 Mücken Preisgeld und eine Reise nach Vegas inklusive Auftritten." Sie stieß einen Pfiff aus. „Damit bringen wir locker unser Haus auf Vordermann."

„Besser. Wir fangen ein ganz neues Leben an. Überleg mal. Vegas. Da verdienen wir bei jedem Auftritt einen Batzen Geld. Wir könnten in den Staaten wohnen, das alles hier hinter uns lassen."

„Ich versteh' kein Wort Englisch, du Trottel."

Er winkte ab. „Das lernst du schnell."

Sie wedelte mit der Hand vor seinem Gesichtsfeld herum. „Komm zurück auf den Boden. Nehmen wir teil und sehen, was rauskommt. Aber ich verkaufe nicht voreilig mein Haus."

„Genau das ist der Haken", gestand Henri und knetete nervös seine Hände. „Bei dem Auftritt brauchen wir ordentliche Anzüge und das Startgeld ist immens groß. Ich würde ja um einen Kredit anfragen, aber nachdem unser Haus bereits mit einer Hypothek belastet ist ..."

„Wollen die uns verarschen?"

„Vielleicht eine Maßnahme, damit nicht jeder Amateur mitmacht."

„Wir haben so ein Zeug doch gar nicht."

„Wenn wir das Haus verkaufen, können wir es besorgen."

„Und leben wieder auf der Straße.“

„In einem Hotel.“

„Seh ich aus wie Graf Koks? Hast du eine Ahnung, wie teuer es kommt, über einen Monat in einem Hotel abzusteigen?“

Henri hob belehrend den Zeigefinger und nahm einen Schluck von Markinsons Kaffee. „Irrtum. Zurzeit sind die praktisch unbelegt und werfen uns die Zimmer nach. Ich habe bereits angefragt.“

„Und wenn wir verlieren? Dann stehen wir wieder auf der Straße.“

Er ergriff sie bei den Schultern. „Unsinn. Hast du nicht gehört? Er schätzt unser Haus auf 300.000. Uns bliebe genug Geld, um uns nötigenfalls eine Wohnung zu leisten.“

„Du willst unseren Traum gegen eine Wohnung eintauschen? Ich glaube, es hackt! Bei der nächsten Ausgangssperre sitze ich in meinem hübschen Haus und sicher nicht auf fünfzig Quadratmetern ohne Garten.“

Henri sah sich in dem Wohnzimmer um, das in den letzten Jahren viel eher zu seinem nicht enden wollenden Albtraum mutiert war. „Nein, du wirst aus deinem Luxusappartement in Vegas auf die schillernden Straßen einer neuen Welt hinabblicken.“ Er machte eine ausschweifende Armbewegung.

„Glaubst du nicht, dass du da ein wenig vorschnell bist? Wir werden kaum die Einzigen sein, die daran teilnehmen.“

„Nein, aber die Besten.“

„Wir haben lange nicht geübt.“

„Das ist wie Fahrradfahren. Caro, wir haben uns Jahre mit Akrobatik auf der Straße über Wasser gehalten. Wir sind Vollprofis.“

„Andere auch.“

Henri schüttelte grinsend den Kopf. „Eben nicht. In Österreich macht doch kaum jemand Akrobatik. Es gibt die Sportakrobaten, aber die sind Wettkampfturner. Denen fehlt die Erfahrung für eine publikumsreife Show. Dann haben wir noch die AcroYoga Szene, die nichts treiben, als auf dem Rücken ihre Waschmaschinen zu üben und ...“

„Zwei verdammt erfolgreiche Showakrobatikgruppen. Eine davon war beim Supertalent und einigen anderen Shows“, ergänzte Caro und tippte sich an die Schläfe. „Glaubst du, ich bin zu blöd, um Fernsehen zu schauen?“

Henri wippte mit den Brauen. „An die hab ich auch gedacht. Die einen sind auf Tournee und die anderen schon beim nächsten Wettbewerb in Spanien. Die Sache ist geritzt.“

„Du bist völlig bescheuert.“

Er hob den Flyer in die Höhe und betrachtete ihn sinnierend. „Nein, ich bin überzeugt, dass auf uns mehr wartet, als das hier.“

Kapitel 3

Alea hockte in der Duschkabine einer öffentlichen Anlage am Wiener Westbahnhof. Der Wasserstrahl massierte ihre Kopfhaut, was ihr einen Funken Trost spendete. Er konnte sie aber doch nicht ablenken. Sie war wie automatisiert hierhergefahren, war ziellos durch die Shopping-Mall geirrt und hatte sich schlussendlich dafür entschieden, hier ihre Zeit abzusitzen.

Sie hatte stundenlang vor der Notaufnahme gesessen, um Informationen gebettelt und war abgewiesen geworden. Irgendwann hatte sich ein Arzt ihrer erbarmt und ihr geraten, später wiederzukommen. „Das dauert jetzt sicher noch mindestens drei Stunden", hatte er ihr gesagt.

Sie wischte sich übers Gesicht. Das Wasser wusch die Tränen ab, trotzdem brannten ihre Augen. Er lebte. So musste sie die Sache betrachten. Im ersten Moment hatte sie geglaubt, er wäre tot. Sie war viel zu aufgebracht gewesen, um das Naheliegendste zu tun und seinen Herzschlag zu erfühlen. Das alles war wie ein böser Traum, aus dem sie schnellstmöglich erwachen musste.

Wieso hatte sie sich von diesen Kindern aufhalten lassen? Warum musste sie unbedingt Wasser holen? Hätte sie ihn sofort dorthin geschliffen, wäre er womöglich nicht ...

Es war ihr Fehler. Wie immer war sie zu nachgiebig gewesen. „Verdammt, verdammt, verdammt!", schrie sie und schlug auf die geflieste Wand ein. Sie krallte die Hände in ihre Haare, würde sie am liebsten alle ausreißen. *Was treiben die so lange mit ihm? Ist das ein gutes Zeichen? Ich hätte dortbleiben sollen!*

Sie richtete sich auf und drehte den Wasserstrahl ab, konnte sich aber nicht aufraffen, sich anzuziehen. Das verdunstende Wasser auf ihrer Haut ließ sie frösteln. Sie hatte kein Handtuch dabei. Es war ihr egal. Kälte zu fühlen war besser als nichts.

War es wirklich nur die Erschöpfung? Die Nächte voll unruhigem Schlaf? Er hatte wie eine Leiche dagelegen, völlig regungslos. Die Erinnerung marterte ihren Verstand. Sie würde sie am liebsten aus ihrem Kopf herausreißen, sie vernichten, jeden Gedanken daran auslöschen.

Sie wankte aus der Kabine und betrachtete sich im angelaufenen Spiegel. Ein vager Schemen eines blassen, verheulten Mädchens, die Augen rot geädert. Was würde aus ihr werden, wenn er starb? Sie hasste diesen Gedanken und vermochte es nicht, ihn auszublenden. Wieder und wieder suchte er sie heim, verfolgte sie wie ein Albtraum, der nach jedem schreckhaften Aufwachen wiederkehrte, sobald man die Augen schloss.

„Warum hast du uns allein sitzengelassen, warum?“, schrie sie den Spiegel an, dessen Spiegelbild sie auf so fürchterliche Weise an ihre Mutter erinnerte. Sie klatschte die Hand darauf, um es nicht länger sehen zu müssen.

So konnte es nicht weitergehen. Die Anschaffung einer Wohnung durften sie nicht länger aufschieben. Ihr Vater brauchte ein ordentliches Bett, geregelte Schlafzeiten und weniger Stress. Wie lange würde es noch dauern, bis sie sich eine Wohnung leisten konnten, wenn sie weiter eisern sparten wie bisher? Mindestens ein bis zwei Jahre. Bis zu ihrer Volljährigkeit hatte er ihr versprochen, lebten sie an einem festen Wohnort. Aber was dann? Die ständigen Auftritte würden weitergehen, das rastlose Leben. Er brauchte Ruhe. Ein großer Griff, eine Summe, die sie jahrelang am Leben hielt. Der Acrowinx Wettbewerb war die Lösung. Auch eine Sache, mit der sie ihm permanent in den Ohren hing und die er vehement verneinte. Sie musste sich durchsetzen – zumindest dieses eine Mal.

Das Handy ihres Vaters vibrierte. Alea hob sofort ab. Eine weibliche Stimme meldete sich, erfragte ihren Namen und sagte, dass ihr Vater wach und ansprechbar sei.

„Ich komme sofort“, antwortete sie flugs und legte auf.

Sie wischte die gröbste Nässe mit der Hand von ihrem Körper und schlüpfte in ihre Wäsche. Er lebte! Es ging ihm gut. Sie unterdrückte einen Jauchzer, gönnte sich nicht den Moment überglücklicher Hysterie, nach dem alles in ihr schrie. Eilends verließ sie die Kabine und rannte los.

Bleib stark, lass dir nichts anmerken. Sie redete sich diesen Satz wie ein Mantra auf dem Weg zum Krankenhaus ein. Das Letzte, was ihr Vater jetzt brauchte, war noch mehr Aufregung. Sie bewahrte die Kontrolle, wie er es von ihr gewohnt war. Alles würde in geregelten Bahnen weiterlaufen. Vielleicht setzte er ein paar Tage aus. Zeit, in der sie ihn überzeugte, beim Acrowinx mitzumachen. Das Thema hatte sie seit Wochen überstrapaziert. Bei ihren letzten ernsthaften Versuchen hatte er nur noch genervt darauf reagiert. Jetzt hatte sie ein verdammt gutes Argument bei der Hand.

Sie verstand die Sichtweise ihres Vaters. Um überhaupt eine Chance zu haben, mussten sie sich Auftrittskostüme besorgen, eine Menge Auftritte absagen und die Anmeldung kostete einen Haufen. Es würde sie zurückwerfen, ihr Angespartes verpuffen lassen. Alea war manches Mal versucht, ihm damit zu kommen, dass ihre Mutter auch gesprungen war. Sie hatte ihr Studium abgebrochen und hatte sich einem fahrenden Zirkus angeschlossen. Daraus war – so sagte es zumindest ihr Vater – das Beste entstanden, was das Leben ihm jemals geschenkt hatte: Alea. Doch mit ihrer Mutter zu argumentieren fühlte sich an, wie einen Pakt mit dem Teufel einzugehen. Sie hatte die beiden verraten.

So wie Alea die Sache sah, standen sie in diesem Moment vor einer Klippe. Sie konnten weiter an ihrem Rand entlanggehen und hoffen, dass sie nicht hinunterfielen, oder gezielt an der richtigen Stelle ins Ungewisse springen. Wenn mehr hinter den Ausfällen ihres Vaters steckte als nur Ermüdung, sah Alea keine andere Option. Das musste er einfach verstehen.

Allein die Größe des Krankenhauses überforderte Alea. Sie war – abgesehen von ihrer Geburt – nie im Krankenhaus gewesen. Verletzungen unter Zirkusleuten kurierte man zuhause aus. Wirklich dramatische Unfälle geschahen höchst selten und wenn doch, endeten sie meist tödlich. Eine Empfangsdame hinter einer Plexiglasscheibe gab ihr die Zimmernummer und eine grobe Beschreibung, wie sie zu ihrem Vater gelangte. Alea folgte den vielen Markierungen auf dem Boden und als sie auf der richtigen Ebene war den aufsteigenden Zahlen neben den Patientenzimmern, bis sie ihn ausfindig machte.

Es war ein Zimmer für drei Personen. Ihr Vater lag beim Fenster, ein weiterer Patient schlief und das dritte Bett war aufgewühlt, aber der Besitzer nicht da. Sie kontrollierte ihren Atem wie vor einer schwierigen Übung und behielt ihre Gesichtszüge unter Kontrolle, als sie an sein Bett trat.

„Ich sagte dir doch, du sollst zum Arzt gehen."

Ihr Vater grinste sie müde an. Er hatte an Gesichtsfarbe verloren, wirkte eine Spur kränklich, aber seine Augen hatten die gewohnte Klarheit.

„Wenn ich alles täte, was meine Tochter mir an Vorschlägen unterbreitet, würden wir wahrscheinlich heutzutage mit einem Quad und einem Zelt durch die Gegend fahren."

Sie setzte sich auf den Rand seiner Matratze. „Zelten macht Spaß."

Er knuffte sie in die Seite. „Besonders im Winter, wenn du aus deinem Atem Trinkwasser herstellen kannst."

„Das klingt nach einer ähnlich genialen Idee, wie einer Kuh eine Gasleitung zu implantieren."

Sie musterten sich eine Weile halb ernst, halb belustigt.

„Muss ich den Leichenbestatter anrufen?", fragte Alea und mühte sich um eine vergnügte Miene.

„Zu teuer. Ich seh zu, dass ich hier rauskomme, und werfe mich auf irgendeinen Komposthaufen."

„Okay, ernsthaft. Wie geht es dir Papa?"

Er verschränkte die Arme hinter dem Kopf. „Ich genieße ein paar Urlaubstage in einem überteuerten Bett mit miesem Essen."

„Schlimmer als eine Dose Thunfisch?"

Er wedelte mit der Hand. „So übel auch wieder nicht."

„Wenn du darüber witzelst, kann es ja nicht so dramatisch sein."

„Ich werde ein paar Tage hierbleiben", erwiderte er ernst.

Sie nickte mit zusammengepressten Lippen. „Ich werde unsere nächsten Auftritte absagen."

„Sag erstmal alle ab."

Die Aussage traf Alea wie ein Hammerschlag. Allein die Ernsthaftigkeit, mit der er das sagte. *Wovon leben wir dann?* „Wie bitte?"

„Du ziehst zu deiner Tante."

Das hat er gerade nicht wirklich gesagt. Will er mich umbringen? „Du redest aber nicht von Tante Evelyn in München?"

„Ich habe sie bereits informiert. Sie ist einverstanden."

„Sie hasst uns."

„Nein, nur mich, weil ich das Leben ihrer Schwester zerstört habe."

„So ein Unsinn!"

„Ihre Sicht, nicht meine."

Alea griff sich auf die Nasenwurzel. „Ich schaffe das. Die paar Tage komme ich durch."

„Du kannst nicht einmal den Wohnwagen fahren."

„Dann muss ich mich wohl mit den Nachbarn vertragen."

Samuel schüttelte entschieden den Kopf. „Blödsinn. Du bist minderjährig. Wenn jemand die Polizei ruft und die dich allein in einem Wohnwagen finden, rufen sie das Jugendamt."

„Dann parke ich ihn eben um. Ich habe dir oft genug dabei zugesehen."

„Du setzt dich nicht hinters Steuer, verstanden?" Sein Ton wurde ungewöhnlich scharf und Alea zuckte zurück.

„Ich will nicht nach Deutschland."

„Ich komme nach, sobald es geht."

„Notfalls gehe ich halt ein paar Tage in ein Hotel."

„Alea, das war keine Frage oder Bitte."

Sie fochten ein stilles Blickduell, welches ihr Vater für sich entschied. Seufzend reichte sie ihm sein Handy.

„Behalt es, ich besorge mir ein neues."

Sie runzelte die Stirn. Das Telefon hütete er wie seinen Augapfel. „Sicher?"

„Ich will dich erreichen können." Er kramte seine Geldbörse aus dem Nachtkasten und reichte ihr seine EC-Karte. „Du kennst den Pin. Heute ist es vielleicht etwas spät. Schlaf meinetwegen eine Nacht im Hotel. Morgen früh kaufst du dir ein Zugticket und fährst los. Schaffst du das?"

Sie verschränkte die Arme. „Ich bin sechzehn Jahre alt."

„Ich verlasse mich auf dich." Er senkte den Blick. Eine Geste, die sie seit Kindertagen kannte und so viel bedeutete wie, *stell keinen Blödsinn an.*

„Brauchst du sonst noch was?"

„Nur die Gewissheit, dass meine Tochter in Sicherheit ist."

Sie stand auf. So bevormundet zu werden, ärgerte sie. Jetzt war definitiv der falsche Zeitpunkt, den Wettbewerb anzusprechen. „Tja, du wirst dich wohl auf mich verlassen müssen."

„Ich rufe an, sobald ich ein Telefon habe."

„Du schickst mich in die Hölle."

„Es wird höchste Zeit, dass du deine Tante besser kennenlernst."

Sie lachte freudlos auf. „Das eine Mal hat mir gereicht, als sie dich vor die Tür gesetzt hat."

Er griff nach ihrer Hand und sah sie eindringlich an. „Du bist mit ihr blutsverwandt. Sie wird dich nicht abweisen."

„Aber du! Du schickst mich weg."

„Damit dir nichts passiert."

„Schon vergessen? Wir bleiben immer zusammen."

Er fuhr sich seufzend durch die Haare. „Das ist ein Notfall."

„Gerade da sollte ich bei dir bleiben."

„Wir sehen uns in ein paar Tagen."

„Versprochen?"

Er reichte ihr den kleinen Finger und sie ergriff ihn.

Alea schöpfte eine Spur Vertrauen. Trotzdem kam ihr die Sache suspekt vor. Ihr Vater, der jede noch so ernste Situation in eine Komödie verwandelte, war mit einem Mal bitterernst. Ihr Fingerschwur löste den Knoten der Ernsthaftigkeit und Samuels Züge wurden weicher.

Sie redeten noch eine Weile über Belanglosigkeiten. Ihr Vater kehrte zu seinem gewohnten Galgenhumor zurück, wusste sie aufzumuntern. Als die Besuchszeit vorbei war, musste die Schwester sie geradezu aus dem Zimmer hinausdrücken, damit sie endlich ging. Sie wollte ihn nicht allein lassen. Er sah so schwach und klein aus. Überhaupt nicht so, wie sie ihren Vater kannte. Zu oft hatte er ihr vorgespielt, alles wäre gut, damit sie es noch glauben konnte. Sie war kein kleines Kind mehr, aber das verstand er nicht.

*

Alea mietete sich nicht in einem Hotel ein. Von Kind auf hatte sie gelernt, sparsam zu leben und unnötige Investitionen zu scheuen. Allein die Idee, sich für viel Geld woanders einzuquartieren, wenn ihr Zuhause nur eine Bahnfahrt entfernt lag, war doch irrsinnig.

Es war einsam und eine Spur gruselig, die Nacht allein zu verbringen. In den ersten Nächten, als sie nicht mehr beim Zirkus lebten, sondern mit dem Wohnwagen durchs Land zogen, hatte sie nur selten ein Auge zubekommen. Der Straßenlärm weckte sie, vorbeigehende Passanten, die sich einen Spaß daraus machten, an die Fensterscheibe zu klopfen und nicht zuletzt Nachbarn, die verlangten, dass sie woanders nächtigten.

Ihr Vater hatte sich darum gekümmert. Alea hatte sich angewöhnt, an ihre Mutter gekuschelt zu schlafen, die ihr die Ohren zugehalten hatte. Umso älter sie wurde, desto besser konnte sie all diese Nebengeräusche ausschalten. Selbst wenn ihr Vater mitten in der Nacht den Wagen umparkte, störte das ihren Schlaf nicht.

Jetzt fehlte seine Gegenwart, der gewohnte männliche Geruch eine Armlänge von ihr entfernt, das rhythmische Schnarchen. Nicht zuletzt die Sicherheit, dass jemand die Verantwortung für nächtliche Störenfriede übernahm. Wer wusste schon, ob der unerwünschte Besucher ein verärgerter Nachbar war oder jemand, der ihr etwas Böses wollte? Die Schatten, die Mondlicht und Straßenlaternen im Wohnwagen erzeugten, wurden wieder zu den Gruselgestalten ihrer Kindheit. Je länger sie in das Halbdunkel starrte, desto eher erschien es ihr, als bewege sich etwas in dem Zwielicht. „Das bilde ich mir nur ein", flüsterte sie sich immer wieder zu.

Zum Glück verging die Nacht ungestört. Als Alea endlich wegdämmerte, schlief sie bis in den Mittag hinein und holte die verpasste Nachtruhe nach. Vielleicht wollte sie damit auch nur die Abreise verzögern. Immerhin hätte sie im Zug genauso gut schlafen können. Ihr Frühstück gestaltete sich mager. Das altbackene Brot schimmelte, sie hatten keine Milch mehr und somit blieb ihr nichts übrig, als ein paar Cornflakes mit Wasser und dem bisschen Honig zu essen, den sie aus der praktisch leeren Flasche mit dem Messer herauspulte.

Zumindest gab es nichts Verderbliches vor ihrer Abreise zu entsorgen. Sie rief die Gemeindeämter durch, stornierte die Turnsaalbestellungen der nächsten Tage und machte sich an die Wäsche. Sie konnte schlecht mit einer einzigen dreckigen Garnitur bei ihrer Tante erscheinen und diese damit nötigen, stundenlang die Waschmaschine anzuwerfen. Außerdem brauchte ihr Vater Wechselgewand im Krankenhaus. Solche praktischen Dinge vergaß er allzu oft. Er war es gewohnt, dass immer eine Frau im Haus war, die für ihn mitdachte.

Es kostete sie eine Menge Zeit, alles bis zum Turnsaal zu schleppen, dort Wasser abzukochen und die Wäsche über dem Reibebrett sauber zu schrubben. Dieses Mal hatten sie es zu lange vor sich hergeschoben. Je öfter man die Sachen vollschwitzte und liegenließ, desto hartnäckiger klebten Schweiß und Dreck im Gewebe.

Am frühen Nachmittag hängte sie alles auf den Wäscheständer vor dem Wohnwagen und ließ die Sonne den Rest der Arbeit tun. Sie vertrieb sich die Zeit drinnen mit dem Zusammensuchen von Konserven, die ihr Mittagessen darstellten, und überflog die Buchhaltung ihres Vaters. Wirklich schlau wurde sie nicht daraus. Einige Zettel vom Finanzamt entschlüsselte sie zumindest dahingehend, dass in wenigen Tagen eine Aufstellung der Ein- und Ausgaben fällig war. Darum hatte ihr Vater sich nicht losreißen können.

Bis die Wäsche trocken war, beschäftigte sie sich damit. Ihr Vater hatte drei Stöße. Einen mit händischen Notizen, einen mit Rechnungen, Kontoauszügen und dergleichen und einen, auf dem beides lag. Hätte sie in der Schule mehr mitbekommen, würde das Ganze womöglich Sinn für sie ergeben. So kramte sie die Ordner ihrer Mutter durch, bei der alles viel ordentlicher vonstattenging, und versuchte, aus deren System schlau zu werden.

Je intensiver sie sich damit auseinandersetzte, desto ratloser wurde sie. Sie sah nur noch Zahlen vor den Augen. Das Alleinsein nagte an ihr und die Langeweile zugleich. Sie hätte gerne jemanden zum Reden. Ohne ihren Vater war es fürchterlich einsam hier. Sie musste an Moses denken. Vielleicht überraschte er sie ja ein zweites Mal. Aber niemand kam. Als ihr die Wäsche wieder einfiel, war die Sonne bereits am Sinken.

Sie hatte sich zu viel Zeit gelassen. Heute würde sie sicher nicht mehr in einen Zug steigen. Mit jeder Nacht, die sie hier kampierte, wuchs die Gefahr, dass jemand sich daran störte und sie den Wagen umstellen musste. Aber wie sollte sie das bewerkstelligen?

Langsam bereute sie es fast, nicht auf ihren Vater gehört zu haben. Ein wolkenverhangener Mond zog herauf und sie schloss die Tür vor Angst ab. Eine weitere unruhige Nacht stand ihr bevor.

*

Caro war genervt und auch ein Spaziergang änderte daran nichts. Seit zwei Tagen lag Henri ihr mit diesem dämlichen Wettkampf in den Ohren. Sie hatte nicht Jahre auf der Straße verbracht, um jetzt dorthin zurückzukehren. Natürlich war es nicht leicht, keine Frage. Sie arbeiteten beide hart, stotterten gerade so die Kreditraten ab und hatten weniger Zeit füreinander als ein Top Manager für seine Kinder. Aber sie waren stolz auf dieses Haus, das sie Stück für Stück über die letzten Jahre aufgeputzt hatten. Sie bewohnten endlich ein Heim und Henri riskierte das aus einer Laune heraus.

„Warum spazieren wir nicht durch den Wald? Es ist heiß heute“, beschwerte sich Caro und löste ihre schwitzige Hand aus seiner.

„Ich wollte mir mal wieder unsere Gemeinde ansehen.“

„Du meinst, ehe du nach Vegas abhaust?“

Er lachte. „So viel Natur wie hier werden wir dort nicht mehr haben.“

„Ich wollte schon immer in einer Wüste leben. Da kann man herrlich Sandburgen bauen“, frotzelte sie.

„Sieh mal, das hübsche Hotel da.“ Henri deutete zur linken, wo sich ein renovierter Fachwerkbau in die Höhe schraubte. Ein gemütliches Haus in zartem Rosa gehalten mit ausladenden Balkons, großen Fenstern und einem Pool vor der Haustür.

„Ein Münzgrab, meinst du eher.“

„Was würdest du sagen, wenn ich behaupte, wir könnten dort einen Monat für läppische 1500 unterkommen?“

„Dass du bescheuert bist.“

Er lachte zufrieden auf. „Ich habe ein verbindliches Angebot über ziemlich genau diese Summe.“

„Hinter meinem Rücken?“ Sie ballte die Hand zur Faust. Sie hatte das Gefühl, die Sache entgleite ihr. Dabei gehörte ihnen das Haus zu gleichen Teilen. Er konnte das nicht ohne sie durchziehen.

„Es ist nur ein Angebot“, erwiderte er und wich einen Schritt zurück.

Sie verschränkte die Arme, er stellte sich neben sie und legte ihr die Hand um die Schulter. „Überleg mal. Urlaub. Weiche Betten. Saubere Duschen. Du kannst jederzeit in den Pool springen.“

„Dafür ist es zu kalt.“

„Ich rede vom Whirlpool im Innenbereich.“

Sie leckte sich über die Lippen. Ihr letzter Urlaub lag Jahre zurück und war auch nicht mehr, als eine Wandertour inklusive Einkehr in einer heruntergekommenen Hütte, in der sie die Bettwanzen nachts überfallen hatten. Doch was er da sagte, war schlicht verrückt, eine Träumerei. Sie hatte weit über ihre Jugend hinaus auf der Straße gelebt, auf ein zweites Mal war sie nicht aus. „Erde an Henri. Wir haben nicht einmal eine ordentliche Möglichkeit zum Trainieren.“

„Früher haben wir das in Parks gemacht.“

„Diesmal willst du ein Publikum von dir begeistern. Da brauchst du ein wenig mehr, als denselben Scheiß, den dir jeder Hobbyakrobat im Aupark zeigt."

„Wenn ich uns eine Halle besorge, bist du dann dabei?"

„Klar, wir sind in den Miesen auf unserem Konto und buchen nebenbei noch eine Turnhalle."

„Ich denke bereits an die Zeit nach dem Verkauf."

„Mit dem ich nie einverstanden war. Verdammt Henri, wir haben so lange darauf hingearbeitet, diese Bude zu kaufen, und jetzt werfen wir all das wieder weg?"

„Wir wurden über den Tisch gezogen. Dank der hohen Immobilienpreise könnten wir mit schwarzen Zahlen aus der Sache aussteigen."

„Wow, ich dachte, wir lieben unser Haus und das Leben darin."

Henri machte ein paar Schritte von ihr weg und krallte sich durch die Haare. „Klar tun wir das. Aber verdammt, du weißt doch, wie es läuft. Ich sitze in diesem versifften Büro, wo ich nie einen grünen Zweig erreiche, und du putzt dir den Rücken im Chinarestaurant krumm. Wir haben zwanzig Jahre Kreditraten vor uns und wenn die Zentralbank den Zins anhebt, schauen wir blöd aus der Wäsche. Früher hatten wir kein Dach, aber wir hatten Träume, waren frei, wir hatten Zeit miteinander."

„Vielleicht kann ich Schichten tauschen, damit wir mal wieder ein paar Abende miteinander haben."

„Wow, da bin ich schon jetzt völlig aus dem Häuschen. Verstehst du nicht? Ich bin nicht glücklich. Wir haben kaum Sex, die ganze Situation stresst uns jeden Tag. Wann waren wir das letzte Mal richtig zufrieden?"

„Wie kannst du mir das an den Kopf werfen?"

„Ich kann so nicht weitermachen. In letzter Zeit denke ich öfter darüber nach, einen Kopfsprung die Klippe runterzumachen, als es gesund ist."

„Willst du Schluss machen, oder was?"

Er schüttelte energisch den Kopf. „Eben nicht! Ich will uns eine neue Perspektive bringen, uns wieder zu dem machen, was wir waren."

„Ich will nicht zurück auf die Straße."

„Und das werden wir auch nicht."

„Lass uns die Sache noch einmal ordentlich besprechen." Es ging ihr zu schnell. Henri schien fest entschlossen. Er hatte öfter so fixe Ideen. Wenn sie Ruhe bewahrte und ihn hinhielt, würde er wieder runterkommen. Natürlich hatte er recht. Ihr Leben war nicht mehr dasselbe. Es hatte seinen Preis, dass sie sesshaft waren. Aber er vergaß die vielen Winter, da sie fast erfroren wären, die Tage, an denen sie nicht genug Geld hatten, um sich was zum Beißen zu kaufen. Er baute aus ihrer Vergangenheit ein Luftschloss, machte sich Illusionen. Sie musste ihn unbedingt davon abbringen, ihr Leben, das sie mühsam aufgebaut hatten, unüberlegt wegzuwerfen.

Kapitel 4

Bis auf eine Gruppe Jugendlicher, die ausprobiert hatten, ob der Wagen unverschlossen war, verlief die Nacht ruhig. Alea wurde kurz nach Sonnenaufgang von ihrem knurrenden Magen geweckt. Mit Konservendosen zum Frühstück freundete sie sich nicht an. Sie würde sich nötigenfalls am Bahnhof etwas zu essen holen oder die Fahrt hungrig durchstehen.

Sie packte zwei Sporttaschen. Eine für ihren Vater, in die sie genügend Unterwäsche und Oberbekleidung für die nächsten Tage einsteckte. In die zweite stopfte sie ihre eigenen Sachen, dazu eine Flasche Wasser, ein paar Habseligkeiten wie Ketten und Armbänder, um die sie fürchtete, wenn der Wohnwagen verwaist herumstehen würde, und ihren kostbarsten Besitz: die Abschiedsbriefe ihrer Mutter.

Sie lagerten in einer rostigen Metallbox, in der sie als kleines Kind Steine, Stöckchen und alles, was sie zum Spielen und Sammeln in der Natur fand, eingeschlossen hatte. Sie öffnete den Deckel und fuhr über das raue Papier.

Die Umschläge waren vergilbt von unzählbaren Gelegenheiten, da sie deren Inhalt gelesen und verinnerlicht hatte. Mittlerweile schaffte sie es, die Worte zu lesen, ohne in Tränen auszubrechen und stattdessen die schönen Momente mit ihr in Erinnerung zu rufen und sich ihr damit näher zu fühlen. Es war allerdings auch nicht mehr notwendig, die beschrifteten A4 Zettel aus den Kuverts zu befreien. Sie kannte die Briefe auswendig. Keiner lieferte ihr den Grund für ihr frühzeitiges Ende, linderte die Wut, die manchmal in Alea aufflammte, wenn sie daran dachte, dass sie ihre eigenen Prinzipien verraten hatte. Sie ließen einander nicht allein, hielten zusammen. *Warum hast du dich trotz allem aus unserem Leben geschlichen?*

Die Briefe lieferten Entschuldigungen, Glückwünsche zu ihren künftigen Geburtstagen, hoffnungsvolle Zukunftsvisionen und für Alea einen schweren Mantel der Verantwortung. Ihre Mutter war es, die stets den Zusammenhalt der Familie beschworen hatte. Sie hatte nie zugelassen, dass sie voneinander getrennt wurden. *Gib auf deinen Vater acht*, stand in praktisch jedem Brief.

Es war ihr schwergefallen, dieser Aufgabe gerecht zu werden. Ihr Vater war ein kreativer Chaot, wie es ihre Mutter gerne beschrieben hatte. Außerdem hütete er Alea lange Zeit wie eine Glucke, nachdem ihre Mutter von ihnen gegangen war. Je älter sie wurde, desto mehr hatte sie sich in die Organisation des Familientrupps eingebracht, hatte Listen für die Einkäufe geführt, den Wasserstand geprüft und dafür gesorgt, dass ihnen weder Benzin noch Gas ausgingen. Besonders zu spüren war das, wenn sie krank wurde und plötzlich keine Milch mehr im Kühlschrank war oder ihr Vater in Ermangelung einer Alternative Schnee schmolz, damit sie etwas zu trinken hatten.

Vor seiner Ehe war er ein Überlebenskünstler gewesen. Schimmliges Brot zu essen war kein Thema, genauso wenig wie ein paar Tage hungern oder kilometerweit mit einem Benzinkanister zur Tankstelle zu laufen. Ihre Mutter hatte sein Leben geordnet, dafür gesorgt, dass es ein halbwegs stabiles Umfeld für ein Kind bot.

Alea klappte die Metallbox zu und stellte sie zurück in den Hängeschrank über ihrer Schlafstätte. Sie konnte nicht zu ihrer Tante gehen. Er würde ohne sie nicht klarkommen. Außerdem wollte sie hier nicht weg.

Erneut arbeitete sie sich ein paar Stunden durch die Aktenordner. Jedes Mal, wenn sie das Gefühl hatte, ihr ginge ein Licht auf, erschien ihr das ganze System wieder unsinnig. Im Grunde war es nicht schwierig. Es gab Einkünfte und Ausgaben. Beide wurden dem Datum nach geordnet und aufgeschrieben. Aber da waren so viele Rechnungen und Gutschriften, die sie nicht recht zuordnen konnte. Bei den Ausgaben gab es verschiedene Kategorien, in die diese eingeteilt wurden. Außerdem hatte ihr Vater ein chaotisches System der Nummerierung. Offenbar waren ihm hin und wieder ein paar Rechnungen durchgerutscht. Die hatte er dann mal mit dem Vermerk einer späteren Verbuchung irgendwo einsortiert, mal das gesamte Ordnungsprinzip umgeworfen und hinter die Nummern Buchstaben eingefügt, um sie zwischen zwei verbuchte Rechnungen einzufügen.

Ihr Magen grummelte zusehends und lenkte sie ab. Am Ortsende, praktisch schon im Nachbarort, gab es einen kleinen Supermarkt. Die Frage war, ob ihr Bollerwagen die Fahrt überstehen würde. Sie prüfte die Räder. Das linke Vorderrad wackelte bedrohlich. Die Führungsstange war verbogen, außerdem fehlte eine Mutter, die das Rad in Position hielt. Die Einkäufe so weit zu schleppen, kam nicht infrage.

Notgedrungen zog sie los, nachdem sie sich eine Liste mit unbedingt notwendigen Lebensmitteln aufgeschrieben hatte. Für gewöhnlich zahlte sie bar. Bei ihren Auftritten kam immer nur Bargeld zusammen, von dem ihr Vater einen Teil auf das Konto einzahlte, um Miete, Steuern und dergleichen zu berappen. Doch nach ihrer vorletzten Nummer hatte er auf das Einkaufen vergessen. Leider war Alea eingeschlafen und konnte ihn nicht erinnern.

Auf dem Hinweg fuhr der Wagen, ohne zu zicken. Alea kaufte gewohntermaßen so günstig ein, wie es ging. Viele Konserven, Eigenmarken und die großen vier preiswerten und zugleich nährreichen Lebensmittel: Linsen, Kartoffeln, Nudeln und Reis. Oft kamen sie durch das ständige Trainieren und Auftreten nicht zum Kochen. An freien Tagen bereitete sie daher gerne einen großen Eintopf oder dergleichen vor, damit sie die Woche über davon essen konnten.

Auf dem Rückweg begegnete sie einer alten Dame, die sie von ihrem Auftritt wiedererkannte und in ein Gespräch verwickelte. Sie drückte ihr ihre Bewunderung aus, derweil sie mit dem Gewicht ihrer Einkäufe kämpfte und kaum vorankam. Alea nahm ihr die Tasche ab und legte sie über ihre Schulter. Mehr Gewicht mutete sie ihrem Handwagen nicht zu, der ohnehin ächzte und stöhnte wie ein geschundener Ackergaul.

Es war nur ein kleiner Umweg zu dem Haus der Dame. Alea war fast dankbar für die Ablenkung. Sie wollte ihr einen Zehner aufdrücken, aber Alea lehnte dankend ab. Ihre Eltern hatten ihr beigebracht, dass gegenseitige Hilfe eine Selbstverständlichkeit war und niemals einer Bezahlung bedurfte.

Als sie den Wagen die Steigung zur Hauptstraße hinaufzog, gab das vordere Rad endgültig nach. Sie probierte eine Weile, es wieder zu montieren, sah aber rasch ein, dass sie das nicht hinbekommen würde.

Allerlei Passanten gingen an ihr vorbei, warfen ihr verwunderte bis abschätzige Blicke zu. In solchen Momenten vermisste sie das Leben innerhalb der Zirkusgemeinschaft. Es hatte sich wie eine einzige große Familie angefühlt. Gemeinsames Essen, Einkaufen, Aufbauen des Zelts – egal um welchen Handgriff es ging, es gab immer eine freundliche Seele, die einem zur Seite stand. Sie war versucht, jemanden um Hilfe zu bitten, ließ es dann aber. Sie würde das allein hinbekommen. Sie lud die wuchtigen Einkaufstüten auf ihre Schultern und zog den wackeligen Wagen hintendrein.

Die Nachmittagssonne stach ihr in den Rücken, der sich zusehends nass vor Schweiß anfühlte. Sie bekam ein vages Gefühl für die Aufgabe des Unterpartners in der Akrobatik. Der Weg fühlte sich doppelt so lang wie auf dem Hinweg an. Zweimal stellte sie die Last ab, lehnte sich gegen eine Hauswand und atmete durch. Die Haut über ihrer Nase und den Wangen brannte. *Das wird ein ordentlicher Sonnenbrand.*

Endlich schaffte sie die letzte Biegung. Aus dem Garten eines Anwohners sah ihr ein älterer Mann aus schmalen Augen entgegen, der Alea bereits öfter aufgefallen war. Er saß bei sonnigem Wetter zumeist oberkörperfrei nahe der Straße, sprach hin und wieder Bekannte an und wirkte ansonsten einfach nur mürrisch.

Solche Leute musterten Alea meist nur von oben herab, weswegen sie die Blicke gar nicht erst erwiderte. Im Schatten des Wohnwagens sackte sie in sich zusammen und atmete durch. Ihre Pause währte nur kurz, denn zumindest Milch und Butter gehörten sofort in den Kühlschrank.

Als sie wieder aus dem Inneren zurückkehrte und sich gedanklich darauf vorbereitete, die unsäglich schweren Konserven die Treppe hochzuschleifen, bemerkte sie den alten Mann. Er schlurfte in Sandalen, die Hände hinter dem Rücken und den Kopf neugierig vorgeschoben die Straße entlang. Sie schenkte ihm keine größere Beachtung. Hoffentlich ging er weiter, spazierte nur eine Runde.

Vor dem Wohnwagen hielt er inne, musterte stirnrunzelnd, wie Alea eine Tasche nach der anderen hineinmanövrierte und schließlich den Bollerwagen zusammenklappte. Sie überlegte, ihn höflich anzusprechen. Manche alten Leute erwarteten das aus Respekt. Außerdem hatte ihr Vater gemeint, dass das Alter einsam machte und sie für jedes Gespräch dankbar wären. Aber dieser Geselle wirkte überhaupt nicht gesprächsfreudig so wie die Dame von vorhin. Viel eher griesgrämig, als suche er nach Streit.

„Was treibst du da, Mädchen?“, fragte er mit hochgerecktem Kinn.

Seine arrogante Tonlage motivierte Alea nicht zum Antworten. Ignorieren konnte sie ihn aber auch nicht. „Ich verstaue meine Einkäufe.“

„Bist du allein hier?“

Aleas Finger verkrampften sich. Eine kritische Frage, vor der ihre Eltern sie als kleines Kind gewarnt hatten. Sie musterte ihn unauffällig. Eine aufgedunsene Gestalt, sicher über siebzig Jahre. Sie rechnete nicht damit, dass er ihr gefährlich werden könnte. „Mein Vater schläft gerade."

„Dann hol ihn her", erwiderte er und schob die Lippen zu einem Strich.

„Er ist erschöpft. Ich möchte ihn nicht stören."

Seine Stirn kräuselte sich zusehends. „Das ist kein Campingplatz hier."

Alea verschränkte die Arme. „Wir halten hier nur."

„Der Wagen stand bereits gestern hier."

Sie leckte sich über die Lippen. „Und weiter?"

„Ich will, dass ihr das Teil hier wegschafft."

„Warum?"

„Weil Vagabunden hier nichts verloren haben."

Aleas Arme spannten sich an. Sie spürte Wut in sich aufkochen, aber mit solchen Leuten zu diskutieren, ergab keinen Sinn. „Sie wohnen doch da drüben. Sie sehen uns nicht einmal."

„Der Wagen kommt gefälligst weg – und zwar sofort!" Er unterstrich seine Worte, indem er mit dem Zeigefinger nach unten stach, als klopfe er auf eine Tischplatte.

„Wenn mein Vater wach ist, stellen wir ihn gerne um."

Er stemmte die Hände in die Hüften und nickte, ehe er sich in die Hosentasche griff. „Dann werde ich mal die Polizei informieren."

Alea schüttelte eilig den Kopf und machte beruhigende Handgesten, als tätschele sie einen knurrenden Hund. „Ich wecke ihn gleich."

Ein feistes Lächeln schlich sich auf seine Lippen. Überlegen. Triumphierend. „Ich warte."

Sie war nahe dran, ihre gute Kinderstube zu vergessen. Ein Schwall aus Schimpfwörtern, die sie in ihrer Schulzeit aufgeschnappt hatte, drohte ihren Mund zu verlassen. Stattdessen atmete sie einmal durch und ging ins Innere des Wagens. Durch die Windschutzscheibe sah sie, dass der Mann mit verschränkten Armen wartete.

Sie raufte sich die Haare. Was nun? Wenn er die Polizei rief, bekämen sie eine Strafe und der Wagen würde womöglich abgeschleppt. Außerdem käme die Frage auf, was eine Minderjährige ohne Wohnanschrift hier zu schaffen hatte. Sie musste die Sache selbst in die Hand nehmen.

Möglichst selbstsicher, damit er keinen Verdacht schöpfte, setzte sie sich auf den Fahrersitz. Er war auf ihren Vater eingestellt und zu weit unten für ihre Verhältnisse. Mit fahrigen Fingern versuchte sie ihn anzupassen, was nur halbwegs gelang. Sie wollte seine Geduld nicht unnötig strapazieren. Er kniff skeptisch ein Auge zusammen, schätzte wohl ab, ob sie alt genug zum Fahren war.

Sie hatte das bei ihrem Vater unzählige Male gesehen und ein paar Mal hatte er es ihr grob erklärt. Kupplung, Bremspedal und Gas. Erst den Gang einlegen, dann Gas geben, aber irgendwie gleichzeitig, weil sonst der Motor abstarb. Hoffentlich bekam sie ihn überhaupt eingeschaltet. Ihr Vater hatte da so seine Tricks, indem er mit dem Gaspedal spielte. Sie angelte den Zündschlüssel aus der Ablage neben der Tür und steckte ihn ins Schloss. Alle Welt fuhr Auto. So schwer konnte das nicht sein. Zunächst die Handbremse raus. Den Fehler beging ihr Vater ständig. Mittlerweile standen sie nur noch auf ebenem Gelände, weil sie so abgenutzt war, dass sie am Berg zu rollen anfingen.

Sie drehte den Schlüssel und das Auto machte einen Satz nach vorne, direkt auf den Mann zu. *Oh Gott, weich aus!*

Zum Glück war er geistesgegenwärtig genug, zwei Schritte rückwärts zu gehen. Er musterte sie ungläubig. Alea betätigte das Bremspedal und brachte den Wagen zum Stehen. Er hob eindeutig drohend den Zeigefinger, stieß unverständliche Flüche aus und holte sein Handy hervor. Alea atmete stoßweise und spürte, wie ihr Gesicht feuerrot anlief. Die Kupplung! Das war es! Rasch trat sie sie durch, drehte erneut, doch er startete nicht. Es war ihr nicht nur peinlich, langsam bekam sie Panik. Er würde die Polizei anrufen. Dann durfte sie sich dafür verantworten, ohne Führerschein zu fahren. Wahrscheinlich erzählte er denen, dass sie ihn fast überfahren hätte.

Sie drehte erneut und der Motor lief ruckelnd an. Sie stieg aufs Gas. Der Drehzahlmesser rauschte in die Höhe, doch nichts passierte. Probeweise zog sie den Fuß von der Kupplung und der Wagen sprang nach vorne. *Nicht schon wieder!*

Sie riss das Lenkrad herum und verfehlte den alten Mann, der eilig zur Seite lief. Dafür rammte sie fast einen Gartenzaun, ehe sie auf ein Haus zufuhr, was sie mit einer Linksdrehung knapp zu verhindern wusste.

Ihr Herz hämmerte im Stakkato. Sie fühlte sich schlimmer als jemals zuvor. Keine noch so gefährliche Turnübung jagte ihr eine solche Angst ein. Der Wagen brummte und zuckelte unter ihr, während sie das Gaspedal betätigte und furchtvoll wieder losließ. Der Fahrersitz vibrierte zwischenzeitlich so heftig, dass sie befürchtete, gleich explodiere der Motor. Nur wenn sie erneut aufs Gas trat, beruhigte sich das Zittern, dafür hüpfte der Wagen wie ein junges Fohlen.

Sie hatte keine Ahnung, wo der Blinker war, als sie auf die Hauptstraße einbog. Ein Fahrer, den sie schnitt, hupte sie schrill an. Sie entschuldigte sich mehrfach in Gedanken, aber sie wusste nicht, wie sie kurzfristig anhalten sollte. Sobald sie auf die Bremse trat, fühlte sich das Auto wie ein Stier beim Rodeo an. Irgendwo parken, egal wo. Sie wählte den einzigen Weg, der ihr bekannt war: Richtung Turnhalle.

Die Straße war fürchterlich eng. Ein Fahrzeug kam ihr entgegen und blinkte sie mit dem Fernlicht an. Der Fahrer zeigte ihr den Vogel, hupte schließlich, bis er eilends zurücksetze, da Alea weiter auf ihn zu schlich. Sie schlug das Lenkrad voll ein, um in ihre Zielstraße zu kommen. Das Auto radierte mit einem kreischenden Laut eine Hausmauer. Ihr traten die Tränen in die Augen und sie sendete hunderte Entschuldigungen in alle Richtungen. Zum Glück war heute bei der Turnhalle nichts los. Sonst war der Platz vollgeparkt und Alea hätte mit Sicherheit eine Menge verbogenes Metall produziert.

Sie lenkte den Wagen an die Seite und trat voll auf die Bremse. Das Auto ruckte wie ein wütender Bock, der sie abwerfen wollte, ehe es mit einem letzten Zucken zum Stillstand kam. Sie ließ den Kopf auf das Lenkrad fallen und stieß langgezogen die Luft aus. Das war vielleicht nicht der schlimmste Tag ihres Lebens, aber viel fehlte nicht mehr dafür. *Wie soll ich das noch tagelang durchstehen?*

*

Mit einer Tasche voll frischer Kleidung bewaffnet, kam Alea am nächsten Tag ins Krankenhaus. Das Treffen mit ihrem Vater bereitete ihr Kopfschmerzen. So sehr sie sich freute, ihn wiederzusehen, sie fürchtete, dass er nicht allzu erbaut über ihr Hierbleiben war. Bisher hatte es selten Grund für einen ausgewachsenen Streit zwischen ihnen gegeben. Der mit Training und Terminen gefüllte Tagesplan beschäftigte sie beide so gut, dass Diskussionen kurz und bündig abgehakt wurden.

Die Tasche wie einen Schild vor sich kam sie in sein Zimmer. „Ich bringe dir frische Sachen mit!“, kündigte sie frohlockend an.

Er wirkte nicht sonderlich überrascht, eher erleichtert. „Alea! Gott sei Dank, du bist wohlauf.“

Sie grinste ihn verlegen an. „Ich konnte nicht fahren.“ Sie stellte die Tasche neben seinem Bett ab. „Es ist so viel zu tun und ich lasse dich nicht allein.“

„Hast du im Hotel geschlafen?“

Sie drehte den Oberkörper hin und her. „Das ist zu teuer.“

„Du hast allein im Wohnwagen übernachtet?“ Seine Stimme zitterte. „Hast du überhaupt eine Ahnung, was passiert, wenn man dich dabei erwischt?“

„Ich mache keinem Ärger.“

„Die könnten dich mir wegnehmen! Willst du unbedingt in ein Krisenzentrum verfrachtet werden?“

„Komm schon Papa, ich bin fast erwachsen.“

„Zwei Jahre!“ Er hob Zeige- und Mittelfinger. „Warum hast du nicht auf mich gehört? Ich hätte vor lauter Sorge am liebsten die Polizei angerufen.“

„Denkst du, ich mache mir keine?“

„Mir geht es gut. Ich werde bald entlassen.“

„Und warum dann die Aufregung?“

„Ich will dich in Sicherheit wissen!“

„Bei Tante Evelyn? Da wäre ich besser auf einem Hochseildraht aufgehoben.“

Er krallte sich in seine Bettdecke, doch ehe er etwas erwidern konnte, kam der Arzt zur Visite herein.

„Guten Morgen, wie geht es Ihnen heute?“

Samuel mühte sich ein Lächeln ab und Alea lehnte sich gegen das Bettende. „Unverändert gut.“

„Ist das Ihre Tochter?“

Er nickte vage.

„Alea“, stellte sie sich vor. „Was fehlt meinem Vater?“

Samuel schüttelte eilig den Kopf, worauf der Arzt die Schultern hob. „Das wirst du ihn selbst fragen müssen.“

„Aber ich gehöre zur Familie!“

Er lächelte entschuldigend. „Die Schweigepflicht gilt uneingeschränkt – tut mir leid." Er wandte sich wieder Samuel zu. „Ich werde Ihnen heute ein Rezept für die Medikamente ausstellen. Morgen oder übermorgen entlassen wir Sie."

„Ich danke untertänigst."

Der Arzt tätschelte das Bettgestänge, als wolle er Samuel auf die Schulter klopfen, aber scheute davor. Er schmatzte verlegen und räusperte sich. „Dann einen schönen Tag. Rufen Sie mich, falls Sie noch Fragen haben." Er verließ den Raum.

Alea fixierte ihren Vater mit giftigem Blick. „Was sollte das?"

„Was meinst du?"

„Seit wann haben wir Geheimnisse voreinander?"

„Seit ich mich auf meine Tochter nicht mehr verlassen kann."

„Blödsinn! Du nutzt das nur als Vorwand."

„Alea, das ist meine Angelegenheit. Ich danke dir für die Wäsche, aber du siehst jetzt zu, dass du zu deiner Tante fährst."

„Nein, ich hab auch schon eingekauft. Ich komme klar. Außerdem bist du ja bald wieder zuhause."

„Wir werden nicht mehr im Wohnwagen leben."

„Was redest du da?"

„Du ziehst zu deiner Tante. Ich regele hier alles und komme dann nach."

Sie schüttelte energisch den Kopf. „Wir haben noch nicht das Geld zusammen. Außerdem brauchen wir ihn, um zu unseren Auftritten zu fahren."

„Schluss damit, Alea! Du hörst auf das, was ich dir sage." Er richtete sich auf und hob den Zeigefinger.

Alea stampfte auf und schlug gegen das Bettgestell. „Nein! Erklär mir gefälligst, was dieser Unsinn soll. Wir haben einen Traum und ziehen das durch."

„Das hast du nicht zu entscheiden."

„Und wie! Wir entscheiden immer gemeinsam und ich habe Mamas Rolle eingenommen. Hast du es schon vergessen? Wir machen alles zusammen, stehen zueinander und lassen den anderen nicht sitzen. Wenn einer ausfällt, springt der Nächste für ihn ein. Das hat Mama unaufhörlich gesagt und du hast ihr zugestimmt!"

„Jetzt hör aber ..."

Sie übertönte ihn mit einem wütenden Schrei. „Nein, du hörst zu! Erinnerst du dich, als Mama damals krank wurde als der Zirkus in Nürnberg stand? Da bin ich eingesprungen und wir haben eine super Show abgeliefert. Du kannst dich auf mich verlassen. Wir schaffen das gemeinsam, egal, was es ist. Wenn wir die Show ändern müssen, meinetwegen. Dann turnen wir eben sicherere Sachen. Wir haben auf diesen Traum so lange hin gespart. Mama hätte das für uns gewollt."

Samuel griff sich aufs Gesicht und zog die Hände wie einen Schwamm darüber. „Es geht nicht", erwiderte er schwach.

„Wenn du keinen Weg siehst, dann musst du die Sache nur aus einem anderen Blickwinkel betrachten."

Er lächelte kläglich. „Du klingst nicht nur wie sie, du benutzt auch ihre Worte."

Sie drehte die Handteller zur Decke. „Von ihr hast du dich nun mal am leichtesten zu etwas überreden lassen."

Er nickte nachdenklich und klopfte auf die Bettdecke. „Komm her, Alea", sagte er sanft.

Warum bist du so melancholisch? So kenne ich dich nicht. Sie folgte seiner Aufforderung, bemühte sich weiter um eine zuversichtliche Miene, nahm neben ihm Platz und ergriff seine dargebotene Hand.

„Ich wollte nicht, dass der Arzt dir etwas über meinen Zustand erzählt, weil ich selbst noch damit hadere. Außerdem weiß ich nicht, wie du mit der Situation umgehen wirst. Du hast genug Leid erfahren."

Was soll das werden? Erst wiegelst du mich ab und jetzt überdramatisierst du die Situation. Sie drückte seine Hand und rang sich ein Lächeln ab. „Seit Mamas Tod schockiert mich nichts mehr, keine Sorge."

Er strich ihr mit der freien Hand durch die Haare. „Und doch beschäftigt es dich bis heute."

Sie atmete tief ein und entließ die Luft mit einem Seufzer. „Sag es mir einfach. Bitte."

Er sah sie ernst an und nickte zögerlich. „Ich bin krank, Alea."

Sie kniff ein Auge zusammen. Die Aussage ängstigte sie und das kaschierte sie mit einem Grinsen. „Wenn Jammern als Krankheit durchgeht."

Er schüttelte entschieden den Kopf. „Sie haben einen Hirntumor bei mir entdeckt. Das war der Grund für meine Ausfälle."

Nein! Nein, sag, dass das nicht wahr ist. Du veralberst mich. Du willst mich ärgern! Warum tust du mir das an? Sie atmete, schloss die Augen und drückte die Information aus sich hinaus oder viel eher die emotionale Reaktion darauf. Sie wollte nicht weinen, nicht verzweifeln. Für jedes Problem gab es eine Lösung. „Dann entfernen wir ihn."

„Das ist nicht möglich. Der Eingriff ist zu kompliziert."

„Blödsinn! Die können heutzutage doch alles."

Er presste die Lippen zusammen und schüttelte den Kopf.

Alea sah weg, damit er ihre feuchten Augen nicht sah, aber das Zittern ihrer Stimme vermochte sie nicht zu unterdrücken. „Was bedeutet das für uns?"

„Mir bleiben einige Monate, vielleicht ein Jahr. Bis dahin regele ich unsere Angelegenheiten und sorge dafür, dass du ein Zuhause hast."

„Mein Zuhause ist da, wo du bist."

„Ich bin mir sicher, deine Tante macht eine Ausnahme, wenn sie weiß, dass ich nicht ewig bleibe", erwiderte er mit einem kläglichen Schmunzeln.

„Ich glaube das nicht", sagte sie leise und schüttelte den Kopf.

„Es tut mir leid."

„Nein!" Sie sprang auf. „Es gibt sicher eine Möglichkeit. Vielleicht hast du nicht ordentlich zugehört oder du warst nur zu knauserig, aber es muss etwas geben! Ich rede mit deinem Arzt!"

„Alea!", rief er ihr hinterher, doch sie hatte sich bereits auf den Weg gemacht und ließ sich durch nichts von ihrem Vorhaben abbringen.

*

Henri hatte eine Lösung für das Problem mit der fehlenden Trainingshalle gefunden. Der örtliche Turnverein bot an verschiedensten Tagen Kurse an. Von Geräteturnen über Kinder- und Jugendturnen war alles dabei. Der Mitgliedsbeitrag war gering und er hatte sich mit dem Trainer ausgemacht, dass sie alle Kurse offiziell besuchten, aber an keinem teilnahmen. Sie brauchten nur ein paar Matten und übten für sich allein.

Caro war von seiner Idee begeistert. Sie hatten lange nicht mehr die Zeit gehabt, zusammen zu üben, und sich dafür extra ein paar Tage Urlaub genommen. Es fühlte sich an wie früher. Er balancierte sie auf seinen Beinen, den Händen, in Hüfthöhe bis über seinen Kopf hinaus. Mit den sichernden Matten unter sich wagten sie sich viel mehr, übten alte Elemente wieder ein und erprobten neue.

Caro war ein Naturtalent. Henri hatte sie damals auf der Straße kennengelernt. Er hatte Erfahrungen aus dem Leistungsturnen, sie hatte nur die aus dem Schulsport. Doch ihr Lernwille war begeisterungswürdig. Sie sah in ihrem Tun eine Möglichkeit, sich auf der Straße über Wasser zu halten und übte wie eine Besessene.

Genau denselben Eifer entdeckte er jetzt in ihren Augen wieder. *Hast du deinen Widerstand endlich aufgegeben? Bist du damit einverstanden, dass wir teilnehmen?* Sie hatten nicht mehr viel darüber geredet. Caro mied das Thema eisern und wann immer Henri darauf zu sprechen kam, wusste sie ihn abzulenken.

Als sie beide völlig verschwitzt zu ihren Wasserflaschen in die Umkleide gingen, drückte sie ihm einen Kuss auf. „Das sollten wir öfter wieder machen. Ich fühle mich um zehn Jahre jünger."

Er lachte auf und trank einen gierigen Schluck. „Ich sagte dir doch, es ist wie Fahrradfahren. Wir sind immer noch unschlagbar gut."

Caro stierte ins Innere der Halle, wo der Nachwuchs seine ersten Bodenturnübungen erlernte. „Im Vergleich zu dem, was ich die letzten Tage hier turnen gesehen habe, gebe ich dir Recht."

„Und genauso sieht es im Rest von Österreich aus. Wir sind keine Turnernation wie die USA, Russland oder China. Nicht einmal im Fußball haben wir was vorzuzeigen. Dieser Wettbewerb ist ein Geschenk an uns. Unsere einzigen Gegner sind irgendwelche Vereinsturner, die das bis zu ihrer Jugend durchziehen, ehe sie feststellen, dass man mit Turnen in Österreich nichts erreicht. Wir können nicht verlieren."

Caro schüttelte schmunzelnd den Kopf. „Was hast du nur eingeworfen?"

„Ich bin optimistisch."

„Eher auf irgendwas drauf." Sie tippte sich an die Schläfe. „Als ob du alle Turner von Österreich kennen würdest. Komm, machen wir weiter."

Er hielt sie an der Schulter, als sie in die Halle zurückgehen wollte. „Ich habe den Makler beauftragt, einen Käufer zu finden."

„Du hast was?" Ihre Stimme nahm einen schrillen Klang an.

Henri schloss die Tür zur Turnhalle und deutete ihr mit den Händen, die Stimme zu senken. „Diese Chance ist einmalig. Ein völlig unbekannter

Wettbewerb, der noch dazu so hoch dotiert ist. Beim nächsten Mal ist der über die Landesgrenzen bekannt und die Konkurrenz wird erdrückend."

„Sogar der Lackaffe hat gemeint, wir sollen uns einig werden. Wie kannst du das hinter meinem Rücken entscheiden?"

„Du siehst es einfach nicht."

„Was sehe ich nicht?"

„Unsere Zukunft. Eine bessere Zukunft."

„Du bist ein Träumer."

„Dieser Träumer hat dich von der Straße geholt."

„Ich hätte das auch allein geschafft!"

Henri streifte wild gestikulierend durch die Umkleide. „Ich hab dir alles beigebracht, dich von den Drogen weggeholt. Ich habe uns damals aus der Scheiße gezogen, ich schaffe es auch diesmal."

„Du bist ein arroganter Arsch. Vergiss nicht, dass das Haus zur Hälfte mir gehört!"

Da irrst du dich. Er wagte nicht, es laut auszusprechen, sah zu Boden und trat von einem Fuß auf den anderen.

„Da schaust du blöd aus der Wäsche, was? Ich lasse nicht zu, dass du unseren Traum wegwirfst. Das, worauf wir so lange gespart haben."

„Die Bruchbude meinst du wohl eher!"

„Wir sind doch dabei, ein Traumschloss daraus zu basteln."

Er formte die Hände zu Klauen. Am liebsten würde er ihr an die Gurgel springen. „Wir haben keine Kohle, verdammt noch mal!"

„Ja, und für diesen Wettbewerb erst recht nicht."

„Ich mache so nicht weiter." Er verschränkte die Arme und sah von ihr weg. *Entweder du ziehst mit mir oder wir gehen getrennte Wege*, fügte er in Gedanken hinzu.

„Willst du mich sitzenlassen, oder was?"

„Auf jeden Fall will ich so nicht mehr leben. Mir nicht jeden Tag Sorgen machen und nur darauf warten, auf ein langes, unglückliches Leben zurückzublicken."

„Wie kannst du unsere Beziehung so bezeichnen, du blödes Arschloch?"

„Haben wir überhaupt noch eine? Warum glaubst du, mache ich das alles hinter deinem Rücken? Weil man mit dir nicht mehr reden kann. Du bist völlig fertig von deinem Job, verpennst das bisschen Freizeit, dass er dir lässt, und bist mies gelaunt."

„Wir biegen das wieder gerade.“ Sie machte einen Schritt auf ihn zu, wollte ihn berühren. Er wischte ihre Hand weg. „Komm schon Henri, wir waren doch immer so verknallt.“

„Das reicht einfach nicht. Zieh es mit mir durch oder wir lassen's bleiben. Wenn wir uns trennen, müssen wir das Haus so oder so verkaufen. Allein kann sich keiner die Raten leisten.“

Caro ließ sich auf die Garderobenbank fallen und barg das Gesicht in den Händen. Sie weinte nicht. Das hatte sie nie getan. Seit Henri sie kennengelernt hatte, war sie vielleicht exzentrisch, verrückt und aufbrausend gewesen – aber sie hatte sich nie die Blöße gegeben, auch nur eine Träne zu vergießen. „Als du damals dein Sandwich mit mir geteilt hast, hast du versprochen, dass wir alles gemeinsam durchziehen.“

„Das Versprechen galt beidseitig“, erwiderte er nüchtern. Er würde diesen Augenblick auch nicht vergessen. Als er sich entschieden hatte, Straßenkünstler zu werden, war jeder Tag ein Kampf ums Überleben gewesen. Er war Sportakrobat und hatte ein paar Tricks drauf, um die Leute zum Spenden zu motivieren, ohne sie direkt anbetteln zu müssen. Es gab bessere und schlimmere Zeiten. Als er Caro kennenlernte, galt es plötzlich zwei Mäuler zu versorgen. Er war noch öfter hungrig als bisher, dafür glücklicher. Er war nicht mehr allein. Würde er es ein zweites Mal ohne jemanden an seiner Seite aushalten?

„Du bist felsenfest überzeugt?“, fragte sie.

„Ich weiche keinen Millimeter von meiner Entscheidung zurück.“

Sie zögerte. In ihrem Kopf wirbelten die Gedanken durcheinander. Henri hatte Recht. Sie kämpften sich irgendwie durch. Caro war so dankbar, nicht mehr auf einer Parkbank oder in einem U-Bahn Tunnel zu schlafen, dass sie es ignoriert hatte. Aber glücklich waren sie allemal nicht. Nicht einmal zufrieden. „Okay“, sagte sie schließlich.

Er hob überrascht den Blick. „Was soll das heißen?“

Sie zwang sich ein Lächeln auf. „Ziehen wir es durch.“

Ungläubig blinzelte er.

„Jetzt schau nicht so blöd.“ Sie gab ihm einen Schubs. „Du hast mir damals diesen ganzen Mist beigebracht und es hat funktioniert. Ich rate dir, dass dein Plan diesmal mindestens genauso gut ist.“

Henris Herz hämmerte. Damit hatte er nicht mehr gerechnet. Die letzten Tage war er eher alle Optionen im Falle ihrer Trennung durchgegangen.

Sein Herz hatte bei dem Gedanken geblutet, diese innige Verbindung gegen seine Freiheit einzutauschen. Er sank auf die Knie und ergriff ihre Hände. Im Gegensatz zu ihr war er zu einiges mehr an Rührung fähig, doch er bekam nur feuchte Augen und verkniff sich offene Tränen. „Ich verspreche, dich nicht zu enttäuschen.“

Sie schüttelte den Kopf und sah ihn versonnen an. „Ich hoffe, das gilt auch für heute Nacht“, raunte sie ihm ins Ohr.

Auf seine Lippen schlich sich ein freudiges Grinsen. *Von jetzt an wird wieder alles wie früher. Nur um Welten besser.*

*

Samuels behandelnder Arzt war nur ein paar Zimmer weiter, wo er die Visite bei dem Rest seiner Patienten durchführte. Alea wartete geduldig, bis er damit fertig war, einen älteren Herrn zu beraten, ehe sie ihn beim Hinausgehen abfing.

„Oh, du bist es. Wie gesagt, es tut mir leid, aber ich ...“

Alea verschränkte die Arme. „Nicht nötig, er hat mir erzählt, was er hat.“

Er sah zu beiden Seiten und leckte sich über die Lippen. „Wenn du darüber reden willst, wir haben Psychologen im Haus, die darauf spezialisiert sind.“

„Ich brauche keinen Seelenklempner. Ich möchte wissen, warum Sie meinen Vater nicht operieren.“

„Das ist ein komplexes Thema.“

„Sie haben doch studiert. Bestimmt können Sie es für Dummköpfe erklären.“

Er lächelte belustigt und rieb sich die Schläfe. „Alea richtig?“

Sie nickte knapp. Es kostete sie einiges an Mühe, ernst und hartnäckig zu bleiben. Am liebsten würde sie sich in eine Ecke verziehen und losheulen.

„Der Tumor deines Vaters ist zu groß und ungünstig gelegen. Die Gefahr einer Komplikation ist zu groß.“

„Aber er stirbt, wenn Sie ihn nicht herausholen!“

„Wir haben mit deinem Vater darüber gesprochen. Er kann noch ein gutes Jahr haben.“

„Mein Vater hat es nicht einmal in Erwägung gezogen, sich operieren zu lassen?"

Er kratzte sich auf Höhe seiner Brusttasche. „Das ist auch eine Kostenfrage. Hier im Haus haben wir niemanden, der sich an so etwas wagen würde. Wir müssten einen Chirurgen aus dem Ausland herbeordern."

„Und was kostet das?"

„Ich habe die Summe nicht genau im Kopf."

„Ungefähr."

„Ein paar hunderttausend Euro inklusive der Operation. Dein Vater ist nicht unbedingt gut versichert."

Sie nickte mit zusammengepressten Lippen. „Danke."

Er lächelte ihr erleichtert zu. „Gern geschehen."

Sie drehte abrupt um und marschierte ins Zimmer ihres Vaters zurück. „Wir gehen zum Acrowinx."

„Wie bitte?"

„Du hast mir verheimlicht, dass es eine Chance gibt, dein Leben zu retten."

„Weil wir es uns nicht leisten können."

„Wenn wir den Wettbewerb gewinnen schon."

„Und falls nicht? Dann fehlt dir ein Polster für die Zukunft. Die Teilnahme würde Unsummen verschlingen."

„Wiegst du dein Leben gerade in Geld auf? Ist das dein Ernst? Glaubst du, ich will damit leben, dass du für meine abgesicherte Zukunft stirbst?" Sie packte ihn am Revers. Nun kullerten ihr die Tränen wie schwere Regentropfen aus den Augen. „Ich lasse dich nicht sterben! Du hast mir versprochen, dass du bei mir bleibst, als Mama gegangen ist. Halte dein Versprechen, verdammt noch mal!"

Er wischte sich über die feuchten Augen. „Alea, versteh doch, du brauchst dieses Geld. Denk an deine Zukunft."

„Was für eine Zukunft? In meinem neuen Heim bei dem Oberteufel persönlich? Ich habe nur dich und ich gebe dich nicht her – niemals!" Sie ließ ihn los und ging ans Bettende, wo sie sich mit dem Ärmel über die Augen wischte, ehe sie wildentschlossen zu ihm zurücksah. „Wir geben nicht auf. Es gibt immer einen Weg!"

„Und wenn es schief geht?"

„Dann haben wir zumindest alles versucht."

„Nein, darauf setze ich nicht. Nicht bei deiner Schulbildung!“

„Was soll das jetzt bitte heißen?“

„Glaubst du, wir hätten nie mit deinen Lehrern gesprochen? Dass sie dich durchwinken, weil du ohnehin mal im Zirkus arbeiten wirst.“

Sie biss sich auf die Unterlippe. „Stimmt doch auch. Ich will nichts anderes aus mir machen.“

„Warum glaubst du, habe ich nicht versucht, wieder bei einem Zirkus einzusteigen?“

„Weil uns der letzte sitzengelassen hat, als dieser Mist mit der Pandemie losging?“

Er schüttelte den Kopf. „Es ist zu unsicher. Ich habe mit deiner Mutter darüber gesprochen. Wir wollten, dass du aus dem Geschäft aussteigst. Es ist zu unwägbar.“

Sie lachte unecht auf. „Ist das dein Ernst? Ich liebe die Akrobatik. Warum sollte ich nicht arbeiten, was ich gerne tue?“

„Damit deine Kinder einmal nicht in einem Wohnwagen aufwachsen müssen, ständig die Schule wechseln und am Ende kaum eins und eins zusammenrechnen können.“

„Ich hatte die schönste Kindheit, die man sich vorstellen kann!“

„Du hast uns ständig um ein Handy angebettelt, dir kabelloses Internet gewünscht, all das, was andere in deinem Alter hatten.“

„Weil ich blöd war! Was interessiert mich das heute?“

Er seufzte langgezogen. „Ich schäme mich dafür, dass ich dir nichts Besseres bieten konnte.“

Warum tust du das? Warum machst du die Erinnerungen an meine Kindheit kaputt? Es war perfekt. Wir waren immer zusammen. Wir waren glücklich bis ...

„Du hast keine Ahnung, was ich will, und offensichtlich ist es dir auch egal!“

„Das ist nicht wahr! Du bist zu jung, um das ...“

Sie hielt sich die Hände auf die Ohren, lief aus dem Zimmer und knallte die Tür hinter sich zu. Sie musste die Sache selbst in die Hand nehmen.

Kapitel 5

Es war entschieden und Caro fühlte sich wie im freien Fall. Äußerlich gab sie sich entschlossen, innerlich brodelte die Angst. Sie hatten dem Makler Bescheid gegeben, er möge sich auf die Suche nach Interessenten machen. Wenn sie statt der erhofften dreihundert Riesen zumindest zweihundert rausbekamen, kämen sie knapp aus dem Kredit und es würde sich alles gerade so ausgehen.

Für den Moment hatten sie sich einen Kleinkredit bei einer Onlinebank genommen, um die Meldegebühr und ihre neuen Anzüge zu bezahlen. Es war wie der Sprung vom Drei-Meter-Brett. Jetzt gab es kein Zurück mehr. Bisher konnten sie die Raten des Hypothekarkredits nur dank Urlaubs- und Weihnachtsgeld stemmen. Mit dieser zusätzlichen Ratenbezahlung schlitterte ihr Konto immer weiter in die roten Zahlen.

Das ängstigte Caro und spornte sie gleichzeitig an. Es ähnelte dem Leben auf der Straße. Jeder Tag war ein neuer Kampf ums Überleben. Von nun an konnten sie keine Gelegenheit zum Üben mehr auslassen. Der Wettkampf entschied über Sein und Nichtsein.

In letzter Zeit gingen ihre Überlegungen in die Richtung, ein drittes Gruppenmitglied aufzunehmen. Es gab sehr viele Trio-Übungen in der Akrobatik. Ihre Möglichkeiten an Variationen würden sich ins Unendliche erweitern. Immerhin mussten sie langfristig denken und konnten nicht bei jedem Auftritt dasselbe vorführen. Es wäre leichter, in die Breite zu gehen und neue Elemente mit mehr Partnern zu zeigen, als nach oben zu schauen und die Schwierigkeit ihrer Partnerübungen hochzuschrauben.

Sie schlüpfte in den schillernden Gymnastikanzug. Wann war das letzte Mal, dass sie einen Body getragen hatte? Ihr Spiegelbild verblüffte sie. Sie war es von klein auf gewohnt, zu weite Klamotten zu tragen, die ihr Bruder vor ihr ausgeleiert hatte. Das war auch eine Methode, die Blessuren zu verstecken, die ihr Vater ihr zugefügt hatte. Jetzt die Konturen ihres Körpers unter dem hautengen Anzug nachvollziehen zu können, begeisterte sie.

Vorfreudig hüpfte sie in die Halle, wo Henri in einem ähnlichen Aufzug mit langer Hose auf sie wartete. Sein Gymnastikanzug schillerte weniger.

Ihm fehlte es an Pailletten und er zeigte kaum Haut. Nichtsdestotrotz wippte sie mit den Brauen bei seinem Anblick. *Das ist mein Freund.* Sie ergötzte sich an den Blicken der Umstehenden. *Wir machen das Richtige, sind wieder ein Team und ziehen an einem Strang.*

„Du bist wunderschön“, sagte Henri und nahm sie in den Arm. „Ich könnte dich auf der Stelle vernaschen.“

Sie hauchte ihm einen Kuss auf die Lippen. „Berühren darfst du mich schonmal“, erwiderte sie und zwinkerte ihm zu, ehe sie ihn zum Mattenwagen führte, wo sie sich eine kleine Turnfläche aufbauten.

Mit den Anzügen fühlte es sich um einiges freier an. Er verhedderte sich nicht länger in ihrem Shirt. Jede Berührung fühlte sich intensiver an. Sie spürte seinen Muskeln durch den hauchdünnen Stoff und konnte sich seinen Bewegungen leichter anpassen. Sie starteten mit simplen Übungen zum Aufwärmen, gingen in die Höhe und probierten zuletzt Wurfelemente, die sie kürzlich erst einstudiert hatten.

Jemand klatschte ihnen Applaus. Ein älterer Turner, der überhaupt nicht zu dem Altersschnitt hier passte. „Schöner Auftritt“, sagte er.

Caro wischte sich den Schweiß von der Stirn. Der Anzug wirkte äußerlich zwar luftig leicht, aber der Samt brachte sie gehörig ins Schwitzen. Der Mann sah fit aus. Er war eine Spur kleiner als Henri, dafür um Weiten stämmiger. Seine Oberarme konnten mit denen einiger prominenter Schauspieler konkurrieren. Er trug ein schwarzes Tanktop und Shorts und blieb auf angemessenem Abstand.

„Der ist verdammt gut. Ich hab ihn eben am Reck gesehen“, raunte Henri ihr ins Ohr.

„Bist du nur Zuschauer oder turnst du auch selbst?“, fragte Caro.

Der Angesprochene deutete auf das Reck. „Ich vergnüge, mich wenn ich hier bin, mit der Stange.“

„Ein Geräteturner also“, meinte Caro ernüchtert.

„Auch.“ Er überwand die Distanz zwischen ihnen und hielt ihr die Hand hin. „Benjamin. Aber die meisten nennen mich nur Ben.“

Sie stellten sich vor. „Schade, dass du dich nicht für Akrobatik interessierst. Wir haben überlegt, einen dritten Partner ins Boot zu holen.“

„Partnerakrobatik betreibe ich beruflich. Das hier ist nur zum Spaß.“

Nur zum Spaß? Und das auf diesem Niveau? Caro sah zu Henri rüber. In seinen Augen glitzerte dieselbe Begeisterung wie in ihren. *Was für ein Glücksgriff.*

„Beruflich? Bist du Straßenkünstler?“, fragte Henri.

„Das habe ich früher mal überlegt, aber nein, ich bin in einer Gruppe unterwegs. Und ihr? Ihr seht aus wie Wettkampfturner. Betreibt ihr Sportakrobatik?“

Henri schüttelte den Kopf. „Wir machen das freiberuflich, wenn man so will.“

„Ich dachte, die österreichischen Gruppen sind alle im Ausland?“, raunte Caro ihm zu.

Henri hob nur die Schultern. In seinem Gesicht spiegelte sich dieselbe Überraschung wider wie in ihrem. „Wie heißt eure Gruppe?“

„*The Slash.* Wir treten eigentlich in Vegas auf. Zurzeit bin ich gewissermaßen auf Heimaturlaub.“ Ben deutete hinter sich. „Hier habe ich früher trainiert.“

Die beiden sahen sich zusehends begeistert an. *Der Typ kommt daher, wo wir hinwollen. Eine bessere Ergänzung für unser Team gibt es nicht.* Caro räusperte sich. Sie musste cool bleiben, durfte nicht verzweifelt wirken. „Wie wär's? Nutz deinen Urlaub doch, um nebenbei was mit uns aufzuziehen. Wir nehmen am Acrowinx teil, was davon gehört?“

Ben lachte auf. „Klar. Was glaubt ihr, warum ich hier bin? Meine Gruppe ist extra dafür angereist.“

Caro erstarrte innerlich. *So viel zu keiner Konkurrenz.* „Also spionierst du uns nach?“

Ben wedelte abwehrend mit den Händen. „Nein, ich hab euch einfach nur gern zugesehen. Ihr macht das klasse.“

Caro schob die Lippen zusammen. „Wir werden euch im Wettkampf in den Boden stampfen. Mach dir keine zu großen Hoffnungen.“

„Ich steh auf einen guten Kampf. Vor allem bei so einer hübschen Lady.“ Er zwinkerte ihr zu und hob die Hand. „Euch noch viel Spaß beim Üben. Ich muss unter die Dusche. Mein Willi fühlt sich schon wie in der Sauna.“

Als Ben den Raum verließ, sank Henri in die Hocke.

„Was ist los?“, fragte Caro.

„Ich habe von denen gehört.“

„Und weiter? Er hat doch selbst gesagt, dass er uns gut findet."

Henri schüttelte verzweifelt den Kopf. „Im Vergleich zu *The Slash* sind wir nichts." Er packte seinen Anzug und stand auf. „Wir bringen das sofort zurück und blasen die Sache ab. Die Anzüge haben wir online gekauft, das können wir retournieren. Wir ..."

„Stopp!" Sie griff ihm auf die Brust. „Du hast uns da reingeritten, jetzt ziehen wir das durch. Es geht nur um einen Gegner, der sich hier wichtig macht."

„Es gibt nur einen Gewinner. Der zweite Platz bekommt nichts, außer ein paar lobende Worte vielleicht."

„Dann werden wir sie eben besiegen."

„Wie? Das ist eine ganze Armee von Berufsakrobaten!"

Caro lächelte heimtückisch. „Der Wettbewerb muss nicht unbedingt auf der Matte entschieden werden."

„Was hast du vor?"

„Dieses Mal bin ich damit dran, uns aus der Scheiße zu ziehen." *Dieser Ben wird wichtig für deren Team sein. Er muss sich nur beim Training verletzen und schon fehlt ihnen ein Mann.*

*

Alea gönnte sich ausnahmsweise einen Cheeseburger. Sie konnte mit dem Geschmack nicht wirklich etwas anfangen. Fastfood hatte es bei ihnen praktisch nie gegeben. Aber sie war auch nicht des Essens wegen hier. Während sie kleine Bröckchen von dem Burger abriss und damit sich selbst und ein paar Spatzen fütterte, suchte sie fieberhaft nach einer Lösung im Internet.

Das alte Familiennotebook stöhnte wie eine Dampflok und lud Internetseiten so langsam, als würden die Datenpakete von einem Boten hin- und hergetragen. Kein Wunder, dass sie sich nie dafür begeistern hatte können.

Sie brauchten eine Menge Geld und besaßen nicht einmal ein Zehntel davon. Sie durchforstete Jobangebote, die weit weniger lukrativ waren als ihre Auftritte. Darauf folgten Kreditangebote und sogar unseriöse Anbieter, die jungen Frauen Urlaub inklusive eines Taschengelds in Höhe von mehreren tausend Euro anboten. All das reichte einfach nicht.

Selbst wenn sie einen Haufen Sofortkredite gleichzeitig bei verschiedenen Anbietern beantragen würde – wofür sie wahrscheinlich langfristig im Gefängnis landen würden – es wäre nicht ausreichend. Es ging nicht anders. Mit den 300.000 Euro des Acrowinx Wettbewerbs hätten sie sicher genug.

Sie trippelte mit den Fingern auf dem Tisch herum. Bisher hatten sie jede Entscheidung gemeinsam getragen. Selbst Kleinigkeiten besprach ihr Vater mit ihr – auch wenn er in der Regel bereits für sich einen Entschluss gefasst hatte und nur auf ihr Einverständnis wartete. Sie hintergingen einander nicht. Das war ausgeschlossen.

Sie überflog die Websites diverser Anbieter von Gymnastikanzügen. Die Preise für maßgeschneiderte Wettkampfoutfits waren enorm. In diesem Punkt war an Sparen nicht zu denken. Die Aufmachung zählte bei der Bewertung mit. Alles musste perfekt sein. Jeder Auftritt ein neues Kostüm. In ihrem Kopf wuchs ein Plan heran, derweil sie mehrere Outfits in den Warenkorb legte. Sie kannte die Maße ihres Vaters. Immerhin besorgte sie ihm hin und wieder etwas Neues zum Anziehen. Er selbst würde seine Hosen tragen, bis die Löcher darin Löcher bekamen.

Die Anmeldegebühr würde sicher einiges ausmachen, dazu die sündhaft teuren Anzüge und die Turnsaalgebühren, die sie auf der Homepage der Gemeinde zusammenrechnete. Der virtuelle Geldberg türmte sich. Sie hatte sechs Seiten gleichzeitig geöffnet und rechnete auf dem Taschenrechner des Computers mit. Der Endbetrag ließ ihr den Schweiß aus den Poren treten. Mit solchen Summen hatte sie nie gehandelt. Alles in ihr schrie abzubrechen, sofort umzukehren. Sie würde die Waren bei der Post abholen müssen. Immerhin hatte sie keine feste Adresse. Den Rest erledigte sie per E-Mail.

Zu guter Letzt rief sie die Website des Acrowinx Veranstalters auf. Achthundert Euro Anmeldegebühr. Angeblich für bereitgestelltes Equipment, Werbemaßnahmen, eine eigene Umkleide, Accessoires und solcherlei. Das sollte wohl Amateure abschrecken, damit der Wettbewerb nicht übervoll wurde. Oder aber er finanzierte sich darüber. Es gab eine Qualifikationsrunde, in der die Besten vorab aussortiert wurden.

Sie füllte das Anmeldeformular aus. Ihr Finger schwebte über der linken Maustaste. Sie musste nur noch bestätigen. Welche Wahl hatte sie schon? Aufgeben war keine Option. Doch sie fürchtete sich vor der Reaktion ihres

Vaters. So richtig wütend hatte sie ihn bisher nie erlebt. Das hier war Verrat. Eine Kränkung in einem Ausmaß, wie sie es sich nie erträumt hätte.

Ihr Handy vibrierte. Eine ihr unbekannte Nummer.

„Hallo?“

„Alea, schön, dass du abhebst.“ Es war ihr Vater.

Sie presste die Lippen zusammen. In ihr rumorte immer noch die Wut darüber, dass er aufgab und sie zu ihrer Tante ziehen sollte. „Du hast ein neues Handy.“

„Ja, eine Schwester hat mir eins mitgebracht. Nichts Besonderes, aber es reicht zum Telefonieren. Hast du dich beruhigt?“

Sie kniff die Augen zusammen. „Geht so.“

„Alea, ich weiß, das ist alles etwas viel auf einmal.“

Sie schnaubte nur.

„Wir werden das durchstehen, so wie immer.“

Ein Nicken. „Du hast Recht.“ Sie klickte auf Anmelden und ehe irgendetwas in ihr es sich anders überlegen konnte, schickte sie auch die Bestellungen ab. „Ich habe alles für den Wettbewerb besorgt.“

„Du hast was?“

„Eingekauft.“

Samuel schwieg, doch sie hörte ihn bemüht atmen. „Hinter meinem Rücken?“

„Wenn wir gewonnen haben, wirst du mir dankbar sein.“

Minuten des Schweigens. Weinte er? Sie war sich nicht sicher.

„Papa, ich weiß, du willst das nicht. Aber es ist mein Leben und ich habe mich entschieden.“

Stille in der Leitung. Es kribbelte auf Aleas Haut.

„Okay“, antwortete er schlicht.

Alea hob überrascht beide Brauen. „Okay?“

„Jetzt ist es ohnehin zu spät, vergossene Milch.“

„Bist du mir nicht böse?“

„Ich bin dir unheimlich böse, aber das ändert nichts daran, oder?“

Alea schmunzelte. „Gut, dass ich so weit weg bin.“

„Ich freue mich schon auf deinen nächsten Besuch.“

„Vielleicht bleibst du ein paar Tage mehr im Krankenhaus, bis du wieder runtergekommen bist.“

„Hast du die Kostüme schon ausgesucht?“, wechselte er plötzlich das Thema.

„Ja, wieso?“

Sie hörte ihn aufstöhnen. „Sag mir nicht, du hast irgendetwas in Rosa oder Lila genommen?“

„Lass dich überraschen. Bisher hast du dich doch auch auf meinen Geschmack, was Mode angeht, verlassen.“

„Ich versinke schon jetzt im Boden.“

Alea lächelte in sich hinein. Er konnte so schnell von einer Laune in die nächste umspringen. Ein Relikt aus Aleas Kindheit. Ihre Emotionen waren häufiger mit ihr durchgegangen und er hatte sich blitzartig darauf eingestellt. *Heute verstellst du dich wieder genau wie früher, um es mir Recht zu machen, was?*

„Ich hab dich lieb, Papa.“

Er zögerte. „Ich dich auch, Schatz.“

„Wir sehen uns bald, ja?“

„Darauf kannst du Gift nehmen und dann setzt es was“, erwiderte er mit einem Lachen.

Sie legte auf und atmete erleichtert aus. *Es wird sich alles zum Guten wenden.*

*

Aufgeregt und mit einem Collegeblock unter dem Arm eilte Alea ins Krankenhaus. Heute wurde ihr Vater entlassen. Sie hatte die letzten Tage mit Planen und Überlegen verbracht, den Turnsaal für ihr Training gebucht – kurzum, alles war vorbereitet.

„Können wir los?“, fragte sie, gleich nachdem sie ins Zimmer gestürmt kam.

Samuel saß bereits angezogen auf seinem Bett und lächelte ihr entgegen. „Du bist zu früh. Ich warte auf die Papiere.“

Sie umarmten sich. Alea setzte sich neben ihn und öffnete den Collegeblock. „Das macht nichts. Dann stelle ich dir derweil unsere Choreografien vor.“

Er fuhr sich durchs Haar. „Du hast alles durchgeplant?“

Sie nickte eifrig und zeigte ihm ein kariertes Blatt, welches überzogen war von Zahlen, Pfeilen, Kreisen und darunter Strichmännchen, die verschiedene Partnerübungen darstellten. „Ich habe mir überlegt, dass ich diese Elemente selbst landen könnte“, meinte sie und deutete auf drei der Figuren.

„Die sind zu hoch – du brichst dir die Knie.“

„Nicht wenn ich abrolle. Gib mir etwas Schub nach vorne, damit ich nicht senkrecht runterfalle ...“

Samuel hob beide Hände abwehrend in die Luft. „Du übertreibst. Ist das für den ersten Auftritt?“

Sie blätterte weiter. „Klar, hier, das ist für den nach der Qualifikation.“

Er blinzelte mit weit aufgerissenen Augen. „Du bist völlig verrückt. Das grenzt an einen Selbstmordversuch.“

Sie tippte sich an die Unterlippe. „Wir müssen sie umhauen.“

„Nicht, indem du dir das Genick brichst. Wie viel Zeit haben wir hierfür überhaupt?“

„Einen Monat ungefähr.“

„Wir sehen uns das zuhause noch einmal an, ja?“

Sie zog eine Schmolllippe. „Das hat mich Tage gekostet!“

„Wir müssen es ja nicht über den Haufen werfen, aber vielleicht eine Spur entschärfen.“

Sie verschränkte die Arme vor der Brust. „Du könntest mir auch vertrauen.“

„Apropos Vertrauen.“ Er rieb ihr die Faust über den Kopf, als zermahle er Kaffeebohnen. „Du gibst mir jetzt schleunigst meine Bankkarte zurück.“

Alea stöhnte auf. „Ist ja gut!“

Schließlich kam der Arzt herein, gab ihm letzte Instruktionen für seine Heimkehr und am Schalter erhielt Samuel seine Entlassungspapiere. Alea war heilfroh, dass jetzt ihr gewohnter Alltag zurückkehrte. Sie war stolz darauf, durchgehalten zu haben, aber musste zugeben, dass das Leben allein ihr überhaupt nicht behagte. Ein Grund mehr, dass ihr Vater nicht gehen durfte. Sie würde alles daran setzen.

„Erwartet mich zuhause ein Saustall?“

„Es ist ordentlicher als je zuvor.“

„Ich hoffe, du hast kein Chaos in meine Buchhaltung gebracht.“

„Eine Spur Ordnung vielleicht. Deine Zettelwirtschaft kann man kaum noch chaotischer gestalten."

Er verdrehte die Augen. „Ihr Frauen versteht nichts davon. Das ist höhere Mathematik. Eine Kunst für sich."

„Darf ich dich erinnern, dass Mama dir das beigebracht hat?", erwiderte sie mit einem kecken Zwinkern.

Er lachte auf und drückte die Ausgangstür auf. Helles Sonnenlicht schien ihnen entgegen und er schirmte seine Augen dagegen ab. „Daran werde ich mich wieder gewöhnen müssen."

„Eher nicht. Wir werden Tag und Nacht im Turnsaal verbringen."

Er schüttelte schmunzelnd den Kopf und hielt inne.

„Wenn wir den Wettbewerb gewinnen wollen, können wir uns keine Pause gönnen", quasselte Alea weiter und stoppte zwei Schritte später, als sie merkte, dass Samuel nicht folgte. „Bekommst du jetzt plötzlich Trennungsängste?", witzelte sie und beugte sich hinab, um einen Blick in seine Augen zu erhaschen.

Samuel war vornübergebeugt und stützte eine Hand auf sein Knie.

„Papa?" Der Humor war aus ihrer Stimme gewichen und sie lief zu ihm zurück. Gerade schnell genug, um ihn aufzufangen, als er vornüberkippte. „Hilfe! Helft uns!", schrie sie. Doch niemand kam. Man sah zu ihnen hin, manch einer ging ignorant weiter, aber keiner schritt ein. Erst als ein Türwächter des Krankenhauses davon Wind bekam, eilte er hinaus und half Alea, ihren Vater nach drinnen zu bringen.

Stunden später saß Alea neben dem Bett ihres Vaters auf der Intensivstation. Er war gerade am Aufwachen und nicht ganz bei sich. Sie drückte seine Hand und lächelte ihm aufmunternd zu.

„Sein Tumor ist schneller gewachsen als erwartet", erklärte ihr sein Arzt. „Er wird vorerst hierbleiben müssen."

„Das geht aber nicht. Ich brauche ihn. Können Sie ihm nicht helfen?"

Der Arzt schüttelte den Kopf. „Seine Ausfälle werden häufiger werden - und gefährlicher. Er muss unter ständiger ärztlicher Aufsicht bleiben."

Eine Schwester rief ihn zu einem anderen Patienten. Er legte ihr die Hand auf die Schulter. „Ich komme später wieder, dann besprechen wir die Sache im Detail."

Alea presste die Augen zusammen und ließ den Kopf hängen. *Nicht weinen. Nicht weinen. Wir schaffen das irgendwie.* Sie hatte einen Batzen Geld aus dem Fenster geworfen, dazu unheimlich viel Zeit mit der Planung verbracht und jetzt das.

„Kannst du die Bestellung noch stornieren?“, fragte Samuel mit kläglich schwacher Stimme. Es war mehr ein Flüstern.

Sie schüttelte den Kopf. „Ich hab alles schon bekommen und ausgepackt. Außerdem gebe ich nicht auf.“

Er lachte. Es ging in einem Husten unter. „Was hast du vor? Schleifst du mich am Tag des Auftritts hier raus?“

Sie sah von ihm weg. Ihre Gedanken rasten. Natürlich nicht. Er konnte nicht turnen. Das Risiko war zu groß. Was hatte sie davon, wenn sie es auf Biegen und Brechen durchzogen und er plötzlich umfiel und starb? „Ich finde einen anderen Partner!“

„Ich wusste gar nicht, dass die auf Bäumen wachsen.“

„Wir sind hier in Wien.“

„Und du hast nur einen Monat Zeit. Selbst wenn du einen Ersatz findest …“

Sie hielt ihm den Zeigefinger auf den Mund. „Schon dich. Du klingst wie unser Staubsauger, kurz bevor er den Geist aufgegeben hat.“

Er griff an ihre Wange und streichelte sie. „Geh zu deiner Tante. Du kannst nicht allein leben. Es ist zu gefährlich. Du bist zu jung.“

Sie ergriff die Hand und schüttelte den Kopf. „Ich kriege das hin, vertrau mir.“

Sein Kopf kippte zur Seite und er weinte. Es kostete Alea alles an Willenskraft, um es ihm nicht gleichzutun. Seine Hand fiel herab und sie legte sie sanft auf der Matratze ab, streichelte seine Wange, bis er die Augen schloss. „Ruh dich aus Papa. Bald wird es dir besser gehen. Ich verspreche es dir.“

Kapitel 6

Alea zog durch den Ortskern von Maria Anzbach und ersetzte Flyer, die ständig vom irgendjemandem heruntergerissen wurden. In Wien hatte sie auch einige ihrer handgeschriebenen Zettel ausgehängt. Das hatte zu einer Menge kurioser Anrufe geführt, die in erster Linie den Preis für ihre *akrobatischen Leistungen*, ihr Alter und sonstige unpassende Auskünfte verlangten.

Hier in der Gegend hatte es praktisch keinen Widerhall gegeben. Einzig ein Mann hatte angerufen, der sich darüber beschwerte, dass sie seine Hauswand mit ihrem Zettel beklebt hatte. Wahrscheinlich lag es am fehlenden Verständnis für das, was sie wollte. Daher hatte sie nun eine Zeichnung beigefügt, die sie an das Gekritzel eines Kleinkinds erinnerte, aber doch klarmachen sollte, worum es ging.

Außerdem hatte sie darunter geschrieben, was sie alles *nicht* suchte. Die Liste war beinahe länger als die ihres Gesuchs.

Ihr Handy klingelte, als sie einen Zettel mit Klebeband befestigte. *Bitte nicht wieder so ein Komiker.*

Es war Noel, einer der ehemaligen Arbeitskollegen ihres Vaters. Sie hatte seine Kontaktliste wahllos durchgerufen. Einige Nummern existierten nicht mehr und eine Menge hoben beim ersten Versuch nicht ab. Die meisten waren immer noch in Deutschland oder weiter weg, hatten mittlerweile einen anderen Job gefunden oder keine Erfahrung in der Partnerakrobatik.

„Hey, hallo Noel."

„Samuel?", fragte dieser irritiert.

„Seine Tochter, Alea."

Er lachte auf. „Mein Gott, wie erwachsen du klingst."

Sie konnte sich an ihn kaum erinnern, aber er offenbar an sie. „Ist ein paar Jahre her."

„Was brauchst du? Oder hat dein Vater mich angerufen?"

„Papa liegt im Krankenhaus. Ich suche eine Vertretung für ihn."

Er stieß einen langgezogenen Laut des Bedauerns aus. „Mein Beileid. Macht er immer noch diese Partnerfiguren?"

„Ja, ich weiß leider nicht mehr, was du damals ..."

„Ich arbeite jetzt im Büro. Bin ziemlich aus der Form gekommen. Bewundernswert, dass ihr euch durchgekämpft habt bei der Wirtschaftslage."

Sie seufzte innerlich auf. Ein weiterer Fehlschlag. „Kennst du zufällig noch jemanden, den ich fragen könnte?"

„Tut mir leid. Die meisten haben das Handtuch geworfen und die Wenigen, die noch immer dabei sind, sind über alle Berge."

„Danke trotzdem."

„Grüß deinen Vater."

Sie hätte das Telefon am liebsten auf den Boden geworfen und zertreten. Der Wettbewerb rückte von Tag zu Tag näher und sie war nicht einmal nahe dran, einen Partner zu finden.

„Du bist das also mit diesem Zettelwerk." Eine Frau hatte sich unbemerkt an Alea herangeschlichen und klaubte ihren Aushang von der Wand. „Süß. Hast du das gemalt?"

Alea schob die Brauen zusammen. „Ja, hab ich." Sie nahm es ihr wieder ab. „Aber wenn jeder es einfach abreißt, finde ich nie jemanden."

Die Frau lehnte sich mit dem Ellbogen gegen die Wand und betrachtete sie abschätzig, derweil sie auf einem Kaugummi kaute. Alea musterte sie aus den Augenwinkeln und befestigte den Schrieb aufs Neue. Sie hatte krauses, braunes Haar, ein spitz zulaufendes Gesicht und volle Lippen. Eine hübsche und gleichzeitig verwegen wirkende Gestalt. „So findest du keinen Partner."

„Sie sind wohl eine Expertin."

Sie hob die Schultern an und drehte sich von ihr weg. „Ich betreib den Sport selbst." Damit machte sie ein paar Schritte weg.

Alea folgte ihr eilig. „Soll das heißen, Sie können mir helfen?"

„Ich könnte", erwiderte diese mit hochgezogenen Brauen.

Alea faltete die Hände und senkte den Kopf. „Bitte!"

Die Frau lachte auf. „Du musst ja echt verzweifelt sein."

„Ich brauche dringend einen neuen Unterpartner."

„Hat dein alter dich sitzenlassen?"

„Er ist krank."

Sie schürzte die Lippen. „Dann warte doch, bis er wieder gesund ist. Ich finde, man tauscht nicht einfach so seinen Turnpartner wie ein Paar Socken.“

„Er ist sehr krank“, erwiderte Alea mit Nachdruck.

„Tut mir leid.“ Sie blies ihren Kaugummi zu einer Blase, ließ sie zerplatzen und saugte sie wieder in ihren Mund. „Hier in der Gegend kannst du dir die Sucherei sparen.“

„Warum?“

„Weil hier tote Hose ist. Außer ein paar Jugendlichen gibt es hier praktisch keinen, mit dem man etwas anfangen könnte.“

„In Wien habe ich auch Zettel aufgehängt.“

Die Frau schüttelte den Kopf. „Mein Gott, aus welchem Jahrhundert kommst du, Mädchen? Wie heißt du überhaupt?“

„Alea.“

„Wow, das erklärt einiges.“ Sie schüttelte mit dramatischer Miene den Kopf. „Caro.“ Damit riss sie ihren Zettel von der Wand und zerknüllte ihn. „Das hier ist genauso veraltet wie dein Name, der wahrscheinlich aus irgendeinem Fantasyroman geklaut wurde.“

Alea verschränkte die Arme und schaute grimmig drein. *Arrogante Kuh.*

Caro holte ihr Handy aus der Tasche und tippte etwas ein, ehe sie Alea das Display zeigte, auf dem irgendetwas von Akrobatik und eine Menge Text aufschien. „Die Leute benutzen heutzutage Facebookgruppen für so was.“

„Ich habe kein Facebook.“ *Und nicht einmal eine Ahnung, was das genau ist.*

Caro sah sie entgeistert an. „Ist nicht dein Ernst?“ Sie legte Alea den Arm um die Schulter und führte sie zu einer Sitzbank. „Dein Vater ist der Mann im Mond, was? Komm, ich schule dich ein.“

Sie ließ sich Aleas Handy geben, welches sie als antiquiert brandmarkte, sich beschwerte, dass sie kein Internet draufhatte und es widerwillig auf den neusten Stand brachte. Alea erhielt einen Crash-Kurs in Social Media. Caro stellte Kontakte für sie her, schrieb Texte, bei denen Alea rote Wangen bekam, aber sie wagte keinen Einspruch. Diese Frau war unverfroren, doch sie kannte sich zumindest aus. Schließlich gab Caro ihr das Handy zurück.

„Morgen, 16 Uhr, im Augarten. Das ist ein Park in Wien - findest du da hin?"

„Kein Problem", gab Alea sich selbstbewusst. Heute Abend würde sie wieder bei einem Burger sitzen und recherchieren. „Danke." Sie wusste nicht recht, was sie mehr sagen sollte. Caro war ihr keineswegs sympathisch, aber sie hatte ihr geholfen.

Caro winkte ab. „Keine Ursache. Ist ein tolles Hobby – gerade in deinem Alter."

„Ich mache das beruflich", erwiderte Alea.

Caro lachte auf. „Schon klar. Das hier ist ja auch Vegas."

„Wir sind hier in der Gegend aufgetreten."

Caro runzelte die Stirn. „Du meinst das ernst?"

Alea nickte dazu.

„Tja gratuliere, dann bist du sicher nicht übel."

Alea wiegte den Kopf hin und her. Sie wollte nicht angeben. „Ich will den Acrowinx gewinnen."

Mit einem Mal verdüsterte sich Caros Miene. „Du nimmst da teil?"

„Warum nicht?"

„Du hast nicht einmal einen Partner!"

Alea wedelte mit dem Handy und lächelte sie an. „Dank dir vielleicht bald schon."

Caro kniff ein Auge zusammen, stand auf und strich ihre Hose glatt. „Lass das lieber. Ist reine Geldverschwendung. Als ob du in den paar Wochen mit deinem Partner so ein Niveau erreichst."

„Ich geb mir Mühe."

Caro machte eine wegwerfende Geste. „Dann viel Erfolg bei deiner Suche, mach's gut." Sie eilte davon, als hätte sie sich an Alea verbrannt.

Alea drückte das Handy an ihre Brust. Es gab wieder Hoffnung. Und offensichtlich eine Konkurrentin im Wettkampf, deren Namen sie jetzt kannte.

*

Caro peitschte den Wagen über der Höchstgeschwindigkeit die Landstraße entlang. Ihre Laune konnte heute nichts trüben. Eben hatten sie ihre offizielle Anmeldung zum Wettbewerb abgegeben. Im Moment lebte sie wie in einer Blase, ignorierte alles um sich herum. Sei es der Kontostand, diesen Ben im Training oder Henris Trübsinn, den er seit dem Treffen mit Ben an den Tag legte.

Sie waren auf dem Weg zu Herrn Markinson. In letzter Zeit hatten sie kaum etwas von ihrem Makler gehört. Caro hätte erwartet, sich darüber zu freuen. Doch mittlerweile hatte sich ihr rosaroter Blick getrübt. Sie erkannte in dem Haus, was es wirklich war. Eine notdürftig geflickte Bruchbude, die sie überteuert gekauft hatten und die ihnen alle Energie und Lebensfreude weggefressen hatte.

„Hast du die Typen bei der Anmeldung gesehen?“, fragte sie.

Henri sah von seinem Schoß auf und nickte. „Mehr Konkurrenz als erwartet. Bei dem Startgeld hätte ich nicht damit gerechnet, dass es Hunderte Bewerber gibt.“

„Hunderte Amateure! Wenn ich an den langen Dürren denke, der in dem roten Shirt. Mit den Salzstangenarmen hebt der nicht einmal ein Kind in die Höhe.“

„Vielleicht ist seine Partnerin ein Hungerhaken.“

„Was ist los? Bin ich jetzt die Einzige, die an unseren Sieg glaubt?“

Henri hob die Schultern. „Wir schaffen das schon, aber die Sache mit dem Haus sitzt mir im Nacken. Wir haben den Überzugsrahmen erreicht und wenn wir die Raten für den Sofortkredit nicht bezahlen, wird er auf einen Schlag fällig.“

„Dann machen wir dem Schlipsträger jetzt ein wenig Druck, was?“ Sie parkte den Wagen auf dem Mitarbeiterparkplatz vor dem Maklerbüro.

„Bringen wir es hinter uns.“

„Ich sollte das Reden übernehmen“, meinte Caro und drängelte sich vor. „Bei deiner Haltung wird das nichts.“

Sie gingen hintereinander nach drinnen. Caro war Henri zwei Schritte voraus, der einen eher schlurfenden Gang hatte. *War ja klar. Zuerst zwingt er mich, mitzumachen, und jetzt darf ich das Ruder in die Hand nehmen.* Das Büro beherbergte drei Makler derselben Firma. Caro machte Herrn Markinson am hintersten Tisch aus, wo er gerade ein Telefonat führte. Ohne auf den fragenden Blick des Manns vorne zu achten, ging sie schnurstracks nach hinten und pflanzte sich ihm gegenüber mit überschlagenen Beinen auf einen der zwei Sessel.

Sie winkte vor seinem Gesichtsfeld, was dieser mit irritiertem Blick quittierte. „Sagen Sie dem Typen, Sie rufen zurück."

Henri gesellte sich zu ihr. „Caro", maßregelte er sie streng.

„Nichts da Caro. Ich wette, wer auch immer in der Leitung hängt, war erst nach uns da."

„Verzeihen Sie einen Moment", sagte der Makler in den Hörer. Er hielt die Hand auf die Sprechmuschel und musterte die beiden mit erhobenen Brauen. „Hatten wir einen Termin?"

„Wir haben jetzt einen, ja", antwortete Caro vorschnell.

„Es tut mir leid. Ich habe gleich eine Hausbesichtigung. Wir müssen das auf ein anderes Mal verschieben."

Caro verzog den Mund. Sie kannte diese kaltschnäuzige Art und Weise. Sie hatte sie oft genug auf Ämtern erlebt, wo ähnliche Gestalten saßen und einen von oben herab betrachteten. Sie langte nach vorne und drückte den Schalter, der die Verbindung des Telefons unterbrach. Herr Markinson und Henri sahen sie beide ungläubig an.

„Was für ein Glück. Gerade hat sich ein Zeitfenster aufgetan", meinte sie mit einem breiten Grinsen und verschränkte die Arme.

„Das ist unglaublich. Wie kommen Sie dazu, mein Gespräch zu beenden?"

„Ich bitte vielmals um Entschuldigung, Herr Markinson. Wir gehen sofort wieder", sagte Henri, doch Caro hielt ihm die Hand mit Nachdruck auf den Oberschenkel.

„Ich nicht." Als der Makler Anstalten machte, seinen Klienten zurückzurufen, zog sie das Telefonkabel aus seinem Apparat. „Sie schulden uns ein Angebot. Erst erzählen sie uns Märchen von einem Boom auf dem Immobilienmarkt und kaum geben wir grünes Licht, hören wir nichts mehr von Ihnen."

Ihre grimmige Miene ließ Herr Markinson wie betäubt in seinen Bürostuhl zurückfallen. „Frau Laben, es tut mir leid, aber die Preisvorstellung ihres Hauses entspricht nicht dem, was die Leute dafür zu zahlen bereit sind."

„Sie haben doch gesagt, die Hütte ist dreihundert Riesen wert, Sie kleiner Hochstapler!"

Henri versank neben ihr in seinem Sessel.

„Jetzt hören Sie mal! Ich habe klar gesagt, dass diese Summe realistisch für ein renoviertes Haus wäre."

„Wir haben die Wände neu gestrichen."

„Und Sie glauben, das ist alles?" Er kramte aus einem Ordner ein Stück Papier heraus und ging es durch. „Wasserflecken an den Wänden, der Garten völlig verwildert, unerlaubte Umbaumaßnahmen, fragwürdige Bausubstanz. Soll ich weitermachen?"

„Kommen Sie zum Punkt!"

Er presste seinen Zeigefinger in die Schreibtischplatte. „Ihr Haus braucht eine Renovierung durch eine Fachfirma."

„Das sagen Sie jetzt?"

„Ich dachte, das wäre jedem Menschen, mit einer gesunden Portion Menschenverstand klar."

„Sehen wir aus, als hätten wir die Kohle so locker sitzen?!"

Er seufzte und bedachte Caro mit einem beinahe verständnisvollen Blick. „Frau Laben. Sie investieren vielleicht 50.000 in das Haus und bekommen ein Vielfaches davon wieder raus. Überbrücken Sie das Ganze mit einem Kredit. Es wird sich für Sie lohnen."

Uns gibt keiner einen Kredit, du Arschloch! Am liebsten hätte sie den Gedanken laut ausgesprochen. „Was können wir sonst tun?"

„Es abreißen lassen. Das wäre günstiger. Die Bodenplatte können Sie vielleicht stehenlassen. Wenn sie den Rest des Grunds roden, dürfte der Baugrund mehr wert sein als das Haus in diesem Zustand."

„Wir sollen unser Zuhause einreißen auf gut Glück hin, dass jemand dort bauen will?"

Er richtete seine Brille. „Es dürfte länger dauern, es anzubringen, aber sich trotzdem lohnen."

„Lassen wir es gut sein ", sagte Henri und wollte sich aufrichten.

„Nein!" Caro stand so schnell auf, dass Herr Markinson ein Stück zurückrollte, als fürchte er sich, dass sie ihm gleich eine langen würde. „Wir verkaufen es so, wie es ist. Sie müssen doch irgendeinen Käufer haben."

Markinson nickte zögerlich und ging Notizen in seinem Ordner durch. „Ich habe einen gewerblichen Interessenten. Der wird das Haus wohl auch einreißen wollen. Dadurch sparen Sie sich den Schritt. Er würde 150.000

dafür zahlen. Ich habe ihn abgewiesen, weil das weit unter Ihren Erwartungen lag."

Henri schüttelte verdrossen den Kopf. „Damit kommen wir niemals durch."

„Wir nehmen es", sagte Caro entschieden.

„Wie bitte?"

Sie reckte Henri den Zeigefinger entgegen. „Wir ziehen das jetzt durch, komme, was wolle!"

„Damit stehen wir völlig mittellos da. Wir können uns im besten Fall das Hotel leisten, aber sonst ..."

„Wenn wir gewinnen, schwimmen wir in Geld."

„Und was wenn nicht?"

„Das wird nicht passieren."

„Wie kommst du darauf? Wieso bist du plötzlich so euphorisch?" Henri breitete in stummer Verzweiflung die Hände aus.

„Weil ich dafür sorgen werde, dass wir gewinnen." *Und wenn ich alle anderen Teilnehmer umlegen muss. Wir schaffen das.*

*

Der Augarten war riesig. Sie verschwendete mindestens eine halbe Stunde damit, durch die weitläufige Parkanlage im Herzen von Wien zu irren, bis sie auf einer offenen Grasfläche eine Gruppe von über zehn Personen sah, die miteinander turnten.

Eine gut durchmischte Ansammlung von Frauen und Männern unterschiedlichsten Alters. Die meisten trainierten Techniken auf den Füßen. Alea hatte mitbekommen, dass das momentan unter dem Namen AcroYoga im Trend war. Sie stellte sich mit einigem Abstand neben einen Baum und musterte die Kleingrüppchen. Sie waren meist zu dritt oder viert zusammen. Einer lag am Boden, zumeist eine Frau balancierte in verschiedensten Figuren auf dessen Füßen und zwei Helfer sicherten die Oberpartnerin vor einem möglichen Sturz.

Einer der Unterpartner erschien ihr relativ geschickt. Seine Oberpartnerin wechselte flink von einer in die nächste Position. Es wirkte auf Alea, als würden die Figuren sich im Kreis bewegen und immer wieder zu einer Ausgangsposition zurückkehren. Ein Stück weiter übte sich ein Paar an

Hebefiguren. Doch so wackelig wie das spindeldürre Mädchen auf den Händen ihres Partners lag, wäre er kaum in der Lage, Alea zu heben.

Sie besaß zwar den üblichen Körperbau einer Oberpartnerin, mit schmalen Hüften und schlanken Oberschenkeln, hatte aber trotzdem einiges an Gewicht. Ein Stück weiter rechts übte ein Typ mit kurz geschorenen Haaren mit gleich drei Oberpartnerinnen. Sie waren allesamt sicher kaum älter als vierzehn, kicherten, als würden sie die ganze Zeit nur Späße machen und waren vom Gewicht her kaum der Rede wert. Ihr Partner warf sie gekonnt in die Luft und fing sie wieder auf. Ob er auch in der Lage wäre, mehr Gewicht zu stemmen?

Als sie näher kam, begrüßte sie ein blondhaariger junger Mann mit schulterlangem Haar und Dreitagebart. Er reichte ihr kumpelhaft die Hand. „Bist du nur zum Zusehen gekommen oder machst du mit?“

Alea wippte mit den Brauen. „Ich suche einen neuen Unterpartner.“

„Hast du schon Erfahrung?“

„Ein bisschen“, antwortete sie. Wenn es um das Herumwirbeln auf den Füßen ging, dann eher wenig. Die Positionen selbst wirkten nicht unbedingt schwierig, doch die Übergänge, die Handhaltung und das Eindrehen in die nächste Figur erforderten Kenntnisse des Ablaufs.

„Soll ich dir ein paar Sachen zeigen?“

„Warum nicht?“ Ihr Wunschpartner war ohnehin gut beschäftigt. Vielleicht war der hier besser, als sie ihn einschätzte. Er hatte kräftige Oberarme aber insgesamt eine schlaksige Gestalt. Zumindest knüpfte sie so einen ersten Kontakt.

„Einen Bird auf den Füßen?“

Sie legte den Kopf schief und er zeigte auf ein Paar, bei dem die Oberpartnerin mit überstrecktem Rücken mit der Hüfte auf dessen Füßen balancierte. *Langweilig.* Sie nickte. „Klar legen wir los.“

Er legte sich auf eine Yogamatte und sie stellte sich vor ihn hin. „Brauchst du einen Spotter?“

Alea schätzte, dass ein Helfer gemeint war, und sie schüttelte den Kopf. Besser sie zeigte gleich, was sie draufhatte, damit der Rest der Gruppe ihre Fertigkeiten einschätzen konnte. Einige neugierige Blicke fing sie als Neue bereits ein.

Er reichte ihr die Hände, doch sie schüttelte den Kopf, positionierte seine Füße auf ihrer Hüfte und sprang. Offensichtlich überraschte sie den

Mann damit, denn statt rechtzeitig zu stoppen und sie auszubalancieren, kippten seine Beine in Richtung seiner Brust.

Alea fiel vornüber und drohte auf seinem Gesicht zu landen. Sie streckte die Arme aus, schob die Hüfte voran und zog sich in den Handstand hinauf. Ihren Rücken überstreckend, gelangte sie zurück auf die Füße.

Ihr Partner sprang auf und hob entschuldigend die Hände. „Sorry, du hast mich total überrascht. Ich dachte, wir sagen los, ehe wir starten."

Sie winkte ab. „Schon gut."

Damit hatte sie die Aufmerksamkeit der anderen, die sie, ob ihrer turnerischen Leistung, fassungslos musterten. Eine Vielzahl von Partnern boten sich ihr zum Üben an. Alea nahm bereitwillig jede Einladung an. Sie konnte nicht gänzlich glänzen, nachdem ihr viele Übungen nicht geläufig waren und ihre Partner nicht die Kraft hatten, sie auf den Händen zu halten. Die Zeit verging rasend und sie zweifelte, ob sie heute einen Fang machte.

Es war später Nachmittag und die meisten brachen bereits auf. Einige unterhielten sich noch angeregt mit Alea, wollten sie näher kennenlernen, doch sie war einfach nur ernüchtert.

„Wer ist das da drüben eigentlich?", fragte sie, als sich die Gelegenheit ergab.

Florian, der Unterpartner, der ihr zuerst aufgefallen war – und den sie trotz seiner mangelnden Fertigkeiten als sehr sympathisch empfand – verzog den Mund. „Das ist Joshua. Der schleift hier ständig neue Mädchen an und post mit ihnen."

„Ist er gut?"

Florian hob die Schultern. „Besser als die meisten. Aber unheimlich arrogant." Ihr Interesse an ihm ärgerte Florian sichtlich. Er versuchte, das Gespräch rasch wieder auf etwas anderes zu lenken. „Planst du, öfter hierherzukommen? Ich finde, das mit uns hat super gepasst heute."

Sie biss sich auf die Unterlippe. Am liebsten hätte sie ja gesagt. Florian war ein sympathischer Kerl, grundanständig und mit ihm konnte man endlos reden. Aber sie brauchte nun mal einen guten Akrobaten, so sehr sie sich ebenso einen guten Freund wünschte. Sie gab ihm ihre Nummer, verneinte aber. „Ich brauche fürs Erste einen starken Partner für den Acrowinx Wettbewerb."

„Du willst da mitmachen?", fragte er erstaunt.

„Ich *werde* da mitmachen“, entgegnete sie und richtete sich auf. Sie verabschiedete sich von ihm und ging auf Joshua zu. Er übte noch immer mit zwei Mädchen und ein Freund in Jeans und schlabberigem T-Shirt saß daneben und feuerte sie an. Arrogant also? Mit solchen Typen hatte sie Erfahrung.

„Kriegst du auch eine Partnerin hoch, die aus der Volksschule raus ist?“, fragte sie, die Hände in die Hüften gestemmt.

Joshua setzte das Mädchen ab und musterte Alea abschätzig von oben bis unten. „Wenn sie springen kann.“

Alea lächelte überlegen. Es war nicht ihre Art, anzugeben, aber ihr fehlte die Zeit, lange um den heißen Brei herumzureden. Sie ging in die Hocke und vollführte einen Salto rückwärts aus dem Stand. Hinter sich hörte sie erstauntes Aufatmen.

Joshua hatte sich besser im Griff. „Nett“, murmelte er und winkte sie zu sich, „zeig her, was du sonst so draufhast.“

Er hatte keine Scham, sie mit den Händen an der Hüfte zu greifen. Dieses Mal wartete sie ab, bis er ihr ein deutliches Zeichen gab, indem er ein- und ausatmete. Sie wollte aus dieser Höhe nicht unbedingt kopfüber abstürzen. Mit einem kräftigen Sprung gelangte sie nach oben und streckte sich wie ein Vogel aus. Joshuas Hände zitterten unter ihr und sie hörte seinen gepressten Atem. Das bereitete ihr eine Spur Genugtuung. Er war sicher vom vielen Turnen erschöpft und sie schwerer als alle seine bisherigen Partnerinnen. Doch sein Stolz verbot es ihm wohl, das zuzugeben.

Ein paar Sekunden später setzte er sie mit hochrotem Gesicht ab.

„Schon fertig?“, stichelte sie.

Er wischte sich den Schweiß von der Stirn und trank einen großen Schluck aus seiner Wasserflasche. „Noch lange nicht.“

Sie übten weiter, gingen Techniken durch, die Alea geläufiger waren, bis Joshua sichtlich erschöpft war und Alea gütigerweise seinen Stolz schonte und vorschlug, dass sie es für heute gut sein ließen.

Er war weit unter den Fertigkeiten ihres Vaters, aber um einiges besser als der Rest hier. Wenn sie wie verrückt trainierten, konnte das hinhauen. Sie verschwendete keine Zeit.

„Ich hab vor, zum Acrowinx zu gehen.“

Er lachte auf. „Hast wohl Geld zu viel?“

„Mir fehlt ein Unterpartner.“

Er kniff ein Auge zusammen. „Dein Ernst?“

„Hast du den Mumm dazu?“

Er schürzte die Lippen und zuckte die Achseln. „Klar.“

Sie verabredeten sich für den nächsten Tag wieder hier. Das ständige Hin- und Herfahren würde teuer werden. Sie musste ihn am Ball halten und langfristig nach Maria Anzbach in die Turnhalle manövrieren, die sie extra hierfür gebucht hatte.

„Dann sehen wir uns morgen.“ Sie wollte ihm die Hand reichen, doch er umarmte sie.

„So machen wir das hier“, meinte er.

Alea löste sich möglichst schnell wieder. Sie war eine derartige Intimität mit einem Fremden nicht gewohnt. Florian beobachtete sie missmutig und begleitete sie auf dem Weg zur U-Bahn. „Und du bist dir sicher, dass du das willst?“

„Ich habe keine Wahl“, erwiderte sie. *Ein gutes Gefühl habe ich auch nicht dabei. Aber wir können es schaffen. Er hat das Zeug dazu.*

Joshua und sein Freund Michael machten sich auch auf den Heimweg. Die anderen Mädchen hatten das Weite gesucht, nachdem er sich nur noch mit Alea beschäftigt hatte. Er verbarg die Hände in den Hosentaschen und starrte zu Boden.

„Die hat dich fertiggemacht, was?“, meinte Michael.

Joshua verpasste ihm einen Klaps auf den Hinterkopf. „Blödsinn.“

„Du hattest zwei heiße Mädels an der Leine. Warum hast du dich auf die eingelassen?“

„Hast du dir das Gestell mal angesehen?“

Michael verschränkte die Arme hinter dem Kopf. „Bei der merkt man doch gleich, dass die prüde ist.“

„Die will weitermachen. Wenn wir uns erstmal nähergekommen sind, knacke ich sie“, gab sich Joshua zuversichtlich.

„Du bist ein Hund.“

Joshua lachte selbstzufrieden. „Ich weiß, was ich will – und ich hole es mir. Die Kleine ist reif.“

Kapitel 7

Mit gemischten Gefühlen betrat Alea das Krankenhaus. Sie hatte sich ursprünglich vorgenommen, ihren Vater täglich zu besuchen. Doch ihr Training nahm sie viel zu sehr ein. Mittlerweile trainierte sie mit Joshua in Maria Anzbach. Er hatte sich mit Biegen und Brechen überreden lassen, redete nun ständig davon, dass sie ihm noch mehr schulde. Ein mühsamer Charakter, nur von sich eingenommen und er nahm das Ganze ihrer Meinung nach nicht ernst genug. Zum Glück wog sein Talent das auf. Ihr Leben lang könnte sie sich aber nicht vorstellen, mit Joshua zu arbeiten.

Sie entdeckte ihren Vater im Handstand in seinem Zimmer. Sein Zimmergefährte, ein Mann jenseits der sechzig, applaudierte ihm.

„Hältst du das für sinnvoll?“, fragte Alea, worauf er abrupt mit den Füßen wieder zu Boden kam.

„Da ist ja meine Rabentochter!“ Er kam ihr entgegen und nahm sie in die Arme.

„Offenbar geht es dir besser, was?“

„Ich halte mich fit.“

„Hattest du wieder Ausfälle?“

„Kommen und gehen wie der Monsun in Indien.“

Alea verdrehte die Augen. „Und wenn du einen hast, während du im Handstand stehst?“

„Blödes Pech, was?“

Sie schnaubte. *Ich mache das hier nicht, damit du dich derweil umbringst!*

„Geht es dir gut?“, fragte er und setzte sich an den runden Tisch im Zimmer, um den zwei weitere Stühle standen.

„Deine täglichen Kontroll-SMS sollten dir diese Frage beantworten.“

„Du meldest dich ja nicht.“

„Weil ich beschäftigt bin.“

Er warf die Hände über den Kopf. „Das hier könnten meine letzten Tage sein und meine Tochter verbringt sie in Turnsälen fernab von mir“, sagte er in theatralischer Tonlage.

Hör auf so etwas zu sagen! Sie verschränkte die Arme. „Bist du dann fertig?"

„Wie kommst du zurecht? Hat sich niemand beschwert, dass wir so lange am selben Fleck stehen?"

Ich habe das Auto beinahe zu Schrott gefahren und werde wohl den Rest meines Lebens ein Trauma davontragen. „Wir haben scheinbar eine gute Straße gewählt."

Dort wo sie jetzt stand, gab es praktisch kaum Nachbarn in unmittelbarer Umgebung. Sie kehrte meist spät zum Wohnwagen zurück, sodass sie niemand dabei beobachtete. Eine weitere Fahrt ersparte sie sich lieber.

„Isst du genug? Du siehst blass aus."

Ihre Augenringe waren Alea auch schon aufgefallen. Sie schlief wenig und schlecht, aber übergangsmäßig war das auszuhalten. „Darf ich dich erinnern, wer in den letzten Jahren für unsere Ernährung gesorgt hat?"

Er wischte sich über die Nase und lächelte. „Ich bin zwar noch immer nicht begeistert, aber ich gebe zu, ich bin stolz, dass du das alles allein hinbekommen hast."

„Nicht nur das. Ich habe einen Partner gefunden."

Er runzelte die Stirn. „Wie alt?"

Alea stöhnte auf. „Keine Ahnung. Neunzehn? Zwanzig?"

„Muss ich mir Gedanken machen?"

„Oh Gott Papa, wir turnen nur miteinander."

Er stieß langgezogen die Luft aus und griff sich auf die Nasenwurzel. „Stellst du ihn mir mal vor?"

„Das würde erst recht für einen falschen Eindruck sorgen."

Er nickte widerwillig. „Also gut, aber du hältst mich am Laufenden. Lass dich öfter hier blicken."

Sie legte ihm die Hand auf den Oberschenkel. „Sobald der Acrowinx vorbei ist, bin ich täglich hier, versprochen. Jetzt muss ich jede Minute zum Üben nutzen. In zwei Wochen geht es los und wenn ich ehrlich sein soll, sind wir noch weit von dem Niveau entfernt, auf dem wir beide geturnt haben."

„Das klingt beruhigend. So kommst du nicht auf die Idee, mich auszutauschen."

„Als ob ich das tun würde!"

„Du lässt mich ja auch hier im Krankenhaus versauern“, erwiderte er gespielt sauertöpfisch.

„Du klingst wie eine Diva!“

Samuel verstellte seine Stimme, sodass sie um einiges höher klang. „Ich bin eine Lady!“

Alea lachte und er zwinkerte ihr zu. „Wie geht es dir überhaupt?“, fragte sie.

Er schürzte die Lippen. „Ich sterbe hier langsam vor mich hin.“

„Papa, lass solche Ansagen!“

„Es geht mir gut, keine Sorge. Trotzdem würde ich mich freuen, wenn du dir demnächst etwas Zeit für mich nimmst. Es gibt ein paar Dinge, die ich dir erklären muss. Administrative Sachen. Immerhin lässt du es dir ja nicht ausreden, weiterhin als Künstlerin zu arbeiten.“

„Das kannst du mir gerne erklären, wenn du achtzig bist.“

Seine Züge wurden um einiges ernster. „Wir dürfen nicht außer Acht lassen, dass du vielleicht eher allein klarkommen musst, als du dachtest.“

Sie hob die Hand. „Stopp! So etwas will ich nicht hören.“

„Nur weil du es nicht hören willst, heißt das nicht ...“

„Nein!“ Sie stand auf und schüttelte energisch den Kopf. „Ich besorge das Geld und dann machen wir da weiter, wo wir aufgehört haben.“

„Ist ja gut.“ Er hob beide Hände beruhigend an. „Aber du kannst dich ja auch mal um die Buchhaltung kümmern, wenn ich da bin.“

„Damit du überhaupt nichts mehr zu tun hast?“ Sie bemühte sich um einen humorvollen Klang, doch noch immer schwang Ärger in ihrer Stimme mit.

Er verschränkte die Arme hinter dem Kopf, streckte sich aus, als läge er auf einer Liege am Strand. Die Geste wirkte gestellt. „Wofür hat man denn Kinder?“

Sie schnippte ihn an. „Um sie zu verhätscheln!“

„Das kannst du dir abschminken.“

Sie kniff die Augen zusammen und sie fokussierten einander mit gespielt finsteren Blicken. Die Situation war äußerlich wieder entkrampft und sie kehrten zu alltäglichen Themen zurück.

Als Alea schließlich das Zimmer verließ, fühlte sie sich wütend und entkräftet. Warum zweifelte er immer wieder daran? Wusste er nicht, dass seine Vorbehalte an ihrer Hoffnung nagten?

*

Der Turnsaal der Pressbaumer Schule erzitterte von den Klängen der Anlage. Ben stürmte drei Schritte vor, turnte einen Handstandüberschlag, landete und hängte einen Salto daran. Er zählte stumm den Takt mit und sprang genau im richtigen Moment in die Hände von Thomas und Finn, die ihn über ihre Köpfe hinaushoben. Er ging in die Hocke, spannte all seine Muskeln an. Gleich würde er Aylin empfangen, die von Joe und seinem Bruder Jim hinauf katapultiert wurde.

Seine Hände schwitzten, während seine Augen ihre Flugbahn verfolgten. Er passte seine Höhe geringfügig an, stemmte sich gegen den bevorstehenden Aufprall und fing sie auf ihrer Hüfte. Die Hände unter ihm zitterten aufgrund der zusätzlichen Belastung. Erneut ging er in die Hocke, drückte sich explosionsartig nach oben und warf Aylin in die Höhe. Sie vollführte eine Vierteldrehung und landete im Handstand auf seinen Händen.

Er spürte einen Ruck unter sich, den er durch das Heben seiner rechten Hand ausglich. Seine Oberarme fühlten sich an, als würden sie gleich platzen. Drei ... Vier ... Er warf sie in die Fanggasse, die sich vor ihnen gebildet hatte. Mit einem Salto rückwärts kam er selbst zum Boden.

Er ging in die Knie, derweil Aylin wie auf einem riesigen Trampolin hochgeworfen wurde, Saltos und Räder in der Luft zog und schließlich abgesetzt wurde. Die Gruppe kam zusammen, formte einen Berg aus Händen, ehe sie wie von einer Explosion getroffen nach hinten fielen.

Ben lag ausgestreckt am Rücken und atmete wie ein Ertrinkender. Die dritte Probe in Folge hatte sogar ihn ausgelaugt.

Jackson kam klatschend zu ihnen. „Das war gut. Machen wir Schluss für heute.“

Sie fielen einander in die Arme und klatschten ab. „Du hast gewackelt“, nörgelte Aylin, umarmte ihn und klopfte ihm auf den Rücken.

„Sag das denen eine Etage tiefer. Ich dachte, mir reißt der Arm ab, als ich das ausgleichen musste.“

„Für jemanden, der mich auf einer Hand hält, jammerst du ziemlich herum.“

„Ich werde eben nicht jünger.“

„Siehst aber noch knackig aus." Sie zwinkerte ihm zu und er kniff sie in die Seite.

„Tut mir leid, der Zug ist abgefahren, seitdem du was mit Finn hattest."

Sie gab ihm einen spielerischen Schubs. „Du bist so ein Weichei!"

Er griff sich an die Brust, als hätte sie ihm eine Kugel hineingejagt. „Ich habe ein empfindliches Herz und du hast es gebrochen. Ich werde nie wieder jemanden so lieben können", säuselte er und bekam ihre ausgestreckte Zunge zur Antwort.

„Bist du dann fertig mit Süßholz raspeln?", mischte sich eine weitere Stimme ein.

Ben sah überrascht zur Seite. „Leo!" Er umarmte seine Schwester, drückte sie an sich, bis sie sich keuchend befreite. Gleich hinter ihr entdeckte er seine Mutter.

„Was treibt ihr hier?"

„Wir holen dich ab. Außerdem wollte Mama mir nicht glauben, was du hier treibst."

„Es ist so lange her", sagte er reumütig und erwiderte ihre sanfte Umarmung.

Sie tätschelte seine Wangen. „Du bist kaum wiederzuerkennen. Hast du dieses Mal ein Mädchen mitgebracht?"

Ben machte einen Armschwenk zur Gruppe, die sich tröpfchenweise zum Ausgang begab. „Unzählige."

Leonora verdrehte die Augen. „Er ist und bleibt ein Weiberheld."

„Es kann eben nicht jeder mit vierzehn seinen Traumpartner finden", erwiderte er, worauf Leonora mit dem üblichen Stolz in den Augen lächelte, als überreiche er ihr olympische Lorbeeren. „Um sich dann ein Leben lang über ihn zu beschweren."

Ihr verging die freudige Ausstrahlung. „Ich kann dir auch als Erwachsener noch eine verpassen, Bruderherz!"

Er barg den Kopf zwischen den Händen und ging in die Hocke. „Bitte nicht, du machst mir Angst."

Seine Mutter schüttelte schmunzelnd den Kopf. „Ihr beiden werdet wohl nie damit aufhören."

Er sprang auf und zeigte anklagend auf Leonora. „Sie hat angefangen! Gib ihr Hausarrest!"

„Wie wäre es, wenn wir jetzt heimfahren und ich koche euch euer Lieblingsessen", schlug seine Mutter vor und Ben klatschte vorfreudig wie ein kleines Kind in die Hände.

„Mama, gehst du schon mal vor? Dominik wartet im Auto," sagte Leonora.

„Mein Sohn kommt endlich aus den Staaten zurück und du nimmst ihn gleich in Beschlag?", gab sie sich spielerisch empört.

„Ich muss ihm nur die Leviten lesen und du magst doch kein Blut."

„Lass mich nicht allein mit ihr Mami!", winselte Ben.

Seine Mutter lachte, schüttelte den Kopf und hob abwehrend die Hände. „Macht ihr beiden euch das mal aus."

„Genau deswegen bin ich abgehauen! Du lässt es zu, dass sie mich körperlich misshandelt!"

„Das war übrigens eine sehr schöne Vorstellung Ben. Ich bin schon gespannt auf den Wettkampf."

Ben lächelte ehrlich und ohne Übertreibung. „Danke Mama."

Er sah ihr mit gemischten Gefühlen nach. Leonoras Gesichtsausdruck hatte den humorvollen Ausdruck verloren, kaum dass ihre Mutter ihr den Rücken zuwandte.

„Wieso hast du nicht gesagt, dass du kommst?"

„Ich wollte euch überraschen."

„Klasse Idee. Heute Morgen kläre ich Mama darüber auf, dass du auf Maturareise bist, und gegen Abend stürmst du als junger Mann herein, der in Vegas Akrobatik treibt."

„Klingt nach einer verdammt guten Überraschung." Er sah in die Ferne und rieb sich das Kinn.

„Das ist nicht witzig. Wie lange wirst du bleiben?"

„Ein paar Wochen bis der Wettkampf vorbei ist. Außer wir fliegen früher raus."

„Ich hätte eher mit etwas in Richtung von einem oder zwei Jahren gerechnet. Du hast versprochen, du hörst bald auf."

Ben stieß die Luft aus und wanderte zum Ausgang, wo er seine Mineralwasserflasche leerte und die Sporttasche schulterte. „Ich hab dir doch gesagt, ich bin vertraglich gebunden. Da komme ich frühstens in einem Jahr raus."

„So, wie ich das sehe, bist du der beste Mann in diesem Team. Hast du da nicht irgendwelche Freiheiten?"

Ben lachte humorlos. „Im Gegenteil. Jackson will mich nicht rauslassen. Er tüftelt ständig, wie er mich noch länger binden kann."

„Wie wäre es, wenn du einfach aussteigst?"

„Das käme mir teuer zu stehen."

„Es geht um deine Familie."

„Vom Schuldenturm aus bin ich euch auch keine Hilfe. Ist es so schlimm?"

Sie zog die Hände übers Gesicht. „Du hast keine Ahnung."

„Sie wirkt völlig klar."

„Sie hat uns gerade eben Gulasch zugesagt."

„Find ich gut. Sie erinnert sich an mein Lieblingsgericht."

„Ich bin seit zwei Jahren Vegetarierin!"

Er klopfte ihr auf die Schulter. „Du warst schon immer eine Schwachstelle, Schwesterherz. Wie geht's meinem Zimmer?"

„Mama wohnt jetzt bei mir."

Ben hielt inne. „Was hast du mit meinen Pokémonkarten gemacht?"

„Die waren zum Glück was wert."

„Nein!", rief er entsetzt aus. „Aber du hast doch die Nintendo aufgehoben?"

„Ben, ich lebe mit Dominik auf dreißig Quadratmetern. Und jetzt haben wir auch noch Mama zu versorgen."

Ihm war nach Heulen zumute. Er hatte sich abgesetzt und konnte keine großen Ansprüche stellen. Aber offenbar hatte man ihn zuhause gänzlich abgeschrieben. Seine Erinnerungen besaßen nur noch materiellen Wert für seine Familie. „Bist du mittlerweile mit deinem Medizinstudium fertig?"

Sie schüttelte betrübt den Kopf. „Ich pflege Mama praktisch Vollzeit. Kürzlich wollte sie nur eine Runde die Straße entlang spazieren gehen und war einen Tag nicht mehr zu finden. Ich bin am Ende, ehrlich. Dominik hält uns finanziell irgendwie über Wasser, aber es leckt an allen Ecken."

„Ich würde euch ja gerne aushelfen, nur ..."

„Schon klar, du steckst noch immer in diesem Vertrag drin, den du damals unterschrieben hast."

„Vegas ist verdammt teuer. Es gab Tage, da habe ich Zeug gegessen, was unsere Zuschauer liegengelassen haben."

„Dann bereite ich dir heute eine Freude. Es gibt wirklich Gulasch."
Ben machte einen Freudenhüpfer. „Du verschaukelst mich doch nicht?"
„Nein, ich koche es mit Mama gemeinsam – zur Feier des Tages."
Er hakte sich bei ihr ein. „Klasse und was isst du? Hasenfutter?"
„Ich klaube mir die Kartoffeln raus."
„Mehr Fleisch für uns."
„Ich hab' dich vermisst Bruderherz."
„Ich dich auch. Ich sehe zu, dass ich das regele."
„Wenn du das hinbekommst, errichte ich dir einen Schrein."
„Ein Tempel genügt."
Leonora verdrehte die Augen. „Jetzt erklärst du Mama erstmal, wie du während deiner Maturareise an diese Akrobatikgruppe geraten bist."

*

Joshua warf Alea aus seinen Händen in die Höhe, fing sie elegant vor seiner Brust auf und wirbelte sie um seine Hüfte. Sie tanzten drei Schritte zur Seite. Er drehte Alea, brachte sie auf eine Armlänge Distanz, ehe er sie wieder heranzog, seinen Oberkörper an ihren presste und ihr tief in die Augen sah.

Sie atmeten beide angestrengt, erschöpft von unzähligen Wiederholungen der Choreographie. Die Musikbox spielte die letzten Takte von *Endless Love* und Alea befreite sich von ihrem Partner, der keine Anstalten machte, sie loszulassen.

„Die Choreo endet noch immer nicht perfekt zum Ende der Musik", stellte sie fest.

„Hängen wir eben ein paar Drehungen dran."

Alea seufzte auf. „Wären wir einfach beim Ursprungsplan geblieben." *Der hat mich weit weniger irritiert.*

„Du wirst sehen, damit haben wir bessere Chancen. Bei Partnerauftritten wollen die Leute eine Schnulze sehen."

Sie schaltete die Box aus. „Räumst du die Matten weg?"

„Müssen wir schon?"

„Gleich kommen die nächsten Hallenbenutzer – also ja."

„Wir sind doch gerade erst warm geworden." Ihm stand der Schweiß in Strömen auf der Stirn.

Seit einigen Tagen war er übermotiviert. Er brachte sich bei der Choreographie ein, hatte ein neues Lied gefordert und einen Übungseifer an den Tag gelegt, der ihr unheimlich war. Aleas ursprünglicher Plan war eine temporeiche Aufführung. Damit hatten sie und ihr Vater immer gepunktet. Eine Tirade von aneinandergereihten explosiven, überraschenden Elementen, die den Zuschauern den Atem nahmen.

Joshua argumentierte ständig, das Herz des Publikums zu erfassen. Er hatte sie mit Youtube Videos zugemüllt, die für Aleas Geschmack übersexualisierte Darbietungen zeigten. Keine Frage, die Wirkung war phänomenal. Aber diese Paare hatten wahrscheinlich eine echte Liebesbeziehung inne. Zwischen ihr und Joshua war es schwierig, auch nur von Freundschaft zu sprechen.

Er gehörte zu der Sorte Mensch, die einen ständig angreifen mussten. Sei es eine Berührung an der Schulter, ein Piksen in die Seite oder eine überstrapazierte Umarmung zur Begrüßung. Er kombinierte seine übliche Machoart mit dem Versuch, sie permanent an sich zu drücken. Entsprechend unangenehm waren ihr seine Einfälle zu ihrer Aufführung. Sie musste sich gefühlt hunderte Male an ihn klammern, von ihm gewiegt werden und gemeinsame Tanzschritte ausführen.

Sie war richtiggehend froh, dass sie für heute fertig waren.

Beim Verlassen der Halle deutete Joshua nach links, wo der Gymnastikraum lag. „Wie wäre es, wenn wir da weitermachen?“

Alea runzelte die Stirn. Konnte er es nicht für heute gut sein lassen? „Da drin ist es eng, bullig heiß und ich bin wirklich fertig.“ Sie wandte sich der Treppe zu, doch er überholte sie und versperrte ihr den Weg.

„Willst du jetzt gewinnen oder nicht?“

„Was soll die Frage?“

„Ich habe das Gefühl, dass ich hier mehr einbringe als du.“

Dreht er jetzt völlig durch? „Wir haben über vier Stunden geübt. Außerdem habe ich den Raum nicht gebucht.“ *Wir überziehen die offizielle Zeit ohnehin bereits ständig.*

„Mietet jemand anderes den Raum?“

„Nein. Wie gesagt, im Sommer ist es darin heiß wie in einer Sauna.“

Er verschränkte die Arme hinter dem Kopf und grinste provokant. „Angst vor etwas Schweiß?“

„Wenn meine Hände an deinen abgleiten, ja.“ *Außerdem riechst du mittlerweile wie ein Wiesel.*

Seine Miene entspannte sich etwas. „Wir haben doch Magnesia dabei. Komm! Noch ein, zwei Durchgänge. Ich habe das Gefühl, da entwickelt sich gerade was. Wir sind nahe dran, es zu perfektionieren.“

Alea verdrehte die Augen. „Aber höchstens zwei, ja?“

„Versprochen.“

Seufzend sperrte sie die Halle auf. Besser sie tat ihm den Gefallen. Joshua konnte regelrecht zickig sein, wenn die Sache nicht nach seinen Wünschen lief. Sonst hätte sie sich auch nicht auf so viele Änderungen in ihrer Choreographie eingelassen. Er war schnell dabei, mit dem Ende ihrer Partnerschaft zu drohen. Immerhin war sie auf ihn angewiesen. Er wusste vielleicht nicht, dass ihr Vater im Krankenhaus lag, aber ihm war klar, dass es ihr wichtig war. Allein der finanzielle Aufwand war ihm bewusst.

Sie stellten die Musik leise ein und Alea zog die Tür hinter sich zu. Sie wurde hier noch nie kontrolliert, wollte es aber auch nicht unbedingt herausfordern. Der erste Durchgang war grauenhaft. Sie lagen weit hinter der Musik, die Übungen machte Joshua zu schnell, dafür überdehnte er genau die Elemente, die Alea am meisten auf die Nerven gingen. Joshua liebte engen Körperkontakt zu ihr. Alea bekam dabei eine Gänsehaut.

Nur noch ein Durchgang.

Kommentarlos starteten sie erneut. Er hob sie mit überstrecktem Rücken über seinen Kopf. Seine Hände berührten ihren Hintern. Es fühlte sich zum ersten Mal in ihrem Leben seltsam an. Schwungvoll drehte er sie in der Luft, ergriff ihre Hüfte und führte sie hinab, griff im Fallen auf ihre Arme um und schwang sie durch seine Beine, wo sie am Rücken liegenblieb. Die Hände neben ihren Schultern aufgesetzt, ging er in den Handstand, kam ihrem Gesicht mit seinem viel zu nahe.

Die Übung dauerte gefühlt endlos. Er ließ seinen Oberkörper quälend langsam in die Waagerechte sinken und mit einem Mal prallte seine Hüfte auf ihre.

Aleas erster Impuls war, ihn von sich zu werfen.

Er lachte auf. „Sorry, ich bin völlig kaputt.“

Sie hatte das Gefühl, eine Wölbung auf seiner Hüfte zu spüren, die gegen ihr Schambein drückte. „Würdest du dich bitte erheben?“

Er grinste sie dümmlich an und schob die Hüfte nach oben, blieb aber mit aufgestützten Händen über ihr. Es fühlte sich an wie in einem Käfig. Ein Schweißtropfen seiner Stirn fiel auf ihre Wange. „Tut mir leid, ich schwitze wie ein Hund.“ Er wischte ihn von ihr ab.

Alea verdrehte die Augen. „Das tun wir beide.“ Sie wollte sich unter ihm hervorwinden.

„Weißt du, dass du verdammt hübsch bist?“

Alea hielt inne. Sie wusste nicht, wie sie auf diese Aussage reagieren sollte. Ihr erster Impuls war ein Schaudern, aber kein wohliges.

Er lachte, als hätte er einen Witz gemacht. „Kam mir gerade so in den Sinn. Wie du da so liegst, das ist total sexy.“

„Du Charmeur“, frotzelte sie und drückte sich vom Boden ab, um unter ihm hervor zu rutschen.

Er hielt sie an der Schulter fest. „Weißt du, wie viel Selbstbeherrschung es mich kostet, dich nicht zu küssen?“

Weißt du, wie viel es mich kostet, dir keine zu langen?

Er tat es. Er presste seine Lippen auf ihre. Ihr erster Kuss und sie hätte ihm am liebsten in den Mund gekotzt. Sie ließ ihn zu lange gewähren, war so überrascht, dass sie zu keiner Reaktion fähig war. „Lass das!“, sagte sie, nachdem sie ihn von sich gedrückt hatte.

„Ach komm, es hat dir doch gefallen.“

Sie rappelte sich auf und ging zur Musikbox. Selbstbeherrschung war angebracht. So gerne sie ihm etwas antun würde, sie wollte keinen Streit mit ihm vom Zaun brechen. Joshuas Ego war gigantisch. Sie musste ihn abwimmeln, ohne ihn blöd dastehen zu lassen. „Konzentrieren wir uns auf den Wettkampf.“

„Merkst du nicht, dass mir das unmöglich ist?“

Sie seufzte genervt auf. „Krieg dich wieder ein.“

„Sag mir nicht, dass es dir nicht auch so geht.“

Sie wandte sich ihm zu und verschränkte die Arme. *Vielleicht kann ich ihn ja lange genug hinhalten.* „Ich habe im Moment für so etwas keinen Platz im Kopf. Bringen wir den Wettkampf hinter uns und reden dann darüber.“

„So lange will ich nicht warten.“

„Wirst du aber müssen.“ Damit drehte sie ihm wieder den Rücken zu. Das machte es ihr leichter, ihre Gefühle zu verbergen. Er stieß sie mittlerweile nur noch ab.

„Und wenn ich die Sache abblase?“

Alea erstarrte. „Das ist nicht dein Ernst?“

„Es tut mir nicht gut. Diese Sehnsucht, dieses Verlangen die ganze Zeit.“

„Hör auf, hier eine Show abzuziehen. Wir hatten eine Vereinbarung.“

„Ich glaube, ich suche mir eine Partnerin, die offener für so etwas ist als du.“

Nein, nein, nein! Tu mir das nicht an, bitte. Wie weit war sie bereit, für ihren Vater zu gehen? Konnte sie das? Was würde er verlangen? Ging es ihm nur um etwas Kuscheln und Küssen? Der Gedanke widerte sie an, aber wenn sie damit das Leben ihres Vaters rettete.

Sie atmete langgezogen aus. Eine Gänsehaut zog sich ihre Arme hinauf und ihr wurde flau im Magen. „Bitte. Es geht nur um ein paar Wochen. Lass uns das jetzt professionell durchziehen.“

Er ergriff ihren Arm und drehte sie um. „Scheiß auf Professionalität.“

Kapitel 8

Joshua wollte sie erneut küssen. Sie wich aus und er liebkoste ihren Hals.

„Josh, lass das!“

Doch er hörte nicht auf sie, fühlte sich eher noch motiviert und fuhr ihr mit der Hand ihre Hüfte hinab. Alea wollte am liebsten laut aufheulen. *Was jetzt? Ich brauche ihn. Ich muss den Wettbewerb gewinnen. Ich darf ihn nicht verlieren.*

Sie bog die Hände zu Krallen, beherrschte sich, ihm nicht die Augen auszukratzen, und drückte ihn sanft aber entschlossen von sich weg. „Schluss jetzt.“ Sie schnappte die Musikbox und wollte an ihm vorbei, doch er packte sie und hob sie empor.

„Glaubst du, ich kann jetzt aufhören? Hast du nicht gespürt, wie heiß ich schon auf dich bin?“

Er presste seine Hüfte gegen ihre und mittlerweile war sie sich sicher, dass sie da eine Erhärtung spürte, die ihr Furcht einjagte. Ehe sie aufschreien konnte, nahm er ihr mit seinen Lippen den Atem. Sie wollte ihn wegdrücken, ihn schlagen, aber flugs hatte er sie auf den Rücken gelegt und ihre Arme über dem Kopf am Boden fixiert.

Ihr Herz hämmerte schmerzhaft gegen ihren Brustkorb. Aus Angst wurde Panik. Seine Hand wanderte ihre Taille hinab.

„Sofort aufhören!“

Die Stimme kam ihr bekannt vor. Joshua hob den Kopf und sie sah zur Seite. Moses! Er war es tatsächlich. Ihr kamen die Tränen.

„Verpiss dich, wir sind hier beschäftigt“, sagte Joshua genervt.

„Geh runter von dem Mädchen!“

Joshua fand, was er gesucht hatte, und griff ihr ungeniert zwischen die Beine. Damit war es um Aleas Selbstbeherrschung geschehen. Sie verpasste ihm eine Kopfnuss und warf ihn von sich.

Joshua stand auf und griff sich an den Kopf.

„Moses nicht!“, rief Alea noch, aber es war zu spät.

Er holte aus und verpasste Joshua einen Schlag ins Gesicht, der ihn gegen die Wand taumeln ließ.

Joshua blinzelte perplex und ging zum Gegenangriff über, worauf Moses ihm geschickt den Arm auf den Rücken drehte und ihn zum Ausgang beförderte.

„Wenn ich dich noch einmal mit Alea sehe, vergesse ich mich – ich schwöre es dir!"

Joshua stieß eine Reihe von Flüchen und Verwünschungen aus. Alea hielt sich die Hände vors Gesicht und schluchzte hemmungslos. *Es ist aus. Das war's. Wie soll ich so schnell einen Ersatz finden? Joshua wird nichts mehr mit mir zu tun haben wollen.* Sie warf sich hin und prügelte auf den Boden ein. Hätte sie sich eben darauf eingelassen. Sie war Leid gewohnt. Es war nur ein Tropfen auf dem heißen Stein im Vergleich zu dem, was passieren würde, wenn sie versagte.

Irgendwann verebbte Joshuas Gezeter am Gang und Moses kam zu ihr in die Halle. „Geht es dir gut?"

„Nein!"

Er kniete neben ihr ab und musterte sie besorgt. „Kann ich dir helfen?"

„Das hast du doch gerade – danke vielmals!"

„Ich verstehe nicht, warum du jetzt sauer bist."

„Ich dachte, du bist weg. Wo kommst du plötzlich her? Ist das irgendein krankes Spiel?"

Er fuhr sich durchs Gesicht. „Meine Pläne haben sich geändert."

„Ach schon wieder?"

Er setzte sich hin und seufzte. „Ich musste kommen."

„Weil?"

„Du meine Hilfe brauchst."

Sie lachte humorlos auf. „Ist das dein Ernst? Du hast gerade meinen Partner vertrieben, den ich für den Acrowinx brauche. Tolle Hilfe."

„Hätte ich ihn gewähren lassen sollen?"

Sie wischte sich über die Augen und sah von ihm weg. „Natürlich nicht. Aber du hast ihm eine reingehauen!"

„Er hat versucht, dich zu vergewaltigen."

„Schon klar, hatte er verdient. Trotzdem ..."

Er zog die Beine zu sich heran und starrte ins Nichts.

Alea seufzte. Sie tat ihm Unrecht. „Was soll das überhaupt heißen, ich brauche deine Hilfe? Woher wusstest du, dass ich hier bin?"

„Euer Wohnwagen steht auf der Straße."

„Stalkst du mich?"

Er rang mit einer Antwort und Alea fuhr in die Höhe. „Bist du pervers, oder was?"

Er stand auf und klopfte seine Hose ab. Er trug immer noch dasselbe Hemd, dieselbe Hose. Hätte er nicht diesen Hauch von Perfektion, der aus seinen Zügen strahlte, sie hätte ihn für einen Obdachlosen gehalten. „Eher besorgt."

„Um mich?"

Er sah zu beiden Seiten. „Sonst sehe ich hier niemanden."

„Warum bist du dann gegangen, wenn du ja so besorgt bist? Das ergibt keinen Sinn. Ich meine, du rettest mir das Leben, haust ab und jetzt stehst du wieder da. Bist du so eine Art Bodyguard oder was? Hat mein Vater dich angestellt?"

„Ich habe das von deinem Vater gehört", erwiderte er mit Bedauern in der Stimme. „Ich finde, du solltest mehr Zeit an seiner Seite verbringen. Du weißt nicht, wie viel dir mit ihm noch bleibt."

Alea spürte Wut in sich aufkommen und gab ihm einen Schubs. „Du hast mir gerade ein ganzes Leben mit ihm genommen!" Sie griff in sein Hemd und sackte auf die Knie, ergab sich ihren Tränen. „Ich pack das nicht. Ich dachte, ich kriege das hin, aber jetzt hocke ich schon wieder vor einem Abgrund."

Er kniete sich zu ihr und umarmte sie. Sanft, wohltuend. Es war eine ganze andere Form der Zuneigung als bei Joshua. Moses strahlte eine Wärme aus, die sie einlullte und beruhigte. „Du fürchtest dich."

„Ich will ihn nicht verlieren."

Er nickte. „Du willst das nötige Geld für seine Operation mit dem Wettbewerb auftreiben?"

Woher weißt du das? Wer bist du? „Ich habe keine andere Wahl."

„Dann stehe ich an deiner Seite und helfe dir."

Sie löste sich von ihm und sah ihn mit gerunzelter Stirn an. „Wie meinst du das?"

Er hob die Schultern. „Ich trainiere mit dir."

*

Moses klapperte die Hausnummern ab, bis er endlich die Schule erreichte, die man ihm genannt hatte. Was hatte er sich nur eingebildet, ihr dieses Angebot zu unterbreiten? Alea war ein paar Übungen mit ihm durchgegangen. Er hatte sich schlussendlich darauf herausgeredet, dass er sich den Fuß verstaucht hatte.

Er hatte keine Ahnung vom Turnen. Als Beobachter kannte er praktisch jede Figur, die Alea je vorgezeigt hatte. Aber das Ganze selbst zu turnen, erschien ihm ein Ding der Unmöglichkeit.

Der Haupteingang der Schule war versperrt. Er beobachtete ein paar Jugendliche, die durch den Nebeneingang gingen, und folgte ihnen. Der Gang führte geradlinig an mehreren Türen vorbei. Sie bogen in die dritte nach rechts in eine Umkleide ein.

„Neu hier?“, fragte einer der beiden, als Moses eintrat.

„Ja, ich möchte hier das Turnen erlernen.“

Die beiden musterten ihn skeptisch. Der Blick des Einen wanderte zu Moses Schuhen. „Willst du dich nicht umziehen?“

Selbstverständlich. Er war falsch hierfür gekleidet. Aber woher sollte er so etwas bekommen? „Ich versuche es heute mal so.“

„Dann zieh dir zumindest die Schuhe aus.“

Die beiden wechselten einen Blick völligen Unverständnisses und betraten die Halle.

Im Inneren fanden sich eine Vielzahl anderer Turner, die miteinander sprachen, sich aufwärmten und einige, die bereits am Üben waren. Der Trainer, ein muskulöser Kerl jenseits der vierzig, kam gemessenen Schrittes auf Moses zu. „Sag bloß, du willst hier auch für diesen Akrobatikwettkampf proben?“

War der Mann hellsichtig? „Wie kommen Sie darauf?“

„Hast du dir mal das Durchschnittsalter angesehen?“ Er machte eine ausschweifende Armbewegung. Die meisten hier waren nicht älter als vierzehn Jahre, eher jünger. „Du bist nicht der Erste, der deswegen anfragt. Es stört mich nicht, solange ihr den Beitrag zahlt und die Kinder nicht zu Unfug motiviert.“

„Den Beitrag?“

„Den Mitgliedsbeitrag. Das hier ist ein Verein. Wir finanzieren uns darüber.“

„Ich habe kein Geld“, gestand Moses mit Blick zum Boden.

Der Trainer klopfte ihm auf die Schulter. „Keine Sorge, es ist nicht viel.“

„Ich verfüge leider über gar kein Vermögen.“

Sein Gegenüber hob ungläubig eine Braue. „Und offenbar auch keine Turnbekleidung?“

Moses schüttelte den Kopf.

„Dann kann ich dir nicht helfen – tut mir leid.“

Moses hielt ihn am Arm zurück. „Ich bitte Sie!“

Unwillig drehte der Mann sich noch einmal um.

„Ich muss unbedingt das Turnen lernen und für einen Freund einspringen. Meine Partnerin verlässt sich auf mich.“

„Das klingt ja abenteuerlich.“

„Es ist die blanke Wahrheit. Ich flehe Sie an, mir diese Möglichkeit zu gewähren. Ich werde nicht auffallen.“

Er seufzte genervt auf und deutete in eine Ecke. „Meinetwegen, üb da hinten. Aber ich kann dir keine Matten zur Verfügung stellen und dir auch nicht helfen. Du bist auf dich allein gestellt.“

Moses ergriff seine Hand und schüttelte sie ehrerbietig. „Ich danke Ihnen vielmals!“ Er stellte sich in die Ecke und tappte unsicher von einem Bein auf das andere. Platz hätte er draußen auch gehabt. Aber was sollte er üben? Er setzte sich in den Schneidersitz und ging die Techniken durch, die Alea mit ihm hatte probieren wollen. Dafür brauchte er einen Partner. Doch da gab es noch viele andere Elemente, die sie allein turnte. Er konnte sich ihrer grob entsinnen, aber wie genau sie das anstellte, war ihm ein Rätsel. Es erschien ihm immer wie Magie, wenn Alea über die Matte tänzelte und Bewegungen ausführte, als schwebte sie.

Der Trainer rief seine Gruppe zusammen. Einzig ein älterer Teilnehmer, der am Hochreck übte, gesellte sich nicht dazu. Die Turner stellten sich bei einer länglichen Matte an und starteten mit Sprüngen, danach Bewegungen, die an das Hoppeln eines Hasen erinnerten. Moses verstand den Sinn dessen nicht, aber er tat es ihnen in seiner Ecke gleich. Er erntete dafür unverständliche bis irritierte Blicke. Wahrscheinlich machte er sich zum Narren. Aber für Alea tat er das gerne.

Als sie mit Rollen über den Boden anfingen, wurde es komplizierter. Moses ahmte die Bewegung nach und verursachte dabei gehörigen Lärm, weil er mit dem Rücken aufschlug, statt sanft darüber zu gleiten. Er spürte keinen Schmerz, aber den Blicken der anderen Turner nach sollte ihm das höllisch wehtun.

Es folgten Räder und Handstände, bei denen er sich noch ungeschickter anstellte. Es mangelte ihm nicht an Kraft. Sein Körper fühlte sich leicht wie eine Feder an. Doch er plumpste immer wieder wie ein nasser Sack zu Boden.

Der Turner am Reck hielt inne und spähte zu ihm rüber. Schließlich beendete er seine Übung und gesellte sich zu ihm. „Was treibst du da?“

„Ich übe.“

Er grinste ihn an. „Sieht eher nach einem Selbstmordversuch aus.“

„Es ist mein erstes Mal.“

„Wenn du so weiter machst, wird es das letzte Mal sein.“ Er hielt ihm die Hand entgegen. „Ben.“

Moses schüttelte sie. „Moses. Hast du zufällig ein paar Tipps?“

„Ein paar? Eher einen Haufen. Mein erster und wichtigster ist: Hör auf damit und fang was Leichteres an. Vielleicht Tennis oder Fußball.“

„Ich habe keine Wahl.“

Ben legte den Kopf schief. „Du klingst, als müsstest du dein Land gegen die Perser verteidigen.“

Moses sah ihn verständnislos an. Bens Gesichtsausdruck nach machte er einen Scherz.

„Leonidas und die 300?“

Moses hob die Schultern.

„Wow! Die Alpen werfen weite Schatten, was?“ Er klopfte Moses auf die Schulter. „Wie auch immer, du willst dir also unbedingt den Rücken kaputtmachen?“

„Wenn das notwendig ist.“

„Deine Einstellung gefällt mir. Komm, sehen wir mal, ob man aus dir mehr als einen Purzelbaum rausholen kann.“

Ben war ein Profi. Er turnte mindestens auf dem Niveau von Alea. Er zeigte Moses, wie er die Hände aufzusetzen hatte, wie er sein Sprung- und Schwungbein richtig benutzte und dank seiner Anleitung hatte Moses den Bogen schnell heraus. Einzig das Balancieren im Handstand schaffte er nicht auf Anhieb. Aber das war laut Ben eine Gefühlssache.

Ben staunte über seine schnellen Fortschritte. Sie kamen ins Reden. Er nahm auch am Wettkampf teil, war Mitglied einer Showgruppe namens

The Slash. Moses erwähnte nicht, dass er ebenfalls dort mitmachte. Es erschien ihm falsch, Ben im Unwissen zu lassen. Aber er wäre sicher weniger motiviert, ihm zu helfen, wenn er wüsste, dass sie Gegner waren.

„Sehen wir uns morgen wieder hier?“, fragte Ben, nachdem die Stunde zu Ende ging.

Moses nickte lächelnd. „Zeigst du mir dann ein paar neue Sachen?“

„Bei deinem Können bring ich dir einen Salto bei.“ Ben klopfte ihm auf die Schulter. „Aber vorher besorgst du dir zumindest eine kurze Hose.“

*

Moses machte sich auf den Rückweg nach Maria Anzbach. Zum Glück fand das Training in der Nachbarortschaft statt. Der Weg kostete ihn nur eine halbe Stunde und war ausgeleuchtet. Der Mond verschwand in dieser Nacht hinter Wolken und wäre ihm kein guter Wegbegleiter gewesen.

Er suchte sich eine stille Gasse. Es war ohnehin kaum jemand auf den Straßen unterwegs, aber hier herrschte Grabesstille. Der Rest der Menschheit würde sich bald schlafenlegen. Moses erkannte darin für sich keinen Sinn. Er ging noch einmal die Übungen durch, die Ben ihm gezeigt hatte. Stunde um Stunde übte er den Handstand, fiel immer wieder auf den Rücken und rappelte sich erneut auf.

Irgendwann wurde es spürbar besser. Er konnte ihn nicht gänzlich stabilisieren, aber verstand es, die Finger einzusetzen, um sich auszutarieren.

Was sollte er als Nächstes tun? Er brauchte Sportbekleidung. Kein Mensch lief jeden Tag in denselben Sachen herum. Er musste nur einen Kleidersammelbehälter finden, in dem für bedürftige Menschen gespendet wurde. Die Zirkusleute hatten in schweren Zeiten häufig darauf zurückgegriffen. Im Moment konnte er sich guten Gewissens daraus bedienen. Er war äußerst bedürftig

Auf dem Weg dachte er ständig an Alea. Hatte er ihr mit seinem Eingreifen wirklich geholfen, oder die Sache schlimmer gemacht? Er hatte sich seinem Herrn widersetzt und war wieder hierhergekommen. Diese Schuld wog schwer auf seinen Schultern. Doch als er gesehen hatte, wie Alea sich ihrem Vater widersetze, um das Richtige zu tun, hatte er sich gezwungen gefühlt. Sie inspirierte ihn, gab ihm den Mut, seinen eigenen

Weg zu gehen. Doch genauso wenig wie sie, wusste er, ob er nicht vielleicht einen Irrweg beschritt.

Die Straßen waren leer, vereinsamte Laternen beleuchteten seinen Pfad. Er fühlte sich einsamer als je zuvor und verstand damit umso mehr, warum Alea ihren Vater brauchte. Genauso ging es ihm im Moment. Für ihn gab es nur einen, mit dem er über seine Probleme sprechen konnte.

„Ist es richtig, was ich tue?“, flüsterte er in die Nacht hinein. „Oder laufe ich in die falsche Richtung?“ Nur ein paar vereinzelte Vögel, die ihre Abendmelodien pfiffen, würdigten ihn einer Antwort. „Gib mir ein Zeichen, ich bitte dich!“

Nichts. Nur Stille. Und die Zeit lief gegen ihn. Ein Mondumlauf, länger konnte er nicht bleiben. Ohne eine klare Anweisung blieb ihm nur eins: Er folgte seiner Bestimmung. Es galt, Alea zu beschützen. Sowohl vor körperlichem als auch seelischem Schmerz. Sie musste diesen Wettkampf gewinnen. Starb ihr Vater, zerbräche sie daran.

Doch was, wenn es früher mit ihm zu Ende ging? Moses presste die Hände an seine Schläfen. Sollte er ihr den Wettbewerb besser ausreden? Trieb er sie womöglich in die falsche Richtung? Vielleicht hätte er nicht eingreifen sollen. Bereits beim ersten Mal hatte er ihrem Schicksal einen unvorhersehbaren Schubs gegeben. Er brachte alles durcheinander und betete, dass es zu ihrem Besten war.

Doch seine Zweifel an seinem Tun überwogen für den Moment die Hoffnung.

*

Henri und Caro hievten das letzte Regal aus der Tür. „Erinnerst du dich, wie wir das Teil gekauft haben?“, fragte er.

„Viel mehr daran, als wir es aufgestellt haben. Keine Ahnung von irgendwas, kaum Werkzeug.“

„Wir haben den ganzen Tag gebraucht.“

„Und schliefen am Boden, weil das Bett nicht fertig war und das Schlafzimmer zu dreckig, um die Matratze aufzulegen.“

Sie gingen hintereinander ihre improvisierte Treppe hinauf. Die ursprüngliche hatten sie abgerissen, ohne darüber nachzudenken, dass sie nicht das nötige Kleingeld besaßen, eine schönere bauen zu lassen.

Schwungvoll wiegten sie das Möbelstück hin und her, ehe es krachend im Container landete.

Henri sank an der kühlen Metallwand hinab. Sein Rücken schmerzte schlimmer als je zuvor. Sie hatten vier Tage gebraucht, um das komplette Haus auszuräumen. „Ich hätte nie gedacht, dass wir so viel Zeug angehäuft haben.“

Caro nahm neben ihm Platz und reichte ihm die Wasserflasche. „Und ich nicht, dass wir so wenig an Erinnerungen mitnehmen können.“ Sie sah hinab auf ihr Häuschen, dem sie heute für immer den Rücken zukehren würden.

„Wir waren so glücklich, als wir hier einzogen“, sagte Henri.

„Sehen wir zu, dass unser Auszug genauso feuchtfröhlich verläuft.“

Henri trank einen gierigen Schluck und reichte ihr die Flasche zurück. „Zumindest wohnen wir die nächsten Tage um einiges besser.“

„Sollen wir das wirklich machen? Es wird uns das letzte bisschen an Geld kosten, das wir noch besitzen.“

„Wir haben den Urlaub nötig.“ Henri machte einen Armschwenk zum Haus. „Insbesondere hiernach.“

„Urlaub? Wir trainieren jeden Tag wie die Blöden.“

„Dann waren die letzten vier wohl Krafttraining, hm?“

Caro legte die Stirn auf ihre angezogenen Knie. „Wir haben zu wenig geübt. Morgen ist die Qualifikation und das Einzige, was ich habe, ist Muskelkater.“

„Da kommen viele Teilnehmer durch. Wir schaffen das auch, wenn unsere Fahne auf halbmast hängt. Erst in der nächsten Runde wird es kritisch.“

„Du weißt es, einen aufzubauen.“ Sie schmunzelte.

Sie sahen einander an, schüttelten den Kopf über das Grinsen des anderen und küssten sich. „Es tut mir leid, dass ich uns das aufgebürdet habe“, sagte Henri.

„Mir tut es leid, dass ich dich aufhalten wollte. Du hattest Recht. Wir waren am Ende.“

„Zumindest hatten wir Jobs.“

„Die hatten wir früher auch nicht und waren glücklich.“

Sie hatten beide vor drei Tagen gekündigt, um mehr Zeit für das Training zu haben. Außerdem hatte es sie zusätzlich belastet, ihre stressige

Arbeit nebenher zu ertragen. Jetzt fühlten sie sich arm, aber gleichzeitig reich an Freiheit. Ein altgewohntes Gefühl, das sowohl Furcht als auch Erregung in Henri erweckte. Er drückte sich in die Höhe und gab Caro die Hand, an der sie sich emporzog. „Ab ins Hotel. Ich brauche eine Dusche."

„Dusche? Ich werde die Nacht im Whirlpool verbringen."

Er kraulte ihren Hals. „Da fiele mir was Nettes dazu ein."

Caro lachte und ging zum Auto. „Werden wir wieder notgeil?"

„Seitdem ich dich in diesem Gymnastikanzug gesehen habe, kann ich an nichts anderes mehr denken."

Als sie im Hotel ankamen und das Zimmer für einen Monat buchen wollten, verging Henri die erregte Stimmung sofort wieder.

„Wie kann das sein? Ich hatte ein Angebot." Er hielt der Rezeptionistin das Stück Papier entgegen.

„Das galt vor zwei Wochen, der Herr."

„Wie kann sich der Preis innerhalb dieser Zeit auf das Doppelte erhöhen?"

Sie sah ihn mit einem entschuldigenden Lächeln an. „Es tut mir leid. Wir sind wieder besser ausgebucht und der Preis hat sich auf das gewohnte Niveau reguliert."

„Das können Sie nicht machen!" Henri hämmerte auf den Tresen. Dieses Mal war es Caro, die *ihn* zurückhalten musste. *Wie sollen wir uns das leisten? Wir können das Zimmer nicht einmal bis zum Ende des Wettkampfs bezahlen.*

Caro legte ihr restliches Geld, das aus zerknäulten Hundertern und Fünfzigern bestand, auf das blank polierte Holz und schob es zu der Dame rüber. „Wir haben zweitausend und zahlen im Voraus. Wie viele Tage können Sie uns geben?"

Die Frau sah zwischen den beiden unschlüssig hin und her und kniff die Lippen zusammen. „Für ein normales Doppelzimmer kann ich Ihnen für das Geld zwanzig Tage anbieten – als Sonderangebot."

Sonderangebot? Ich geb dir gleich ein Sonderangebot.

„Frühstück inbegriffen?", fragte Caro.

Die Frau zögerte.

„Dafür, dass Sie den doppelten Preis verlangen, erwarten wir zumindest, dass Sie uns die Halbpension draufgeben."

„Ich muss mit dem Manager Rücksprache halten“, sagte die Frau zurückhaltend.

„Bitte.“ Caro machte eine ausladende Handbewegung. „Ich kann auch gerne persönlich mit ihm sprechen.“

Die Frau wechselte in ein anderes Zimmer und kam nach einer Weile mit einem beleibten Mann wieder, der sie aufs Freundlichste begrüßte, sich für die Umstände entschuldigte und ihnen das Geforderte gewährte, nachdem Caro ihn mit finsteren Blicken bedachte.

Sie hatten einen kleinen Sieg errungen, die große Schlacht aber verloren. Als sie in ihrem Zimmer ankamen, warf Caro sich gleich ins Bett. Wie schaffte sie es, so fröhlich zu sein, obwohl sie so am Ende waren?

„Was machen wir nach den zwanzig Tagen?“, fragte Henri.

„Uns auf das Finale vorbereiten, würde ich sagen“, erwiderte Caro.

„Wir haben keine Bleibe.“

Caro winkte ihn zu sich. Er legte sich erschöpft auf das Bett und sie nahm ihn in die Arme. „Wir hatten Jahre kein Dach über dem Kopf. Jetzt haben wir zumindest das Auto.“

„Meine Idee hat uns alles gekostet.“

Sie küsste ihn auf den Kopf. „Nein, sie wird uns alles geben.“ Sie rollte sich vom Bett und ging zur Minibar rüber.

„So etwas kostet extra!“, warnte Henri sie.

„Ich schätze, das ist im Entschuldigungspaket inkludiert.“ Sie holte eine kleine Flasche Champagner heraus und ließ den Korken knallen. Ein Teil des Getränks ergoss sich auf den Boden. „Auf den Sieg, mein Schatz.“ Sie trank einen Schluck und warf sich zu ihm aufs Bett.

Er nahm ihr die Flasche weg und tat es ihr gleich. Nicht unbedingt sein Lieblingsgetränk, aber es prickelte angenehm am Gaumen. „Auf den Sieg“, stimmte er ein und küsste sie.

Ein Himmelfahrtskommando. Aber zumindest mit der besten Pilotin an der Seite, die ich mir vorstellen kann.

Kapitel 9

Sie saßen in der Eintrittshalle eines Theaters, das für den Wettbewerb gebucht wurde. Metallstühle mit harten Polstern reihten sich hier aneinander, als säßen sie im Zuschauerbereich für eine Schulveranstaltung. Selbst der große Saal und die offenen Fenster vermochten es nicht, den Geruch unzähliger Teilnehmer des Wettbewerbs zu schlucken. Angst und Nervenkitzel erfüllten die Luft. Die Qualifikationsrunde würde für einen Großteil der Leute hier ein schnelles Ende ihrer kostspieligen Träumerei bedeuten.

Caro konnte sich das Grinsen nicht verkneifen. Sie hatten zu kurz geschlafen und ihre Arme und Beine waren immer noch völlig verkatert. Jeder Muskel in ihrem Körper schrie nach Erholung. Trotzdem war sie euphorisch, als hätte sie sich neben dem Champagner gestern eine Spritze Heroin reingezogen. Vielleicht war es nur ihre abstruse Art, sich von der Aufregung abzulenken. „Wir haben die Nummer 69, ist das nicht geil?"

Henri griff sich auf die Nasenwurzel und stöhnte auf. „Nein, überhaupt nicht. Lieber wäre ich sofort dran und hätte es hinter mir oder erst ganz spät, um noch eine Mütze Schlaf zu bekommen."

„Zieh mich nicht runter, Mensch!" Sie gab ihm einen Schubs und er stieß beinahe mit seiner Sitznachbarin zusammen.

„Wir hätten das anders timen sollen." Er legte das Gesicht in die Hände. „Gegen diese Massen kommen wir niemals an. Wir sind völlig kaputt."

Sie stand auf und ließ den Blick über die Menge gleiten. „Ach das sind nur knapp vierhundert."

„Sehr witzig."

„Hör jetzt mit dem Gejammer auf, sonst hau ich ab." *Wie soll ich an unseren Sieg glauben, wenn du es selbst nicht tust?*

„Dann geh eben. Das Ergebnis wird dasselbe sein."

„Was ist aus dem Typen geworden, der immer optimistisch grinste, als würde er Goldtaler scheißen?"

„Schätze der ist an fürchterlicher Verstopfung gestorben."

Sie verdrehte die Augen, drückte seinen Kopf in die Höhe und packte ihn mit beiden Händen. „Wir schaffen das. Wir haben viel Schlimmeres durchgedrückt."

„Damals waren wir abgehärtet."

„Das sind wir heute auch noch. Unsere besten Leistungen kamen aus den schlimmsten Zuständen heraus. Erinnerst du dich an Weihnachten 2013?"

„Du meinst das Jahr, in dem wir um ein Haar erfroren wären?"

Caro wippte mit den Brauen. „Und was haben wir getan?"

„Uns aneinandergekuschelt?"

„Ach komm Henri, du weißt es genauso gut wie ich. Wir dachten, es wäre aus. Keiner hat uns zugesehen, alles war völlig verschneit und wir haben irgendwie die Nacht auf der Parkbank überlebt, nachdem man uns aus der U-Bahn geworfen hatte."

Er rieb sich die Hände. „Ich dachte, mir fallen die Finger ab. Sie waren schon ganz blau."

„Und dann war da diese Veranstaltung im Stadtpark."

„Du hast mich da hingezerrt. Keine Ahnung, wie du überhaupt aufstehen konntest. Ich für meinen Teil war an der Bank festgefroren."

Sie lachte. „Du bist eben mit dem goldenen Löffel aufgewachsen."

„Weit gefehlt!"

„Im Vergleich zu mir."

Er hob ergeben die Hände. „Zugegeben."

„Wir konnten uns kaum rühren, sind mehrere Runden gelaufen und haben eiskalt die Darstellung dieser Band untergraben." Bei der Erinnerung wurde ihr warm ums Herz. Es hatte sie Überwindung gekostet. Sie hatten wirklich ihre letzten Reserven mobilisiert, waren Gefahr gelaufen, erneut weggejagt zu werden. Henri hätte eher darauf gesetzt, bei irgendeinem anderen öffentlichen Platz aufzutreten. Aber das Wetter war so beschissen, dass kaum jemand vor die Tür ging. Die meisten saßen im Warmen mit ihren Familien. Einzig diese Veranstaltung war halbwegs gut besucht. Irgendwas Christliches. Die Leute dachten, sie gehörten dazu. Sie vollführten ihre Akrobatikfiguren mit laufenden Nasen und blauen Zehen, sangen Weihnachtslieder und erschufen eine heitere Stimmung, die ihre Taschen vergleichsweise gut füllte. Danach quartierten sie sich in einem Stundenhotel ein und spürten zum ersten Mal seit Tagen ihre Glieder wieder.

„Das Beste war der Sex, als ich meine Finger wieder spürte.“ Henri grinste sie an.

„Du bist unmöglich.“

„Was denn? Ich dachte, das wäre das letzte Mal in meinem Leben.“

„Wenn du diesen Wettbewerb vergeigst, dann war gestern das letzte Mal.“

„Ich finde notfalls eine neue“, meinte er vergnügt.

„Aber wie willst du sie befriedigen, nachdem ich dir den Schwanz abschneide?“

Sie lachten miteinander und die Stimmung war gelöst. Schließlich wurde ihre Nummer ausgerufen und sie betraten den großen Saal.

Caro fühlte mit einem Mal wieder einen Hauch Unsicherheit. Vier Punktrichter starrten ihnen mit nüchternem Blick entgegen. Solcherlei Zuschauer kannte sie. Kritisch, anspruchsvoll, Menschen dieses Schlags hatten nie einen Obolus in ihren Hut geworfen. Henris aufmunternder Handdruck gab ihr Kraft. Sie lächelten einander zu und gingen in Position.

Euch werde ich es zeigen. Die Musik begann und Henri ließ sich fallen. Sie sprang auf seine Füße und wurde zugleich in die Höhe katapultiert, drehte sich und landete mit überstrecktem Rücken. Ein weiterer Impuls warf sie rücklings ab. Sie drehte sich, setzte die Hände zum Abdruck auf, um durchgestreckt wieder auf die Füße zu kommen.

Sie sah zur Seite. Die vier Mitglieder der Jury sahen ihnen mit unbewegten Gesichtern zu und machten Notizen. *Zeit, sie von den Hockern zu hauen.* Sie stürmte voran, während Henri seine Beine beugte. Mit einem weitausholenden Sprung landete sie auf seinen Füßen, stieß sich ab, derweil er gleichzeitig die Beine streckte. Ein Element, das sie auf der Straße niemals gewagt hätte. Sie drehte einen Salto, prallte auf die Füße und rollte sich sofort ab. Mit einer eleganten Drehung auf dem Boden kam sie auf die Knie. Dieses Mal hob zumindest eine der Richterinnen die Brauen.

Mit verzweifelter Leidenschaft turnten sie weiter, folgten den Höhen und Tiefen ihrer Musik und kämpften verbissen darum, die vielen neuen Elemente perfekt abzuspulen. Schlussendlich verbeugten sie sich vor den Vieren, ohne eine merkliche Reaktion zu bekommen.

Das ist alles?

Die nächste Nummer wurde ausgerufen.

„Verzeihung, aber sind wir weiter?“, rief Caro nach vorne.

Der mittlere Punktrichter legte die Stirn in mürrische Falten. „Wir informieren Sie.“

Mehr war nicht aus ihm herauszubekommen. Sie gingen Richtung Ausgang, wo ein Vorhang die Bühne abschirmte. Daneben führte ein Gang hinauf zu den Tribünen. Die nächsten Darsteller kamen herein. Caro fühlte sich unbefriedigt. Keine Rückmeldung. Sollten sie jetzt über dreihundert Nummern lang warten? Sie deutete den Gang entlang. „Gehen wir.“

Henri sah ihr irritiert nach und zeigte zum Ausgang. „Wir müssen hier raus.“

„Ich möchte mir die Konkurrenz ansehen.“

„Das ist nicht erlaubt. Komm zurück!“

„Da oben ist es ziemlich dunkel.“ Sie wippte mit den Brauen. „Könnte sich für dich lohnen.“

Henri schluckte und sah zurück. Er seufzte leise und folgte ihr.

Sie schafften es unbehelligt nach oben. Dort oben warteten reihenweise weichgepolsterter roter Sessel darauf, ihre Hintern zu liebkosten. Sie sanken in die Polster. Caro legte sogar die Füße auf die Lehne vor sich.

Von hier aus hatten sie einen perfekten Überblick auf die Bühne. Gleich nach ihnen kam ein Trio aus zwei Männern und einer Frau auf die Bühne. Sie trugen simple Gymnastikanzüge, hatten unbewegte Gesichter und offensichtlich Erfahrung in dem, was sie taten. Ihre Darbietung erinnerte Caro an die Übertragungen der Olympischen Spiele. Es wirkte mehr, als exerzierten sie einen vorgegebenen Katalog einzelner Übungen, anstatt eine ausgereifte Bühnenshow zu präsentieren. Als die Oberpartnerin dann auch noch stürzte und gerade so aufgefangen wurde, war sie sich sicher, dass diese Teilnehmer nicht weiterkämen.

Mit jedem Auftritt sank ihre Anspannung. Caro war sogar versucht, zwischendurch zu lachen. Keine Frage, es waren viele gute Akrobaten unter den Teilnehmern, aber die meisten hatten keinen ausgefeilten Ablauf. Die Bewegungen passten nicht zu der Musik. Einige reihten nur halbgare Figuren aneinander, als turnten sie gerade zum Spaß im Park.

„Jetzt verstehe ich, warum die so gelangweilt dreinschauen“, raunte sie Henri zu.

„Muss fürchterlich langweilig sein.“ Doch als das nächste Paar eintrat, schnaufte er auf.

„Was ist los?“

„Die kenne ich."

Caro verengte die Augen. Sie hatte die zwei noch nie gesehen. Sie waren ungefähr in ihrem Alter, trugen ebenfalls schillernde Anzüge und sahen mehr als sportlich aus. Die Frau hatte die Haare zu einem Dutt gebunden, der Mann trug eine Glatze. Bereits nach den ersten Bewegungen, die sie tänzerisch über die Bühne trugen, bemerkte Caro, dass die beiden aus der Menge hervorstachen. „Wer sind die?"

„Julia und Tobias. Sportakrobaten. Ich dachte nicht, dass die noch aktiv sind. Sie waren in meinem Verein und haben jedes Jahr Gold beim Landeswettbewerb geholt. Sie waren sogar bei internationalen Wettkämpfen erfolgreich."

„Ich dachte, Sportakrobaten hätten so etwas nicht drauf", zischte sie ihm zu.

„Die beiden sind sicher schon lange aus dem Vereinswesen draußen. Dafür sind sie viel zu alt. Wahrscheinlich haben sie privat weitergemacht."

Die Bewegungen der beiden waren perfekt. Sie vollführten nur Übungen im Stehen. Tempoübungen mit Doppelsaltos, Schrauben, bei denen sie perfekt in seinen Armen landete und sofort wieder hochgeworfen wurde. Allein bei dem Gedanken daran wurde Caro schwindlig. Entweder die beiden verband mehr als nur ihr Sport, oder sie wussten gut zu schauspielern. Wenn Julia ihren Partner ansah, schienen ihre Augen vor Liebe zu glitzern. Caro hätte am liebsten gewürgt.

„Die werden uns aus dem Wettbewerb werfen", meinte Henri ächzend.

„Auf keinen Fall. Sagtest du nicht, du kennst die beiden?"

„Keine Ahnung, ob sie sich an mich erinnern."

„Wie wäre es, mit einer kleinen Wiedervereinigung?" Sie deutete zum Ausgang. „Wir passen sie ab und laden sie auf einen Kaffee ein."

„Was soll das bringen?"

„Vertrau mir." *Ich werde tun, was nötig ist.*

*

Man hatte ihnen eine Nummer gegeben und nun saßen sie hier in einem Warteraum, der sie an einen Ballsaal erinnerte mit hunderten anderen Bewerbern. Alea ging ihre Kontrahenten durch. Mit ihrem glitzernden Outfit fühlte sie sich fehl am Platz. Einige saßen hier in nicht mehr als Alltagskleidung.

Die Anspannung stand den meisten ins Gesicht geschrieben. Neben ihr kaute eine junge Frau die ganze Zeit auf ihren Nägeln, in der Sitzreihe gegenüber war der Unterpartner, ein schlaksiger Mann der Größenkategorie eines Basketballstars, bereits zum dritten Mal innerhalb einer halben Stunde aufs Klo gegangen. Mit jedem Mal wirkte er noch blässer, als weiche langsam das Leben aus ihm.

Alea faltete die Hände ineinander. Sie hatte nie einen großen Draht zu Gott gehabt. Dafür war ihre Familie zu pragmatisch, zu sehr im Tun vertieft. Doch heute betete sie.

Bitte Gott, lass uns gewinnen. Gib mir die Chance, Papa zu helfen. Halte diesen Tumor noch eine Weile zurück. Gib ihm Zeit, gib uns Zeit, ich flehe dich an.

Als lese er ihre Gedanken, lächelte Moses ihr zu und legte seine Hand auf ihre. Aleas Wangen färbten sich rosig. Moses war ihr immer noch ein Fremder und gleichzeitig so vertraut. Er hatte ihr Leben gerettet und jetzt war er erneut zur Stelle. Ihr Ärger darüber, dass er Joshua vertrieben hatte, war schnell einer Routine aus Üben und Schlafen gewichen.

Moses hatte keine Ahnung vom Turnen. Sie hielt seinen Vorschlag anfangs für völlig bescheuert. Doch er bewies eine überdurchschnittliche Lernfähigkeit. Kraft hatte er genug. Geradezu unheimlich viel. Er schien nie müde zu werden, hob sie mit Leichtigkeit und meisterte jedes noch so schwierige Element, sobald er die Technik heraus hatte. Seine Bodenturnfähigkeiten entwickelten sich genauso schnell. Er trainierte nebenbei in einem Verein, meinte er dazu.

Sie musste neidlos zugestehen, dass ihre Geschicklichkeit in keinem Vergleich zu seiner stand. Sie hatte ihr Leben lang trainiert, um an ihre heutige Perfektion heranzukommen. Moses hatte dafür nur Tage gebraucht. Er verriet ihr nicht sein Geheimnis. Wahrscheinlich hatte er Erfahrungen in unendlich vielen anderen Sportarten, war Profisportler, Olympiagewinner, irgendetwas in dieser Art. Ein Naturtalent schlechthin.

Seine Art und Weise war eine erfrischende Abwechslung zu Joshua. Er war übermäßig höflich, aber nie aufdringlich. Sie musste ihn manches Mal um seine Meinung anbetteln, damit er seine eigenen Vorlieben einbrachte.

Sie hatten wieder ihre ursprüngliche Choreographie geübt. Dabei hätte es sie bei Moses nicht einmal gestört, ihm so nahe zu sein. Auf eine verrückte Art und Weise liebte sie es, ihm näherzukommen. Dabei kannte sie ihn gar nicht. Er war wie eine Maschine, die sie frühmorgens aus dem Bett warf, mit ihr trainierte, bis sie zurück auf ihr Laken fiel und dasselbe am nächsten Tag wiederholte. Professionell. Er wusste um die Aufgabe und erfüllte sie. Wären sie nicht so unter Zeitdruck gewesen, Alea hätte sich gewünscht, ihn endlich näher kennenzulernen. Aber sie musste zugeben, dass es notwendig war.

Sie kannten einander nicht. Nur den Körper des anderen. Das Gefühl, den anderen auszubalancieren, sich auf ihn einzulassen, ihm völlig zu vertrauen.

Er hatte sie niemals fallengelassen. Wie magnetisch angezogen, hatten seine Hände immer die perfekte Stelle gefunden, um sie sanft aus einem Wurf zu Boden zu führen.

Mit einem hatte Joshua Recht. Sie sah viele Paare um sich herum, die mehr verband als der gemeinsame Sport. Ein Partner, der seine Freundin auf die Stirn küsste, ihr leise Mut zusprach. Verschlungene Finger, Handrücken, die sanft gestreichelt wurden. Moses und sie verflocht etwas Tiefgründiges aber keine Liebe. Sie linste aus den Augenwinkeln zu ihm rüber, musterte sein perfektes Gesicht, die makellose Haut, die leuchtenden Augen und presste die Lippen zusammen.

Sie mochte ihn. Seit dem ersten Augenblick an. Doch sie zweifelte daran, dass er diese Liebelei erwiderte. Alea stieß die Luft aus. Würde es einen Unterschied machen? Würde man sie schlechter bewerten, weil sie ihren Auftritt mechanisch abwickelten, ohne eine Verbindung zueinander?

„Worüber sorgst du dich?“, fragte er. Seine Stimme war sanft wie das Flüstern des Winds.

„Wir haben eine Menge Konkurrenz.“

Moses Blick wanderte über die Unzahl an anderen Turnern und er nickte. „Wenn du an dich glaubst, schaffst du das.“

„Klingt nach einer Floskel.“

Er schmunzelte. „Ich fürchte, mehr habe ich nicht zu bieten.“ Er drehte sich zu ihr, löste ihre gefalteten Hände und ergriff sie mit seinen. „Du bist ein tolles Mädchen und eine unglaubliche Akrobatin. Wir werden gewinnen.“

Sie senkte verlegen den Blick. „Bist du dir da sicher?“

Er schüttelte mit einem nachsichtigen Lächeln den Kopf. „Nein, ich *glaube* fest daran.“

Seine Haut war weich und anschmiegsam. Am liebsten hätte sie ihre Stirn auf seinen Händen abgelegt. Ihr wurde bewusst, wie sehr ihr Samuel fehlte, der ihr beruhigend über das Haar streichelte, sie in den Arm nahm und ihr hin und wieder, trotz ihres fortgeschrittenen Alters, das Gefühl von Geborgenheit und Sicherheit gab. „Ich kenne dich kaum. Denkst du, das macht einen Unterschied?“

„Wir haben uns doch in den letzten Tagen wunderbar kennengelernt.“

„Wir haben nur geturnt.“

„Eben.“ Er legte den Kopf schief und drückte ihre Hände. „Ich habe gesehen, dass du eine Kämpferin bist. Dass du empathisch bist, ausdrucksstark, unnachgiebig und so vieles mehr. Man könnte fast behaupten, du wärst langweilig, weil man keine Macken an dir findet.“

Alea löste eine Hand aus seiner. Sie brauchte sie dringend, um unauffällig ihr Gesicht zu bedecken, denn sie fühlte eine immense Hitze unter ihren Wangen aufsteigen. „Das ist lieb von dir.“

„Es ist ehrlich. Ich finde es bewundernswert, wie selbstständig du bist und mit welchem Elan du dafür kämpfst, deinen Vater zu retten.“

Sie leckte sich die Lippen. Ihre Augen wurden feucht. Schlechtes Timing, das würde nur ihre Schminke verwischen.

Als spürte er es, wischte er ihr über die Augen und grinste sie an, als sie sich darüber gespielt ärgerte.

„Moses, ich weiß nicht, wie ich dir für all das danken soll.“ Sie hatte nichts, was sie ihm geben könnte. Außer sich selbst. Bei dem Gedanken kam ihr die Erinnerung an Joshuas Versuche auf, sie durchlebte ihren ersten grausigen Kuss ein zweites Mal. Sie hasste es, so sehr in seiner Schuld zu stehen.

„Das ist auch nicht nötig.“

„Doch! Ich meine, mal abgesehen davon, dass du mir das Leben gerettet hast – du verwendest so viel Zeit hierfür. Du vernachlässigst sicher deine Arbeit, dein Privatleben. Das ist verrückt. Du kannst nicht einfach sagen, dass du nichts dafür willst.“

Er schüttelte leise lachend den Kopf. „Also gut, einen Wunsch habe ich.“

Alea schnürte sich der Hals zu. Was das wohl war? Wäre sie bereit dazu, ihm mehr als eine Turnpartnerin zu sein? Was sonst könnte er sich von ihr wünschen?

„Besuch deinen Vater."

Sie sah irritiert zu ihm auf.

„Ehrlich, du solltest mehr Zeit mit ihm verbringen."

„Was hast du davon?"

Er hob die Schultern. „Freizeit."

Sie lachte herzhaft auf. Seine laxe Antwort löste den Knoten in ihr. Sie bekam sich kaum wieder ein. „In Ordnung, abgemacht."

Ihre Namen wurden aufgerufen. Alea brauchte einen Moment, bis sie ihre zittrigen Beine unter Kontrolle hatte. Sie hielt weiter Moses Hand, knetete sie unruhig, während sie in den Vorführraum gingen.

Kurz vor der Tür blieb Moses stehen, sah ihr in die Augen und nickte ihr zu. „Einatmen. Ausatmen."

Alea blinzelte ihn an und tat wie ihr geheißen. So wie ihr Vater es ihr beigebracht hatte. *Als stündest nicht du, sondern er neben mir.*

„Wir schaffen das", sagte er.

Sie nickte und betrat den Raum. Ihr Auftritt verging wie ein Wimpernschlag. Kaum war sie auf der Bühne, spulte ihr Körper wie von selbst die Kür ab, die sie so unendlich oft wiederholt hatten. Es war wie ein Traum, sie spürte nur seine Berührung, den Druck auf ihrer Hüfte, den Händen, dem Rücken. Jede Berührung seiner Finger war wie eine Liebkosung, jeder Sprung ihm entgegen, als werfe sie sich in ein weiches Federbett. Sie fühlte dieselbe Sicherheit wie mit ihrem Vater. Und mehr noch. Zwischen ihnen herrschte ein stilles Einverständnis, ein Band, als kannten sie sich schon Jahre.

Jede Übung gelang ihnen, als hätten sie diese schon jahrelang geübt. Das Stehen auf seinen Schultern, das Aufschwingen in den Handstand, das Fliegen gestützt nur auf seine Handflächen.

Moses lag richtig. Sie waren vertraut miteinander. Auf eine besondere Art und Weise. Anders als sie irgendjemanden je kennengelernt hatte. Ihre Bewegungen passten sich einander perfekt an, ihre Körper schwangen im Einklang und bis zur letzten Bewegung erlaubten sie sich nicht den geringsten Fehler.

Moses behielt Recht. Als nach dem letzten Aufruf die Gewinner auf der Anzeigetafel standen, waren auch ihre Namen darunter. Alea fiel ihm in die Arme und gönnte sich die Umarmung, die sie sich unwissentlich lange von ihm gewünscht hatte. Sie war glücklich.

*

Die Qualifikation war geschafft. Es war nicht verwunderlich, dass sie ins Viertelfinale einzogen. Wahrscheinlich hätte allein ihr Name dazu ausgereicht.

Ben saß auf der Haupttreppe des Theaters, genoss die Kühle der Granitstufen und starrte auf seine Knie. Er hatte sich den Ausflug in seine Heimat anders vorgestellt. Bei seiner Familie zu sein, bedeutete für ihn Abschalten, vom stressigen Leben in Las Vegas wegkommen. Stattdessen war es hier noch schlimmer.

Leonora und ihr Freund Dominik waren immer das Vorzeigepärchen gewesen. Natürlich gab es auch bei ihnen Streit, aber im Moment artete es aus. Sie wollten es verbergen, indem sie vor die Tür oder ins Schlafzimmer gingen, doch ihr Geschrei war nicht zu überhören.

Die beiden hatten ihrer Mutter das Schlafzimmer überlassen und nächtigten auf der Schlafcouch. Ben hatte sich auf dem Boden einquartiert. Die Alternative wäre es gewesen, ein Hotelzimmer zu buchen. Aber für den Moment nutzte er seine Gage lieber, um die vielen Löcher in der Haushaltskasse seiner Schwester zu stopfen. Dafür opferten sie das letzte bisschen Privatsphäre, die ohnehin kaum existent war.

Seine Mutter schlief die Nächte nicht mehr durch. Regelmäßig suchte sie das Klo auf oder dachte, es wäre bereits morgen. Zum Glück war Ben von seinem Training so fertig, dass er es kaum mitbekam.

So sehr er seine Familie liebte und vermisste, regelmäßig suchte er seinen ehemaligen Turnverein auf, um Abstand zu gewinnen. Bisher war die Sache dadurch halbwegs akzeptabel über die Bühne gelaufen. Sie zankten viel, hatten aber auch schöne Momente, in denen es sich fast wie früher anfühlte. Doch gestern hatte Dominik eine Bombe platzen lassen, die ihresgleichen suchte.

Er hatte Arbeit in Deutschland gefunden. Ein weit besser bezahlter Job. Bens Mama hing an ihrer Heimat und würde niemals umziehen. Dominik sagte es zwar nicht direkt, aber er stellte Leonora vor ein Ultimatum. Sie konnte mit ihm ziehen oder sich trennen. In dieser Situation waren sogar Ben die Scherze ausgegangen.

Leonora kümmerte sich seit Jahren um ihre Mutter. Sie hatte es Ben nie offen vorgehalten, dass er das Weite gesucht hatte, sich seinen Traum erfüllte, aber es schmerzte ihn, dass sie für seine Freiheit büßte. Sie war die Größere, hatte immer die Verantwortung für alles übernommen. Jetzt war es an der Zeit, dass er sie entlastete.

Aylin setzte sich neben ihn. „Die anderen gehen feiern, kommst du mit?“

„Mir ist nicht danach.“

„Das war heute eine super Show, was ist los?“

„Privatangelegenheit.“

Aylin verzog den Mund. Sie waren so etwas wie beste Freunde. Ben hatte sie von der Straße aufgelesen, sie gepusht und schließlich Jackson vorgestellt. Es war eine harte Zeit für sie gewesen, der kalte Entzug, die plötzliche körperliche Höchstleistung, die man von ihr erwartete, aber sie hatte es geschafft. Ben hatte nie groß mit ihr darüber geredet. Es war ihr peinlich gewesen. Genauso wenig sprachen sie über seine Familie. Sie gaben einander Halt, ohne viel über den anderen zu wissen.

„Ich dachte, du freust dich, dass wir in deiner Heimat sind.“

Er nickte schwerfällig. „Ich will bleiben.“

Sie blinzelte ihn verständnislos an. „Aber du liebst deine Arbeit doch. Du warst es, der mich davon begeistert hat.“

„Tue ich auch. Nur habe ich hier Familie.“

Sie verzog die Lippen. „Oh verstehe.“

Er berührte sie am Unterarm. „Tut mir leid.“ Das war nicht unbedingt ihr Lieblingsthema. Was auch immer bei ihr in der Vergangenheit vorgefallen war, sie erwähnte nie irgendjemanden ihrer Verwandten. Die Gruppe war zu ihrer Familie geworden und Ben zu einer Mischung aus Bruder, bestem Freund und heimlichem Schwarm.

„Wie lange läuft dein Vertrag noch?“

„Knapp ein Jahr.“

„Das reißt du doch locker runter.“

In einem Jahr erinnert sich meine Mutter vielleicht nicht einmal mehr an mich. Er nickte und machte eine wegwerfende Geste. „Stimmt.“

„Du lügst."

Er lachte auf. Sie war ein wandelnder Lügendetektor. Vor ihr konnte man wirklich nichts verbergen.

„Wenn es dir so am Arsch geht, dann bitte Jackson, dich früher rauszulassen."

„Als ob er mich gehen ließe. Wer hebt unsere beste Oberpartnerin denn hoch, wenn ich nicht da bin? Wer verbessert seine schlampigen Choreos?"

Sie tippte sich auf die Unterlippe. „Ich würde mal behaupten, wir stecken gerade in einem Wettbewerb, der im Fernsehen ausgestrahlt wird. Es geht um eine Menge Geld und Prestige."

Das stimmte. Die Gewinnsumme war nicht übel. Aber viel wichtiger war die entstehende Mundpropaganda, die ihnen noch mehr Zuschauer aus aller Welt brachte, die die Kassen mit Geld fluteten. Ihre Chancen standen sehr gut. Er hatte einige passable Kontrahenten gesehen, aber die waren zu schaffen. Denen fehlte die Erfahrung auf der großen Bühne. *The Slash* war es gewohnt, die Massen mitzureißen, das Publikum für sich zu gewinnen.

Aylin räusperte sich und deutete unauffällig nach rechts. „Ich will ja nichts sagen, aber falls du einen Gedankenblitz hast – da kommt Jackson." Sie richtete sich auf und klopfte ihren Rock ab. „Ich wünsch' dir einen schönen Abend." Sie warf ihm einen Handkuss zu.

Er fing ihn auf und verspeiste ihn. „Ich dir auch."

Sie kicherte über seine Reaktion. „Du wirst dich nie ändern."

Vielleicht heute. Zumindest jetzt musste er den Schelm ablegen und Klartext sprechen. Das war immer sein Problem mit Jackson gewesen. Sein Trainer nahm ihn nicht für voll und sobald es ernst wurde, alberte Ben allzu gerne herum. Das war nun mal seine Art. Seine Mutter meinte, er täte das, um seine Unsicherheit zu kaschieren. Für Ben war es seine grundsätzliche Herangehensweise mit den Problemen, die das Leben aufwarf. Mit Humor ließ sich vieles leichter ertragen.

Jackson kam die Treppe herunterstolziert. Sein Gehstock, ein fein gearbeitetes Stück aus Mahagoni, schwang er lässig auf dem Zeigefinger. Manchmal arbeitete sein Bein besser mit, ein anderes Mal schlurfte er nur so daher. Früher war er selbst Akrobat gewesen. Er hatte sich mühevoll etwas aufgebaut und sich dann verletzt. Ben war ein Glücksgriff für ihn. Er hatte all die Techniken hinbekommen, die Jackson früher auch geturnt hatte und keinem anderen zutraute. Außerdem hatte Ben ein Gespür für

Talente. Neben Aylin hatte er in offiziellen Castings einen ganzen Schwung Leute in ihre Gruppe aufgenommen und *The Slash* über die Landesgrenzen hinaus bekannt gemacht.

„Ben, mein Goldjunge." Jackson hob die Hand, klatschte mit Ben ein und drückte ihn kurz an seine Brust. „Phänomenaler Auftritt heute. Den Wettkampf haben wir in der Tasche." Er rieb sich die Hände. „Das wird die Kassen mit Kohle spülen."

Ben nickte dazu verhalten.

„Was ist los? Du siehst aus, als hätte dir jemand einen Haufen Scheiße unter die Nase gehalten?"

„Gehen wir ein paar Schritte?"

Jackson ging voraus. „Aber natürlich. Wir wollen doch nicht die Party verpassen. Heute geben wir uns so richtig die Kante."

„Ich werde nicht mitkommen."

Jackson lachte ungläubig auf. „Du? Der mehr Liter Bier stemmt, als Aylin Kilos wiegt? Du verarschst mich?"

„Ich esse mit meiner Familie zu Abend."

Jackson klatschte sich an die Stirn. „Aber natürlich. Heimaturlaub. Ja, es gibt nichts über die Familie. Meine begeistere ich hin und wieder mit einem Scheck. Dann geben sie für ein Jahr Ruhe, ehe sie wieder an der Tür kratzen."

„Ich möchte über meinen Vertrag sprechen."

Jackson blieb stehen und verschränkte die Finger ineinander. „Du hast so Recht. Ich habe lange darüber nachgedacht. Du bist mein fähigster Mann und solltest besser verdienen. Wir werden einen neuen aufsetzen. Gleich nach dem Wettkampf. Fünf Jahre Bindung dafür dreifaches Gehalt. Was sagst du?"

„Ich will aussteigen."

Jackson lachte aus vollem Halse auf, sah von Seite zu Seite, als suche er nach Leuten, die in sein Getue einsteigen wollten. Er bekam sich überhaupt nicht mehr ein, bis Ben die Arme verschränkte und ihn mit schmalen Augen musterte. „Du meinst das ernst?"

„Ich bin schon seit Jahren mit dabei. Meine Familie braucht mich hier."

„Okay. Okay. Okay. Wie wäre es damit? Wenn der Wettkampf vorbei ist und wir gewonnen haben, spendiere ich der Gruppe einen kleinen Alpenurlaub. Wir gehen wandern, Skifahren, ziehen uns alles rein, was die

Baumhausbewohner zu bieten haben und dann." Sein Finger kreiste in der Luft, ehe er auf Bens Brust zum Landen kam. „Dann holen wir dich ab und fahren zurück. Was sagst du? Ein paar Wochen Freizeit, Heimat, Alpenluft. Dann weißt du wieder, wo du wirklich hingehörst."

„Das weiß ich jetzt schon. Hierher. Nach Österreich."

Jackson griff sich auf die Stirn und sog die Luft scharf ein. „Ben, du weißt, du bist mein Goldjunge. Aber wenn du mir heute den Abend verderben willst, indem du mir vor die Tür scheißt, lass dir eins gesagt sein. Wenn ich anfange, zurück zu pinkeln, dann wird nicht nur dein Hosenbein nass. Ich werde dir meine Fleischpeitsche ins Gesicht strecken und dir ins Maul pissen. Hast du mich verstanden?"

„Ich boykottiere den Wettkampf."

Jackson streckte ihm den Mittelfinger entgegen. „Fick dich! Als ob mich die dreihundert Riesen kratzen würden. Mit dem Ticket nach Vegas wische ich mir den Arsch aus."

„Es wird im Fernsehen zu sehen sein."

„Österreichisches Staatsfernsehen. Nicht einmal die Schluchtenscheißer schauen sich das an. Heutzutage hängen die Leute bei Netflix ab."

Ben brodelte innerlich auf. Er war nahe dran, Jackson eine zu verpassen. „Ich werde dir jede einzelne Show vermasseln, bis keiner sich den Mist mehr ansieht."

Jacksons Hand krallte sich so fest in den Gehstock, dass die Adern bläulich hervortraten. „Was soll das werden, du Komiker? Jahrelang kuschst du wie ein Welpe und plötzlich fängst du an zu kläffen? Hat Aylin dich aufgescheucht? Muss ich sie rauswerfen, damit du wieder zur Vernunft kommst?"

Bens Auge zuckte nervös. Er wollte sie da nicht mit reinziehen. Aber Jackson wäre bescheuert, wenn er eine so talentierte Oberpartnerin rauswarf. Er durfte sich nichts anmerken lassen. „Ich biete dir ein Geschäft an."

Jackson breitete die Arme aus. „Endlich reden wir eine Sprache. Wie viel willst du?"

Ben schüttelte den Kopf. „Kein Geld. Ich biete dir an, diesen Wettkampf zu gewinnen. Ich bereite dir keine Probleme, dafür entbindest du mich danach aus dem Vertrag."

Jackson tippte die Zeigefinger aneinander. „Klingt nach einer einseitigen Geschichte. Dir ist klar, dass du gebunden bist? Wenn du verfrüht abhaust, kommt dich das teuer zu stehen.“

Ben schürzte die Lippen und zuckte mit den Schultern. „Wie gesagt. Du kannst mich auch ein Jahr lang durchfüttern und mitansehen, wie ich *The Slash* zu *The Fail* mutieren lasse.“

„Treffen wir uns in der Mitte“, sagte Jackson mühsam beherrscht. „Wenn du den Wettkampf gewinnst, bist du raus. Aber verlierst du, verlängern wir den Vertrag auf fünf Jahre zu denselben Bedingungen.“

Ben lachte höhnisch auf. „Das kannst du vergessen.“

„Zweifelst du etwa an deinem Können?“

„Eher an deinem Verstand.“

Jackson legte die Hände ineinander und rieb sie mit nachdenklichem Blick. „Weißt du, ich habe nachgedacht. Du hast mich schon öfter gebeten, dich rauszulassen. Jetzt wo wir hier in deiner Heimat sind, ist es dir so wichtig, dass du keinen Millimeter nachgibst. Ich frage mich, woran das liegen könnte.“

Ben lächelte übertrieben. „An der frischen Luft schätze ich.“

Jacksons Zeigefinger stocherte in der Luft herum, als bediene er mit einem Finger eine Schreibmaschine. „Nein, ich denke, es hat eher was mit deiner Familie zu tun. Vielleicht sollte ich da mal nachhaken.“

Ben machte einen Ausfallschritt und packte ihn am Revers. „Wag es nicht!“

Jackson gab sich betont gelassen. „Entweder mein Deal oder keiner.“

Ben biss die Zähne zusammen, um nicht laut aufzuschreien. Er zweifelte nicht an ihrem Sieg, aber wenn Jackson wirklich so wenig auf die Ausstrahlung des Wettbewerbs gab, dann konnte er das Ganze auch beeinflussen. Aber welche Wahl blieb ihm? Er musste seiner Familie helfen, konnte nicht zusehen, wie sie in Schutt und Asche zerfiel, während er in weiter Ferne lebte. „Abgemacht.“ Er ließ Jackson los und trat einen Schritt zurück.

Dieser lächelte zufrieden und stolzierte an ihm vorbei, wobei er ihm noch einmal die Schulter tätschelte. „Dann wünsche ich dir viel Erfolg, mein Goldjunge.“

Kapitel 10

Maja betrat das Krankenzimmer mit einem mulmigen Gefühl. Sie wusste nicht recht, wie sie mit der Situation umgehen sollte. Als sie Samuel nach dem Auftritt angesprochen hatte, hatte sie sie sich darauf gefreut, ihn näher kennenzulernen. Er wohnte mit seiner Tochter in einem Wohnmobil und sie rechnete nicht damit, dass er es ablehnen würde, übergangsweise bei ihr im Gästezimmer zu schlafen. Es war ihr wie die Erfüllung ihrer Kindheitsträume vorgekommen. Alles ging so schnell, kaum, dass sie den ersten Schritt tat. Gestern hatte er sie endlich angerufen und dann das. Er lag im Krankenhaus.

Ist das meine Strafe? Wurde er mir wie ein Keks vor die Nase gehalten, um ihn im letzten Moment wegzuziehen?

Zu ihrer Überraschung lag Samuel nicht im Bett. Nein, er saß an einem Besuchertisch über ein Stück Papier gebeugt und schrieb. Zwei Papierknäuel daneben zeugten davon, dass es nicht sein erster Versuch war.

„Hallo“, sagte sie schüchtern.

Er sah zur Tür und hob mit einem Lächeln die Hand. „Da bist du ja, komm doch rein.“

Zögerlich trat sie ein und hielt ihm den mitgebrachten Blumenstrauß entgegen. „Ich wusste nicht recht, was ...“

Samuel lachte, nahm sie entgegen und roch gierig daran. „Eigentlich hasse ich Blumen.“

Sie schürzte die Lippen. *Das fängt ja wunderbar an.*

Er wedelte entschuldigend mit der Hand. „Tut mir leid, das war nicht gegen deine Geste gerichtet. Ich finde sie nur fürchterlich kostspielig, dafür, dass sie binnen weniger Tage welken.“ Er schob einen Sessel mit dem Fuß in ihre Richtung. „Setz dich doch, sonst bekomme ich ein steifes Genick“, fuhr er mit einem Zwinkern fort.

Sie nahm Platz, schob die Knie zusammen und platzierte ihre Handtasche wie einen winzigen Schild auf ihrem Schoß. Was sollte sie sagen? Gute Besserung? Tut mir leid für dich? Jetzt weiß ich, warum du dich so lange nicht gemeldet hast? Sie räusperte sich. „Tja, mein Parkplatz ist noch immer frei.“

Er grinste sie an. „Danke noch einmal für das Angebot. Ich würde es glatt annehmen, wenn meine Tochter den Führerschein hätte.“

Sie ist also wirklich seine Tochter. Innerlich seufzte sie erleichtert auf. Hätte ja auch sein können, dass er eine Liaison mit einer viel Jüngeren führte. „Wenn du willst, kümmere ich mich darum.“

„Nein, danke, Alea ist ziemlich eigensinnig und will mir gerade beweisen, wie gut sie allein zurechtkommt.“

„Sie wohnt aber nicht allein in eurem Wohnwagen?“

Samuel zögerte mit der Antwort, „Ich wollte, dass sie bei ihrer Tante unterkommt.“

„Was ist mit ihrer Mutter?“

„Sie ist gestorben.“

„Oh.“ Sie hob die Hand und ließ sie wieder fallen. Es erschien ihr unpassend, ihn zu trösten. Weder kannten sie sich gut genug, noch war sie die richtige Person dafür. Immerhin hatte sie als Jugendliche in ihr eine Nebenbuhlerin gesehen. Ihr Blick fiel auf den handschriftlichen Brief, an dem er arbeitete. „Fanpost?“

Er folgte ihrem Blick und faltete den Schrieb eilig zusammen. „Ich fürchte, außer dir haben wir keine Groupies.“

Maja lachte auf. „Ich muss wie eine Stalkerin auf dich wirken.“

„Keine Sorge, ich fühle mich geschmeichelt.“

„Vor ungefähr zehn Jahren habe ich noch davon geträumt, dich einmal zu heiraten.“ Die Worte waren ihr schneller entschlüpft, als sie darüber nachdenken konnte. Samuel verströmte eine solche Lockerheit, dass es ihr erst nicht peinlich erschien, so offen zu sprechen.

Er verschränkte die Arme hinter dem Kopf und schürzte die Lippen. „Meine Mutter hat mir immer zu einer jüngeren Frau geraten. Die kann dich pflegen, wenn du dich wegen deines Berufs nicht mehr rühren kannst, hat sie immer gesagt.“

Maja kicherte belustigt. „Du solltest auf deine Mutter hören.“

Er sah durch das Zimmer. „Ich fürchte, heute bin ich eine weniger gute Partie als vor zehn Jahren.“

„Damals warst du gebunden.“

„Auch wieder wahr.“

Maja sah auf ihren Schoß. Mit ihm zu sprechen war so unkompliziert, so angenehm. Warum hatte sie ihn nicht früher aufgesucht, sich dem so verschlossen? Oder entsprang das wohlige Gefühl in ihrer Brust nur einer kindlichen Erinnerung? So viel älter war er überhaupt nicht. Vielleicht sechs oder sieben Jahre. Sie kannte Paare, die weitaus mehr Altersunterschied hatten. „Als Jugendliche warst du mein Held und irgendwie bist du das immer noch. Eine Weile wollte ich unbedingt auch Akrobatin werden."

„Zum Glück hast du es gelassen. Diese Pandemie hat uns ganz schön zugesetzt."

Maja nickte mit einem erzwungenen Lächeln. Die Erinnerung an ihren Bruder trübte ihre Stimmung. „Ihr seid ziemlich lange in derselben Gegend geblieben. Habt ihr vor ...?"

„Zu bleiben?" Er wiegte den Kopf zu beiden Seiten. „Langfristig suchen wir eine Wohnung. Meine Tochter braucht ein festes Zuhause."

„Das dachte ich mir, als ich von eurer Wohnsituation erfahren habe. Ehrlich gesagt dachte ich darüber nach, dass ihr bei mir unterkommen könntet. Ich habe ein Gästezimmer."

„Ich fürchte, dein Partner würde wenig davon halten, wenn ein fremder Kerl ..."

„Ich bin single", beeilte sie sich zu sagen.

Ihm entschlüpfte ein kurzes Oh. Er rieb sich nachdenklich das Kinn. „Es wäre praktisch, eine Frau in Aleas Nähe zu wissen. Es gibt Themen, die ich mit ihr einfach nicht ..."

Maja nickte verständnisvoll.

„Hast du Kinder?"

Sie schüttelte den Kopf. „Ich wollte mir die Verantwortung nicht aufbürden, welche großzuziehen. Ich glaube, darum konnte ich auch langfristig keinen Mann an mich binden."

Samuel lachte auf. „Dann bin ich wohl die perfekte Partie, was?"

Sie presste die Lippen zusammen. *Das bist du, ja.* Konnte sie ihm das sagen? So offen sein? Aber woher sollte sie wissen, dass er sich für sie interessierte? Sie war weder besonders sportlich noch übermäßig attraktiv. Eine Durchschnittsfrau und er kannte sie kaum. Sie sollte warten, bis er hier raus war. Ihn im Alltag kennenlernen und auf seine Reaktion warten, wenn sie näher an ihn heranrückte.

Samuel stieß einen Seufzer aus. „Ich werde wohl noch eine Weile hierbleiben müssen. Aber mir fiele ein Stein vom Herzen, wenn Alea ein festes Dach über dem Kopf hätte.“

„Ich kümmere mich gerne um sie.“

Er nickte mit einem bemühten Lächeln. „Das wird sie nicht zulassen. Sie lässt sich ungern auf Frauen ein, seitdem ihre Mutter nicht mehr ist. Aber vielleicht kann ich sie überreden.“

„Ihr seid mir immer willkommen.“ Ihre Hand löste sich aus ihrem Schoß, wollte nach ihm greifen und hielt auf der Hälfte des Weges inne.

Er kam ihr entgegen und ergriff sie, sah ihr fest in die Augen. „Ich danke dir von Herzen. Wirklich.“

Maja errötete. Sie hielt seinem Blick nicht stand. In ihrem Kopf gingen so viele Dinge durcheinander. Hier saß sie nun. Mit dem Schwarm aus ihren Jugendjahren und hielt seine Hand. „Hast du vor, noch einmal zu heiraten?“

*

Den Umgang mit dem Messer hatte Moses mittlerweile perfektioniert. Er schnitt vor sich hin, ohne sich groß darauf zu konzentrieren. Derweil ließ er den Blick durch den Wohnwagen schweifen, verblieb manchmal eine Weile bei Alea, bis diese sich dessen bewusst wurde und zurücksah. Dann pfiff er vor sich hin und tat, als hätte er sie nur mit den Augen gestreift.

Er konnte es kaum glauben. Er hatte es geschafft und mit Alea die Qualifikation bestanden. Er verbrachte von Tag zu Tag mehr Zeit mit ihr. Nur nachts ließ er ihr den verdienten Schlaf. Manchmal fiel es ihm schwer, den richtigen Zeitpunkt zu erwischen, das Wohnmobil zu verlassen. Aber je länger er mit ihr zusammen war, desto besser erkannte er die Zeichen, wenn Alea müde wurde und sich nur mit purer Willenskraft wachhielt.

Sie war eine unerbittliche Turnerin. Die bestandene erste Runde hätte wohl einige motiviert, sich eine Pause zu gönnen. Stattdessen hatte sie ihm gleich am nächsten Tag den Plan für die zweite Choreographie vorgelegt. Sie trainierten im Turnsaal, solange sie ihn haben durften und danach draußen weiter. Aleas Vertrauen in ihn wuchs und er gab sich alle Mühe, dem gerecht zu werden. Sie verzichteten weitgehend auf Landematten. Im Wettkampf stand ihnen nicht mehr als ein dünner Filzboden zur Verfügung.

Sich auf eine weiche Matte zu verlassen, die im Notfall einen Sturz abfing, hielt Alea für kontraproduktiv.

Moses liebte es, mit ihr zu arbeiten. Aber noch mehr genoss er die Momente, da sie gemeinsam kochten, aßen und redeten. Er kannte Alea, keine Frage. Wenn sie ihm Geschichten aus ihrer Vergangenheit erzählte, erinnerte er sich daran. Doch ihre Art und Weise es ihm mitzuteilen, hatte etwas unheimlich Befriedigendes. Wie lange hatte er sich gewünscht, seinem Schützling nahe zu sein? Nun war er eine Art Freund, ihr Vertrauter. Er hatte die Gelegenheit, sie persönlich kennenzulernen, an ihrem Leben und ihrem außergewöhnlichen Sein teilzuhaben. Er verspürte tiefe Dankbarkeit dafür. Es ließ ihn fast den reumütigen Gedanken vergessen, dass seine Anwesenheit hier ein großes Opfer darstellte.

Nur eine Sache irritierte ihn bei dem Ganzen. Keine Frage, ihm war immer bewusst gewesen, dass Alea eine hübsche junge Frau war. Doch jetzt fühlte er sich körperlich zu dieser Schönheit hingezogen. Manches Mal war er sich nicht sicher, ob seine Freundlichkeit Resultat dessen war, dass er sie schätzte oder ihr gefallen wollte.

„Willst du deine Eier gekocht oder gebraten?", fragte Alea, derweil Moses das Gemüse in Häppchen schnitt.

„So wie es dir weniger Aufwand bereitet."

Alea verdrehte die Augen und schnaubte. „Du weißt, was ich von solchen Ansagen halte."

„Und du, dass ich in diesem Bezug nicht anspruchsvoll bin."

„Dann koche ich dir beides."

„Das wäre Verschwendung, findest du nicht? So viel kann ich niemals verspeisen."

„Du klingst nach meinem Vater."

Moses konnte nicht recht einordnen, ob das gut oder schlecht gemeint war. *Sie liebt ihren Vater.* Es war gut, entschied er für sich. „Gekocht. Ich denke, das spart Energie."

Sie wedelte mit dem Pfannenwender. „Moses!"

„Was denn? Du sparst an allen Ecken und ich soll mich verwöhnen lassen?"

Sie legte den Ellbogen auf dem Küchenblock ab und stützte den Kopf auf ihre Hand. Das machte sie nur noch attraktiver. Er sah zur Decke. Die

Sache fiele ihm leichter, wenn er sich nicht ständig so zu ihr hingezogen fühlte.

„Dir ist klar, wie dankbar ich dir bin?", fragte sie.

„Deswegen musst du dich nicht verbiegen."

„Es geht nur um Eier!"

Er drehte die Handteller nach oben und lächelte sie an. „Du hast Recht. Es geht nur um Eier." Er hob die Brauen, bis Alea schmunzelnd den Kopf schüttelte. Sie gab ihm einen spielerischen Schubs. Moses mochte diese kleinen Neckereien zwischen ihnen. Das stellte einen angenehmen Gegenpol zu ihrem ernsten Training dar. Er liebte es, sie glücklich und unbeschwert zu sehen. Diese Momente waren jedoch stets davon überschattet, dass ihr Vater im Krankenhaus lag. Sie zeigte es nicht, drückte den Schmerz hinunter, aber manches Mal war ihr Blick in die Ferne gerichtet, wenn sie glaubte, er beobachte sie nicht.

Am Ende gab es wirklich gekochte Eier. Sie aßen gemeinsam. Alea fragte ihn mehrfach, ob es ihm auch schmeckte, und entschuldigte sich für die Einfachheit des Essens. Sie fühlte sich ihm gegenüber schuldig. Sie verstand nicht, wie glücklich es ihn gemacht hatte, sie zu retten, mit ihr zu trainieren, Zeit mit ihr zu haben. Er war es, der Dank empfand. Sein Leben lang war er davon ausgegangen, sie bis zu ihrem Tod nur aus der Ferne zu beobachten.

Nach dem Frühstück holte er Wasser und sie ging einkaufen. Sie schätzte es nicht, dass sie sich die Arbeit teilten. Aus ihrer Sicht war alles, was den Wohnwagen betraf, ihr Verantwortungsbereich. Umso unnachgiebiger versuchte Moses sich überall einzubringen, wo er es vermochte.

Sie verräumten die Einkäufe gemeinsam und Alea setzte sich für einen Moment zum Tisch und legte den Kopf auf den Händen ab. Sie sah müde aus, entkräftet. Moses hatte nur Alea als Vergleich, konnte nicht ganz einschätzen, ob sie sich genug Schlaf und Erholung gönnte. Ihre Eltern hatten teilweise acht Stunden am Tag trainiert. Sie beide brachten es zurzeit auf zehn. Moses konnte immer weitermachen. Wenn er es wollte, würde er den ganzen Tag üben, was er auch zumeist in der Nacht tat, da Alea schlief und er keine andere Beschäftigung fand.

Er kniete sich vor ihr ab. „Weißt du was? Wir könnten heute deinen Vater besuchen gehen."

Alea schüttelte den gesenkten Kopf. „Wir haben nur knapp über eine Woche bis zum nächsten Auftritt.“

„Du siehst aus, als könntest du eine Pause gebrauchen.“

„Mein Vater meinte immer, schlafen kann man, wenn man tot ist.“

„Ich bin mir sicher, er würde sich darüber freuen.“ Er wollte sie nicht an das Versprechen erinnern. Sie sollte es aus freien Stücken tun.

Sie sah Moses mit verkniffenen Lippen an. „Ich möchte lieber trainieren.“

Wenn er stirbt, wirst du das ewig bereuen. Er vermochte es nicht, ihr das zu sagen. Ihre Hoffnung war ihr Motor. Glaubte sie nicht daran, es schaffen zu können, würde sie zerbrechen. Doch könnte sie je wieder lächeln, wenn sie den Lebensabend ihres Vaters nur in einer Turnhalle verbracht hatte? „Du bist kaputt. Wenn du heute einen Tag pausierst, hast du morgen mehr Energie.“

Wie um seine Worte Lügen zu strafen, stand sie auf und streckte sich. Ihre Hände berührten beinahe die Decke des Wohnwagens. „Blödsinn, ich habe nur über die Choreo nachgedacht.“

„Er vermisst dich sicher.“

„Wir schreiben regelmäßig und er klingelt mich hin und wieder aus dem Schlaf.“

„Ich finde, das ist nur ein schmählicher Ersatz für echten realen Kontakt.“

„Mein Papa ist heilfroh, wenn ich ihm nicht in den Ohren liege, glaub mir.“ Sie quetschte sich an ihm vorbei. „Los, gehen wir, ehe es zu heiß wird.“

Sie eilte nach draußen, flüchtete vor dem Gespräch. Er ließ die Mundwinkel sinken. *Was verbirgst du vor mir, Alea?*

*

Alea war selten mies gelaunt, aber heute konnte sie es überhaupt nicht kaschieren. Moses wollte sie nicht zusätzlich reizen und redete nur das Notwendigste mit ihr. *Dabei lief es beim Frühstück doch so gut.*

Sie wärmten sich im Laufen auf, dehnten einander und gingen gleich zu ihren Problemübungen über. Moses größte Schwäche war das Timing. Es fiel ihm nicht schwer, Alea aus seinen Händen so hochzuwerfen, dass sie problemlos einen Doppelsalto drehen konnte, aber sie im richtigen Moment zu fangen, bereitete ihm Mühe. Er tat sich schwer damit zu warten. Alles in ihm schrie danach, sofort zuzupacken, wenn sie in Reichweite war. Das funktionierte zwar grundsätzlich, doch Alea ließ es sich nicht ausreden, dass er sie kurz vor dem Boden abfing. Und das mit dem Kopf nach unten.

Sie wollte diese Stellung nutzen, um gleich in die nächste Technik einzusteigen, bei der er sich nach hinten überstreckte und sie das Bein nach vorne abspreizte, während sie sich an seine Hüfte klammerte.

„Das ist Wahnsinn, todesmutig, du forderst es heraus."

„Ich hab das mit meinem Vater auch schon probiert."

„Aber nie bei einem Auftritt!"

Sie runzelte die Stirn. „Woher willst du das wissen?"

Moses räusperte sich und deutete auf die Weichbodenmatte, die sie dieses Mal untergelegt hatten. „Sonst würdest du dich nie so absichern."

Sie hob skeptisch eine Braue, beließ es aber dabei. „Wir versuchen ja auch nicht, irgendwelche Leute zu beeindrucken, die mit Akrobatik kaum was am Hut haben. Beim Wettkampf wartet ein Komitee auf uns, das sich den ganzen Tag nichts anderes ansieht. Wir müssen hervorstechen!"

„Indem du eine Bruchlandung hinlegst?"

„Du fängst mich doch?"

Ich werde dich immer fangen. So lange ich bei dir bin. So lange ich atme. „Ich sorge mich nur. Wenn du einen Fehler machst ..."

„Ich mache keinen Fehler!" Sie sprang in die Höhe und stampfte auf. „Ich darf keinen machen, also tue ich es auch nicht – verstanden?" Ihr Blick war voller Entschlossenheit, überspielte ihr schweißüberströmtes Gesicht, die Brust, die sich mühsam bei jedem Atemzug hob und ihre zittrigen Schritte.

„Es gibt doch hundert andere Übungen."

„Die sie alle schon gesehen haben. Es ist nur ein Element. Lass mich nicht hängen, Moses." Sie griff nach seinem Unterarm. „Wir müssen gewinnen. Dafür gehen wir an unsere Grenzen."

„Und wenn etwas schiefgeht? Willst du neben deinem Vater im Krankenhaus liegen?"

Sie sah verärgert zur Seite. „Dann hättest du doch deinen Willen."

„Ich verstehe ehrlich nicht, warum du dir nicht einmal die Zeit nimmst. Es geht hier nicht um irgendjemanden!" Seine Stimme war lauter geworden, als er es beabsichtigt hatte. Es ärgerte ihn, dass sie so verbohrt blieb. Er war sich sicher, dass sie ihren Vater brauchte, seinen Rückhalt, der sie ihr ganzes Leben lang begleitet hatte. Genauso sehr benötigte Samuel ihre Gegenwart.

Sie machte ein paar Schritte von ihm weg, krallte die Hände in die Hüften. „Du verstehst das nicht."

„Dann erklär es mir doch."

Sie stieß die Luft aus und ließ den Kopf hängen. „Ich will ihn sehen. Verdammt Moses, ich möchte am liebsten Tag und Nacht bei ihm sitzen." Ihre Stimme nahm einen melancholischen Ausdruck an.

Er folgte ihr und legte die Hände auf ihre Schultern. Sie zitterte, als wäre ihr kalt.

Sie schob die Unterlippe nach innen. Es schüttelte sie. Moses kannte das. Seit sie ein Kind war, hatte sie gelernt, stark zu sein, unterdrückte jegliche Gefühlsregung. Im Zirkus weinte man nicht. Man stand auf und machte weiter. Nur dass sie dieses Prinzip auf jeden Lebensbereich ausgedehnt hatte. Wie viel Trauer würde sie in sich ansammeln können, bis es aus ihr hervorbrach?

„Es tut mir leid, Alea."

Sie schüttelte den Kopf. „Schon gut. Du hast ja Recht. Ich sollte ihn besuchen. Mein Vater liegt todkrank im Krankenhaus und ich Rabentochter denke an nichts als den Wettkampf." Sie drehte sich zu ihm um und zwängte ein Lächeln auf ihre Lippen. „Aber weißt du, ich habe Angst. Wir telefonieren manchmal in der Nacht. Er klingt so anders, so schwach. Ich fürchte mich davor, ihn zu sehen und den Glauben zu verlieren. Wie soll ich auftreten, wenn ich mir nicht mehr sicher bin, dass er durchhält?"

Moses nahm sie in die Arme. Sie ließ ihn für einen Augenblick gewähren, fand Halt bei ihm. „Das wird er. Unkraut vergeht nicht, sagte er doch immer."

Alea schnaubte belustigt. „Du klingst manchmal, als würdest du uns schon ewig kennen." Sie straffte sich und ging zur Matte rüber. „Üben wir jetzt?"

Moses nickte. „Lass uns diese Übung endlich perfektionieren."

*

Henri hatte seine einstigen Vereinsgefährten zu einem Treffen in Wien überreden können. Die beiden waren genauso überrascht, ihn bei der Qualifikation zu sehen, wie er sie. Nachdem Caro ihn gleich von der Bildfläche gezogen hatte, war keine Zeit geblieben, darüber weiter zu plaudern.

Caro hatte ihn im Unklaren gelassen, was ihr Plan war. Womöglich ein Abkommen. Sie brauchten nicht den gesamten Gewinn. Wahrscheinlich wäre es das Sinnvollste, wenn sich mehrere erfolgversprechende Teams zusammenfänden, und vereinbarten, den Gewinn zu teilen.

Sie trafen einander in einer gemütlichen Pizzeria. Henri hatte ursprünglich nicht vor, etwas zu essen. Doch nachdem Julia und Tobias sich eine Pizza teilten, sah er darin eine günstige Möglichkeit, Selbiges zu tun. Überraschenderweise bestand Caro auf getrennte Pizzen.

„Ich muss ehrlich gestehen, ich war baff, als ich euch beim Wettbewerb sah“, meinte Henri, nachdem der Kellner die Getränke gebracht hatte.

„Wir haben auch geschaut. Sagtest du nicht, die Sportakrobatik wäre eine Sackgasse?“, fragte Tobias.

„Im Vereinswesen, ja. Aber als freier Darsteller lässt sich damit was verdienen.“

„Ich beneide euch. Ihr lebt von dem schönsten Hobby, das es nur geben kann“, sagte Julia.

Henri und Caro tauschten einen Blick. Caro schürzte nur die Lippen und Henri nickte zu der Andeutung. Immerhin hatten sie zurzeit keine Arbeit mehr. Im Grunde hatte Julia recht und er wollte sie nicht unbedingt über ihre tatsächliche Situation belehren. „Ihr offensichtlich auch.“

Tobias schmunzelte. „Eigentlich sind wir schon seit Jahrzehnten draußen. Wir turnen nur noch zum Spaß.“

„Dafür habt ihr aber eine beachtliche Leistung hingelegt.“

„Wir haben für diesen Wettkampf unseren gesamten Urlaub aufgebraucht.“ Tobias sah bedauernd zur Seite.

„Darf ich eine indiskrete Frage stellen?“, fragte Henri.

In Julias Augen blitzte es auf. „Lass mich raten. Du willst wissen, ob wir auch außerhalb der Akrobatik ein Paar sind.“

„Wie lange geht das schon?“

„Länger, als wir selbst wussten“, gab Tobias zu und kratzte sich an der Nase. „Dass wir zusammen trainierten, war ein Vorteil und zugleich Nachteil. Wir hatten immer im Hinterkopf, dass es nur Training ist, aber im Endeffekt ..."

„Schon klar", erwiderte Henri grinsend und hob sein Glas. „Wir haben alle damit gerechnet, wenn ich ehrlich bin."

„Das höre ich nicht zum ersten Mal." Tobias zwinkerte ihm zu.

„Und wie seid ihr zusammen gekommen?", fragte Julia an Caro gewandt.

Diese lehnte sich nach vorne und lächelte sie einer Schlange gleich an. „Ziemlich dieselbe Leier. Nur eine Spur romantischer."

„Wir haben gemeinsam als Straßenkünstler gearbeitet", ergänzte Henri.

„Mutig!", sagte Tobias und nickte ihnen zu. „Wir haben uns das nicht zugetraut. Im Grunde sind unsere Jobs ziemlich einfallslos."

„Wenn ihr euch schon so lange kennt, ist eure Beziehung sicher reichlich eingeschlafen, was?", meinte Caro und nippte an ihrem Getränk.

Henri sah Caro irritiert an und auch Julia schürzte die Lippen.

Tobias schmunzelte und nahm es zu Henris Erleichterung gelassen. „Ich schätze, jede Beziehung wird vom Zahn der Zeit zernagt."

„Was soll ich sagen? Wäre der Typ da nicht als mein Unterpartner unabkömmlich, hätte ich ihn längst sitzengelassen."

„Da draußen laufen eine Menge gute herum", erwiderte Tobias mit einem Zwinkern.

„Schlappschwänze. Kommen alle nicht mit meinen Neigungen zurecht. Ich hab mehr Bedürfnisse als die meisten Frauen."

Henri kniff die Augen zusammen und drehte sich zu ihr. „Wie bitte?"

„Ich glaube, sie will dir damit sagen, dass du sie nicht gänzlich ausfüllst, lieber Henri", meinte Tobias.

„Können wir das Thema wechseln?", fragte Julia, die unruhig auf ihrem Stuhl herumrutschte.

„Wieso? Ist dir die Flaute in eurer Kiste unangenehm?"

Henri versank förmlich in seinem Stuhl. Caro war immer sehr offen bis unverschämt. Aber gefühlsmäßig versuchte sie geradezu, die Situation in Peinlichkeit aufgehen zu lassen.

„Über mangelnden Sex kann ich mich nicht beklagen. Wir versuchen, seit einer Weile Kinder zu bekommen, daher muss ich öfter ran", meinte Tobias.

Julia patschte ihm auf die Schulter.

„Klingt eher nach Arbeit als Vergnügen.“ Caro schenkte ihm einen mitfühlenden Blick.

„Versucht ihr den Sprung in die Selbstständigkeit mit dem Acrowinx?“, lenkte Henri eilig vom Thema ab, nachdem Julias Stirn sich gefährlich kräuselte.

„Das Geld wird für den nächsten Schritt in der Kinderplanung draufgehen. Julia bildet sich ein, dass wir das Ganze jetzt mit medizinischer Hilfe angehen.“

„Du klingst ja begeistert. Willst du überhaupt Bälger?“, fragte Caro.

„Kinder wären schön, aber wenn es nach mir ginge, müssten wir es nicht erzwingen.“

„Würdest du aufhören, unser Privatleben vor ihnen auszubreiten?“, mischte sich Julia sichtlich genervt ein.

„Du solltest lieber aufhören, diesen Hengst als Zuchtbullen zu missbrauchen“, warf Caro mit einem Zwinkern zu Tobias ein.

„Henri ist ein alter Freund und Caro ist doch nett, warum nicht? Ich finde es angenehm, das Ganze nicht nur zuhause mit dir totzureden.“ Er prostete Caro zu. Alle anderen übergingen deren Einwurf gekonnt.

Julia verdrehte die Augen.

„Kinder sind ätzend, wenn ihr mich fragt. Sie zerfressen dein Privatleben wie Maden das Obst. Mich als Genussmensch bringt der Gedanke nicht auf Touren“, fuhr Caro in gelangweiltem Tonfall fort.

Wir wollten doch irgendwann Kinder. Henri mischte sich nicht weiter ein. Das konnten sie zuhause besprechen.

„Wenn meine Frau in der Thematik nicht so verbohrt wäre, würde ich auch darüber nachdenken“, sagte Tobias.

Caro hob ihr Glas. „Einen Prost darauf.“

„Dafür hebe ich sicher nicht mein Glas“, beharrte Julia.

Die Situation wurde zunehmend unangenehm. Henri kam es so vor, als versuchte Caro bewusst, einen Keil zwischen die beiden zu treiben. War das ihr Plan? Gleichzeitig verhielt sie sich ihm gegenüber nicht gerade diplomatisch. Es fühlte sich so an, als diskutierten zwei Parteien am Tisch. Julia und er auf der einen und Caro mit Tobias auf der anderen Seite. Als Tobias aufs Klo ging, schloss Caro sich ihm an, was für eine angenehme Verschnaufpause sorgte.

„Nichts für ungut Henri, aber wenn mein Mann zurückkommt, werden wir losziehen.“

Henri trank sein Glas aus und nickte. „Verständlich. Tut mir leid. Ich weiß nicht, warum sie heute so zickig ist.“

Julia winkte ab. „Das kommt bei allen Frauen mal vor. Sicher steht ihr unter Druck wegen des Wettkampfs.“

„Mehr als du glaubst. Ich hoffe, das mit euren Kindern funktioniert bald.“

„Und du willst keine?“

„Früher oder später schon. Aber zuerst einmal sorge ich für die nötige wirtschaftliche Stabilität.“

Das Gespräch wandte sich zunehmend angenehmen Themen zu. Er und Julia hatten sich immer gut verstanden. Eine Weile hatten sie zusammen geturnt, bis sie einen Wachstumsschub bekam und ihm zu groß wurde. Seitdem hatte Tobias sie mehr und mehr eingenommen. Sonst würde er heute vielleicht an ihrer Seite sitzen und diesen Wettkampf nur bestreiten, um das Geld für eine künstliche Befruchtung aufzutreiben.

„Ich frage mich, wo die bleiben“, sagte Julia nach einer Weile.

„Wahrscheinlich haben sie sich am Gang getroffen und lästern über die Kinderliebhaber.“

„Ich will es ihm nicht raten. Das ist momentan ein großer Streitpunkt bei uns zuhause und es macht mich irre, wenn er das bei Freunden breittritt.“

„Sie werden schon gleich kommen.“ Langsam dachte Henri sich auch seinen Teil. Er kannte Caros Vergangenheit. Bis sie ihn kennengelernt hatte, war sie wie eine Wilde, hatte alle Möglichkeiten genutzt, um sich Nahrung und den nötigen Stoff zu besorgen, um über die Runden zu kommen. Er hoffte, dass der Stress, der drohende Verlust eines Dachs über dem Kopf, sie nicht wieder zurückwarf.

„Ich gehe mal nachsehen“, sagte Julia nach weiteren fünf Minuten.

Henri überlegte zuerst mitzugehen, aber er zögerte und als Julia weg war, kam ihm der Gedanke, dass irgendwer auf ihre Taschen aufpassen musste. Erst als er Gezeter aus dem Gang hörte, sprang er auf. Da kam Caro auch schon herbeigeeilt. „Gehen wir“, sagte sie.

„Was ist passiert?“

„Ich glaube, den beiden sind gerade ihre Beziehungsprobleme klar geworden. Könnte eine Weile dauern, bis sie das ausdiskutiert haben."

„Ist das dein Ernst? Wie kommst du dazu, ihre Beziehung kaputt zu machen?"

Caro sah ihn eindringlich an. „Das hätten sie früher oder später auch allein geschafft. Ich hab' ihnen nur den nötigen Schubs gegeben." Sie nahm ihre Handtasche und er hielt sie am Schulterriemen fest.

„Das sind ehemalige Freunde."

Sie drehte um und beugte sich zu ihm herab. „Willst du wieder auf die Straße?"

„Das ist kein Argument."

„Willst du es? Hast du Bock darauf, dass unser Leben wieder scheiße läuft?"

„Natürlich nicht, aber ..."

Sie deutete anklagend in Richtung der WC-Anlage. „Bei denen geht es um eine beschissene künstliche Befruchtung, weil das Mädchen nicht die Geduld hat, bis es von allein funktioniert. Wir stehen vor dem Abgrund." Sie drückte ihm einen groben Kuss auf. „Ich sagte dir, ich sorge für unseren Sieg."

„Es wäre mir nur lieber, du würdest mich in deine Pläne einweihen."

„Ich glaube, davon willst du nicht unbedingt was wissen. Du bekämst nur Albträume." Sie lachte diabolisch.

Henri wusste nicht recht, ob das ernst oder Spaß war. Mit mulmigem Gefühl folgte er Caro. Was hatte er da nur losgetreten?

Kapitel 11

Ein weiterer Tag des Trainings stand an. Caro schlüpfte in ihren nächsten Anzug. Sie wollten für jeden Auftritt einen eigenen. Nur nicht langweilig werden, lautete die Devise. Dieses Mal hatte er einen Rock aus Chiffon, der ihre Hüfte eine Spur kaschierte. Fühlte sich ein wenig nach Ballerina-Outfit an.

Alles lief am Schnürchen. Ihre ärgsten Widersacher im Viertelfinale waren ausgeschaltet. Diesen Ben musste sie vor dem Finale aus dem Weg räumen. In den Vorrunden traten Showgruppen und Paare getrennt gegeneinander an. Erst im Finale stritt die beste Gruppe gegen das beste Paar um den Sieg. Vorher konnte sie abschätzen, ob es vielleicht einen anderen Kontrahenten gab, der *The Slash* ausstach. Sie hatte zwar vorsorglich das Reck auf der Oberseite eingeölt, aber bisher hatte das keinen Erfolg gezeigt. Dabei trainierte der Typ ständig an der Stange. Nur griff er womöglich so fest zu, dass ihre Vorkehrung nicht ausreichte.

„Ich frage mich, wie du das mit dem Hotel hingebogen hast", wunderte sich Henri.

Caro lächelte in sich hinein. *Frauenpower, mein Schatz.* „Der Manager ist ein Weichei. Wenn man dem gehörig in die Eier tritt, wird er streichelweich."

„Dafür hat er uns zehn Tage gratis gegeben?"

„Ich hab ihm klar gemacht, dass dreißig ausgemacht waren, und das zu einem günstigeren Preis. Eigentlich hätte ich noch Geld zurückverlangen müssen."

„Und das Ganze lief nur übers Reden?" Die Frage war Henri sichtlich unangenehm. Er schaffte es nicht einmal, ihr dabei in die Augen zu sehen.

„Glaubst du, ich war mit ihm im Bett?"

„Ich habe das Gefühl, dass du für diesen Wettkampf über Leichen gehst."

Sie drückte ihm den Zeigefinger auf die Brust. „Ich gehe für *uns* über Leichen. Weil ich dich liebe und eine Zukunft mit dir will, so wie wir sie uns ausmalen."

„Hast du?“

„Was wäre wenn?“

Er presste die Lippen zusammen.

„Wenn ich dich erinnern darf, wir haben uns damals auf eine offene Beziehung geeinigt.“

„Was wir nie ausgenutzt haben – oder?“

Sie ergriff seinen Kopf und küsste ihn. „Henri, ich liebe dich, nur dich. Das weißt du doch?“

Er nickte zögerlich.

„Ich werde dich niemals emotional betrügen, in Ordnung?“

Er seufzte langgezogen. „Ich bin froh, wenn wir mit der Sache durch sind.“

Sie nickte tief. „Da bin ich ganz bei dir.“

„Ich geh mich schon einmal aufwärmen“, sagte er. Er wirkte geknickt.

Er hatte keine Ahnung, dass es nicht Eiseskälte war, die sie alles für ihn tun ließ. Es tat ihr selbst wahrscheinlich um einiges mehr weh als ihm. Sie brachte die Opfer für ihre Zukunft nicht er.

Als sie die Halle betrat, fiel ihr sofort ein hochgewachsener Mann auf, der ihren Stammplatz zum Turnen eingenommen hatte. Gleich daneben stand Ben, der ihm Instruktionen gab, als wäre er sein Trainer. Ein weiteres Mitglied seiner Truppe? Der Typ sah gefährlich sportlich aus.

Sie gab Henri einen Wink weiterzumachen, und stattete den beiden einen Besuch ab.

„Hey Ben, bringst du bald deine ganze Truppe hierher mit?“

Ben legte den Kopf schief. Offenbar war er nicht allzu erfreut, sie anzutreffen. Die letzten Begegnungen war sie ihm mit kühler Ignoranz gegenübergetreten. „Nein, das ist Moses. Er übt hier ein wenig mit.“

Caro seufzte erleichtert auf und hielt ihm die Hand hin. „Caro.“ Sein Händedruck war kräftig. Womöglich war er der langersehnte dritte Partner. Aber konnten sie ihr Team jetzt noch erweitern?

„Hey Moses, stört es dich, wenn ich mal eben zum Reck rübergehe?“

Moses schüttelte den Kopf. „Ich komm gleich nach.“

Caro wartete ab, bis Ben außer Hörweite war. „Machst du auch Akrobatik?“

„Ja, ich nehme am Acrowinx teil.“

Caros Züge gefroren. Ein weiterer starker Kontrahent. Woher kamen nur plötzlich all diese fähigen Athleten?

„Habt ihr die Quali geschafft?"

Er nickte. „Meine Partnerin ist grandios."

Sie verlagerte ihr Gewicht auf das rechte Bein und schob die Hüfte vor. „Wusstest du, dass ich und mein Partner noch einen dritten Mann suchen?"

„Woher sollte ich?"

Sie lachte gestellt. „Stimmt. Weißt du, wir beide machen das beruflich. Wenn du gewinnen willst, wäre es clever, dich mit uns zusammenzutun."

Moses runzelte die Stirn. „Ich mache das nur für meine Partnerin."

Noch so ein liebestrunkener Gockel. „Also bist du mit ihr zusammen?"

Er schüttelte den Kopf.

Caro lächelte diebisch. „Ich auch nicht mit meinem. Um ehrlich zu sein, geht mir der Typ ziemlich am Senkel. Du wärst genau meine Kragenweite. Hast du Lust, ein paar Figuren mit mir zu üben?"

Moses sah zur Seite und biss sich auf die Unterlippe. „Ich halte das für keine gute Idee. Ich bin nur hier, um das Bodenturnen zu üben, nichts weiter."

Sie senkte die Stimme zu einem Flüstern und kam ihm eine Spur näher. „Ehrlich gesagt habe ich auch keine Lust, Akrobatik zu treiben."

„Dann lass es doch sein", erwiderte er mit einem Achselzucken.

„Ich wollte damit sagen, dass wir beide uns stattdessen näher kennenlernen könnten." Sie hob die Brauen und deutete unauffällig zur Umkleide rüber.

„Wir können gerne reden, während ich trainiere. Ich möchte die Zeit hier nicht außerhalb der Halle vergeuden", erwiderte er mit betonter Höflichkeit.

Kommt der Typ vom Mond? So kam sie hier nicht weiter. Sie sah zu Henri rüber. Er hatte ihr kürzlich einen völlig neuen Gedanken eingeflößt. Wenn sie ihre Gegner aus dem Weg schafften, erhöhten sich ihre Chancen. Verbündeten sie sich, verdoppelten sie sich sogar.

Moses wollte sich abwenden, aber wie zufällig stand sie ihm im Weg. „Weißt du was Moses? Mir kommt gerade eine Idee. Wie wäre es, wenn wir uns zusammentun? Du, deine Partnerin, ich und mein Partner. Ich meine, der Gewinn ist genug für eine kleine Armee aus Turnern."

Moses legte einen Finger ans Kinn. „Du quillst ja über vor Ideen."

„Ach weißt du, dieser Wettkampf macht mich ganz verrückt. Ständig fällt mir was Neues ein. Du wolltest doch rüber zu Ben, oder? Wie wäre es, wenn ich dir meinen Partner bei der Gelegenheit vorstelle?“

Moses hob die Schultern, aber er schien mit der Idee einverstanden und geradezu zufrieden, nicht mehr von ihr allein belagert zu werden.

Henri verstand sich auf Anhieb mit Moses und, nachdem dieser ihnen offenbarte, dass seine Partnerin berufsmäßige Akrobatin war, war Henri Feuer und Flamme für ein Bündnis. Sie verabredeten sich miteinander, damit sie seine Partnerin Alea kennenlernen könnten. Der Name sagte Caro etwas, aber sie wusste nicht mehr woher.

Nach dem Training verabschiedeten sie sich höflich. Henri war richtiggehend gut gelaunt. „Sympathischer Kerl, dieser Moses.“

„Hm“, meinte Caro nur. Moses war langweilig. Der Typ hatte weder Ecken noch Kanten. Ein perfekter Familienmensch. Mit dem stritt man sicher nie und wenn würde er nachgeben.

„Ich bin ein wenig überrascht, dass der Vorschlag von dir kam, mit den beiden zusammenzuarbeiten.“

„Ich musste an unser Gespräch in der Pizzeria denken“, sagte Caro.

„Wo du meinen alten Kumpel und seine Freundin provoziert hast?“

Caro grinste spitzbübisch. „Das wirst du mir ewig nachhalten, was? Nein, du meintest, du würdest gerne in meine Pläne eingebunden.“

„Und du, das würde ich nicht aushalten.“

„Außer wir machen es auf deine Art. Wir brauchen nur etwas Kohle und das Ticket nach Vegas.“

„Warum haben wir Tobias und Julia dann keinen Deal vorgeschlagen?“

„Die waren zu perfekt. Außerdem hatte ich Mitleid mit dem Typen.“

„Dein Ernst?“

„Nicht die Bohne.“ Sie lachte und Henri schüttelte nur den Kopf über sie. Er fühlte sich wieder in die Sache eingeschlossen. Das war gut. Sie wollte ihre Beziehung nicht weiter belasten, indem sie jedem ihrer Gegner schöne Augen machte. Außerdem war Moses nicht der richtige Typ dafür. Ehe sie den knackte, war der Wettkampf vorbei. Wenn er und seine Partnerin wirklich so gut waren, dann machten sie mit einer Vereinbarung einen gewaltigen Sprung in Richtung Sieg. Womöglich schafften sie beide es nicht, *The Slash* zu schlagen. Aber wenn sie ein anderes Paar als Zugpferd missbrauchten, das für sie den Wettbewerb gewann, war ihr das genauso Recht.

*

Es war zum Mäusemelken. Egal wohin Ben ging, überall gab es nur Stunk.

Er hatte seiner Schwester Leonora von der Vereinbarung mit Jackson erzählt. Die hatte ihn für bescheuert erklärt. Immerhin waren sie nicht die Einzigen, die bei diesem Wettbewerb teilnahmen. Sie teilte seine Selbstsicherheit nicht, dass *The Slash* unter allen Umständen gewann. Ihre Ehe ging in die Brüche und er war drauf und dran, sich fünf weitere Jahre einzuhandeln.

In ihrer Gruppe lief es nicht rosiger. Jackson hatte die anderen über Bens Absichten informiert. Das hob die Moral nicht unbedingt. Bisher hatte Ben mehr oder minder in Jacksons Abwesenheit das Sagen gehabt. Er koordinierte den Auftritt, wies die Leute ihren Plätzen zu und Jackson übernahm meist nur noch die Endkontrolle. Nachdem die meisten damit rechneten, dass Ben bald wegging, gab es spürbar mehr Machtkämpfe. Jeder wollte plötzlich etwas zu sagen haben, brachte Änderungsvorschläge ein.

Im Moment verbrieten sie in erster Linie einen Haufen Zeit und bewegten sich kaum vom Fleck. Das konnte sie den Sieg kosten. Hier in seinem ehemaligen Turnverein kam er zur Ruhe. Er arbeitete am liebsten am Reck. Dazu war er in Vegas überhaupt nicht mehr gekommen, außer er prahlte vor den Kindern am Spielplatz.

Er rieb sich die Hände mit Magnesia ein, sprang und griff nach der Stange. Das kühle, raue Metall fühlte sich angenehm vertraut an. Probeweise schwang er vor und zurück, ehe er sich hinaufzog und ein paar Umschwünge turnte.

Früher hatte er das Reck gehasst. Die Mädchen waren viel besser daran. Einmal hatte er einen Spreizumschwung versucht und sich dabei gehörig die Kronjuwelen angeschlagen. Doch er hatte sich gemausert, nur noch am Hochreck trainiert. Im Verein waren außer ihm kaum Jungs. Die wenigen waren nicht groß genug, um es überhaupt zu erreichen. Hier hatte er seine selige Ruhe.

„Sieht anstrengend aus."

Ben hielt inne und sah zu Moses hinab. „Da bist du ja.“ Er ließ sich zu Boden fallen und schüttelte ihm die Hand.

„Die beiden hatten etwas mit mir zu besprechen.“

Ben warf einen Blick zum Ausgang. Caro und Henri waren bereits gegangen. Sie waren ihm suspekt und er mied ihre Gegenwart lieber. Zum Glück war Moses noch da, der einen angenehmen Ausgleich darstellte. Der Mann war aus Bens Sicht ein Naturtalent. Er hatte ihm nur ein paar Hinweise gegeben und er hatte sich von einem Amateur zu einem passablen Turner entwickelt. „Ist deine Partnerin zufrieden mit dir?“

„Sie gibt es vor zu sein. Aber sie hat hohe Ansprüche.“

Da war Aylin unkomplizierter. Sie tat, was man ihr sagte. Er war der Erfahrenere von ihnen beiden. „Schon einmal das Reck ausprobiert?“

Moses hob die Schultern. „Was soll das bringen?“

Ben faltete die Hände ineinander. Was für eine Frage. Ein berauschendes Gefühl, ähnlich wie fliegen. Wie erklärte er das einem Anfänger? Noch dazu jemanden, der sich nur dem Bodenturnen widmete? „Es ist eine wunderbare Vorübung für den Salto“, erwiderte Ben schließlich achselzuckend. Damit hatte er Moses Interesse. Der Mann hatte eine Sprungkraft, dass er womöglich drei Saltos in einem durchziehen konnte, aber es fehlte ihm an der nötigen Koordination in der Luft. „Probier es mal.“

Moses tauchte seine Hände in das Magnesia und sprang zu der Stange empor. Er war größer als Ben und hatte nicht die geringste Mühe dabei. „Und jetzt?“

„Vor- und zurückschwingen.“

Moses tat, wie ihm geheißen. Er verfügte über eine ausgezeichnete Körperspannung.

„Versuch mal, dich hochzuziehen.“ Ben lachte innerlich. Das würde er nicht so ohne weiteres hinbekommen.

Moses spannte die Arme an und vollführte einen Klimmzug. Von da an blieb er stecken.

Tja mit Kraft ist das nicht zu schaffen. Du müsstest schon ein Calisthenics Profi sein, um das durchzuziehen. Ben stieß einen überraschten Laut aus, als Moses die Ellbogen ausdrehte und sich scheinbar aus den Handgelenken heraus nach oben stemmte.

„So ungefähr?“

„Nicht elegant, aber effektiv. Komm runter, ich zeig dir noch ein paar Tricks."

Ben zeigte ihm alles, was es an sinnvollen Übungen für den Anfang gab. Den Hüftumschwung, Felgaufschwung, Umschwung und vieles mehr. Moses brauchte immer eine Weile, bis er den technischen Aspekt verstand und dann zog er es durch, als wäre es nicht schwieriger als Radfahren.

Ben respektierte ihn aufs Höchste und beneidete ihn zugleich um dieses Naturtalent. Er hatte Jahre damit verbracht, all diese Techniken zu meistern. Er schüttelte seine Hände aus. Die rechte schmerzte ihn vom Training. In der nächsten Runde mussten sie schwierigere Figuren zeigen. Sie wollten sich von Auftritt zu Auftritt kontinuierlich steigern, sodass das Publikum sich niemals langweilte. Aylin und Ben hatten es unzählige Male geübt, ihren einarmigen Handstand auf seiner Hand zu turnen. Jackson hatte sich wieder mehr eingebracht und ihnen so viele Wiederholungen zugemutet, bis sie vor Erschöpfung schweißnass waren.

Das Ergebnis war, dass sein Handgelenk schmerzte und er sich bisher keine Riesenfelge zugetraut hatte. Die komplette, gestreckte Umdrehung an der Stahlstange würde es unheimlich belasten. Früher hatte er das zum Spaß gemacht, aber er hatte es ewig nicht mehr geübt.

Moses sah ihn fragend an, erwartete die nächste Übung. Ben nickte sich selbst zu. „Jetzt pass mal auf. Ich zeig dir was richtig Schweres, was du besser nicht nachmachst." *Wobei ich dir glatt zutraue, dass du das hinbekommst.*

Er sprang ans Reck, schwang hin und her, um Schub zu gewinnen, und mit einem kräftigen Vorschwung schaffte er eine komplette Drehung. Er wollte den Schwung nicht vergeuden und hängte gleich eine weitere dran. Je länger er sich drehte, desto mehr berauschte es ihn. *Ich hab es immer noch drauf.* Doch er konnte das nicht ewig durchziehen. Seine rechte Hand fühlte sich glitschig an. Wahrscheinlich hatte er zu wenig Magnesia verwendet. Er musste mit aller Kraft die Stange packen, um nicht den Halt zu verlieren. Das Handgelenk pochte schmerzhaft. Immer wenn er oben im Handstand angelangt war, ließ er es los, schüttelte die Hand aus und nutzte die Gelegenheit, um die Richtung mit einer Drehung zu wechseln.

Mittlerweile hatten sich auch andere Turner mit staunend aufgerissenen Mündern hinzugesellt. Ein paar feuerten ihn sogar an. Konnte nicht schaden, sich hier einen Namen zu machen. Wenn er wieder hier lebte, würde er definitiv erneut mit dem Vereinsturnen anfangen. *Zum krönenden Abschluss ein Abgang mit Salto.*

Er war ohnehin fix und fertig. Das Training hier hatte ihm den Rest gegeben. Heute Nacht würde er wie ein Stein schlafen. Ein letztes Mal holte er mächtig Schwung und hielt die Stange ein wenig schwächer, um im richtigen Moment loszulassen. Seine rechte Hand verlor zu früh den Halt, glitt am rauen Stahl ab, kaum, dass er den Griff lockerte, und er flog diagonal vom Reck weg – direkt auf einige seiner jungen Zuschauer zu.

„Weg da!“, schrie er, doch sie waren nicht schnell genug. Statt einen Salto zu drehen, kippte er in der Luft zur Seite und machte eine schiefe Rolle daraus. Sein ganzes Körpergewicht drückte auf das rechte Handgelenk und ein scharfer Schmerz schoss ihm den Arm hinauf. Mit einem lauten Krachen prallte sein Rücken auf den Boden und er blieb zitternd liegen. Sofort ergriff er die pochende Hand. Er hatte Erfahrung mit Sportverletzungen. Das hier tat ungewöhnlich weh und würde ihn eine Weile beschäftigen.

Scheiße ...

*

Aleas Laune war in Hochstimmung. Das Training lief glatt und sie verstand sich mit Moses über alle Maßen gut – es konnte nichts schiefgehen. Heute hatte sie seit langem ihre Sparsamkeit gebrochen und Fleisch eingekauft.

Sie war nicht unbedingt bewandert in der Zubereitung, aber sie bemühte sich, um Moses heute mit einem besonders leckeren Gericht zu überraschen. Er gab sich beim Essen immer bescheiden, daher hatte sie extra viele Schweinesteaks gekauft, die sie nacheinander in der Pfanne briet. Dazu Gemüse, Bratkartoffeln und den traurigen Versuch einer Rahmsauce.

Bald stand die nächste Runde des Wettkampfs an, doch Alea dachte bereits weiter. Wie würde es weitergehen, wenn ihr Vater zurück war? Wie würde das die Beziehung zu Moses beeinflussen? Sie hatte ihm noch nichts von Moses erzählt, das würde sie bald nachholen.

Sie war sich nicht ganz sicher, wie sie das tun sollte; als was sie ihn vorstellen würde. Sie mochte Moses über alle Maßen. Seine charmante Art, sein Durchhaltevermögen und zugegebenermaßen auch sein Äußeres. Er war anders als andere Männer, machte keinerlei Anzeichen, wie er zu ihr stand. Er erzeugte Nähe und Vertrautheit, doch überschritt nie die unsichtbare Grenze, die ihn zu mehr als einem sehr innigen Freund machte. Vielleicht wartete er nur darauf, dass sie das übernahm?

Doch das fühlte sich falsch an. Wie ein Verrat an der Sache. Sie hatte Angst, damit etwas kaputtzumachen. Das Fleisch drohte ihr vor lauter Grübeln anzubrennen und sie drehte es eilig um.

Es klopfte an der Tür. Irritiert sah sie zur Uhr. Zu früh für Moses. *Bitte lass es keine wütenden Nachbarn oder die Polizei sein.* Zum Glück war es doch ihr Partner, den sie zur Begrüßung lange umarmte. „Du bist zu früh."

Er schnupperte und rieb sich den Magen. „Du hast schon gekocht."

„Ich wollte dich überraschen."

Er lugte in die Pfanne. „Das ist dir gelungen. Was ist aus deiner vegetarischen Ader geworden?"

„Ich schätze, du kannst ein paar Proteine vertragen", erwiderte sie mit einem Zwinkern.

„Du musst für mich nicht extra viel Geld ausgeben."

Ich würde für dich alles ausgeben und könnte damit trotzdem nicht einmal ansatzweise meine Schuld tilgen. Sie zwinkerte ihm zu. „Wenn du dich darum sorgst, kannst du mich auch mal zu dir einladen."

Seine Miene erstarrte.

Hatte sie etwas Falsches gesagt? Oh Gott, hatte er womöglich Familie und verbarg sie vor ihr? „Nur ein Scherz", ergänzte sie mit einem gekünstelten Grinsen. „Setz dich doch, ich bin gleich fertig."

„Kann ich dir nicht mehr helfen?"

Sie schob ihn zum Tisch hinüber. „Nein, heute wirst du verwöhnt!"

„Ich habe Gäste eingeladen. Ich hoffe, das stört dich nicht."

Sie blinzelte ihn perplex an. Und wie sie das störte. Sie freute sich auf ein lauschiges Abendessen zu zweit. Außerdem war es ihr peinlich, hier irgendwen Fremden reinzulassen. Sie biss sich auf die Unterlippe. „Wen?"

„Konkurrenten beim Wettkampf."

Sie sah ihn verständnislos an, wollte Teller auf den Tisch stellen, aber Moses nahm es ihr – trotz ihres sauertöpfischen Blicks – ab.

„Ich habe sie beim Training kennengelernt. Deswegen bin ich früher gekommen."

„Um mich vorzuwarnen?"

Er lächelte entschuldigend.

„Tja, in den Worten meines Vaters: Ich hoffe sie müssen nicht auf den Pott."

Moses lachte herzhaft auf. „Ich schätze, sie sind Schlimmeres gewohnt."

Es klopfte an der Tür. Alea kam Moses zuvor und öffnete. „Du."

Caro wippte mit den Brauen. „So sieht man sich wieder." Sie deutete hinter sich. „Das ist mein Partner, Henri."

Alea zögerte einen Moment, bis Moses neben sie trat und ihr die Hand auf die Schulter legte. *Wenn er ihnen vertraut, kann ich das auch tun.*

Sie schüttelten die Hände und die beiden kamen herein.

„So leben also Berufsartisten", sagte Caro.

„Immer auf Achse", erwiderte Alea. Sie wusste nicht recht, was sie mit den beiden anfangen sollte. Sie war Caro dankbar für ihre Hilfe, aber ihre Verabschiedung war seltsam kühl ausgefallen.

Sie servierte das Essen und erntete eine Menge Lob. Moses hielt sich wie üblich zurück, dafür langten Caro und Henri für zwei zu, als stünden sie kurz vorm Hungertod.

Sie sprachen über unverfängliche Themen, ehe Caro Alea mit verengten Augen ansah. „Du hast es also geschafft, einen Partner zu finden."

Alea legte Moses die Hand auf den Oberarm. „Er hat eher mich gefunden."

„Ein guter Griff. Der Kerl ist der Wahnsinn. Du müsstest sehen, was er am Reck veranstaltet. Der sollte nach Olympia gehen", warf Henri ein, wofür er einen bösen Blick von Caro erntete.

„Ich schätze, sie weiß, wie gut ihr Partner ist."

„Habt ihr die Qualifikation auch bestanden?", fragte Alea.

„Problemlos", antwortete Caro.

„Dann treten wir in der nächsten Runde gegeneinander an, was?"

„Genau das wollten wir heute mit euch bequatschen."

„Ich bin dir dankbar für deine Hilfe, aber ich kann dich nicht gewinnen lassen, falls es das ist."

„Ach Unsinn!" Caro wischte Aleas Andeutung mit der Hand beiseite. „Ich dachte eher daran, dass wir zusammenarbeiten."

„Es kann nur einer gewinnen."

„Das Preisgeld ist üppig. Damit kommen locker zwei über die Runden."

Alea verzog den Mund. Es reichte gerade mal dafür, diese Operation zu bezahlen und die Ausgaben wieder reinzubringen. Aber das störte sie nicht. Mit Moses hatte sie bei der Sache weit mehr gewonnen als verloren. „Es tut mir leid, ich kann das Preisgeld nicht teilen."

Caro verzog den Mund.

„Du hast wohl Großes vor?", fragte Henri.

Alea wollte es ihnen nicht sagen. Nicht den Eindruck erwecken, man müsste Mitgefühl mit ihr haben und damit womöglich ihre Leistung beeinflussen. Es war ihr wichtig, fair zu gewinnen. Moses bemerkte ihr Mienenspiel und sah fragend zu ihr hin. Sie lächelte ihm zu und griff nach seiner Hand. „Sieht so aus."

„Überhaupt kein Problem", sagte Henri euphorisch. „Willst du nach Vegas?"

Alea schüttelte den Kopf. Las Vegas wäre sicher eine unheimlich gute Option, um berühmt zu werden und langfristig viel Geld zu verdienen. Aber sie mochte das beschauliche Leben mehr. Außerdem würde ihr Vater nicht mal eben verreisen können und um Moses Pläne wusste sie ohnehin nicht.

Henri sah zu Caro rüber, die den Mund verzog, wovon er sich nicht beeindrucken ließ. „Wisst ihr, unser Traum ist es, in Vegas aufzutreten und dort Karriere zu machen. Nichts für ungut, aber das Preisgeld ist für uns nur der Tropfen auf dem heißen Stein."

„Dann weiß ich ja, wem ich den Gutschein geben kann."

„Du klingst, als wärst du dir sicher, dass ihr gewinnt?", fragte Caro.

Alea sah vertrauensvoll zu Moses. „Ich *glaube* daran."

„Wie wäre es dann mit folgendem Deal, um unser beider Chancen zu verbessern. Wenn einer von uns gewinnt, teilen wir den Preis auf. Ihr erhaltet das Geld und wir die Fahrt nach Vegas", schlug Henri vor.

Alea sah abwartend zu Caro, bis diese nickte.

„Klingt nach einer klasse Idee. Es sind viele fähige Teilnehmer und dadurch erhöhen wir unsere Chancen", stimmte Caro zu.

„Ist das nicht unfair?", fragte Alea.

„Ich finde, das ist eine wunderbare Vereinbarung. Wenn alle Menschen nur das nähmen, was sie brauchen, wäre für alle genug da", sagte Moses sichtlich zufrieden.

Caro sah ihn aus verkniffenen Augen, den Kopf auf die Hand gelehnt von der Seite an. „Allein bei dem Gedanken scheiß‘ ich mich an vor Freude. Aber dafür ist die Menschheit viel zu gierig, fürchte ich.“ Ihr Blick wanderte unmerklich zu Alea rüber, ehe sie sich an Henri wandte. „Wir müssen dann langsam los.“

Henri nickte und reichte Alea und Moses die Hand. „Also ist es abgemacht?“

„Wenn Moses einverstanden ist“, sagte Alea.

Dieser nickte nur und der Pakt war geschlossen.

Kapitel 12

Moses langte in den Kleidercontainer, warf zurück, was ihm zu klein war und sortierte aus, was ihm nicht gefiel. Im Grunde hatte er keine besonderen Vorlieben. Aleas Lieblingsfarbe war grün. So etwas fand er nur selten und wenn passte es ihm nicht. Er entschied sich für ein weißes Shirt und eine blaue Jeans. Unauffällig.

In letzter Zeit stellte Alea öfters Fragen und es wurde immer schwieriger, sie mit ausweichenden Antworten abzuspeisen. Es war leichter gewesen, als sie nur Trainingspartner waren. Doch mit jedem Tag kamen sie einander emotional näher. Moses bemerkte, dass sie sich Sorgen um ihn machte. Er wechselte jetzt öfters seine Sachen, damit ihr nicht auffiel, dass er sie nicht wusch. Sie hatte ihn hin und wieder nebenbei gefragt, wo er eigentlich schlief. Wahrscheinlich bildete sie sich ihre eigenen Antworten, denn sie hatte ihm angeboten, im Wohnwagen zu übernachten.

Ihr Argument war es, dass sie dadurch Zeit sparten, wenn er in ihrer Nähe blieb. Sie konnte nicht wissen, dass er lange vor ihrem Aufstehen seine Runden ging, etwaige neugierige Passanten abwimmelte und prüfte, ob sie bereits wach war.

Der Gedanke, bei ihr zu schlafen, machte ihn glücklich. Diese Art vertrauter Nähe war mehr, als er sich je erhofft hatte. Wie schön es wäre, sie noch länger zu sehen. Er könnte beobachten, wie sie einschlief, ihr auch nachts das Gefühl geben, beschützt zu sein. Doch war das richtig? Er durfte sich nicht blindlings seinem Verlangen hingeben. Seine Zeit hier war begrenzt.

Er machte sich auf den Rückweg. Bald würde sie aufstehen und erwartete seine Antwort. Ein weiterer Tag des Trainings stand ihm bevor. Bereits über ein Viertel seiner Zeit war verbraucht. Sein Dasein hier brannte herunter wie eine Kerze. Wie glücklich das Leben sein musste, ohne zu ahnen, wann es endete. Der Gedanke ließ seine Schritte schwerer werden, als ginge er durch Morast. Wie sehr wünschte er sich, die Zeit dehnen zu können, sich mehr davon zu ergaunern.

Es wäre akzeptabler gewesen, wenn dieses Mädchen sein Herz nicht so erobert hätte. War das der Grund, warum er ihm zürnte? Weil Moses sie geliebt hatte, bevor er sich entschied, ihr zu helfen?

„Ist es so schändlich, dass ich mich in sie verliebe? Habe ich dich damit verärgert? Warum hast du mir Emotionen geschenkt, wenn du sie mir im nächsten Zug so grausam verbieten willst?“

Wieder keine Antwort. Langsam fragte er sich, ob all das real war. Vielleicht war er völlig irre und wusste nicht, wer er war. Er hatte von solchen Fällen gehört. Er bildete sich eine Scheinwelt ein.

Seine Füße wollten ihn nicht weiter tragen, obwohl er sich keinesfalls erschöpft fühlte.

„Antworte mir!“ Er senkte den Kopf. Die Tränen kamen ihm völlig unvorhergesehen. „Bitte, antworte mir.“ Seine Stimme war nur noch ein Flüstern.

Mit einem Mal ruckte sein Kopf nach oben. „Vater?“

Er lauschte in die Stille hinein, ehe sich seine Gesichtszüge verkrampften und er die Hände an die Schläfen presste. „Ich weiß nicht, wie ich das tun soll. Du hast mir die Aufgabe gegeben, sie zu beschützen. Wie soll ich das machen? Ihre Seele wird zerbrechen, wenn er stirbt!“

Er hielt inne, sein Atem stockte. „Was ist das Richtige?“

Er schüttelte den Kopf. „Das verstehe ich nicht! Hör auf, in Rätseln zu sprechen!“

Die kühle Nachtluft wehte ihm Blätter und Staub entgegen. Er ignorierte es, stierte weiter ins Nichts. „Vater, ich liebe sie. Ich möchte sie nicht verlassen“, sagte er in purer Verzweiflung.

Er wartete gespannt und schließlich schlich sich ein Lächeln auf seine Lippen. „Im Jenseits? Du lässt mich ...“ Er rappelte sich auf und sah in den Himmel. Am liebsten hätte er laut aufgeschrien. „Aber wie? Bitte. Gib mir einen Hinweis, wie ich meine Aufgabe erfüllen soll. Ich tue alles.“ Er machte ein paar Schritte vorwärts. „Vater?“

„Vater, bist du noch da?“

Seine Hand ballte sich zur Faust und er presste die Augen zusammen. „Warum lässt du mich nur im Dunkeln?“

*

Moses lief die letzten Meter zum Wohnwagen, er hüpfte beinahe. Er hatte Stunden über die Worte seines Vaters nachgedacht. Völlige Klarheit hatte er nicht gewonnen, aber eines war gewiss: Es gab eine Chance für ihn. Er musste ihm verziehen haben, denn er gewährte ihm den Einzug ins Jenseits, wenn er seine Aufgabe erfüllte.

Nun konnte er umso besser mit Alea fühlen, die sich an die vage Hoffnung klammerte, ihren Vater zu retten. *Wir haben auf Erden keine Chance, einander zu lieben. Aber vielleicht danach.*

Es machte ihn reumütig, dass sie ihr Leben ohne ihn verbringen würde. Mit Sicherheit verliebte sie sich in einen anderen. Wahrscheinlich sogar mehrfach. Sie würde ein langes und erfülltes Dasein haben, ehe sie zu ihm stieß. Doch dann war seine Chance gekommen und er würde ihr all das sagen, was er sich im Diesseits nicht wagte. Wie könnte er ihr Herz erobern, um ihr dann zu offenbaren, dass er sie verließ? Das wäre schändlich. Und doch verzehrte ihn der Gedanke.

Er klopfte an. War sie schon wach? Egal, er musste seine Freude sofort mit ihr teilen.

Sie öffnete kurz darauf. Ihr Haar war zerzaust und tiefe Augenringe gruben sich über ihren Wangen ein.

„Guten Morgen. Du siehst nicht unbedingt ausgeschlafen aus."

Sie blinzelte verschlafen und gähnte hinter vorgehaltener Hand. „Der Wind hat irgendeinen Ast gegen das Fenster geschlagen. Ich dachte die ganze Nacht, da draußen wäre einer."

„Ich schlafe bei dir", sagte er rasch. Warum nicht? Sie würde erholter sein und er wollte jeden Augenblick mit ihr auskosten.

Sie legte den Kopf schief. „Wie kommt es, dass du plötzlich zustimmst?"

Er ergriff ihre Hände. „Ich bin heute einfach in guter Stimmung und ich wüsste nicht, was mich daran hinderte."

Sie lief rot an und lächelte verschmitzt. Ihr Blick wich seinem verlegen aus. „Cool, ähm, wollen wir frühstücken, Mitbewohner?"

„Heute kümmere ich mich um alles. Du legst dich hin und gönnst dir noch eine Mütze Schlaf."

Sie schüttelte den Kopf und nahm zwei Schüsseln aus dem Schrank. „Du weißt genau, dass du das knicken kannst. Außerdem ist an Schlaf nicht mehr zu denken."

Moses war beinahe enttäuscht. Er wollte ihr etwas Aufwendigeres herrichten, aber offenbar war sie heute darauf aus, schlicht und ergreifend Müsli zu essen. Er stellte Milch und Flocken auf den Tisch, derweil Alea Löffel aus der Bestecklade fischte. „Wieso? Stört es dich, zu schlafen, wenn ich da bin?“

Sie sah ihn mit gekräuselter Stirn an. „Blödsinn. Sonst würde ich dich wohl kaum einladen, hier zu wohnen.“

„Das ist ein Argument. Was ist es dann?“

„Ich habe einen Anruf vom Komitee des Wettbewerbs bekommen.“

Ihrer Miene nach war der Inhalt des Gesprächs alles andere als erbaulich. „Gibt es Grund zur Sorge?“

„Sie verschieben das Finale. Scheinbar plant die Regierung mal wieder schärfere Maßnahmen wegen diesem dämlichen Virus.“

Moses schüttete ein Rinnsal Milch daneben. Seine Hand zitterte. Sie standen gleichzeitig auf, um das Malheur zu beseitigen.

„Was ist los?“, fragte Alea, die schneller war und mit einem Lappen über den Tisch wischte.

Moses leckte sich die Lippen. „Wegen deines Vaters.“

Sie nickte trübsinnig. „Ich mache mir auch Gedanken. Ursprünglich sagten sie, er hätte noch einige Monate, vielleicht ein Jahr. Aber nachdem sie ihn entlassen hatten und er zusammengebrochen ist, stehen die Prognosen düsterer.“

Er griff nach ihrer Hand und drückte sie. „Er wird es schaffen.“

Alea nickte sachte. „Klar wird er das. Ich zwinge ihn dazu. So einfach kommt er mir nicht davon.“ Sie zwang sich zu einem Schmunzeln. „Ich habe schon mit ihm telefoniert. Er klingt zuversichtlich.“

„Das ist gut.“ Moses zog seine Hand zurück und widmete sich dem Essen.

Nichts war gut. Das Finale hatte so schon knapp seine letzten Tage geschrammt. Eine Verlegung nach hinten war zeitlich nicht machbar. Er verfluchte sich und die ganze Welt. Alea würde ihm das niemals verzeihen und er es sich genauso wenig. Damit war seine Chance vertan. Wenn sie den Wettkampf verlor und ihren Vater nicht rettete, hatte er definitiv seine Aufgabe nicht erfüllt. Er würde im Nichts vergehen.

Seine Einmischung war von Anfang an falsch. War es seine selbstsüchtige Liebe gewesen, dic Alca ins Unglück stürzte? Wäre ihr Leben ohne seine Hilfe glücklicher verlaufen?

*

Ben lehnte sich gegen die Wand des Turnsaals und beobachtete die Turner seines ehemaligen Vereins beim Aufwärmen.

In den letzten Tagen hatte Ben weder mit seiner Gruppe noch für sich trainiert. Seine Hand war geschwollen und kaum belastbar. Er rechnete nicht damit, dass sich die Verletzung über Wochen hinwegziehen würde, aber den nächsten Auftritt vermasselte sie ihm.

Jackson hatte ihn mehrmals angerufen, ihm gedroht, gebettelt, das ganze Repertoire. Zumindest wusste Ben jetzt, dass ihm der Wettkampf alles andere als unwichtig war. Dummerweise konnte Ben seinen Part der Vereinbarung nicht erfüllen. Er hatte sich ins eigene Fleisch geschnitten.

Auch der Rest der Truppe war aufgewühlt. Der Gedanke eines von Jackson bezahlten Urlaubs behagte ihnen und sie waren übermotiviert beim Training. Dass Ben sie plötzlich im Stich ließ, sorgte für Unmut. Der größte Teil der Aufführung war nicht einstudierbar, wenn er seine Position nicht ausfüllte.

Am schlimmsten war es zuhause. Er hatte nur Leonora von seiner Verletzung erzählt und die war völlig ausgetickt. Alle Hoffnungen lagen auf seinen Schultern. Langsam wurde ihm das zu viel. Warum hatte sie ihm nicht früher gesagt, wie schlimm es war, wie nahe ihre familiäre Situation dem Kollaps stand? Vielleicht hätte er sich besser darauf vorbereiten können, hätte von Anfang an einen ausgefeilteren Plan ausgeheckt.

Wo bist du, wenn ich dich brauche? Du warst doch sonst bei jedem verdammten Training da.

Bens Blick wanderte zur Seite. Endlich! Er hatte ihn ein paar Tage nicht gesehen, gefürchtet, er würde überhaupt nicht mehr auftauchen. Es gab kaum etwas, was Ben ihm noch beibringen konnte. Was das Bodenturnen anging, war Moses perfekt. Das hatte Ben fast traurig gestimmt. Moses war zu einem Kumpel geworden, jemandem, der ihn anspornte und außerdem einem guten Gesprächspartner. Man konnte dem Kerl alles erzählen und er nahm es mit einer, eines Jedi-Ritter würdigen, Ruhe auf.

Moses suchte gleich nach ihm. Ben drückte sich von der Wand ab und kam ihm winkend entgegen. Er gab Moses die unversehrte Hand zur Begrüßung.

„Hey Ben, was für eine Überraschung, dich hier zu sehen."

„Neuerdings ein Freund der Ironie, liebster Moss?" Ben zwinkerte ihm zu.

„Ich übe mich darin, auch wenn ich den Sinn nicht ganz verstehe, Aussagen zu treffen, die man nicht gänzlich ernst meint."

Moses musste in irgendeiner Kommune oder einem christlichen Verein aufgewachsen sein. Er war aalglatt, besaß mehr Anstand als der Butler von Batman. „Mossi, wenn du bei den Frauen landen willst, ist Ironie das Zauberwort."

Moses hob sichtlich interessiert die Brauen. Ben grinste in sich hinein. *Schau an, schau an, da läuft wohl was.*

„Wie geht es deiner Hand?", wich Moses dem Thema aus.

Ben hob das geschwollene Etwas in die Höhe und schürzte die Lippen.

„Sieht übel aus."

„Fühlt sich an, als wäre eine Planierraupe drübergefahren."

„Wie willst du so an diesem Wettkampf teilnehmen?"

Ben stellte sich an Moses Seite und legte ihm den Arm um die Schulter. „Weißt du Moses, ich dachte mir, du könntest dich für meine inbrünstige Hilfe revanchieren."

Moses lachte auf. „Du willst doch nicht etwa, dass ich deine Position einnehme?"

„Du hast hellseherische Kräfte, mein Freund."

„Wie soll ich das anstellen? Du bist mir technisch weit überlegen!"

Ben winkte ab. „Du hast die Kraft des Hulks und saugst Wissen in dir auf wie ein Staubsauger."

Moses legte einen Finger auf sein Kinn und verzog nachdenklich die Lippen.

„Ich bitte dich. Nur ein Auftritt. Danach sollte das hier wieder laufen." Er bewegte probeweise das Handgelenk und unterließ es sofort. Es tat immer noch fürchterlich weh.

„Bist du dir sicher, dass du dann wieder turnfähig bist?"

„Das hier ist eine Lappalie, kein Ding."

Moses Mundwinkel hoben sich zu einem beinahe übertrieben zuversichtlichen Lächeln. „Um ehrlich zu sein, brauche ich auch deine Unterstützung."

„Du nutzt meine Notlage schamlos aus!"

„Erwähntest du nicht mal, dass du hier in Österreich bleiben willst?"

„Und weiter?"

„Ich schätze mal, du würdest gerne weiter Akrobatik betreiben."

Ben gab ihm mit einem Handwink zu verstehen, dass er mit der Sprache herausrücken sollte.

„Meine Partnerin Alea, eine begnadete Turnerin, braucht einen neuen Partner."

„Wieso? Bist du ihr nicht gut genug?"

„Ich verreise Ende des Monats."

„Sie wird es überstehen."

„Für immer."

Ben runzelte die Stirn. „Und ich soll für dich einspringen?"

„Eine Hand wäscht die andere."

Warum eigentlich nicht? Wenn sie auf seinem Niveau turnt, könnte ich da weitermachen, wo ich jetzt bin – nur hier in meiner Heimat. „Wo ist der Haken?"

„Du wirst doppelt belastet sein. In ungefähr zwei Wochen müsst ihr zu trainieren anfangen."

„Das ist kurz vorm Finale, da werde ich alle Hände voll zu tun haben!"

Moses hielt ihm die Hand hin. „Das ist der Deal."

Ben schnaubte auf. *Ich hab das Gefühl, dass mich in letzter Zeit ein Haufen Leute über den Tisch ziehen wollen.* Er griff zu. „Hab ich eine Wahl?"

„Die hat man immer."

„Nicht, wenn man diesen verdammten Wettkampf gewinnen will."

Moses schmunzelte. „Ich glaube, damit haben sich deine Chancen erheblich verbessert."

„Wie meinst du das?"

„Reden wir über meinen Part. Wir werden nachts üben müssen."

„Ist das dein Ernst?"

„Tagsüber bin ich mit Alea beschäftigt."

„Wann schläfst du?"

Moses hob die Schultern. „Wenn ich nichts anderes zu tun habe.“

Der Mann ist eine Maschine. Es gäbe keinen besseren Ersatz. „Dann fangen wir heute an. Ich weise meine Gruppe ein.“

*

Henri und Caro gönnten sich einen Tag Pause. Morgen begann die zweite Runde des Wettkampfs und Henri wusste aus Erfahrung, dass es zu nichts führte, am letzten Tag noch einmal hart zu trainieren.

Diese Woche hatte Caro sich übermäßig um ihn bemüht, ihn in jeglicher Hinsicht verwöhnt. Er genoss es, dass sie wieder so ein enges Band zueinander flochten. Ihr gemeinsamer Traum von Vegas trieb sie an. Wenn sie nachts in den Armen des anderen lagen, schwärmten sie von ihrer Zukunft umgeben vom Trubel der Stadt. Bei jeder Gelegenheit brachte er ihr ein paar Brocken Englisch bei. Sie freute sich wie ein Kleinkind, wenn sie mal wieder eine neue Phrase auswendig kannte.

Dank Caros Einsatz verbrachten sie die Tage bis zum Finale im Hotel. Danach mussten sie schauen, wie sie weiterkamen. Wenn sie das Preisgeld an Alea und Moses abtraten, blieb ihnen nur das Ticket. Es würde schwierig werden und sicher benötigten sie kurzfristig einen neuen Kredit, aber ihnen waren mehrere Shows zugesichert, die rasch angemessene Einnahme einbringen würden.

Außerdem sparten sie eisern, damit zumindest ein wenig Bargeld übrig blieb. Sie aßen nur im Hotel, gönnten sich keine Ausflüge und wunderlicherweise schien ihr Tank nie leer zu werden. Sie fuhren nur die notwendigsten Strecken mit dem Auto, aber für gewöhnlich soff die Klapperkiste Benzin wie ein amerikanisches Bonzenmodell. Henri hatte eine Warnung erhalten, dass einige Gäste über beschädigte Tankdeckel klagten. Er ersparte es sich, Caro darauf anzusprechen.

Er hatte seinen Frieden damit gefunden, dass sie manchmal ihre eigenen Methoden anwandte. Sie hatte ihm vertraut und war mit ihm gesprungen. Er schuldete ihr dasselbe Vertrauen. Was auch immer während des Wettkampfs passierte, es wäre vergessen, sobald sie in Vegas waren.

Es fühlte sich gut an, diese Vereinbarung mit Alea eingegangen zu sein. Das Mädchen würde seine Gründe haben, warum sie das Geld brauchte. Er hätte sich gewünscht, in seinem Alter an so eine Menge Bares heranzukommen. Dann hätte er nicht auf der Straße angefangen. Andererseits wäre er so nicht Caro begegnet. Doch so wie Henri Alea und Moses einschätzte, musste das Mädchen niemanden mehr kennenlernen. Sie waren vernarrt ineinander, auch wenn sie es nicht recht zeigten, ihre Mimik sprach Bände.

„Kommst du bald ins Bett?"

Henri sah zu Caro rüber, die sich lasziv auf dem Laken räkelte.

„Bin so gut wie da." Er legte seinen Bademantel ab, den er vom Hotel bekommen hatte. Ehe er zum Bett eilen konnte, hielt ihn sein Handy ab. Eine ihm unbekannte Nummer. „Reich am Apparat?"

„Guten Tag, Herr Reich, Ardenauer vom Komitee des Acrowinx spricht."

Mit einem Mal wurde ihm flau im Magen. Warum riefen die ihn an? Gab es Ärger? Hatte Caro etwas getan, wofür sie abgestraft wurden?

„Ich rufe an, um sie über die Verschiebung des Finales zu informieren."

Henri blinzelte überrascht. Rechnete man bereits damit, dass sie dort auftreten würden?

„Ich weiß, es ist ein wenig verfrüht, aber manche unserer Teilnehmer haben einen strengen Terminkalender – von daher." Er gab ihm den neuen Termin durch. Eine Verschiebung nach hinten, wie Henri erschrocken feststellte. Offenbar kündigte die Regierung erneut Maßnahmen wegen der Pandemie an.

Er verabschiedete sich höflich dankend und legte auf. „Erst nach einer Weile, in der er nur stumm das Telefon angesehen hatte, wurden ihm die Konsequenzen dessen bewusst."

„Wer war das?", fragte Caro.

„Das Komitee des Wettbewerbs."

Ihr Körper ruckte nach oben. „Was wollten die?"

„Das Finale wird nach hinten verschoben. So lange haben wir das Zimmer hier nicht."

Caro brauchte eine Weile, um die Information zu verarbeiten, ehe sie ihr Kissen verprügelte und es durchs Zimmer warf. „Diese Wichser! Was soll der Scheiß?"

„Liegt an Maßnahmen seitens der Regierung. Du weißt schon, diese Virusgeschichte."

„Die haben mich damit genug Geld gekostet. Immer dasselbe!"

Henri setzte sich auf die Bettkante und wischte sich durchs Gesicht. „Wir werden wohl eine Weile länger als geplant in unserem Auto schlafen."

Caro fluchte weiter vor sich hin. Als sie sich ein wenig beruhigt hatte, nahm sie neben ihm Platz. Ihre Finger waren noch immer zu Krallen gebogen. „Das wird teuer. Wir müssen essen und werden mehr Sprit verbrauchen als bisher."

„Vegas wird es richten."

Caro schnaubte. „Wir brauchen das Preisgeld."

„Das haben wir Alea versprochen, schon vergessen?"

„Gibt es dazu einen Vertrag?"

Henri runzelte die Stirn. „Du willst eine Minderjährige übers Ohr hauen?"

„Was fängt die mit so viel Kohle an? Sie könnte uns wenigstens die Hälfte überlassen."

„Mit dem Ticket nach Vegas verdienen wir langfristig weit mehr als das."

„Das ist mir egal!"

Henri presste die Lippen zusammen. „Ich finde, das sollten wir nicht tun."

„Oh doch. Wenn sie gewinnen, dürfen sie uns gerne das Ticket abdrücken. Aber ich sag dir was, die machen wir platt!"

„Warum so aggressiv? Sie ist ein Mädchen, schon vergessen?"

„Das ist scheißegal. In dieser Welt schaffen es nur die Harten. Ist nun mal so. Du kennst sicher das Sprichwort, Dreistheit siegt? Und genau so ist es. Wenn du immer nur nett bist, pissen die Leute auf dich."

„Ich glaube nicht, dass das auf dieses Mädchen zutrifft."

„Deswegen krallt sie sich auch die ganze Kohle."

Henri war nicht überzeugt. Das Argument gegen Julia und Tobias war ja noch verständlich. Sie waren wirklich ärmer dran als die beiden. Aber Alea lebte in einem Wohnwagen. Er wünschte sich für sie, dass sie ihre Wohnverhältnisse verbesserte, selbst wenn er auf der Straße hauste.

Caro kniete sich vor ihn hin und nahm seine Hände. „Liebling, ich weiß, das klingt hart für dich und das ist nicht deine Art, aber nur so habe ich überlebt. So läuft das auf der Straße. Als ich dich kennenlernte, habe ich mich dir angepasst. Wir haben es geschafft – aber immer nur irgendwie.

Ich habe mich bei dir angelehnt, dir vertraut und mich fallenlassen. Du hast so hart gearbeitet, damit wir durchkommen. Jetzt bin ich dran, die Karre aus dem Dreck zu ziehen, und ich sage dir: Entweder wir gehen ehrlich unter oder wir kommen unehrlich im Leben weiter." Sie drückte seine Hände. „Lass uns einmal meinen Weg probieren – nur für diesen Wettkampf. Danach machen wir es wieder auf deine Weise, okay?"

Er seufzte tief. „Wie du meinst."

Sie sprang in seine Arme und küsste ihn. „Es wird alles gut werden, vertrau mir mein Schatz."

Sie zog ihre Bluse aus und küsste seinen Hals entlang.

Ich werde Alea etwas von dem Preisgeld abgeben. So viel brauchen wir nicht. Trotzdem erlosch sein schlechtes Gewissen nicht. Es quälte ihn bis in den Schlaf hinein.

Kapitel 13

Es war der zweite Tag des Wettkampfs und sie waren spät dran. Alea musste sich noch umziehen, sich schminken und nicht zuletzt mental auf den Auftritt vorbereiten. Ein stark verspäteter Zug hatte ihr einen Strich durch die Rechnung gemacht.

Sie rannten durch die Eingangstür, meldeten sich flugs an und liefen weiter in Richtung der Kabinen. Jeder Gruppe wurde ein Vorbereitungsraum zur Verfügung gestellt.

„Wir sind doch erst in einer Stunde dran“, nörgelte Moses, den Alea hinter sich herzog.

„Du bist ein Mann. Du verstehst das nicht. Außerdem will ich mir die Auftritte der anderen ansehen.“

„Um dich noch nervöser zu machen?“

„Bestenfalls, um mich zu beruhigen.“

„Ich würde das lassen. Konzentrier dich nur auf deine Sache.“

Alea verdrehte die Augen und erwiderte nichts darauf. Sie liefen die Treppen zum nächsten Stock hinauf. An den Glastüren befanden sich Infozettel zu den Kabinennummern, die Alea mit der, die sie beim Eingang erhalten hatten, verglich.

„Wir müssen noch eins weiter rauf.“

Caro kam ihnen von oben entgegen. „Ihr seid aber spät dran, ich suche euch schon die ganze Zeit.“

„Können wir das auf später verschieben?“ Alea musterte Caros Outfit. Ein perlenbesetzter Gymnastikanzug mit einem Rock aus Chiffon. Ihre weiblichen Rundungen kamen darunter perfekt zur Geltung. Wenn Alea an ihren eigenen drahtigen Körperbau dachte, wurde sie eifersüchtig.

„Ich habe etwas für euch“, eröffnete sie ihnen.

Moses sah zwischen den beiden hin und her. „Ich muss noch wohin, sehen wir uns dann beim Bühneneingang?“

„Du willst mich allein lassen?“

„Männerangelegenheit“, erwiderte er mit einem Zwinkern.

Alea stieß einen Seufzer aus, gab ihm den Schlüssel für die Kabine und winkte ihn weg.

„Ich lass die Tür offen", sagte er und lief die Treppen hinauf.

„Ich muss mich wirklich fertigmachen, Caro."

Diese drehte die Handteller nach oben. „Es geht ganz schnell. Du wirst es nicht bereuen. Das könnte den Unterschied zwischen Sieg und Niederlage bedeuten."

„Es hat aber nichts mit Betrug zu tun?"

Caro lachte auf und winkte ab. „Ach was. Wir haben ein Video von den Wettkampfrichtern bekommen. Es geht um die Bewertungsgrundlagen. Das haben alle hier. Jedenfalls die, die pünktlich da waren."

Alea grummelte und ärgerte sich ein weiteres Mal über die Unpünktlichkeit des Zugs. *Das sollte Moses auch zu sehen bekommen. Wo ist er nur hin?* „Gehen wir."

Caro führte sie rechts um die Ecke. Zu beiden Seiten fanden sich offene, verwaiste Räume. Sie waren mit einem Schminktisch, Sofa und einem weiteren Tisch mit Sitzgelegenheiten ausgestattet. Hier und da lagen noch Kleidung, Taschen und Accessoires verstreut. Offensichtlich rechnete niemand mit einem Diebstahl.

„Wir sind echt spät, was?"

Caro lachte verhalten. „Oder die anderen unheimlich früh dran. Die ersten Auftritte haben bereits begonnen. Jeder sieht sich die Konkurrenz an, um seine eigenen Chancen auszurechnen."

„Danke, dass du dir die Zeit für mich nimmst."

Caro sperrte die Tür zu ihrem Zimmer auf und lotste Alea hinein. „Keine Ursache. Henri nimmt alles auf Video auf."

Alea ließ den Blick durch den Raum wandern. Es wirkte gänzlich aufgeräumt, als hätten die beiden sich zuhause umgezogen. „Beeilen wir uns. Ich brauche eine Ewigkeit für mein Make-up."

Die Tür fiel ins Schloss und sie wandte sich zum Eingang um. Keine Spur von Caro. Nur das Geräusch des Schlüssels, der sich im Schloss drehte. Blinzelnd ging sie zur Tür und drückte die Klinke hinunter. „Caro?" Sie klopfte gegen die Tür. Nichts regte sich. „Sehr witzig, lass den Unsinn", fuhr sie eine Spur nervöser fort.

Sie wartete einen Moment, doch Caro antwortete ihr nicht. Sie schlug fester gegen die Tür. „Lass mich sofort hier raus!"

*

Ben saß auf der Zuschauertribüne und atmete erleichtert auf, als seine Gruppe sich zu dem tosenden Applaus verbeugte. Moses hatte verdammt gute Arbeit geleistet.

„Wo auch immer du diesen Wunderkerl aufgetrieben hast“, sagte Jackson eine Spur sauertöpfisch. „Für heute scheint er dir den Hals gerettet zu haben.“

„Ich fürchte, wir werden einander bald auf Wiedersehen sagen müssen“, erwiderte Ben süffisant.

„Ich sehe dem gelassen entgegen.“

Ben hob misstrauisch eine Braue. „Woher der plötzliche Sinneswandel?“

Jackson bohrte in seiner Nase und schnippte das Ergebnis nachlässig in die Reihen unter ihnen. „Du bist ein Akrobat, Junge. Du lebst hierfür. Ich kenne das. Mich hat es ewig fertiggemacht, nicht mehr aktiv zu turnen.“

„Ich habe nicht vor, damit aufzuhören.“

„Wenn du erstmal einen Bürojob hier gefunden hast, spätabends nach Hause kommst und dir deinen Fertigfraß in die Mikrowelle schiebst, wirst du dich danach sehnen, wieder zu uns zurückzukehren.“

„Ich werde hier damit weitermachen, womit ich in Vegas aufhöre.“

Jackson klopfte lachend vor sich auf den Sessel. „Aber natürlich.“ Er machte einen Armschwenk nach vorne. „Sieh dir diese Bühne an. In den Staaten würde man sie dafür auslachen. Die haben hier keine Ahnung von Entertainment. Wäre der Wettkampf nicht so gut dotiert, ich hätte hier niemals mitgemacht.“

„Du zweifelst daran, dass man hier damit etwas verdienen kann?“

„Unter keinen Umständen. In ein paar Jahrhunderten vielleicht. Wenn sie aus ihren Baumhäusern hervorgekrochen sind und Hochhäuser bauen, etwas von der wahren westlichen Kultur abgekupfert haben, dann womöglich.“

„Ich denke, hier gibt es viel Potenzial, gerade weil das Angebot so gering ist.“

„Aber natürlich und du wirst es ausschöpfen.“

„Ich kann mir dasselbe aufbauen, was du in Vegas hast.“

Jackson rieb Zeigefinger und Daumen aneinander. „Du hast keine Kohle. Vergiss das gleich wieder. Ich gebe dir ein Jahr, dann kniest du vor mir und bettelst, dass ich deinen alten Vertrag wieder rauskrame."

Ben erwiderte nichts mehr darauf. Er stand auf und verließ den Zuschauerbereich. Jacksons Gegenwart war ihm unerträglich.

*

Die Uhr über der Tür verhöhnte Alea. Sie hatte mit zunehmender Lautstärke gegen die Tür geschlagen, getreten, sich dagegen geworfen und aus vollem Hals geschrien. Niemand hatte ihre Rufe gehört. Irgendwann war sie ganz ruhig geworden und hatte angefangen, sich für den Auftritt fertigzumachen. Moses würde sie finden, da war sie sich sicher.

Diese fahle Hoffnung verflüchtigte sich, als der Stundenzeiger die Elf überschritt und ihr Auftritt beginnen sollte. Selbst wenn es eine Verspätung gab, würde sie es niemals rechtzeitig schaffen. Pünktlichkeit war Pflicht, so stand es in den Regeln. Wer nicht kam, schied aus.

Sie legte die Stirn auf die Knie und ließ den Tränen freien Lauf. Jetzt war es egal, ob ihre Schminke verwischte. Sie waren ausgeschieden, disqualifiziert. Warum hatte Caro ihr das angetan? Erst half sie ihr, einen Partner zu finden, und dann stieß sie sie unfair aus dem Wettkampf.

Alea brachte es nicht einmal fertig, wütend zu sein. Auch nicht auf sich selbst. Ihre Gedanken waren bei ihrem Vater. Wie oft hatte Moses ihr gepredigt, ihn öfter zu besuchen? In Samuels Augen hatte sie diesen Wunsch ständig gesehen. Sie hatte ihn kaum aufgesucht. Sein Zustand verschlimmerte sich und sie versperrte den Blick davor. Ihre Hoffnung war stets, dass sie ihn wieder gesund machen würde. Jetzt hatte sie nur Zeit verloren.

Der Minutenzeiger arbeitete sich zügig vor. Erst fünf, dann zehn und schließlich fünfzehn Minuten. Wie lange sie hier wohl ausharren müsste? Moses sorgte sich mit Sicherheit um sie. Weitere Minuten verstrichen, in denen sie sich in Embryohaltung wiegte.

„Alea?" Moses Stimme drang durch die Tür. Er war auf dem Gang. Sie hörte hektische Schritte.

Sofort war sie an der Tür und hämmerte dagegen. „Hier drinnen! Sie hat mich eingesperrt!“ Sie rief immer wieder nach ihm, bis sie seine Stimme direkt durch das Holz vernahm.

„Ich bin da“, sagte er.

Ihre Hand fuhr über die lackierte Oberfläche, als könnte sie ihn berühren. Allein seine Stimme beruhigte sie. „Wir sind draußen.“

„Auf keinen Fall!“

„Es ist zu spät.“ Sie rutschte an der Tür hinunter.

„Geh von der Tür weg.“

„Was hast du vor? Hol einen Schlüssel.“

„Dafür haben wir keine Zeit.“

„Moses, das ist nicht dein Ernst!“

Schon donnerte der erste Tritt gegen die Tür und ließ das Holz erzittern. Alea wich eilig davor zurück.

„Das schaffst du niemals, hör auf, du brichst dir den Fuß!“

Er versetzte der Tür einen weiteren Tritt. „Glaubst du an mich?“

Sie schluckte. „Natürlich.“

„Dann werde ich diese Tür jetzt aufbrechen.“

Alea hätte sich am liebsten die Ohren zugehalten. Er trat gegen das Holz, warf sich mit dem Körper dagegen, das alles begleitet von angestrengtem Keuchen und wütenden Ausrufen. *Bitte verletz dich nicht. Es ist ohnehin zu spät. Warum tust du das?*

Mit einem Mal vernahm sie ein berstendes Geräusch. Die obere Angel löste sich aus dem Holz. Mit dem nächsten Anlauf zersplitterte das Holz und Moses fiel mit der Tür in den Raum hinein. Alea schüttelte ungläubig den Kopf. „Du bist verrückt.“

Er rappelte sich auf und rieb sich die Schulter. „Nicht mehr als du.“ Seine Hand griff nach ihrer. „Gehen wir.“

„Wir sind bereits disqualifiziert.“

Er nahm ihr Gesicht in seine Hände und sah ihr tief in die Augen. „Wir werden auftreten. Hast du das verstanden?“ Sein Blick war so durchdringend, dass er Alea in den Bann zog, sie mobilisierte.

Sie war versucht, ihn zu küssen. Stattdessen wischte sie sich über die Augen und nickte. „Worauf warten wir noch?“

Er klaubte ein Schminktuch von der Anrichte und wischte ihre Wangen sauber.

„Wie schlimm ist es?“

Er fuhr ihr über die Haare. „Du bist wunderschön.“ Er bot ihr die Hand dar und sie griff danach. „Auf geht's.“

Sie liefen hinunter zur Halle, warteten einen Auftritt ab und traten in der Pause zum nächsten ein. Das Komitee sah ihnen stirnrunzelnd entgegen. Moses übernahm das Sprechen. Alea fühlte sich unfähig, etwas zu sagen. Es war wieder wie in Schulzeiten. Man akzeptierte sie hier nicht. Sie passte nicht ins Bild. Was hatte sie hier verloren? Der Blick der Punktrichter sagte alles. Ablehnung. Unwillen, ihre Anfrage auch nur anzuhören.

„Alea und Moses. Wir möchten Sie bitten, unseren Auftritt einzuschieben.“

Der Mann aus der Mitte überflog die Teilnehmerliste und schüttelte den Kopf. „Es tut mir leid, aber ihr seid zu spät.“

„Meine Partnerin wurde eingesperrt.“

Der Mann hob eine Braue an. „Es ist nicht von Belang, weswegen ihr unpünktlich kommt.“

Alea presste die Lippen zusammen und wollte Moses zurückziehen. „Gehen wir.“

Dieser schüttelte den Kopf und zog sie an seine Seite. „Wir haben geübt wie die Verrückten, um hier mitmachen zu können. Bitte geben Sie uns eine Chance. Wir waren zeitgerecht vor Ort. Eine der Teilnehmerinnen hier hat meine Partnerin in ihrer Umkleide eingesperrt.“

Der Punktrichter griff sich seufzend auf die Nasenwurzel und wandte sich an seine Kollegin zur Rechten. „Würdest du Tim sagen, er soll sich das mal ansehen?“

Diese nickte und ging mit ihnen vor die Tür. Tim war der Mann, der bisher den Eingang gehütet hatte. Er begleitete sie zu der Kabine und begutachtete den Schaden. „Wer hat die eingeschlagen?“

„Das war ich“, sagte Moses.

„Sind Sie von allen guten Geistern verlassen? Haben Sie eine Ahnung, was das kostet?“

Moses sah schmunzelnd zu Alea. „Ich fürchte, ich bin verliebt.“

Ihr Herz setzte einen Schlag aus. Sie drückte seine Hand, presste die Lippen zusammen und sah zu Boden.

„Dann stört es Sie sicher nicht, wenn Sie den Schaden hier bezahlen?“

„Dürfen wir auftreten?“

„Ich bespreche das mit dem Komitee." Er fuhr sich sichtlich verzweifelt übers Gesicht. „Das ist doch bescheuert. Wir veranstalten hier einen Wettkampf und kein - was auch immer das hier darstellt."

Der Wettkampf wurde pausiert, die Punktrichter besprachen sich. Alea und Moses saßen im Eingangsbereich auf den kalten Fliesen. Er hatte den Arm um sie gelegt und flüsterte ihr aufmunternde Worte zu. Sie war ihm dankbar, dass er sich durchgesetzt hatte, und ärgerte sich über ihr Verhalten. Seit wann gab sie so schnell auf? Hatte sie den Glauben verloren? Das würde nicht mehr vorkommen. Von nun an stand sie wieder für sich selbst ein und setzte mit aller Kraft durch, dass man sie weitermachen ließ. Sie war nicht so weit gekommen, um jetzt nachzugeben. Schließlich holte man Alea und Moses in ein Nebenzimmer und bat sie, sich zu setzen.

„Wir haben mit den Besitzern des besagten Raums gesprochen", setzte der Vorsitzende an. „Die beiden wissen nichts von dem Vorfall. Sie haben die Kabine offen und den Schlüssel steckengelassen."

„Das ist gelogen!", ereiferte sich Alea.

Er gebot ihr mit den Händen, Ruhe zu bewahren. „Fakt ist, das war nicht ihre Kabine. Allein das ist ein Verstoß gegen die Regeln." Er sah zu seinen Kolleginnen, die dazu nickten. „Es tut mir leid für euch beide, aber damit seid ihr disqualifiziert." Er stand auf und richtete seinen Anzug.

„Warten Sie!" Alea sprang auf und drückte die Hände auf den Tisch. „Bitte." Sie senkte den Kopf. „Machen Sie eine Ausnahme. Ich bitte Sie inständig."

„Der Wettkampf wird sicher ein zweites Mal stattfinden."

„Dafür fehlt mir die Zeit! Dieser Wettkampf entscheidet für mich über so viel." Sie sank auf die Knie und faltete die Hände wie zum Gebet. „Geben Sie uns diese eine Chance. Ich flehe Sie an. Bitte."

Eine der Frauen sah Alea direkt an. Alea entdeckte einen Funken Mitleid in ihren Augen. Die Frau sah zu dem Hauptrichter empor. „Geben wir ihr eine Chance. Willst du wirklich den Traum dieses Mädchens kaputtmachen, nur weil sie zu spät gekommen ist?"

„Wir haben nun mal Regeln. Es wäre unfair den anderen gegenüber."

„Dann starten sie mit einem Punktabzug."

Er lachte verhalten auf. Es war mehr ein belustigtes Schnauben. „Da können sie auch gleich aufgeben."

Alea hob die Hand. „Wir machen es!"

Der Mann schüttelte den Kopf. „Ihr könnt das niemals ausgleichen. Ihr ward bei der Qualifikation beinahe punktgleich mit euren Gegnern.“

„Dann werden wir eben dieses Mal um einiges besser sein.“

„Ihr meint also, ihr turnt heute um Längen besser als vor zwei Wochen?“

Alea verengte die Augen und nickte.

„Wie kommst du auf diese Idee? Solche Fortschritte sind illusorisch.“

Alea und Moses sahen einander an und antworteten unisono. „Wir glauben daran.“

Der Mann verdrehte die Augen und winkte ab. „Bitte, ihr seid nach dem nächsten Auftritt dran. Aber macht euch keine allzu großen Hoffnungen.“

Alea senkte mehrfach den Kopf. „Danke!“

Sie fühlte sich unfassbar erleichtert, als sie wieder vor dem Eingang zur Halle standen.

„Ganz schön überzeugend dein Einsatz“, merkte Moses an.

Sie schmiegte sich an ihn. „Lass sie uns umhauen.“

Der Auftritt vor ihnen dauerte nur fünf Minuten. Nach einer kurzen Pause wurden sie hineingerufen. Eine riesige Theaterbühne ganz für sie allein.

Bei der Qualifikation saßen nur die Punktrichter im Publikum. Jetzt thronten über ihnen noch allerlei andere Turner und Zuschauer, die von der Tribüne aus auf sie herabblickten. Alea suchte nicht nach Caro und Henri unter dem Publikum. Sie musste sich völlig auf ihren Auftritt konzentrieren.

In the arms of an angel, drang leise aus der Musikbox. Alea hatte gemeinsam mit Moses ihre zweite Choreographie gänzlich umgestaltet. Aus dem turbulenten Auftritt, den sie mit Samuel immer hingelegt hatte, wurde etwas Erhabenes, Kraftvolles, voller Gefühl.

Moses führte sie an seiner Hand, drehte sie mehrfach, ehe er sie emporhob. Sie war ganz im Tun, fühlte sich, als beobachte sie ihren Auftritt aus der Ferne. Am liebsten hätte sie aufgejauchzt. Eben noch war sie am Boden gewesen und jetzt strömte eine Selbstsicherheit durch sie, die ihr Herz höher schlagen ließ.

Alea streckte ihre Arme, als breite sie ihre Flügel aus. Jegliche Aufregung, Furcht und Unsicherheit war vergangen. In seinen Händen fühlte sie sich wohl. Es lag an seiner Gegenwart, dass sie so ruhig war. Während sie über den Köpfen aller schwebte, kamen ihr seine Worte wieder in den Sinn und sie konnte sich ein mädchenhaftes Grinsen nicht verkneifen. *Er sagte, er liebt mich.* Ihre Wangen wurden heiß bei dem Gedanken.

Er führte sie zu Boden und sie zog ihn mit sich. Sie rollten miteinander zur Seite. Die Zeit schien sich zu dehnen, während sie ihm in die Augen sah.

Sie ergriff seine Arme und schwang sich in die Senkrechte empor, hielt weiter Augenkontakt. Moses erhob sich, als wöge sie nichts. Trug sie einer Feder gleich in schwindelerregende Höhe. Sie lächelte ihn an, ehe er sie sanft abwarf und sie gegrätscht auf seiner Hüfte landete. Sie klammerte sich fester an ihn, als es nötig gewesen wäre. Er war ihr Fels. Unbeweglich und immer erreichbar.

Beinahe ärgerte sie sich darüber, als er sie von hinten packte und erneut emporhob, von wo aus sie sich aufrichtete und zum ersten Mal ins Publikum sah. Es war so leise in dem Saal, dass ihr die Musik mit einem Mal fast laut vorkam. Offene Münder bestaunten ihr Tun.

Ein kurzer Moment des Erschreckens, als sie vornüberfiel und von seinen Händen an den Oberschenkeln aufgefangen wurde. Ein weiterer Wurf und sie lag wieder in seinen Armen.

Ihre Vorführung folgte dem Verlauf der Musik mit all ihren Höhen und Tiefen. Sie schraubten ihre Figuren immer weiter nach oben. Einmal stand sie im Handstand auf seinen ausgestreckten Händen, dann balancierte sie nur noch auf einer Hand. Nie hatte sie sich so schwerelos gefühlt. Moses vollführte jede Übung mit einer Leichtigkeit, die sie beeindruckte. Gleichzeitig waren seine Berührungen sanft wie das Streicheln einer Mutter über die Wange ihres Kinds.

Es schmerzte sie fast, loszulassen, als die Musik sich dem Ende zuneigte und sie in seinen Armen nach hinten überstreckt hing und wie aus weiter Ferne den Applaus über sich hinwegrauschen hörte.

*

Caro saß mit Henri im Publikum. Ihr Auftritt war bereits gelaufen. Bis zu Aleas Darbietung hin hatte es einige gute Gegner gegeben, aber niemanden, der an sie herangereicht hätte.

Als Alea plötzlich die Bühne betrat, war Caro wie gelähmt gewesen. Sie hatte damit gerechnet, dass die beiden disqualifiziert wurden, doch irgendwie hatten sie es geschafft, das Komitee von sich zu überzeugen. Man hatte sie und Henri befragt. Henri wusste nichts von ihrem Plan und Caro war eine geübte Lügnerin.

Er war wütend auf sie gewesen, hatte es ihr angelastet, Alea eingesperrt zu haben. Sie leugnete es nicht. Sie hatte ihn gewarnt, dass sie alles tun würde, was nötig war.

Aleas Auftritt war grandios. Caro verfolgte jede ihrer Bewegungen. Sie vereinte die Perfektion von Julia und Tobias mit der leidenschaftlichen Verbindung ihrer eigenen Darbietung. So ungern sie es zugab, es berührte sie. Wäre sie nicht selbst im Wettbewerb, sie hätte laut aufgejubelt und auf die beiden gesetzt.

Henri erging es ähnlich. Als sie zu ihm hinübersah, war sein Mund geöffnet und es schien, als wage er es nicht, zu blinzeln. Als die beiden sich verbeugten, stieß er einen Seufzer des Bedauerns aus.

Caro hätte sich in diesem Moment am liebsten geohrfeigt. Wenn Julia und Tobias jetzt ebenfalls so eine gute Show ablieferten, waren sie draußen. Mit dieser Kunstfertigkeit konnten sie nicht mithalten.

Henri stützte das Kinn auf seine Handteller. „Ich fürchte, sie wird nicht motiviert sein, den Handel einzuhalten, nachdem du sie hintergangen hast."

„Das ist mir auch klar!", fauchte sie. Ihre Schuldgefühle drohten sie zu übermannen. Wenn sie fair gespielt hätte, bliebe ihnen weiter eine realistische Chance. Nun würden sie womöglich gegen diese beiden Asse im Halbfinale stehen. Falls sie nicht schon in dieser Runde rausflogen.

„Was tun wir jetzt?", fragte Henri.

„Was wohl? Wir üben wie die Verrückten."

„Du glaubst, dass wir das einholen können?"

„Ich glaube, dass wir mehr Grund zum Gewinnen haben und das uns anspornen wird."

Henri wollte etwas erwidern, verstummte aber, als Julia und Tobias die Bühne betraten.

Caro kaute auf ihren Fingernägeln. Hatten die Sportakrobaten sich wieder zusammengerauft? Vielleicht hätte sie noch einmal Kontakt aufnehmen sollen. Sie waren so mit den Vorbereitungen beschäftigt gewesen, dass sie die beiden ad acta gelegt hatte.

Die Aufführung startete. Wie beim letzten Mal bewegten sie sich perfekt. Caro verbarg das Gesicht hinter den Händen.

„Das war's dann wohl." Henri stand auf und wandte sich zum Ausgang hin.

„Ich komme nach", sagte sie. *Das darf nicht sein. So etwas kannst du ihm nicht verzeihen. Hast du kein Rückgrat Mädchen?*

Nichts deutete auf eine Dissonanz zwischen den beiden hin. Sie bewegten sich wie ein Körper in perfekter Harmonie. Jeder Schritt war taktgenau platziert.

Caro krallte sich in den Stoff des Sessels vor sich. „Tobias!", rief sie zu ihnen rüber und warf ihm eine Kusshand zu.

Sie duckte sich unter den Blicken der Punktrichter weg und linste zwischen den Sesseln hindurch. Ihr Einwurf zeigte nur kurz Wirkung. Die Bewegungen der Darsteller wurden abgehackter, bemühter, doch sie überwanden die Einmischung und fuhren mit derselben Perfektion fort.

Sie eilte hinter eine Säule, wo sie von unten kaum gesehen werden konnte. „Wie kommst du damit klar, mit dem Klappergestell in die Kiste zu springen, nachdem du eine richtige Frau hattest?", rief sie nach unten.

Julia hielt in der Bewegung inne, als sie gerade hochspringen wollte. Ihr Blick war erstarrt, voller Unglauben. Nur für einen Moment richtete sich die Aufmerksamkeit auf Caro. Viel interessierter schien das Publikum dafür, was die beiden Akteure nun auf der Bühne trieben.

Julia verpasste Tobias eine Ohrfeige. Dieser stolperte und traf sie mit seinem Knie am Oberschenkel.

Ein Moment der Stille trat ein, in dem Julia sichtlich um ihre Beherrschung kämpfte. Als sie auf der Stelle kehrtmachte und die Bühne verließ, lachte Caro zufrieden auf. *Also doch.*

Die Aufregung, ob des unerwarteten Abgangs, gab ihr die Gelegenheit zur Flucht. Das Viertelfinale hatten sie in der Tasche. Aber wie kamen sie an Alea und Moses vorbei?

Kapitel 14

Es war nicht einfach gewesen, aber nach einigem Suchen hatte Moses Samuels Zimmer gefunden. Es erschien ihm nicht ganz richtig, ohne Aleas Wissen ihren Vater aufzusuchen, aber er wollte ihn nicht im Unklaren lassen. Seine Tochter besuchte ihn nicht. Er musste sich fühlen, als liebe sie ihn nicht mehr. Dabei war das Gegenteil der Fall.

Alea liebte ihren Vater so sehr, dass sie ihn in seinem Zustand nicht sehen konnte. Sie war blind für die Gegenwart und stierte nur in die ungewisse Zukunft, die für sie ein klares Bild schien.

Er klopfte an die offene Tür und Samuels Kopf ruckte in seine Richtung.

Seine Augen weiteten sich überrascht. „Du."

„Verzeihen Sie, dass ich unangekündigt hier hereinplatze."

Samuel schüttelte den Kopf und richtete sich auf. Er stützte sich auf das Bettgestell wie ein alter Mann. Es schmerzte Moses, diesen einst so stolzen Akrobaten so gebrechlich zu sehen. „Was so ein Tumor im Schädel mit einem anstellen kann, was?", meinte dieser schmunzelnd, als er Moses Blick bemerkte.

Moses eilte zu ihm hin, um ihn zu unterstützen, aber Samuel lehnte ab und begab sich selbst zu dem kleinen Tisch im Raum hinüber.

Mit einem Seufzer ließ er sich auf die Polsterung fallen und klopfte auf den Nachbarsessel. „Freut mich, dich zu sehen."

Moses fühlte sich auf einmal eine Spur befangen. Diese Begrüßung, als kannten sie sich bereits eine Ewigkeit, wirkte befremdlich auf ihn. „Ich danke Ihnen."

„Du kannst mich duzen." Er klopfte ihm auf die Schulter wie einem Sohn. „Ich habe gehört, du turnst mit meiner Tochter?"

Moses nickte zögerlich und erwartete eine väterliche Predigt. Wusste er davon, dass er mit Alea in einem Bett schlief, Samuels Schlafplatz übernommen hatte?

Samuel legte beide Hände auf den Tisch und sah ihm ernst in die Augen. „Ich schulde dir meinen untertänigsten Dank. Ich weiß gar nicht, wie ich zum Ausdruck bringen soll, wie dankbar ich bin, dass du Alea damals aufgefangen hast. Und jetzt unterstützt du sie bei diesem Wettkampf. Dich schickt der Himmel, junger Mann."

Moses lachte befangen. „Ich war nur zur rechten Zeit am rechten Ort, schätze ich."

Samuel schüttelte den Kopf und hob einen Zeigefinger. „Das war Schicksal. Du bist eingesprungen in dem Augenblick, da ich nicht mehr konnte."

„Du glaubst daran, dass das Leben vorbestimmt ist?"

Samuel schmunzelte. „Dann hätte es mir ein grausames Schicksal bestellt. Nein, ich denke, wir haben es selbst in der Hand. Aber hin und wieder greift irgendeine Macht da oben helfend ein. Sagen wir's so: Ich glaube, dass in dieser Welt zumindest noch ein Funken Gerechtigkeit existiert."

Moses nickte ernst dazu. Er wagte es nicht, ihm zu widersprechen.

„Dennoch, es gibt da ein paar Dinge, die wir besprechen sollten", fuhr Samuel mit erhobener Stimme fort und jetzt schlich sich definitiv eine Portion väterliche Sorge in seine Mimik. „Meine Tochter hat kaum Erfahrung mit Männern. Ich hoffe, du weißt, dich anständig zu benehmen."

Moses nickte beflissentlich.

Samuel drückte den Zeigefinger auf die Tischplatte. Mit einem Mal erschien er ihm überhaupt nicht mehr wie ein kränklicher Mann. Er strotze geradezu vor Kraft. „Alea ist mir das Wichtigste im Leben. Wenn ich irgendetwas höre, was mir Sorge bereitet, dann werde ich nötigenfalls gemeinsam mit diesem Krankenbett kommen und für meine Form von Gerechtigkeit sorgen."

„Sei unbesorgt. Ich respektiere sie mindestens genauso sehr wie du."

Ein Lächeln schlich sich auf Samuels Lippen. „Dann ist ja gut. Schickt sie dich?"

Moses schüttelte den Kopf. „Es wäre mir lieb, wenn du ihr nicht erzählst, dass ich hier bin."

„Ich soll also Geheimnisse vor meiner Tochter haben?"

„Ich will nicht, dass sie das Gefühl hat, ich hintergehe sie."

„Warum bist du dann gekommen?"

„Um mich für sie zu entschuldigen."

Samuel legte den Kopf schief.

„Sicher fragst du dich, warum sie dich nicht besuchen kommt."

Samuel schüttelte den Kopf.

Moses blinzelte ihn bestürzt an. „Willst du keinen Besuch von ihr? Fürchtest du nicht, dass es womöglich ...“

„Die letzte Gelegenheit ist?“ Samuel griff sich ans Kinn und nickte nachdenklich. „Um ehrlich zu sein, wünschte ich mir nichts mehr, als sie bei mir zu haben. Ich will sie an mich drücken und ihr all das sagen, was man im Alltag zu oft ungesagt lässt. Ich möchte hier nicht allein krepieren und das Einzige, was ich bekomme, sind ein paar müde nächtliche Telefonate.“

„Ich schätze, ihr geht es genauso.“

Samuel seufzte auf. „Ich kenne meine Tochter. Sie hat sich das mit diesem Acrowinx Wettbewerb in den Kopf gesetzt und wird es durchziehen. Sie akzeptiert es nicht, dass ich krank bin. Wenn sie mich so sähe, so schwach, das würde ihr wehtun. Selbstverständlich lehne ich ihren Besuch nicht ab und ich motiviere sie dazu, aber ich verstehe, dass sie zögert.“

„Sie gibt alles für dich. Sie trainiert wie eine Besessene, um diesen Wettbewerb zu gewinnen.“

„Das ist Alea.“ Er sah ins Nichts und schmunzelte. „Als wir noch im Zirkus waren, brach sich meine Frau den Mittelfußknochen. Das Timing war mies. Wir hatten gerade in einer Stadt Halt gemacht und hatten eine Unzahl an Auftritten vor uns. Alea war damals schon begabt, aber lange nicht so gut wie heute. Ich wollte unseren Teil abblasen. Besser gar nicht auftreten, als etwas Halbgares zeigen. Alea hat das nicht akzeptiert. Sie hat die ganzen Tricks allein geübt, weil ich sie für zu gefährlich erachtete. Hat sich vom Dach unseres Wagens mit einem Salto hinuntergestürzt, bis ich nachgab. Sie war eine mehr als passable Vertretung.“

Moses lächelte. Das passte zu Alea.

„Sie wird zurechtkommen, das weiß ich“, sagte er mehr zu sich selbst, ehe er wieder Moses ansah. „Aber ich muss ihr einiges beibringen und sie verweigert das. Sie lässt die Option nicht zu, dass ich vor der Zeit sterbe.“

„Ich glaube, wenn sie das täte, könnte sie nicht weiter auftreten.“

Samuel nickte nachdenklich und ergriff Moses Unterarm. „Ich weiß, es ist viel verlangt, aber würdest du mir bei einer Sache helfen?“

„Worum geht es?“

„Du hast einen Draht zu ihr. Lass mich dir erklären, was sie wissen muss, und gib es ihr weiter."

Moses legte seine Hand auf die von Samuel. „Ich würde alles für sie tun."

*

Alea konnte es auch Tage danach kaum glauben. Sie hatten es geschafft. Nach dem Wettkampf hatten sie gar nicht mehr voneinander lassen können. Sie würde Moses am liebsten ständig umarmen, sich an ihn quetschen und keinen Millimeter Abstand zwischen ihnen zulassen.

Seine Gegenwart übertünchte die Sorge darüber, dass das Finale nach hinten verschoben wurde. Die Zeit rannte gegen sie. Alea hatte bereits versucht, einen Kredit mit Aussicht auf die Gewinnsumme zu bekommen. Aber abgesehen davon, dass sie zu jung war, ging keine Bank ein solches Risiko ein. Moses hatte ihr unterstützend zur Seite gestanden, doch er hatte keinerlei Besitztümer, wie es aussah. Nicht einmal einen Pass hatte er bei sich.

Hin und wieder fragte sie sich, ob er ein Verbrecher war, der untertauchte oder vielleicht ein entflohener Prinz aus einem fernen Land, der seiner Heiratsverpflichtung zu entgehen versuchte. Sie nahm sich vor, ihn erst nach dem Wettkampf zu fragen. Im Grunde wollte sie gar nicht wissen, was hinter seinem mysteriösen Erscheinen stand. So wie es war, war es gut und so sollte es auch bleiben.

Sie liebte diesen jungen Mann, der manchmal so geschwollen wie ein alter Herr redete. Sie liebte es, Zeit mit ihm zu verbringen, mit ihm zu kochen und an seiner Seite einzuschlafen. Mittlerweile blieb er öfter über Nacht bei ihr. So wie an diesem Tag. Sie hatten gekocht, gegessen, den Abwasch gemacht und Moses war sogar so nett gewesen und hatte ihre Wasserkanister aufgefüllt. Er passte sich ihrem Lebensstil ohne Murren an.

„Dein Bett ist für dich bereit", sagte sie, als er mit den Kanistern zurückkehrte und klopfte auf seine Seite. Es würde eng werden, wenn ihr Vater wieder da war, aber dafür fände sich schon eine Lösung.

Moses setzte sich auf die Bettkante und streckte sich. Er wirkte nicht müde. Manchmal glaubte sie fast, er brauchte überhaupt keinen Schlaf. Hier passte er sich ganz Aleas Bedürfnissen an. Sie hatte schon öfters versucht, länger als er wach zu bleiben, doch schlussendlich war es immer sie, die eindöste.

„Morgen wasche ich deine Sachen."

Seine Auswahl an Wäsche war noch begrenzter als ihre eigene. Er achtete darauf, sich nicht schmutzig zu machen, und ihr wäre auch nie aufgefallen, dass er stank. Trotzdem konnte sie ihn nicht ewig in den immer knittriger werdenden Sachen herumlaufen lassen. Er pflegte in diesem Punkt wohl dieselbe Egal-Mentalität wie ihr Vater. Das machte ihn ihr sowohl sympathisch als auch unheimlich.

„Und was soll ich derweil anziehen?"

Sie wippte mit den Brauen.

Er lachte herzhaft auf. „Auf keinen Fall!"

„Nimm dir ein paar Sachen von Papa."

„Ich reinige meine Wäsche selbst."

Sie schnippte ihm gegen den Oberarm. „Abgelehnt. Ich bin dir ein Leben lang was schuldig, da ist es das Mindeste, deine Klamotten zu waschen."

„Du schuldest mir nichts."

Sie verschränkte die Arme. „Blödsinn."

Er berührte ihre Wange, was ihr einen wohligen Schauder über die Haut laufen ließ. „Ich genieße die Zeit mit dir. Das ist Dank genug."

„Moses ich ..." Ihr stockte der Atem. *Ich liebe dich. Ich will mit dir zusammen sein. Ich möchte mehr, als nur mit dir Akrobatik machen.* Sie biss sich auf die Unterlippe. Selbstbeherrschung war gefragt – zumindest bis der Wettkampf endete. Wenn sie die Sache jetzt verkomplizierte, konnte das böse ausgehen. „Was hast du vor, wenn all das vorbei ist?"

Er sah nach unten.

Falscher Blick! Ehe er etwas erwiderte, plapperte sie schon drauflos: „Ich möchte, dass du bei uns bleibst. Wir könnten die Sache zu dritt aufziehen. Papa ist sicher davon begeistert und ich will dich nicht mehr hergeben. Ich weiß, du hast bestimmt anderswo zu tun und opferst bereits unheimlich viel Zeit für mich." Sie knetete ihre Finger und atmete tief ein, ehe sie ihn hoffnungsvoll ansah. „Aber wir sind flexibel. Wir können überall hinfahren, wo du willst. Hauptsache du gehst nicht. Bitte." Sie presste die Lippen zusammen, fühlte sich klein und hilflos.

Er nahm ihre Hände und erwiderte ihren Blick ernst. „Ich würde am liebsten ein ganzes Leben mit dir verbringen, Alea. Ich habe dir bereits gesagt, dass ich dich liebe. Das war kein Scherz. Ich weiß, du kennst mich noch nicht so lange, aber ich ..." Er leckte sich über die Lippen. „Ich habe das Gefühl, dich dein Leben lang zu kennen, und bin unendlich dankbar, dass ich diese intensive Zeit mit dir verbringen durfte."

Alea spürte ihre Augen feucht werden. Alles in ihr drängte danach, ihn zu küssen, ihn an sich zu pressen.

„Ich wollte diesen Wettkampf mit dir zu Ende bringen."

Seine Worte waren ein Schlag ins Gesicht, der sie aus dem Traumland, in das sie gedanklich abglitt, wieder hinauswarf. Sie blinzelte ihn verwirrt an.

„Aber diese Verschiebung des Finales kollidiert mit meinen Abreiseplänen."

„Abreise?" Es war wie ein Hammerschlag auf ihre Brust, nahm ihr den Atem.

„Ich kann nicht bleiben."

„Das ist nicht wahr! Sag so etwas nicht."

„Es tut mir unendlich leid. Ich will es dir schon eine ganze Weile sagen, aber ich hatte Angst."

„Dann nimm es zurück! Bitte, du darfst nicht gehen. Ich brauche dich. Wie soll ich ohne dich weitermachen? Du bist der perfekte Partner und ich ... ich ..." *Ich liebe dich, du Idiot!*

„Ich habe dir einen Ersatz besorgt. Er ist verdammt gut. Du triffst ihn morgen."

Sie entzog ihm ihre Hände. „Ich will keinen Ersatz. Ich will dich! Bitte, tu das nicht."

„Ich habe keine Wahl."

„Man hat immer eine Wahl. Das letzte Mal sagtest du auch, du kommst nicht wieder und dann bist du aufgetaucht. Ich brauche dich. Muss ich jetzt von einer Klippe springen, damit du aus dem Nichts erneut auftauchst?"

„Sag so etwas nicht!"

„Dann geh nicht!"

Er packte ihre Schultern, gröber, als sie es von ihm gewohnt war. Es war kein Vergleich zu dem seelischen Schmerz, den er ihr gerade zufügte. „Ich täte alles, um bei dir zu bleiben, das schwöre ich. Aber ich muss gehen!"

„Was willst du? Was fehlt dir? Soll ich ... soll ich irgendetwas für dich tun? Ich mache alles. Wirklich alles. Es gibt nichts, was ich dir nicht geben würde."

Er küsste sie und stoppte ihren Redefluss.

War es das, was er von ihr verlangte? Sie gäbe es ihm bereitwillig, sofort, ohne nachzudenken. Sie packte seinen Kopf, presste ihre Lippen auf seine und drückte ihn nach hinten.

Er löste sich von ihr. „Das sollten wir nicht tun."

Nun konnte sie die Tränen doch nicht mehr halten. „Du machst mich fertig. Was willst du nur von mir? Was mache ich falsch?"

„Bitte Alea. Mach es nicht noch schwerer. Ich wünschte ich ..."

Sie sah von ihm weg. Es tat ihr weh, in sein Gesicht zu sehen. Stattdessen deutete sie zum Ausgang. „Ich mache es dir leicht. Geh einfach. Hau ab."

Es war nicht ernst gemeint. Sie wollte genau das Gegenteil. Sie mussten darüber reden. Sicher fanden sie eine Lösung. Alles hatte seinen Grund und Alea würde ihn finden und es zurechtbiegen.

Er nickte mit betroffener Miene und ging.

Warum hörst du auf mich? Das war nur so gesagt. Bleib! Lass mich jetzt nicht allein.

Vor der Tür drehte er sich zu ihr um. „Das Halbfinale beende ich mit dir und ich verspreche dir, dein neuer Partner wird dich im Finale nicht enttäuschen. Du wirst gewinnen."

Alea antwortete ihm nicht. Er schloss die Tür hinter sich. Sie war versucht, ihm hinterherzulaufen, ihn auf Knien anzubetteln, doch ihr fehlte die Kraft.

*

Der Zustand von Bens Hand verbesserte sich von Tag zu Tag. Moses hatte Wort gehalten und ihn würdig vertreten. Jackson hatte zunächst getobt, als er von dem Austausch erfuhr, mittlerweile unterbreitete er Moses Angebote, in seine Gruppe einzusteigen.

Zu Bens Glück war Moses mit Geld nicht zu locken. Er hatte sich erstaunlich gut eingearbeitet. Es dauerte eine Weile, Aylin an ihn zu gewöhnen, die mit so viel Freundlichkeit schwer zurechtkam, aber schlussendlich lernte auch sie, ihn zu schätzen. Jetzt half er noch eine Weile dabei, die neue Choreografie einzustudieren, bis Bens Hand wieder voll einsatzfähig war. Die nächste Show würde er wieder selbst auf der Bühne stehen.

Ben gewöhnte seine Hand langsam an Belastung, übte Räder, den Handstand, doch sobald es an einarmige Techniken ging, scheiterte er kläglich. Moses hatte ihm vorgeschlagen, Alea früher als geplant kennenzulernen, damit sie miteinander warm wurden.

Der Gedanke reizte ihn. Im Moment hatte er mehr als ausreichend Zeit. Wie sie wohl war? Bald würde er es herausfinden. Moses war außergewöhnlich. Eine Partnerin seines Kalibers musste unheimlich gut sein – zumindest hoffte Ben das. Er checkte ein weiteres Mal sein Handy, das ihm den Weg zur beschriebenen Turnhalle wies. Ein hübscher Holzbau neben einem Fußballplatz, wo gerade ein Spiel stattfand. Entsprechend zugeparkt war das Gelände davor. Ben ignorierte das Treiben auf dem Feld und ging schnurstracks in die Halle, folgte den Wegweisern hinauf in den Turnsaal.

Die Geräusche aufprallender Füße leiteten ihn den Rest des Weges. Alea vollführte gerade mehrere Flickflacks hintereinander in einer Geschwindigkeit, bei der Ben einen leisen Pfiff ausstoßen musste. Sie beendete die Folge mit einem Sprung gegen Moses Hände, der sie hinaufwarf, wo sie einen Salto vollführte und im Handstand in Moses Händen landete. *Atemberaubend.* Er hatte Aylin für gut gehalten, aber das hier war spektakulär. Das Vertrauen in ihren Unterpartner musste gigantisch sein, dass sie sich solch eine waghalsige Aktion zutraute.

Er grüßte lautstark in die Halle, als sie wieder auf dem Boden war.

„Ist er das?“, fragte Alea. Ihre Stimmung ließ Begeisterung vermissen.

„Hallo Ben“, meinte Moses zum Eingang und winkte ihn herbei. „Darf ich vorstellen? Alea.“

Sie war jung. Auf jeden Fall jünger als Ben. Ihre sportliche Gestalt unterstützte diesen Eindruck noch, beraubte sie einiger typisch weiblicher Rundungen. Sie war kleiner als Aylin und machte es durch ihre stolze Haltung mehr als wett. Es würde einfach werden, sie hochzuheben.

Freude sieht anders aus. Er hielt ihr die Hand entgegen. Nur widerwillig befreite sie ihre rechte aus den verschränkten Armen und schüttelte sie ihm.

„Er ist zu klein.“

Was für eine hübsche Stimme. Würde sie nur nicht so überheblich klingen. „Schätze, deine große Klappe gleicht das mehr als aus“, erwiderte Ben.

„Du siehst nicht aus wie ein Akrobat. Wo hat Moses dich aufgegabelt? In irgendeiner Muckibude?“

„Kann ja sein, dass du es attraktiv findest, deine Knochen nur mit Haut zu kaschieren. Ich bevorzuge Masse.“

„Voluminöse Typen sind zu langsam für Wurftechniken.“

Zugegeben statische Elemente lagen ihm mehr. Er hatte es nicht nötig, seine Partner hochzuwerfen. Für gewöhnlich stemmte er sie aus reiner Kraft. Aber er war durchaus auch zu schnellen Bewegungen fähig. „Das, was ihr da gerade gezeigt habt, bekomme ich locker hin.“

Alea machte eine einladende Geste. „Bitte. Moses würdest du uns sichern?“

Moses wusste vor Verlegenheit nicht recht, wo er hinsehen sollte. „Wollt ihr nicht etwas Einfaches probieren?“

„Der Holzfällerverschnitt will sich doch unbedingt beweisen.“

Ben schluckte. Die meinte es ernst. Dafür war seine Hand selbst bei ihrem Gewicht nicht bereit. „Schon gut, überfordern wir dich nicht.“

„Wenn du an Moses Stelle treten willst, ist das noch das Einfachste, was ich von dir erwarte.“

Sie bluffte. Er hörte es aus ihrer Stimme heraus. „Ich hab’s nicht nötig, mich von einem kleinen Mädchen anblaffen zu lassen. Wenn ihr mich nicht braucht, geh ich eben wieder.“ Er warf Moses einen entschuldigenden Blick zu, der sich die Hand aufs Gesicht klatschte und drehte um. Ein paar Schritte nur und schon hörte er sie hinter sich herlaufen.

„Warte!“

Ein zufriedenes Lächeln schlich sich auf seine Lippen. Er mühte sich, wieder ernst dreinzublicken, und wandte sich ihr zu. „Bitte?“

„Wir können es ja mal probieren.“

„Wenn du ganz freundlich bitte sagst.“

Alea sah hilfesuchend zu Moses, der ihr einen deutlichen Wink gab. Sie verdrehte die Augen. „Bitte.“

„Das klang ungefähr so freundlich, wie wenn Saruman Gandalf bittet, sich mit ihm zu verbünden.“

Alea legte den Kopf schief. Unverständnis lag in ihren Augen.

Mein Gott, ein echtes Landei. Hat die keinen Fernseher zuhause? „Lassen wir das. Probieren wir ein paar einfache Elemente."

Sie übten sich an liegenden Techniken, schlichten Hebefiguren, Dinge, die er gerne zum Aufwärmen machte. Alea war geschickt, keine Frage, aber auch gehemmt. Es schien ihr unangenehm, mit Ben zu trainieren. Immer wieder sah sie zu Moses rüber, als beginge sie Verrat an ihm.

Ben verstand sie gut. Das Band zwischen zwei Akrobaten war stark. In der Showgruppe ging das gerne unter, da sie ihre Partner für verschiedene Figuren immer wieder wechselten, aber Moses und Alea hatten bisher nur einander gehabt. Zumindest öffnete sie sich ihm auf verbaler Seite. Sie reagierte schmunzelnd auf seine Scherze und ließ sich durch Sarkasmus zu größerer Leistung antreiben. Es war ein höchst angenehmes Gefühl, mit ihr zu üben. Sie hatte so viel Erfahrung, dass es nur kurzer Andeutungen bedurfte, was er von ihr wollte und sie setzte es problemlos um. Mit jeder Figur wuchs ihr Vertrauen in ihn und sie wagte mehr, ließ sich weiter fallen.

Zwischenzeitlich verabschiedete sich Moses. Ben hatte den Eindruck, dass zwischen den beiden etwas nicht stimmte. Auf der einen Seite harmonierten sie, warfen einander ständig sehnsüchtige Blicke zu. Auf der anderen wirkten sie gehemmt, als hätten sie kürzlich einen Streit gehabt. Das kam Ben nicht ungelegen. Es würde Alea so leichter fallen, sich auf ihn umzustellen. Außerdem fand er sie attraktiv. Ein Typ wie Moses, der so manchem Modell Konkurrenz machte, brauchte er nicht als Nebenbuhler.

Gegen Ende alberten sie beinahe mehr herum, als sie turnten. Ben war ohnehin erschöpft. Seine Hand hielt keinen längeren Belastungen stand. Er war auf Moses angewiesen und zufrieden mit sich, dass er sich mit Alea verstand.

Vor der Tür erwartete dieser sie bereits und ging neben ihnen her.

„Und was treibst du, wenn du gerade nicht turnst?", fragte Ben.

„Ich lebe hiervon." Sie hob die Schultern.

„Ihr tretet als Paar auf?"

„Sie und ihr Vater", wandte Moses ein.

„Aber der ist zurzeit verhindert", sagte Alea eine Spur trübsinnig.

Ben nickte nachdenklich. Das war ja besser als erwartet. Er hatte sich früher gewünscht, seinen Traum beruflich auszuüben. Darum hatte er sich *The Slash* angeschlossen. In einer professionellen Gruppe sah er schlicht bessere Chancen, mehr Sicherheit. Dass es jemand zu zweit schaffte, überraschte ihn. Sie wäre perfekt für ihn, sobald er sich von der Gruppe trennte. „Ich weiß nicht, ob Moses es dir erzählt hat, aber ich werde bald eine neue Partnerin suchen."

„Soll das ein verstecktes Angebot werden?"

Ben schürzte die Lippen. „Es gibt sicher weniger widerspenstige Partnerinnen für mich. Aber zur Not frisst der Teufel ja Fliegen."

„Danke, ich werde mit meinem Vater weitermachen. Ich lasse mich ungern auf das Böse ein."

Ben wippte mit den Brauen. „Das Angebot steht. Wenn dir die lichte Seite irgendwann zu langweilig wird." Er gab ihr die Hand und drückte ihr einen Handkuss auf. „Die Dame."

Sie wischte ihren Handrücken an der Hose ab.

„Wir sehen uns."

Sie sah auf ihre Hand und verdrehte die Augen. „Lässt sich wohl nicht vermeiden." Die Spur eines Lächelns legte sich auf ihre Lippen, als er sich verabschiedete.

Sie steht auf mich. Sie weiß es nur noch nicht.

Kapitel 15

Alea zögerte, das Zimmer ihres Vaters zu betreten. Sie hatte den Besuch lange aufgeschoben, aber immerhin hatte sie Moses zugesagt, ihm mehr Zeit zu widmen. Außerdem drängte ihr Vater sie seit Tagen, ihm die Unterlagen für das Finanzamt zu bringen und schlussendlich hatte er ihr das Totschlagargument geliefert, dass er seine Unterhosen bereits mehrfach umgedreht hatte.

Er schlief, als sie hereinkam. Man hatte ihm ein Einzelzimmer seines Zustands wegen zugewiesen. Keine gute Idee. Ihr Vater war ein geselliger Mensch und die Einsamkeit nicht gewöhnt.

Sie legte die Zettel, die sie in eine Hülle gepackt hatte, mitsamt dem Ordner auf den kleinen Tisch gegenüber seines Betts und zog sich einen Stuhl heran. Sie nahm seine Hand in ihre und streichelte deren Rücken. „Tut mir leid, dass ich so lange nicht hier war, Papa“, murmelte sie vor sich hin.

Es dauerte eine Weile, bis seine Lider flatterten und er blinzelnd zu ihr sah. „Das verschollene Kind ist zurückgekehrt“, sagte er mit einem schiefen Grinsen auf den Lippen.

„Du weißt, ich war vielbeschäftigt.“

Er lachte und kniff sie in die Wange. „Du siehst gut aus. Kräftiger als sonst und so eine schöne Farbe im Gesicht. Frisch verliebt?“

Alea verdrehte die Augen. „Dein Ernst? Du siehst dafür beschissen aus.“

„Und schon streut sie mir Rosen, wie sympathisch“, witzelte er. Er lugte zum Tisch hinüber. „Du hast an die Unterlagen gedacht.“ Er richtete sich auf.

„Und deine Wäsche.“ Sie hielt ihm einen Sack entgegen. „Ich nehme das andere Zeug gleich mit und reinige es.“

„Ich sollte häufiger über dreckige Wäsche wehklagen, dann seh ich meine liebste Tochter auch öfter mal.“

Es tut mir weh, dich so zu sehen, verstehst du das nicht? Sie verzog die Lippen. „Raub mir nur meine Trainingszeit. So gewinne ich den Acrowinx bestimmt."

„Wie läuft es mit Moses?" In seiner Frage schwang ein Unterton mit.

„Wir sind im Halbfinale. Leider wird das Finale verschoben. Du weißt schon, diese dämlichen Auflagen wegen der Pandemie."

Er verschränkte die Arme hinter dem Kopf. „Urlaubsverlängerung."

Alea kräuselte die Stirn. „Wie auch immer – er muss vorher weg."

„Mit wem trittst du dann an?"

„Er war so gütig, einen Ersatz zu besorgen."

„Ist er gut?"

„Besser als erwartet."

„Ein gutaussehender, junger Mann?"

Alea verdrehte die Augen und schnaubte. „Als ob mich das interessieren würde."

Er nickte nachdenklich. „Das mit Moses ist schade. Du magst ihn, was?"

Alea presste die Lippen zu einem Strich und nickte.

„Du hast ja noch mich. Familie bleibt. Blutsbande trennt man nicht so leicht. Alles andere ist nun mal vergänglich."

„Schwacher Trost. Wie geht es dir überhaupt?"

Er kuschelte sich in sein Kissen. „Ich genieße die Ruhe."

„Glaub ich dir nicht. Du kannst doch sonst kaum stillsitzen."

„Ärztliche Verordnung. Die fürchten sich, dass ich auf dem Gang umkippe und alles voll blute." Er lachte rau.

„Papa ernsthaft, hältst du durch?"

Er räusperte sich und nickte ernst. „Ich schaffe das. Trotzdem würde ich die Gelegenheit gerne nutzen und dir das mit der Buchhaltung näherbringen. Außerdem wären da noch ein paar andere Dinge, die du wissen musst. Wo man einen Pass beantragt, seinen Wohnsitz meldet, wie du an einen Führerschein kommst und und und."

Sie hielt sich die Ohren zu. „Abgelehnt!"

Er zog ihre Hand hinunter. „Alea, das ist wichtig."

„Du denkst schon wieder in die falsche Richtung, Papa. Ich bin im Halbfinale. Ich gewinne und dann machen wir weiter wie gewohnt."

Er stieß erschöpft die Luft aus. „Du bist unbelehrbar."

„Das sagten meine Lehrer auch immer." Sie zwinkerte ihm zu.

Er stand auf und ließ sich von Alea zum Tisch hinüberführen. Ihr Vater hatte spürbar abgenommen. Als wäre er über Nacht um Jahrzehnte gealtert. Er griff sich die Mappe und ging die Papiere durch. „Jetzt habe ich ja genug Zeit, das endlich hinter mich zu bringen."

„Soll ich dir helfen?" Sie setzte sich neben ihn und griff nach dem Ordner.

Er hob abwehrend die Hände. „Nein, nicht jetzt. Ich wollte nur sehen, ob alles da ist." Er ergriff ihre Hände und sah sie ungewohnt ernst an. „Jetzt, wo du einmal da bist, will ich die Zeit nutzen und ausgiebig mit meiner liebsten Tochter quatschen."

Sie lachte auf. „Du bist fürchterlich einsam hier, was?"

Er wedelte mit der Hand. „Ein wenig, aber darum geht es nicht." Er sah aus dem Fenster. Mit einem Mal wirkte er nachdenklich, als rätsele er seit Wochen über etwas und käme gerade zu einer Lösung. „Weißt du, damals, als der Zirkus dichtmachte und wir auf uns allein gestellt waren, sahen wir nur die Probleme."

Alea senkte den Blick. Das war eine düstere Zeit gewesen. Nie hatte sie so eine miese Stimmung erlebt, die ihren Höhepunkt darin nahm, dass ihr der liebste Mensch auf Erden genommen wurde: ihre Mutter.

„Wir konnten nichts tun. Alles war dicht, Auftritte verboten. Trotzdem haben wir uns den Schädel zermartert, wie wir damit umgehen. Wie wir überleben sollen."

„Ich erinnere mich. Ihr habt oft bis spät in die Nacht stumm dagesessen."

„Das war völlig bescheuert."

Alea runzelte die Stirn. „Wieso?"

„Es führte doch ohnehin zu nichts und es hat mich die letzten Momente mit deiner Mutter gekostet."

Alea schwieg dazu.

„Könnte ich die Zeit zurückspulen, ich hätte ein Kartenspiel rausgenommen und es uns gemütlich gemacht. Das Geld floss uns so oder so durch die Finger. Wir hätten mit dir etwas unternehmen, eine gute Zeit verbringen können. Im Grunde war es das erste Mal in unserem Leben, dass wir richtiggehend Freizeit miteinander hatten."

„Was willst du mir damit sagen?"

Er lächelte ihr zu und strich ihr eine Strähne aus dem Gesicht. „Dass ich die Zeit mit dir jetzt nutzen möchte. Du willst nicht, dass ich dir alles beibringe, was du im Falle des Falles bräuchtest – gut. Aber ich will so viel Zeit mir dir haben, wie es mir möglich ist."

„Papa, es tut mir ehrlich leid, dass ich so selten da bin."

Er winkte ab. „Schon in Ordnung. Niemand versteht das so gut wie ich. Du musst da auch durch. Du siehst das Problem und versteifst dich darauf."

„Aber ich habe eine Lösung. Wenn ich gewinne ..."

„Ja ja, schon gut. Du machst das Richtige. Ich glaube an dich."

Sie wischte sich über die Augen. „Versprich mir, dass du durchhältst ja?"

Er reichte ihr den kleinen Finger. „Wie könnte ich meiner liebsten Akrobatin das abschlagen?"

Sie verschlangen ihre Finger miteinander, ehe Alea ihm in die Arme fiel. „Ich will, dass du endlich wieder nach Hause kommst."

Er klopfte ihr auf den Rücken. „Bald mein Schatz. Bald ist dieser ganze Unfug vorbei. Bis dahin genießen wir unsere gemeinsame Zeit."

*

Alea mit Ben trainieren zu sehen, freute Moses auf der einen Seite, auf der anderen stimmte es ihn melancholisch. Ben konnte ein Leben lang bei ihr bleiben. Etwas, das Moses verwehrt blieb. Die beiden verstanden sich gut, so weit er das beurteilen konnte. Er mühte sich, seine persönlichen Gefühle aus der Sache herauszuhalten. Es ging um Aleas Zukunft. Jemand musste mit ihr antreten.

Ihr Training gab ihm die Möglichkeit, das Versprechen, welches er Samuel gegeben hatte, einzuhalten. Er besuchte ihn jedes Mal, wenn Alea mit Ben beschäftigt war, und ließ sich in den organisatorischen Rahmen eines fahrenden Akrobaten einführen. Im Grunde ging es neben dem buchhalterischen Aspekt, den sie nötigenfalls auslagern konnte, um praktische Dinge. Wie besorgt man sich einen Pass? Was muss sie beachten, wenn sie einmal sesshaft werden will? Die Wartung des Autos, der Erwerb eines Führerscheins.

Auf Alea kamen so viele Dinge zu, dass Moses der Kopf davon schwirrte. Er machte sich zu allem Notizen, denn diese Fülle an Informationen konnte er kaum auswendig lernen. Samuel war ein geruhsamer Lehrer. Er sprach mit langsamer, kräftiger Stimme und wiederholte alles sooft, bis Moses es definitiv verstanden hatte.

Moses spürte, wie wichtig es ihrem Vater war. Er machte sich wirklich Sorgen, dass sie nicht zurechtkam. Dabei war Alea dermaßen selbstständig, dass diese wohl unbegründet waren.

Zwischendurch sprachen sie über den Wettkampf, Aleas Zustand, Moses setzte Samuel über alles in Kenntnis, was er verpasste. Zwar telefonierten sie regelmäßig und zuletzt war sie sogar bei ihm zu Besuch gewesen, aber er versäumte so viele Stunden mit ihr, die auch durch noch so lange Gespräche nicht ausgefüllt wurden.

„Bist du schon aufgeregt wegen des Halbfinales?“, fragte Samuel schließlich.

Moses konnte es kaum in Worte fassen. Es war nicht nur die Aufregung ob des Auftritts, sondern vielmehr die darüber, dass es das Ende ihrer Beziehung bedeutete. Nach dem Auftritt blieben ihm nur wenige Tage, ehe es zu Ende ging. Ein Ende, welches noch immer ungewiss war. „Ziemlich“, erwiderte er schließlich.

„Alea meinte, du bleibst nicht bis zum Finale bei ihr?“ Seine Frage beinhaltete keine Anklage. Sie war zur Gänze sachlich formuliert.

„Leider, ja.“

„Du musst zurück, wo du herkommst, hm?“

Moses hob beide Brauen. Samuel musterte ihn mit wissendem Blick. Dabei konnte er gar nicht ... „Ja“, erwiderte er schlicht und senkte den Kopf.

„Im Endeffekt müssen wir unser Leben wohl selbst in die Hand nehmen, was? Das Schicksal kann uns nicht ewig gewogen sein.“

Moses stutze. War es vorherbestimmt? Sollte das Finale verschoben werden, nur damit Alea diesen letzten Weg allein ging? „Ihr neuer Partner ist gut.“

„Das hat sie mir erzählt – ja. Aber sie wird dich vermissen.“ In seinem Blick lag so viel Mitgefühl, dass Moses ihn am liebsten umarmt hätte. Er war traurig und durfte es nicht zeigen. Manchmal würde er sich gerne irgendwo ausweinen, aber das machte es auch nicht besser.

„Ich werde dich ebenfalls vermissen“, fuhr Samuel fort. „Sehen wir uns wieder?“

„Ich hoffe es." Mehr konnte Moses nicht tun. Sein Schicksal war mit dem von Alea verflochten. Er wusste nicht, ob er seiner Aufgabe gerecht wurde. *Ich hoffe nur, dich nicht allzu bald wiederzusehen. Halte durch Samuel. Kämpf für deine Tochter!*

*

Henri streckte sich erschöpft auf der Couch des Umkleidezimmers aus. Der Manager des Hotels hatte sich die Sache wohl doch noch einmal durch den Kopf gehen lassen und sie kurzfristig rausgeworfen. Vielleicht hatte er mitbekommen, wer für die kaputten Tankdeckel auf dem Hotelparkplatz verantwortlich war. Die letzten Nächte hatten sie im Auto verbracht.

Hätten sie eine Limousine, wäre das Ganze vielleicht erträglich gewesen, aber in dem Kleinwagen schliefen sie völlig verkrümmt. Mit jedem Tag taten ihm die Muskeln mehr weh und selbst jetzt, da er auf der gepolsterten Couch lag, wollte sich keine Besserung einstellen. Obwohl es tagsüber manchmal weit über zwanzig Grad warm wurde, waren die Nächte frostig. Sie hatten zwischendurch immer wieder mal den Motor eingeschaltet, waren eine Runde mit voll aufgedrehter Heizung gefahren, um nicht zu erfrieren.

Früher waren sie diese Temperaturen gewohnt gewesen. Mittlerweile waren ihre Körper davon verwöhnt, nicht mehr unter Zimmertemperatur zu schlafen.

„Erwähnte ich zwischendurch mal, dass wir besser wieder auf der Straße leben, statt dieses spießige Dasein in unserer Hütte fortzuführen?", fragte er.

„Bereust du den Gedanken schon?"

Er ließ den Kopf über den Rand der Couch hängen und stieß ein tiefes Stöhnen aus. „Leg mich um, wenn ich je wieder so rede. Mittlerweile wünschte ich mir, ich würde in diesem stinkenden Bürosessel sitzen und irgendeinen Mist in die Tastatur prügeln."

Caro warf einen letzten Blick in den Spiegel, machte einen Kussmund und nickte zufrieden. Henri bewunderte sie. Sie stand immer noch aufrecht, ungebrochen wie ein Berg, der sich keinen Millimeter zur Seite bewegte. Sie kniete sich neben ihn und strich ihm übers Haar. „Dann sollten wir heute wohl gewinnen, was?"

„Ich mache mir Sorgen. Wir sind nicht im besten Zustand dafür."

„Nur noch dieser Auftritt und wir sind im Finale. Reiß dich zusammen."

Er nickte und stemmte sich in die Höhe. „Du hast Recht."

Sie reichte ihm die Hand und zog ihn hoch.

„Willst du schon los?"

„Ich möchte nicht zu spät kommen."

„Wir haben fast eine Stunde."

„Man weiß nie, was einem auf dem Weg alles passiert."

Henri runzelte die Stirn. „Du wirst langsam paranoid."

Sie seufzte und schob ihn an. „Auf geht's."

Gut eine Dreiviertelstunde, bevor ihr Auftritt losging, standen sie vor verschlossenen Türen. Von drinnen hörte man die gedämpfte Musik einer anderen Gruppe und das Aufschreien des Publikums.

Ihnen standen zwei enorm starke Gegner bevor. Auch wenn Caro alles dransetzen würde, den Wettkampf zu ihren Gunsten zu beeinflussen, Henri zweifelte, dass sie gewinnen konnten. *Warum habe ich uns da nur reingeritten? Wir hatten es doch gut.*

Caro verschränkte die Arme und sah ihn mit giftigem Blick an. „Du grübelst."

„Wenn das schiefgeht, trage ich die Verantwortung."

„Ich hätte auch nein sagen können."

„Ich habe dir ein Ultimatum gestellt."

Sie schüttelte nachlässig den Kopf. „Die letzten Wochen waren mit die beste Zeit in unserer Beziehung. Ich habe mich wieder gefühlt wie ganz am Anfang. Aufgeregt, leidenschaftlich, frei." Sie berührte seine Wange. „Egal, was passiert, das hier hat sich gelohnt."

Henri rang sich ein Lächeln ab und empfing Caros Kuss. Er umfasste ihren Kopf und drückte sie an sich. Die Berührung ihrer Lippen schenkte ihm die nötige Kraft und Zuversicht. Er würde kämpfen, alles geben, um seine Liebste nicht zu enttäuschen.

Ruckartig löste sie sich von ihm. „Ich hab was vergessen."

Er sah auf die Uhr. „Dein Ernst?"

Sie wedelte beruhigend mit der Hand. „Dauert nicht lange." Mit weitausholenden Schritten lief sie zurück in Richtung der Kabine. Henri sah ihr schmunzelnd nach. „Die hat die Ruhe weg."

Er verbrachte die Zeit damit, die Bilder an den Wänden und das Muster der Tapeten zu inspizieren. Irgendwann wurde ihm das zu eintönig und er stierte in die Luft. Er trippelte unruhig mit dem Fuß auf dem Boden. Langsam wurde es enger. Noch fünfzehn Minuten.

Ein Bühnenarbeiter kam vor die Tür. „Sie sind gleich dran. In fünf Minuten kommen sie Backstage und machen sich bereit."

„Wir sind so gut wie auf dem Weg", erwiderte Henri und nickte dem Mann zu.

Als dieser die Tür wieder schloss, sah Henri den Gang entlang. *Wo bleibst du?*

Minuten vergingen und sie tauchte nicht auf.

Er war versucht, sie suchen zu gehen. Aber wenn sie aneinander vorbeiliefen, wäre sie genauso ratlos. Sein Blick pendelte zwischen Wanduhr und Gangbereich. Mittlerweile sollten sie seit zwei Minuten drinnen sein. Womöglich erhielten sie im Backstagebereich Instruktionen, die wichtig für ihren Auftritt waren.

Endlich sah er sie den Gang entlanghetzen.

„Erst willst du viel zu früh herkommen und dann verpassen wir fast den Auftritt."

Sie lachte auf. „Ich sagte doch, man weiß nie, was passiert."

Er drückte die Tür auf und ließ sie zuerst eintreten. „Was war los?"

„Eyeliner rechtes Auge."

„Ernsthaft? Das sieht doch keiner auf die Distanz."

„Ich sehe es, das reicht völlig aus."

Er schüttelte ungläubig den Kopf und sie gingen nach hinten, wo Mitarbeiter des Kamerateams wie Wiesel umhereilten. Caro drehte sich ein letztes Mal zu ihm um und umarmte ihn. „Ich liebe dich Henri."

„Ich dich auch. Wir schaffen das."

Durch die Holzverkleidung vernahmen sie den dröhnenden Applaus und das Getrappel des Publikums.

„Sie können gleich rein", meldete sich erneut derselbe Mitarbeiter von eben. „In fünf, vier, drei, zwei, eins."

Sie schritten durch die Tür in das blendende Licht der Scheinwerfer. Mit einem Mal waren die Erschöpfung und die Schmerzen wie weggeblasen. Henri nahm seine Geliebte in den Arm, die Frau seines Herzens, mit der er durchs Feuer gegangen war und es erneut tun würde.

„Bereit?“, wisperte er ihr zu.

„Immer.“

*

Traurigkeit mischte sich mit einem schleichenden Gefühl von Aufregung. In Kürze würden sie auftreten. Ihre letzte gemeinsame Darbietung, ehe Moses sich verabschiedete. Die letzte Woche hatten sie kaum geredet.

Alea hatte die Choreographie und die Musik ihrer Stimmung angepasst. Moses war nicht unbedingt begeistert, dass sie ein Lied wählte, das ihre Situation in dramatischster Weise widerspiegelte. Sie war der Meinung, das am ehesten darstellen zu können. Sie fühlte eine Leere in sich, die durch nichts auszufüllen war. Vor sich sah sie nur noch die Ziellinie. Egal wie, sie musste das Finale schaffen. Dann konnte sie sich ihrer Trauer hingeben.

Nur vier Teilnehmer waren mit ihnen im Wettbewerb. Darunter Caro und Henri, gegen die sie heute antreten würden. Auf der anderen Seite zwei Akrobatikgruppen. Alea hatte abgelehnt, sich ihre Darbietung anzusehen. Allein der Gedanke, zu zweit mit einer ganzen Gruppe im Finale um den Sieg zu kämpfen, bescherte ihr eine Gänsehaut. Mit Moses an ihrer Seite wäre sie weit zuversichtlicher. Ben war ein toller Turner, aber sie kannte ihn kaum.

„Wollen wir jetzt schweigend einmarschieren und es einfach nur runterreißen?“, fragte Moses, der hinter ihr auf- und abging.

„Ich weiß nicht, was ich dir noch sagen soll.“

„Du bist wütend.“

„Nein, dafür liebe ich dich zu sehr.“ Die Worte platzten aus ihr heraus. Es gab keine Scham mehr zwischen ihnen, jetzt, wo ihre Partnerschaft ohnehin bald enden würde. Sie konnte alles sagen, was sie wollte.

„Warum willst du dann unsere letzte Zeit so verbringen?“

„Weil es mir das leichter macht.“

„Du machst es wie bei deinem Vater. Du blendest mich aus. Denkst du nicht, dass du es nachher bereuen wirst, wenn ich nicht mehr da bin?“

„Höchstens, dass ich mich so auf dich eingelassen habe. Ich hätte wissen müssen, dass du wieder abhaust.“

Er umrundete sie und kniete vor ihr nieder. „Alea, ich schwöre dir, wenn ich es irgendwie ändern könnte ...“

„Geh nicht! Was auch immer dich zwingt, ignorier es. Wenn du vor irgendetwas davonläufst, dann lass mich dir helfen!“

Er schüttelte resignierend den Kopf. „Meine Zeit mir dir war von Anfang an begrenzt. Ich habe mir nur einen Kredit genommen, den ich jetzt zurückzahlen muss.“

„Warum redest du so geschwollen darüber? Worum geht es?“

„Ich kann es dir nicht erklären.“

„Versuch es!“

„Bitte Alea.“ Er ergriff ihre Wangen. „Glaub mir einfach, dass ich dich liebe und alles täte, um es anders zu lösen. Versuch mich nicht zu hassen für etwas, auf das ich keinen Einfluss habe.“

Sie schüttelte den Kopf und wischte sich die Tränen mit dem Ärmel ab. „Ich hasse dich nicht, du Idiot! Warum denkst du das nur? Ich hasse das Schicksal, Gott, oder was immer dich von mir trennt, aber nicht dich! Vielleicht auch mich selbst, dafür, dass ich zu schwach bin, damit klarzukommen.“

Er küsste sie. Sie pressten sich aneinander wie Ertrinkende, die Halt an irgendetwas suchten.

Es war zu viel für Alea. Wenn sie jetzt nicht aufhörte, hatte sie nicht mehr die Kraft, den Wettkampf zu bestreiten. „Wir müssen los“, sagte sie und stürmte aus dem Zimmer.

„Alea, warte!“, rief er hinter ihr her.

Sie drehte den Kopf und rannte weiter. Nur nicht innehalten. Die Bewegung gab ihr Kraft. Vorwärts schauen, nicht darüber nachdenken. Sie ertrug keinen weiteren Menschen, der aus ihrem Leben ging.

Moses hastete aus dem Zimmer und streckte den Arm nach ihr aus. „Alea!“

Alea drehte den Oberkörper und mit einem Mal stolperte sie. Sie machte einen Ausweichschritt, doch verfing sich in einem Faden, der über den Boden gespannt war. Alea stieß einen spitzen Schrei aus und fiel. Ihr Knöchel knickte um und sie landete mit ihrem ganzen Körpergewicht darauf.

Sie war so etwas gewohnt und presste die Zähne aufeinander. Ein stechender und zugleich pulsierender Schmerz zog durch ihren Fuß, den sie durch Druck ihrer Finger versuchte zu unterdrücken. Erfolglos.

Moses stürmte zu ihr hin und kniete sich neben sie. „Alles in Ordnung?“

„Nichts passiert.“ Sie schnippte den Faden an.

„Den hat jemand absichtlich gespannt“, sagte Moses. Sein Gesicht war vor Zorn entstellt. Sie sah ihn selten so voll negativer Emotionen. Es machte ihr beinahe Angst. „Wir werden das melden.“

Alea schüttelte den Kopf. „Nein, dann heißt es, wir inszenieren solche Dinge, um das Urteil zu beeinflussen.“

„Aber wir sind im Recht!“

Alea hob die Schultern, stützte sich auf ihn und richtete sich auf. „Hier geht es nicht um Recht, sondern um Leistung.“ Sie musterte nachdenklich ihren Fuß. Auf der Außenseite bildete sich eine gehörige Beule. *Hoffentlich ist er nicht gebrochen.*

„Kannst du laufen?“

Sie nickte verbissen und machte zwei Schritte, ehe sie zusammenbrach. Sie dachte, sie könnte es ignorieren, aber es war, als steche ihr jemand ein Messer ins Fleisch. Sie atmete gepresst und wiegte sich hin und her. In rund zehn Minuten mussten sie auf die Bühne und sie konnte nicht einmal ansatzweise auftreten.

Kapitel 16

Jeder Schritt war wie auf Scherben zu gehen. Alea stütze sich schwer auf Moses und humpelte in Richtung Eingang.

„Alea, was du da vorhast, ist Wahnsinn."

„Es wird funktionieren."

„Wie kommst du auf die Idee, dass dir der Fuß plötzlich nicht mehr wehtut, sobald du auf der Bühne stehst?"

Sie hob den Zeigefinger der freien Hand. „Erfahrung. Ich bin oft genug beim Üben umgeknickt und konnte ohne Probleme weitermachen. Erst nach dem Training hat es richtig wehgetan. Wenn ich aufgewärmt bin, läuft die Sache. Außerdem werde ich so aufgeregt sein, dass ich gar nicht daran denke."

„Wie willst du deine Elemente turnen? Und landen?"

„So weit wie möglich auf einem Fuß."

Er hielt sie fest und drückte sie gegen die Wand. Alea sah ihm trotzig entgegen. „Warte. Ich habe deinen Körper damals nicht aus der Luft geangelt, um dich jetzt selbst in den Tod zu werfen."

„Du dramatisierst."

„Du springst einen Salto aus meinen Händen und das nur mit einem Fuß!"

„Dann musst du eben kräftiger werfen."

Moses fuhr sich mit der Hand durchs Gesicht. „Das kann ich nicht verantworten."

„Aber dass mein Vater draufgeht schon?" Damit hatte sie ihn. Sie sah es in seinen Augen.

„Natürlich nicht. Wir melden den Vorfall und bekommen sicher einen anderen Termin."

„Das wird im Fernsehen übertragen. Glaubst du, die Leute schalten am Montag noch einmal ein, nur um uns zu sehen?"

„Warum nicht? Wir sind doch gut."

„Das war eine rhetorische Frage Moses. Manchmal glaube ich, dass ich die Ältere von uns beiden bin."

Er verzog die Mundwinkel.

„Glaubst du an uns? Glaubst du an mich?“

„Das hat damit nichts zu tun!“

Sie seufzte und ergriff seine Oberarme. „Moses, du verlässt mich. Zukünftig werde ich diese Entscheidungen ohnehin allein treffen müssen. Gib mir die Chance, mich würdig von dir zu verabschieden.“

„Ich habe Angst um dich.“

Sie nickte. „Das verstehe ich.“ Damit schlüpfte sie unter seinem Arm durch und lief die letzten Meter bis zu Tim, der am Eingang stand. Ihr schossen vor Schmerzen die Tränen in die Augen. Wenn sie sich nicht beherrschte, würde das ein Desaster werden. „Entschuldigung?“

Tim drehte sich zu ihr um und hob beide Brauen. „Solltest du nicht langsam Richtung Bühne?“

Sie deutete auf das Klebeband auf seinem Tisch. „Darf ich mir das ausleihen?“

„Ich habe heute nichts mehr zu befestigen“, erwiderte er schmunzelnd. „Wofür auch immer ...“ Er staunte nicht schlecht, als Alea sich auf den Tisch setzte und ihren Fuß damit umwickelte.

Moses eilte ihr nach. „Das ist nicht dein Ernst.“

„Fast so gut wie Tape“, erwiderte sie unbekümmert und stellte das Klebeband zurück. „Danke.“

Tim runzelte die Stirn. „Keine Ursache.“

Alea lehnte den dargebotenen Arm von Moses ab. „Ich schaffe das.“ *Außerdem muss ich mich dran gewöhnen, bis wir an der Reihe sind.*

Vor dem Eingang zur Halle standen Caro und Henri. Zweiterer sah Alea bestürzt an. „Was ist denn mit dir passiert?“

Moses trat mit gereckter Faust vor. „Tu nicht so, als wüsstest du nichts davon!“

Alea hatte ihn nie so wütend wie jetzt gesehen. Seine Halsschlagader schien förmlich zu platzen. Sie packte ihn am Arm und zog ihn zurück. *Die sind es nicht wert.*

Henri sah zu Caro rüber. „Wovon redet er?“

Sie hob die Schultern. „Keine Ahnung. Schätze da sucht jemand einen Schuldigen.“

„Ihr habt einen Stolperdraht über den Gang gespannt. Direkt neben unserer Kabine!“, entgegnete Moses wütend.

Ihr Kontrahent wechselte einen weiteren Blick mit seiner Partnerin. „Das hast du nicht wirklich getan, oder?“

Caro kam nicht mehr zu einer Antwort, denn Alea und Moses wurden bereits hineingerufen. Caro nutzte die Gelegenheit und verschwand in Richtung Zuschauertribüne. Henri sah unschlüssig zu Alea rüber. Diese machte einen Schritt auf ihn zu und reichte ihm die Hand. „Auf einen guten Wettkampf. Bemüht euch, denn wir werden alles geben.“

Er lächelte gezwungen. „Wir haben unseren Part schon hinter uns. Du hast meinen Respekt, Mädchen. Der Deal steht – egal was Caro sagt.“ Damit folgte er seiner Frau. Sein Gang und die hochgeschobenen Schultern kündeten von unterdrückter Wut.

Von drinnen hörten sie gedämpft die Musik, das Jubeln der Zuschauer. Es ging Alea durch Mark und Bein. Gleich waren sie dran. Dieser Auftritt entschied über ihren Einzug ins Finale und sie war weit davon entfernt, ihr Bestes geben zu können.

„Zumindest haben wir noch immer eine Chance auf das Geld, selbst wenn wir jetzt verlieren“, sagte Alea wenig überzeugt.

Moses schüttelte den Kopf. „Du hast unsere Gegner nicht gesehen. Die beiden sind ein Tropfen auf dem heißen Stein.“

Alea lachte auf. „So optimistisch heute.“

„Gesunder Realismus.“

„Dann gewinnen wir das jetzt, ja?“

Er nickte und schließlich wurden sie hineingebeten.

Alea zwang sich, nicht zu humpeln, als sie die Bühne betrat. Die Zuschauerreihen waren zum Bersten voll und eine Vielzahl von Kameras auf sie gerichtet. Gewaltige Boxen standen zu beiden Seiten der Bühne und eine Unzahl von Scheinwerfern ließen den Raum taghell erscheinen.

Nun bereute Alea es fast, *when you're gone* für ihren Auftritt gewählt zu haben. Sie hätte lieber etwas Schnelleres, einen heftigen Beat, der sie von ihren Schmerzen ablenkte, statt ein dramatisches Lied, das sie nur noch mehr in ihren Kummer hineinzog.

„Ich glaube an dich“, flüstere Moses ihr zu.

Sie berührte seinen Oberarm mit der Stirn, nahm sich für einen Augenblick den nötigen Halt, ehe sie in Position ging.

Als die Musik einsetzte, war sie sofort im Flow. Sie spürte den Schmerz weiter wie ein fernes Pulsieren, setzte jeden Schritt gewählt und kaschierte so manches Einknicken mit einer eleganten Verbeugung.

Ihre Show war genauso von Trauer und Sehnsucht erfüllt wie die Musik, die sie untermalte. Es passte perfekt, dass sie manches Mal mehr stürzte, als auf ihre Knie fiel. Moses stützte sie, sooft es ihm möglich war. Wieder einmal staunte sie über seine Entwicklung. Er hatte ein instinktives Gespür dafür, wann sie ihn brauchte, wie er eine Übung abwandeln konnte, dass sie weniger leisten musste und es trotzdem elegant aussah.

Wie sollte sie jemals wieder so einen Partner finden?

Sie schauspielerte nichts, warf all ihre Trauer, das angestaute Leid in die Darbietung. Ihre Gedanken kreisten nur um ihn und den Abschied. Ihnen blieben nur wenige Tage nach diesem Auftritt und sie wusste nicht, wie sie diese verbringen sollten.

Jeder Schritt kündete von Abschiedsschmerz, Unsicherheit, dem Sprung ins Ungewisse. Jedes Mal, da sie in seine Arme gelangte, fürchtete sie, es könnte das letzte Mal sein.

Sie fühlte sich danach, es herauszuschreien, ihn vor all den Leuten anzuflehen, sie nicht allein zu lassen. Der Schmerz war verzehrend, übertraf sogar den körperlichen in ihrem Fuß.

Ohne, dass sie es recht wahrnahm, landeten sie in ihrer Schlusspose. Alea weinte und zum ersten Mal sah sie auch in Moses Augen Tränen. Sie fielen einander in die Arme. Der Applaus wartete einen Moment, als koste das Publikum das Szenario aus, nehme die tiefen Gefühle zwischen ihnen in sich auf und wage es nicht, sie zu stören. Doch dann überschlug sich der Lärmpegel. Viele standen von ihren Plätzen auf, forderten eine Zugabe. Alea lächelte wankend zwischen Stolz und Trauer und winkte.

„Und, war das ein gelungener Abschied?“, fragte Moses.

„Kein Abschied von dir wird je gelungen sein. Wir gehören zusammen“, erwiderte sie mit fester Stimme, während sie innerlich zerbrach.

Alea humpelte zu den Plätzen in der ersten Reihe, die für die Teilnehmer vorbehalten waren. Caro saß mit überschlagenen Beinen dort und sah aus, als kaue sie auf einem sauren Bonbon. Henri beglückwünschte sie zu dem gelungenen Auftritt. Von den zwei Gruppen, die gegen sie antraten, saßen nur je zwei Vertreter auf den Plätzen, die höflich die Köpfe neigten.

Ein Moderator trat auf die Bühne, lobte die Auftritte und verkündete die Gewinner. Von den Showgruppen hatte es *The Slash* ins Finale geschafft. Alea sagte der Name nichts, Moses hingegen zuckte darunter zusammen.

Alea knetete ihre Hände. Am liebsten wäre sie hinausgelaufen und hätte sich einen Eisbeutel auf ihren Fuß gepackt, der mittlerweile deutlich geschwollen war und seitlich blau anlief. „Du trägst mich hier raus. Ich gehe heute keinen Schritt mehr“, raunte sie zu Moses rüber.

Dieser lächelte schelmisch. „Nichts lieber als das.“

„Für alle Zuschauer, die sich einen zusätzlichen Act wünschten, habe ich jetzt eine erfreuliche Überraschung“, setzte der Moderator an. Ein Lichtkegel fiel auf Alea, Moses, Caro und Henri hinab. Alea hielt schützend die Hand über die Stirn. „Bei unseren Partnerdarbietungen ist es zu einem Gleichstand gekommen. Daher werden beide Paare ein zweites Mal auf die Bühne gerufen, um mit einer improvisierten Nummer das Stechen für sich zu entscheiden.“

Alea stöhnte auf. *Das ist nicht euer Ernst.*

Caro schien ähnlich begeistert. Ein Mitarbeiter der Bühnentechnik eilte zu ihnen rüber und ließ sich die Musik für den Auftritt durchsagen.

„Welche Musik kennst du?“, fragte Alea eilig.

Moses sah sie entgeistert an.

„Komm schon, wir brauchen ein Lied, das wir beide im Ohr haben.“

„Rewrite the Stars?“

Alea lachte auf. „Den Filmsoundtrack?“ Sie kannte nicht viele Filme, aber dieses Musical hatte sie im Kino gesehen und hörte die Musik seitdem rauf und runter. Ein paar Mal hatte sie Moses den kompletten Soundtrack auch angetan.

„Ich finde, das passt.“

Da hatte er Recht. Am liebsten würde sie alles neu schreiben. Das Skript ihres Lebens. Insbesondere den Teil in dem Moses von ihr ging. Sie teilte dem Mann das Lied mit, der es notierte und zurück hinter die Bühne eilte.

Ihre Kontrahenten starteten. Die Anspannung stand ihnen ins Gesicht geschrieben. Das Lied *Himmel auf* wurde von den Lautsprechern wiedergegeben. Eine langsame Melodie, die Alea nicht unbedingt gewählt hätte. Der Beat eignete sich nicht besonders für Tanzschritte, aber das schien auch nicht der Plan zu sein.

Die beiden spezialisierten sich offensichtlich auf Verbindungen von Elementen. Nur selten berührte Caro den Boden und schien dann unschlüssig, was sie zu tun hatte. Technisch waren sie auf einem enorm hohen Niveau. Alea wunderte sich, warum sie den Wettbewerb beeinflusst hatten, obwohl sie definitiv eine Chance gegen sie hatten.

Die Musik endete und die beiden zogen mit einer Verbeugung von dannen. Eine perfekte technische Darbietung, aber ihr hatte das Leben gefehlt. Alea stützte sich beim Weg zur Bühne auf Moses. Der Fuß tat so weh, dass sie es kaum noch überspielen konnte. Ihre Technik würde darunter leiden. Hoffentlich konnten sie das mit dem Inhalt übertünchen.

Die beiden stellten sich in einiger Entfernung voneinander auf. In Aleas Geist spielte sich der Film ab, zu dem das Stück gehörte. Sie wollte Moses. Auch hier gab es nichts zu schauspielern. Sie musste nur über die Trauer hinwegtäuschen, die Frustration, dass sie ihn nicht haben konnte.

Sie bewegten sich aufeinander zu. Er berührte ihre Wange und brachte ein Lächeln auf ihre Lippen. Sogleich hob er sie empor. Hier oben stellte ihr kaputter Fuß kein Hindernis dar. Sie bog und streckte sich, wechselte die Position, bis er sie abwarf und mit der Hüfte auffing.

Er packte sie unter den Achseln, gab ihr Schwung, den Alea dazu nutzte, die Füße in der Luft tänzerisch schwingen zu lassen. Derweil trug Moses sie zum anderen Ende der Bühne. Alea lachte innerlich auf. Er vermied es, dass sie allzu oft auftrat. Sanft ließ er sie zu Boden gleiten. Sie rollte sich auf einem Bein zurück, setzte die Hände auf, zog sich in den Handstand hinauf und die Beine in einen Spagat.

Moses empfing sie, ehe sie zu Boden glitt und warf sie empor. Ihr Herz schlug höher. Sie fühlte sich ihm so verbunden, dass sie am liebsten schon wieder geweint hätte. Als hätten sie das Ganze vorher geprobt, bewegten sich ihre Körper zueinander im Takt, vereinten sich in abstrakten Figuren, trennten sich voneinander, um erneut zueinanderzufinden.

Ich liebe dich Moses. Warum musst du gehen? Warum nur?

Ihr Herz schmerzte mittlerweile deutlich mehr als ihr Fuß. Alles in ihr bröckelte. Die stets krampfhaft aufrecht erhaltende Fassade stürzte in sich zusammen. Nur ihr eiserner Wille trieb ihren Körper voran. Erst als der letzte Ton des Lieds verklang, spürte sie die immense Erschöpfung, die der zweite Auftritt mit sich gebracht hatte. Sie badete im Applaus.

Schlussendlich hatten sie doch den perfekten Abschied voneinander gefunden. Diese Darbietung mit Moses hatte mehr gesagt, als es alle Worte dieser Welt konnten, und die Nachricht war bei den Punktrichtern offenbar angekommen.

Sie hatten gewonnen. Trotzdem fühlte es sich für Alea an, als wäre es die größte Niederlage ihres bisherigen Lebens.

*

Nach dem Auftritt von *The Slash* hatte Ben es sich auf der Zuschauertribüne gemütlich gemacht. Sie hatten verdammt gute Arbeit geleistet. Jacksons Verhalten beim letzten Mal hatte ihn davon abgehalten, sich ihre restlichen Kontrahenten anzusehen. Heute würde er das nachholen. Ihre Finalgegner interessierten ihn. Die besten aus den Paarauftritten.

Er verdrehte die Augen als Jackson sich aus der vorderen Sitzreihe schälte und zu ihm heraufgekrochen kam. „Man könnte meinen, so wie du dich ins Zeug gelegt hast, überlegst du dir das noch einmal mit deinem Austritt."

Ben lachte freudlos auf. „Das Gegenteil ist der Fall."

„Bedauerlich, dass wir deinen Ersatzmann nicht verpflichten konnten. Der war weit besser als du."

„Es ist nun mal nicht jeder so dumm wie ich damals."

Jackson fuhr sich übers Kinn. „Richtig, es soll sogar Leute geben, die lieber in der schmutzigsten Ecke der Welt leben wollen, um als Straßenkünstler zu verarmen."

Überheblicher Dreckskerl. Alea hatte es auch geschafft. Mit so einer Partnerin konnte er auf so mancher Bühne auftreten. Er brauchte nicht den gewaltigen Pomp der Staaten, keine digitalen Leinwände und mit Lautsprechern gepflasterten Bühnen, keine übertriebenen Nebelscheinwerfer und Musikarrangements. „Bist du deswegen raufgekommen?"

„Nicht doch, hier oben habe ich einen viel besseren Ausblick auf unsere pathetischen Gegner."

„Ich fand das Paar gerade eben nicht übel."

Jackson lachte überheblich. „Ja, solche Laiendarstellungen stehen dir auch bald bevor."

Ben ignorierte ihn und konzentrierte sich wieder auf die Bühne. In einem Punkt hatte Jackson recht. Caro und Henri hatten gerade eine gute Leistung hingelegt. Trotzdem konnten sie *The Slash* nicht schlagen. Er erwartete nicht, dass das zweite Paar um Weiten besser war.

Als Alea mit Moses auf die Bühne trat, staunte er nicht schlecht.

„Sag mal, ist das nicht dein Ersatzmann?"

Ben traute seinen Augen nicht.

„Was soll das werden? Du lässt die Konkurrenz bei uns mitturnen?", fuhr ihn Jackson an.

„Davon wusste ich nichts." Darum forderte Moses ihn als Ersatz. Es ging für sie ebenfalls um den Acrowinx und er wollte den besten Mann an Aleas Seite. Als er ihre Leistung sah, die ihrer mehr als ebenbürtig war, musste er jedoch zugeben, dass sie diesen bereits hatte. *Warum verlässt du deine Partnerin? Wieso fängst du einen Wettbewerb an, um dann abzuhauen, Moses?*

Jackson schnaubte halb verärgert halb belustigt auf. „Die könnten uns tatsächlich gefährlich werden."

Ben verengte die Augen und lehnte sich zurück. „Keinesfalls."

„Was macht dich so sicher? Dieser Kerl wirft das Mädchen in die Luft, als wäre sie ein Volleyball und sie übertrifft Aylin um Weiten."

„Sie können uns nicht besiegen." *Das werde ich nicht zulassen. Tut mir leid Alea, aber ich kann dich nicht gewinnen lassen.* Er fixierte Moses wütend. *Warum hast du mich in diese beschissene Lage gebracht?*

Kapitel 17

In den letzten Tagen hatte Ben vermehrt mit Alea trainiert. Moses zog sich immer weiter zurück, wurde zum Zuschauer ihres Tuns. Es fühlte sich in mehrfacher Weise seltsam an. Einerseits dieses Gefühl, dass Ben in sein Revier eindrang und zweitens der Hintergedanke, Moses und Alea zu verraten.

Moses war ein ehrlicher Tropf, vielleicht eine Spur zu naiv. Bens Trost ihm gegenüber war, dass er außer Lande sein würde und seine miserable Leistung nicht mehr mitbekäme. Bei Alea fühlte er sich schlicht schuldig. Sie lebte in einem Wohnwagen ohne fließendes Wasser und verrichtete ihr Geschäft auf öffentlichen WC-Anlagen oder in freier Wildbahn. Kein Wunder, dass sie scharf darauf war, das Preisgeld zu kassieren.

Er würde es wieder gut machen. Zunächst musste er zusehen, dass er in Österreich blieb und sich um seine Mutter kümmern konnte. Mit ihm an Aleas Seite und seiner Erfahrung in diesem Geschäft würden sie schon bald genug verdienen, dass sie sich etwas Besseres leisten konnte.

Trotzdem belastete ihn sein schlechtes Gewissen zusätzlich zu dem Stress zuhause. Nicht verwunderlich, dass er wieder öfter zur Flasche griff. Für heute hatte Moses ihn zu einem gemeinsamen Essen eingeladen. Er würde morgen abreisen. Ben hatte sich ein Sixpack mitgenommen. Es würde höchstwahrscheinlich ziemlich rührselig werden.

Er straffte sich und klopfte gegen die Tür. „Es ist offen", hörte er Aleas Stimme von drinnen. Sie klang gut gelaunt – besser als erwartet.

Als er öffnete, strömte ihm eine Wolke aus Wasserdampf entgegen. „Habt ihr hier kein Fenster?" Die beiden standen bei der Küchenzeile. Sie waren der Temperatur im Wohnwagen passend gekleidet. Alea trug eine Gymnastikhose und einen Sport-BH. Moses schnitt Gemüse in Shorts zurecht, Alea rührte im Topf. Sie wirkten wie ein altes Ehepaar mit einem geradezu seligen Lächeln auf den Lippen.

„Ich hab dir gesagt, mach die Tür zum Lüften auf", meckerte Moses.

„Und ich dir, dass ich immer weiter rühren muss, sonst brennt es an."

„Du hattest doch auch Zeit, dich zwischendurch auszuziehen."

„Ist das hier so eine Art Strip-Kochen?“, mischte sich Ben schmunzelnd ein. „Wenn dem so ist, mach ich die Tür gerne wieder zu.“

Moses schüttelte den Kopf. „Auf keinen Fall. Mir wäre es lieber, sie würde sich was anziehen.“

Alea starrte ihn an, als hätte er ihr eine Ohrfeige verpasst.

„In Sachen Flirten bist du eine Niete, Moss.“ Ben lachte und stellte das Bier am Tisch ab. „Ich hab uns Sprit mitgebracht.“

„Dann guten Durst“, meinte Alea dazu.

Er seufzte auf. Er hatte sie noch nie etwas trinken sehen. Wenigstens heute könnte sie über die Stränge schlagen. „Aber du trinkst mit mir, mein liebster, bester Freund Mossi?“

„Ich durfte dir nie einen Spitznamen geben“, beklagte sich Alea.

Moses deutete mit dem Messer auf Ben. „Ihm habe ich auch nicht erlaubt, meinen Namen zu verschandeln.“

„Das klingt um einiges cooler. Wenn ich Moses höre, denke ich ständig an Kinder, die in Weidenkörben über den Fluss treiben.“ Ben entkorkte eine Flasche und gönnte sich einen Schluck.

„Da gebe ich ihm Recht“, pflichtete Alea ihm bei.

Ben hob überrascht beide Brauen. Für gewöhnlich arbeitete sie lieber gegen ihn. „Deine baldige Ex-Partnerin wechselt schon die Seiten.“

„Ich freue mich, wenn ihr euch versteht“, sagte Moses, aber sein Lächeln wirkte gezwungen.

„Was gibt es heute Feines?“

„Lasagne“, antwortete Alea.

„Ihr habt doch gar kein Backrohr.“

„Man kann alles auf dem Herd zubereiten.“

„Sollte ich präventiv Magenpillen einwerfen?“

„Wenn es dagegen hilft, dass ich dir hinein boxe.“ Sie zwinkerte ihm neckisch zu und er hob prostend das Bier.

„Mach deinen Partner besser nicht kaputt.“

Sie tippte sich an die Unterlippe. „Angeblich ist sein ganzer Körper von Muskeln statt nur Haut überzogen. Ich glaube, er kommt damit klar.“

Sie schichteten die Lasagne in einer Metallform, deckten sie zu und stellten sie quer über die Herdplatten, ehe sie sich zu Ben an den Tisch setzten. Alea wedelte sich Luft zu. Ihre Brust glänzte vor Schweiß. Der

Anblick gefiel Ben und er musste sich zwingen, ihr in die Augen zu sehen. „Das wird anbrennen."

„Wird es nicht."

„Nur Hitze von unten. Der Käse wird weiß bleiben und der Boden schwarz."

„Die Form ist aus Gusseisen."

„Und weiter?"

Alea griff sich an die Stirn und sah hilfesuchend zu Moses.

Der hob nur die Schultern. „Ich hab auch keine Ahnung von so etwas."

„Hattet ihr beide keine Mutter?"

„Meine hat irgendwann aufgegeben und hoffte, ich bekomme mal eine Frau, die kochen kann." Ben wippte mit den Brauen und sah Alea herausfordernd an.

„Viel Glück bei der Suche." Sie grinste ihn boshaft an. „Ein kleiner Tipp: Frauen mögen es, wenn ihre Partner nicht gänzlich unfähig in der Küche sind. Vielleicht lässt du dich von ihr nochmal nachschulen?"

„Ich fürchte, daraus wird nichts."

„Zu faul?"

„Sie hat Alzheimer. Das macht es etwas schwierig."

Alea schürzte die Lippen. „Tut mir leid."

Er winkte ab. „Gehört dazu. Vielleicht bringt mir meine liebe Schwiegermutter ja was bei, wenn wir beide erst liiert sind."

Moses sah die ganze Zeit mit einer Mischung aus Schmunzeln und Besorgnis zwischen ihnen hin und her. Jetzt tendierte seine Mimik definitiv in Richtung des zweiteren.

„Meine Mutter ist tot", erwiderte Alea.

Ben öffnete den Mund, wusste nichts zu sagen und schloss ihn wieder.

Alea zwang sich zu einem Lächeln. „Schon in Ordnung, du konntest es nicht wissen."

„Wir beide sind richtige Glückspilze, was?"

„Bis auf unseren zukünftigen Partner, ja." Sie grinste schon wieder und er atmete erleichtert aus. Die schlechten Schwingungen im Raum lösten sich in nichts auf.

„Wie bist du zur Akrobatik gekommen?", fragte sie.

„Ich war Leistungsturner im Geräteturnen. Damit kann man hierzulande nicht unbedingt was verdienen. Drum hab' ich mich nach einer Gruppe umgesehen.“ Er wollte weiterreden, hielt jedoch inne. Er durfte ihr nicht zu viel sagen. Andererseits hatte Moses sie womöglich bereits informiert. War sie deswegen manchmal so abweisend zu ihm?

„Du machst das also beruflich?“ Ihre Brauen hoben sich interessiert.

„Ich hoffe, bald in Österreich aufzutreten.“

„Verstehe. Du denkst schon weiter.“

„Ich glaube, wir beide kämen gut miteinander klar.“

Alea schob die Unterlippe vor. „Vielleicht.“

„Darf ich mal eine indiskrete Frage stellen?“

Alea legte den Kopf schief. „Hast du jemals eine diskrete gestellt?“

„Seid ihr beide eigentlich zusammen?“

Ihr Kopf ruckte zu Moses rüber. Sie wurde rot. Moses hingegen blieb viel gelassener. „Wir turnen nur miteinander.“

Alea wirkte fast enttäuscht und zugleich erleichtert, dass er das Antworten übernommen hatte.

„Schlaft ihr nicht beide in diesem Wohnwagen?“

„Wie kommst du darauf?“, fragte Alea.

Er deutete auf die Garderobe an der Wand. „Weil ich das hier schon mal an Moss gesehen hab.“

Alea räusperte sich. „Es ist praktischer, spart eine Menge Zeit.“

Ben lehnte sich zurück und grinste breit. „Also entweder ihr verscheißert mich oder Moss ist ein echter Ehrenmann. Wenn ich neben so einer Braut die Nacht verbrächte, dann definitiv unbekleidet.“

„Ich glaube, die Lasagne ist so weit“, warf Moses ein und ging zum Herd rüber.

„Ja ja, lauf nur davon. Ihr beide könnt mir nicht erzählen, dass da nichts läuft!“

Alea und Moses wirkten die nächsten Minuten merklich schamerfüllt. Das Essen rettete sie schließlich. Die Lasagne war perfekt. Fast so gut wie von Bens Mutter in jüngeren Jahren. Alea nutzte das, um gegen Ben zu sticheln, der am Ergebnis ihrer Kochkünste gezweifelt hatte.

Je weiter die Zeit voranschritt, desto ausgelassener wurde der Abend. Es fühlte sich richtig familiär an. Alea und Ben neckten einander, Moses blieb der ruhende Fels inmitten dessen. Er war sich sicher, dass zwischen den beiden mehr war, als nur eine Turnpartnerschaft. Aber sie waren viel zu verklemmt, um das zuzugeben.

Das machte die Sache mit ihm und Alea leichter. Ihr Herz war vergeben und ihre Tändeleien nur freundschaftlich. Und doch weckte sie seinen Jagdinstinkt.

„Es gibt noch einen anderen Anlass, als meinen Weggang, warum ich dich heute eingeladen habe", sagte Moses mit geradezu feierlicher Ernsthaftigkeit.

Ben sah zwischen ihnen hin und her. „Einen Dreier?", fragte er lachend.

„Idiot!", schimpfte Alea gegen ihr eigenes Kichern an.

„Du hast dich sicher gefragt, warum ihr so intensiv eine Choreografie einstudiert habt."

Ben schnaubte belustigt. *Jetzt legst du die Karten also auf den Tisch, Moss. Könnte ungemütlich werden.* „Schätze die hübsche Alea und ich dürfen einen Auftritt zelebrieren?"

„Wir nehmen am Acrowinx teil", sagte Moses nüchtern.

Ben mühte sich, zumindest eine Spur von Überraschung zu zeigen. *Klärst du sie jetzt darüber auf, dass wir Gegner sind?*

Alea erbleichte. „Das wusste er noch nicht?"

Moses räusperte sich. „Es ergab sich kein passender Augenblick."

Von wegen. Du wusstest, dass ich dann nicht drauf eingestiegen wäre, du Hund.

Aleas sah schuldbewusst auf die Tischplatte. Sie tat ihm beinahe leid. Sie hatte er auch nicht eingeweiht. „Ich hoffe, das geht in Ordnung", meinte sie kleinlaut.

Ben winkte ab. „Ich kenn‘ den Wettkampf. Kein Thema. Ich steh doch gern im Rampenlicht."

Moses wippte mit den Brauen. Sie fochten ein kurzes Duell mit Blicken. Schließlich lächelten sie einander an. Er hatte es für Alea getan und damit ging es in Ordnung. An seiner Stelle würde er für dieses Mädchen wahrscheinlich auch alles tun.

Die kurze Anspannung verflog und sie wandten sich entspannteren Themen zu, während Ben immer mal wieder in theatralischer Bestürzung einwarf, wie aufgeregt er wegen des baldigen Auftritts wäre.

Als es später wurde, erhob Moses sich. „Ich muss noch einmal wo hin."

„Dein Ernst? Jetzt, wo es so lustig ist?", fragte Ben.

Er zwinkerte ihm zu. „Ich glaube, ihr beide bekommt das schon hin."

Alea sah ihn unwillig an. „Du kommst aber wieder, oder?"

Ben lachte auf. „Sonst schlafe ich heute bei ihr.“ Er hob seine Flasche. „Wenn ich weiter trinke, komme ich heute nicht mehr vom Fleck.“

Moses schmunzelte und berührte Alea an der Schulter. „Ich komme wieder, versprochen.“ Er sah zu Ben rüber. „Nötigenfalls trage ich dich aus dem Wagen, um die Unschuld meiner werten Partnerin zu wahren.“

„Der Ritter in Nöten! Ein Hoch auf Sir Moses!“, ulkte Ben.

„Wir sehen uns.“ Moses nickte in die Runde und verließ den Wagen.

Alea sah ihm traurig nach. Die ausgelassene Stimmung eilte mit Moses zur Tür hinaus. Ben spürte eine ungewohnte Form der Beklemmung in sich aufkommen.

*

Alea musterte Ben kritisch, der wie ein Säugling an seiner Bierflasche nuckelte und auf die Tür starrte, als suche er den schnellstmöglichen Fluchtweg. „Wenn du gehen willst, sag es“, meinte sie nüchtern.

Er lächelte ihr entschuldigend zu. „Ich dachte nur gerade darüber nach, was für ein schlauer Hund Moss ist.“

Sie runzelte die Stirn und er machte mit der Hand einen Schwenk über den beladenen Tisch. „Er ist gegangen, bevor wir abräumen und den Abwasch erledigen müssen.“

Alea kicherte. „Kein Problem, ich kümmere mich darum.“

Ben stand eilig auf und hob abwehrend die Hände. „Immer mit der Ruhe. Lass das den Meister erledigen.“ Er türmte Teller und Besteck auf Händen und Armen auf.

„Übertreib es nicht, du zertrümmerst mir noch das Geschirr.“

Mit vollbeladenen Händen vollführte er einen Knicks. „Keine Sorge, ich hab‘ eine ganze Weile als Kellner gejobbt.“ Er hob seine Flasche mit dem Mund an und trank einen Schluck, ehe er sie wieder abstellte. „Siehst du? Ich kann sogar nebenbei saufen.“

Er stellte das Geschirr bei der Spüle ab und suchte den Wasserhahn. Alea wuchtete einen Kanister unter der Sitzbank hervor. Das Gewicht ließ sie ihren Fuß wieder spüren. Sportsalbe, Bandagen und eine gute Portion Verbissenheit hatten die Verletzung bisher gut verheilen lassen. Sie ließ sich nichts anmerken. So lange jeder dachte, ihr Fuß wäre völlig in Ordnung, würde sie keiner verzärteln.

„Das hat was richtig Endzeitliches. Wie in einem Zombiestreifen", ulkte Ben herum, kippte Wasser in die Spüle und vermengte es mit dem Reiniger. Ein Lied summend rieb er die Teller sauber.

Alea brachte ihm das restliche Geschirr und half ihm beim Abtrocknen.

„Aber nicht doch Madame! Bleiben Sie sitzen, während Ihr treuster Untertan den Abwasch erledigt."

„Ich verzichte. Mir fehlt das Kleingeld, um mir einen Diener zu leisten."

Er streckte die Arme nach vorne aus. „Dann leg mich in Ketten. Ein Sklave arbeitet für lau."

„Lässt du eigentlich immer so den Clown heraushängen?"

„Nur wenn ein hübsches Mädchen mich durcheinanderbringt."

„Wird das jetzt eine billige Anmache?"

„Ich kann mich auf den Alkohol rausreden", erwiderte er mit einem Schulterzucken.

Alea schnaubte belustigt. Ben war ihr sympathisch. Das fühlte sich falsch an. Er war nur der Ersatzmann für Moses. „Danke noch einmal, dass du für Moses einspringst."

„Dank mir nicht vorschnell. Vielleicht bin ich eine Niete auf der Bühne, laufe rot an und kippe um vor Lampenfieber."

„Sagtest du nicht, du warst früher Leistungsturner?"

„Du hast mir also zugehört. Hast wohl Interesse, hm?" Er grinste sie schelmisch an.

Alea verzog den Mund. „Du hattest sicher Wettkämpfe zu bestreiten."

„Und jetzt weißt du, warum ich zur Akrobatik gewechselt bin."

Auf sie wirkte er überhaupt nicht schüchtern. Wahrscheinlich wuchs sein Ego auf der Bühne noch an. Sie schubste ihn gegen die Schulter. „Ach komm, du ziehst mich nur auf!"

„Nein, ich erschleiche mir dein Mitgefühl."

Sie hob beide Brauen an. „Schlechter Versuch."

Er klatschte sich gegen die Stirn und verteilte Schaum über seinem Gesicht. „Ich hab's geahnt!"

Alea wischte ihm mit dem Handtuch darüber. „Ich glaube, für heute hattest du genug Bier."

Er sah sie wehleidig an und sie stellte die restlichen zwei Flaschen vor die Tür. „Du bringst mich um!"

„Nein, du mich, wenn du betrunken zum Wettkampf kommst."

„Das würde ich niemals tun“, erwiderte er ernst.

Alea nickte. Zum ersten Mal an diesem Abend hatte sie das Gefühl, dass er seine Aussage zu einhundert Prozent so meinte. „Das will ich auch hoffen. Ich darf nicht verlieren.“

„Du nimmst die Sache ziemlich ernst, was?“

„Ich lebe dafür. Ich habe nie etwas anderes gemacht.“

„Klingt langweilig. Geh doch mal eine Runde Fahrrad fahren.“

Sie peitschte ihn mit dem Handtuch. „Sieh du lieber zu, dass du vorankommst, ehe deine Hände völlig durchweicht sind.“

Er hob sie aus dem Wasser und formte sie zu Krallen, mit denen er gespenstig heulend auf Alea zuging. Sie wich lachend zurück. „Du bist ein Kindskopf!“

„Und du stehst drauf.“

„Überhaupt nicht!“

Er wippte mit den Brauen. „Warum gackerst du dann wie ein Huhn?“

„Weil ... weil ...“ *Weil ich mich köstlich amüsiere.* Sie hielt inne und lächelte. Ben war toll darin, sie zum Lachen zu bringen. Sie vergaß ihren Trübsinn darüber.

„Aufgepasst!“ Er war flugs an ihr heran und wuschelte ihr durch die Haare.

Sie vertrieb ihn mit spaßig gemeinten Schlägen.

Ben torkelte theatralisch zurück und ließ sich auf die Sitzbank fallen. „Oh, oh, ich bin verletzt. Jetzt kann ich nicht weiter abwaschen.“

Alea verdrehte die Augen und nahm seinen Platz bei der Spüle ein.

„Hey, das war nur Spaß! Ich erledige das.“

Er wollte sie zur Seite drücken, aber sie gab nicht nach. „Du bist mein Gast. Setz dich gefälligst hin.“ Sie zwinkerte, um die Aussage zu entkräften.

Er drehte die Handteller zur Decke und sackte auf die Bank zurück. Eine Weile starrte er in seine halbleere Flasche. „Was fängst du mit dem Preisgeld an, wenn du gewinnst?“

„Ich habe meine Pläne.“ Sie wollte es ihm nicht sagen. Es würde die Stimmung nur trüben und sie weinerlich erscheinen lassen.

Er hob die Hände und wackelte mit den Fingern. „Uh Madame ist geheimnisvoll. Lass mich raten: Du haust auf eine Insel ab und lässt es dir gut gehen?“

„Seh ich so aus?“

„Du würdest gut in ein Modemagazin passen.“

Alea dachte an die hübschen Frauen, die solche Hefte zierten und errötete. „Bist du dann fertig mit deinen Komplimenten?“

„Ich hab noch ein paar in petto, falls ich dich bisher nicht überzeugen konnte.“

„Die Nachricht ist angekommen.“ Sie versuchte, ihn ernst anzusehen, doch ihre Mundwinkel hoben sich immer wieder aufs Neue. Flirtete sie mit ihm? Nein, sie reagierte nur höflich, vergraulte ihn nicht. Ihr Herz gehörte Moses, auch wenn Ben ein unheimlich sympathischer Typ war. Die beiden waren wie Feuer und Wasser. Moses der ernsthafte, übertrieben galante Mann, bei dem sie sich sicher fühlte und Ben der Comedian, mit dem sie am liebsten Pferde stehlen würde.

„Ich mag dich“, sagte Ben überraschend nüchtern.

„Versuchst du es jetzt auf die direkte Tour?“

Ben schürzte die Lippen und wich ihrem Blick aus.

Alea stellte den letzten Teller auf das Abtropfgestell, wischte sich die Hände trocken und setzte sich ihm gegenüber mit vorgeneigtem Kopf hin. „Plötzlich so ernst?“

„Du wirst im Finale gegen mich antreten“, sagte er leise.

Alea blinzelte ihn verständnislos an.

Er trank den letzten Schluck seines Biers und wiegte die Flasche in der Hand. „Ich arbeite für die Gruppe *The Slash*.“

Alea zuckte vor dem Namen zurück. War das alles nur ein Spiel gewesen? Plante er, die letzte Kontrahentin im Wettkampf auszuschalten, indem er vorgab, mit ihr anzutreten, um sie dann hängen zu lassen? Mit einem Mal sah sie nicht mehr nur den Witzbold in ihm, sondern einen gerissenen Kerl, der sie getäuscht hatte. Aber das wollte sic nicht glauben. So schätzte sie ihn nicht ein. War ihre Menschenkenntnis wirklich so mies? Sicher machte er wieder einen Spaß. „Warum hast du dich dann auf mich eingelassen?“

„Ich wusste erst nicht, dass du teilnimmst.“

Sie schwieg betroffen. Seine Tonlage wirkte ernst. Aber das konnte nicht sein, niemals!

Ben trippelte mit den Fingern auf der Tischplatte. „Ich habe mich im Training verletzt. In der Qualifikationsrunde hat Moses mich vertreten. Daher schuldete ich ihm was und er wollte, dass ich mit dir turne."

Dahin war er also damals gegangen. Er hatte ihr nichts verraten. Langsam fühlte Alea sich von allen Seiten hintergangen. Wieso organisierte Moses ihren Gegner als ihren neuen Partner? Wie sollte das funktionieren? „Und jetzt?"

„Ich werde mit dir antreten."

„Du trittst gegen dich selbst an?"

Er hob die Schultern. „Passt doch zu einem Clown wie mir, was? Aber erwarte nicht, zu gewinnen. *The Slash* ist unschlagbar gut."

Sie rümpfte die Nase. „Dann hast du mich noch nicht gesehen."

„Da irrst du dich."

„Du hast mich beobachtet?"

Er nickte. „Du bist toll. Ich würde nach der ganzen Sache gerne mit dir weiterturnen. Außerdem haben wir doch bereits miteinander geübt."

„Willst du die Gruppe verlassen?"

Er nickte. „Ich komme hier aus der Gegend und möchte wieder hier leben. Zeit mit der Familie verbringen."

„Familie ist das Wichtigste."

Er hob seine leere Flasche. „So ist es."

Sie sahen einander ernst an. Alea gingen tausend Dinge durch den Kopf. Sie fühlte sich überrumpelt und zugleich beruhigt. Es war nicht chancenlos. Sie hatten bisher jeden Gegner geschlagen. Ben war gut. Sie hatte mit ihm zwar nicht dieselbe Verbindung wie mit Moses, aber das konnte sie womöglich ausgleichen, indem sie sich noch mehr anstrengte. Sie hielt ihm die Hand entgegen. „Auf einen fairen Wettkampf."

Er zögerte einen Moment und schüttelte sie. „Möge der Bessere gewinnen." Er schnippte sich an die Schläfe und lachte. „Das werde in jedem Fall ich sein."

„Du bist so blöd! Geh heim und schlaf deinen Rausch aus. In drei Tagen haben wir einen Wettkampf zu bestreiten."

Er rappelte sich auf und salutierte übertrieben. „Zu Befehl, Ma'am!"

Alea sah ihm beim Hinausgehen nach. Er war kein Ersatz für Moses und doch ein sympathischer Kauz. Sie legte den Kopf auf die Tischplatte. *Bitte Gott, lass es ein letztes Mal gut gehen. Hilf mir, meinen Papa zu retten.*

*

Moses war in der Nacht wiedergekommen, hatte sie gefragt, ob die beiden einen schönen Abend verbracht hatten, und war nicht näher in sie eingedrungen. Es war ihre letzte Nacht und sie hatten sich aneinandergekuschelt, als würde am nächsten Tag die Welt untergehen.

Alea hatte in dieser Nacht viel geweint, doch sie hatten kein Wort gewechselt. Moses war zu sehr mit seinen eigenen Gedanken beschäftigt gewesen. Der Schmerz des Abschieds vermischt mit peinigender Eifersucht. Er hatte sie alleingelassen, damit sie sich näherkommen konnten. Sie brauchten diese Nähe, wenn sie beim Wettkampf bestehen wollten. Es hatte sich angefühlt, als würde er sich selbst ein Messer in die Brust rammen.

Ein Tag nur. Einen Tag mehr hätte man ihm gewähren müssen und er hätte es bis zum Ende mit ihr durchgezogen. Aber so war es besser. Sie hatte nun jemanden, auf den sie sich verlassen konnte. Jemand, der ihr all das geben konnte, wozu Moses nicht in der Lage war.

Sie bereiteten am nächsten Tag schweigend ihr Frühstück. Der Abschied lastete ihnen auf der Seele.

„Trainiert ihr heute noch?“, fragte Moses, während er lustlos in seinem Ei rührte.

„Ist das dein Ernst?“ Sie schob die Unterlippe vor, als hätte er sie beleidigt.

„Mich hast du auch bis zum Letzten durchgepeitscht“, versuchte er zu witzeln, aber es kam nicht bei ihr an.

Sie schubste den Teller von sich. Moses fing ihn ab, ehe er zu Boden fallen konnte. „Es ist dein letzter Tag. Gestern verschwindest du einfach und jetzt schiebst du mich ab? Ist das dein verdammter Ernst?!“

Moses sah betroffen auf die Tischplatte. „Ich habe nicht nachgedacht.“

„Wenn du mich loswerden willst, kann ich trainieren gehen, klar.“

„Nein, ich ... Ich weiß nicht, was ich will.“ Aber er wusste, was er noch zu tun hatte. Und das würde Alea überhaupt nicht passen. Er schob ihr den Teller zurück. „Iss.“

„Ich habe keinen Hunger.“ Sie verschränkte die Arme und sah von ihm weg.

„Möchtest du unseren letzten Tag in dieser Stimmung verbringen?“

„Natürlich nicht!“, begehrte sie auf, „Aber du machst es mir verdammt schwierig. Ich verstehe immer noch nicht, warum du gehst. Es will mir nicht in den Kopf. Wie oft muss ich dir noch sagen, wie sehr ich dich liebe? Ich will nicht ohne dich leben!“

„Alea ...“

Sie schüttelte den Kopf, stand auf und umrundete den Tisch. „Sei still, sei einfach still, du Idiot.“ Sie ergriff seine Wangen und küsste ihn, drückte ihn zurück und kam auf ihm zum Liegen. Er erwiderte ihren Kuss voller Reue und Schuldgefühle. Was hatte er ihr nur angetan? Warum musste es so kommen? Hätte er sich nicht zurückhalten können?

Schließlich löste sie ihre Lippen von seinen, verkrallte sich in sein Oberteil und weinte heiße Tränen auf seine Brust. „Tu mir das nicht an! Bitte!“

Er streichelte ihren Kopf. Zu mehr war er nicht fähig. Er hasste sich selbst zu sehr.

Irgendwann hörte sie auf. Es kam ihm wie eine Unendlichkeit vor. Sie stand auf, wischte sich die Tränen aus den Augen und wurde wieder die ernste, selbstsichere Alea, die er sonst kannte. „Es ist dein letzter Tag, du entscheidest.“

Wie gerne er dieses Versprechen nun gebrochen hätte. Er holte seine Notizen hervor, die er im Gespräch mit ihrem Vater gemacht hatte, und räusperte sich. „Ich muss dir etwas gestehen.“

Sie lehnte sich gegen den Küchenblock. „Welche Hiobsbotschaft ist es diesmal?“

„Ich war bei deinem Vater, mehrmals.“

Sie starrte ihn mit einer Mischung aus Verblüffung und Wut an. „Warum?“

„Ich weiß es nicht. Ich hatte Angst, dass er dir böse ist. Du warst ihn so selten besuchen.“ Er schluckte schwer in Erwartung ihrer Reaktion.

Alea blieb überraschend gefasst und nickte. Einzig das Zittern ihrer Hände machte ihm klar, wie sehr sie dieser Umstand irritierte.

„Er hat mich gebeten, dir alles zu erklären.“

„Nein!“

„Es ist ihm wirklich wichtig!“

„Ich habe ihm gesagt, ich will das nicht. Ich brauche das nicht!“

Moses stieß die Luft langgezogen aus. „Alea, ich habe es ihm versprochen.“

„Was hast du noch hinter meinem Rücken getrieben? Du regelst ja wirklich alles für mich. Rettest mich, befreist mich von diesem Dreckskerl Joshua, trittst mit mir beim Acrowinx an, besorgst mir einen Ersatzmann. Was noch? Läuft alles hier nur, weil du es in die Wege geleitet hast? Habe ich überhaupt etwas beigetragen?"

„Alea, so ist es nicht."

„Dann erklär mir, wie es ist. Bitte."

Er ging auf sie zu, ignorierte ihre abwehrenden Hände und drückte sie an sich. „Du bist die selbstständigste junge Frau, die ich je gesehen habe."

„Dann hör auf, über meinen Kopf hinweg zu entscheiden."

Moses nickte und legte die Notizen zur Seite. „Versprich mir nur, dass du es dir ansiehst, wenn es nötig wird."

Sie antwortete nicht darauf und langsam beruhigte sich ihr Atem. Als sie ihn von sich drückte, ließ er sie gewähren. Sie überflog die erste Seite widerwillig. „Klingt ziemlich einfach", meinte sie trotzig wie ein kleines Kind.

„Ich habe mich bemüht, es möglichst verständlich zu formulieren."

Sie schenkte ihm einen bösen Blick und kehrte zurück zum Frühstückstisch. „Du hast Zeit, es mir zu erklären, bis ich mit dem Essen fertig bin."

Moses hätte am liebsten aufgelacht. „Wird das jetzt ein Wettlauf?"

Alea biss von ihrem Brot ab und meinte kauend: „Die Zeit läuft schon."

Kopfschüttelnd kehrte er zum Tisch zurück und ging das Wichtigste mit ihr durch, erklärte ihr alles in Windeseile, was Samuel ihm über Tage hinweg beigebracht hatte. All das, was seine Tochter wissen musste, um nötigenfalls allein durchzukommen. Einiges davon Wissen, das wahrscheinlich alle Eltern früher oder später an ihre Kinder weitergeben. Alea aß langsamer, hörte ihm mit wachsendem Interesse zu, stellte Fragen. *Es interessiert dich doch, du willst es nur nicht zugeben.*

Nachdem er halbwegs zufrieden war, ließ er sich von Alea zu einem Spaziergang entführen. Sie liefen einfach geradeaus, folgten der Straße, bis diese von Feldern und schließlich einem Waldstück abgelöst wurde. Es war egal, wohin sie gingen. Hauptsache, sie hatten Zeit miteinander.

„Das hätten wir früher schon machen sollen", sagte Alea und sah zu ihm empor.

Sie hielten Händchen, wie jedes andere frischverliebte Pärchen es getan hätte. Dabei hatten sie einander nie offiziell gefragt. „Ich fürchte, das ging sich mit deinem Trainingseifer nicht aus“, erwiderte Moses und zwinkerte ihr zu.

„Ich hab’s übertrieben, was?“

Er schüttelte den Kopf. „Ich habe es genossen, dir so nah zu sein.“

Sie lief rot an und lächelte mit gesenktem Blick. „Mir ging es genauso.“ Sie seufzte nach ein paar Schritten. „Du willst mir ja nicht sagen, wo du hingehst?“

„Ich weiß es selbst nicht genau.“

„Wirst du dort auch Akrobatik betreiben?“

Er lachte auf. „Ich habe keine Ahnung.“ *Vielleicht vergehe ich auch im Nichts.* Diese Furcht verfolgte ihn bei jedem Schritt und war in ihren letzten gemeinsamen Momenten am stärksten präsent. Es war nicht die Angst davor, ausgelöscht zu werden, sein Bewusstsein zu verlieren. Viel eher, dass er sie vergaß, ihre Zeit miteinander und dass sie einander nicht wiedersähen.

„Wenn ich so planlos wie du wäre, wär‘ ich längst verhungert.“

Du weißt es immer wieder, mich aus meinem Trübsinn zu holen. Er hielt an und küsste sie. Am liebsten würde er nichts anderes tun, doch genauso wie nach intimer Berührung verzehrte es ihn nach ihren Worten. Er wollte noch so viele wie möglich davon hören, ehe er ging. „Ich danke dir, dass du mir für einen Monat meines Daseins einen Plan vorgegeben hast.“

Sie machte eine wegwerfende Geste. „Wenn du bei mir bleibst, plane ich gerne dein ganzes Leben durch.“

Er rieb seine Nase an ihrer und lächelte. „Du gibst nie auf, was?“

„Ich werde *dich* nie aufgeben“, raunte sie ihm zu.

Er küsste sie erneut. Wieder und wieder. Seine Lippen brannten bereits, doch er konnte nicht damit aufhören. Nie würde sein Verlangen gestillt sein, dieses Mädchen an sich zu drücken.

„Versprich mir, dass wir uns wiedersehen“, flehte sie.

„Gewinn den Wettkampf.“

„Das ist deine Bedingung?“ Ihr Gesichtsausdruck war eine Mischung aus Überraschung und Empörung.

„Ich will, dass du glücklich bist“, erwiderte er. „Besorg das Geld für die Operation.“

„Ich verspreche es“, flüstere sie ihm ins Ohr. Sie legte die Arme um seinen Hals und drückte ihn so fest, dass es ihm bei jedem anderen unangenehm gewesen wäre. Doch Alea konnte ihm nicht nahe genug sein. Am liebsten würde er eins mit ihr.

„Dann sehen wir uns wieder. Eines Tages. Wenn du nicht damit rechnest."

„Ich liebe dich, Moses", sagte sie mit erstickter Stimme.

„Und ich dich. Mehr als du dir vorstellen kannst."

*

Er war gegangen, ehe die Nacht anbrach. Es fiel ihm unendlich schwer, sich von ihr zu trennen. Doch von der nullten Stunde an konnte es jederzeit passieren. Sie wäre außer sich gewesen, hätte sie mitangesehen, wie er vor ihren Augen verschwand.

Zum ersten Mal in seinem Dasein fühlte er sich kraftlos und matt. Seine Schritte trugen ihn schwerlich voran. Er wusste nicht, wohin er gehen sollte. Ein letztes Treffen stand ihm noch bevor. Er musste dafür sorgen, dass Alea gewann. Ihr Anspruch auf Fairness war in diesem Fall unangebracht. Nichts war fair daran, wenn ihr Vater starb und dafür irgendeine Akrobatikgruppe diesen Wettbewerb für sich entschied, die ohnehin schon reich und berühmt war.

Samuel hatte Recht. Manches Mal musste eine größere Gerechtigkeit lenkend eingreifen und Moses war für heute der Vertreter dieser.

In der Ferne sah er ihn im Schein einer Straßenlaterne stehen. Ben lehnte lässig dagegen, hielt die Hand vor den Mund und gähnte ausgiebig. Als er Moses erblickte, stieß er sich ab und kam ihm mit erhobener Hand entgegen. „Okay, klär mich auf. Warum zur Hölle treffen wir uns hier mitten in der Nacht?"

Moses schüttelte seine Hand. „Weil es noch etwas zu bereden gibt, bevor ich abreise."

„Ein Telefonat hätte es auch getan."

„Ich will dir dabei in die Augen sehen." Außerdem besaß Moses nicht einmal ein Telefon.

„Soll das irgendein Hypnosetrick werden? Scheinen gleich zwei Lichter wie Taschenlampen aus deinen Augen?"

Moses verstand die Anspielung nicht und runzelte die Stirn, worauf Ben abwinkte. „Es geht um Alea."

Ben seufzte auf. „Sag mir nicht, dass das jetzt so eine Art Standpredigt wird. Schon klar, dass ihr beiden euch versteht. Ich rühr‘ sie nicht an.“

Am liebsten hätte Moses dem zugestimmt. Aber das war selbstsüchtig. Er wollte ihr Glück. Wenn Ben es sein sollte, dann war dem eben so. „Nein, es geht vielmehr um diesen Wettkampf.“

„Du hast ihr nicht erzählt, dass wir Gegner sind.“

Moses lächelte dazu und verschränkte die Arme. „Genauso wenig wie dir.“

„Was sollte diese linke Nummer? Sie ist nett. Weißt du, was du mir damit antust?“

„Ich hätte dich auch nicht vertreten können. Dann hättest du mit ihr antreten können, ohne deine Gruppe zu verraten.“

Ben streckte ihm den Zeigefinger entgegen. „Falsch gedacht. Dann wären wir abgereist und die ganze Angelegenheit wäre ins Wasser gefallen.“

Moses schnaubte.

„Ist das alles? Deswegen hast du mich herbeordert? Um dich aufzuspielen und mir aufzuzeigen, wie gütig du warst? Vergiss mal nicht, wer dir den ganzen Mist beigebracht hat. Ohne mich wärt ihr wahrscheinlich in der Quali rausgeflogen.“

„Warum tritt deine Gruppe überhaupt an? Die haben doch weiß Gott genug Erfolg, um sich nicht hier in Österreich um das Preisgeld streiten zu müssen.“

Ben hob die Schultern. „Publicity und Kohle. Außerdem haben auch wir in der Pandemie zurückgesteckt.“

„Verstehe.“ Moses nickte mehrfach. „Hast du eine Ahnung, worum es für Alea dabei geht?“

„Schätze darum, nicht mehr in einem Wohnwagen zu leben?“

„Unsinn. Dafür würde sie das finanzielle Risiko niemals eingehen!“

„Ich weiß, Alea legt wenig Wert auf Materielles. Sie ist toll, keine Frage. Aber mit dreihunderttausend Mücken wird sie was anzufangen wissen.“

„Ja, sie wird ihren Vater damit retten.“

Ben legte die Stirn in Falten. „Wovon redest du?“

„Davon dass ihr Vater im Krankenhaus liegt und um sein Leben kämpft.“

„Du verarschst mich."

Moses sah ihn nur ernst an.

„Sie hat nichts davon erzählt."

„Das wird sie auch nicht tun. Sie glaubt daran, dass sie diesen Wettkampf fair gewinnt. Aber um ehrlich zu sein, glaube ich nicht, dass du mit vollem Ehrgeiz gegen deine eigene Truppe antrittst."

Ben schob die Lippen zusammen.

Wusste ich es doch. Seine Loyalität liegt ganz woanders.

„Wenn du das glaubst, warum hast du dann mich gefragt?"

„Weil du der Einzige bist, der gut genug für sie ist."

Ben sah von ihm weg. „Soll ich sie jetzt gewinnen lassen, oder was?"

„Das wird sie ohnehin. Wenn du ihr eine faire Chance gibst."

„Du überschätzt sie. Du hast keine Ahnung, wie gut *The Slash* ist."

Moses ging an ihm vorbei. „Ich glaube an sie." Er kramte einen Briefumschlag aus der Hosentasche. „Würdest du mir einen Gefallen tun?"

„Was ist da drin?"

„Was glaubst du wohl?"

„Ein Abschiedsbrief? Komm schon, es gibt Telefone. Wegzugehen ist heutzutage nicht mehr das Ende der Welt."

Für mich schon. Moses lächelte nachsichtig und hielt ihm den Brief entgegen. „Gibst du ihr den nach dem Wettkampf?"

Er nahm ihm den Schrieb ab. „Meinetwegen. Damit sind wir dann aber endgültig quitt."

Moses schmunzelte. „Du warst mir nie etwas schuldig." Er hob die Hand. „Danke, dass du gekommen bist."

„Wohin gehst du jetzt?"

„Mal sehen, wie weit ich komme."

„Moses?"

Moses drehte sich ein letztes Mal um. Er hatte es eilig. Er wollte unbedingt noch eine Person aufsuchen, ehe es zu spät war. Ihm die Sicherheit geben, dass alles geregelt war – egal was passierte.

„Diese Sache mit ihrem Vater. Ist das wirklich wahr?"

Er nickte nur stumm und zog weiter. *Jetzt hängt es an dir Ben. Ich verlasse mich auf dich. Du wirst das Richtige tun.*

Kapitel 18

Ben öffnete mit mulmigem Gefühl die Haustür. Heute hatte seine Mutter einen besonders schlimmen Tag gehabt. Teilweise hatte sie Dinge bereits nach fünf Minuten wieder vergessen. Die Stimmung in der Wohnung seiner Schwester heizte sich mehr und mehr auf. Das lag nicht nur an den steigenden Temperaturen, die ihr kleines Domizil in einen Backofen verwandelten, sondern daran, dass Leonoras Freund Dominik auf eine Antwort pochte.

Leonora hielt ihn bisweilen zurück, vertröstete ihn auf den Ausgang des Wettkampfs. Damit war er nicht einverstanden. Er erwartete ihre unbedingte Zusage für den Umzug. Aber ihre Mutter sich selbst überlassen oder in ein Heim stecken – dazu waren weder sie noch Ben in der Lage.

Bis zu dem Gespräch mit Moses letzte Nacht war Ben sich sicher gewesen, dass ihr Problem in Kürze gelöst wäre. Sie standen im Finale und er spielte für beide Teams. Es lag an ihm, über Sieg und Niederlage zu entscheiden.

„Ben?“ Seine Mutter kam strahlend aus der Küche. „Du bist schon von deiner Maturareise zurück?“

Er lächelte ihr zu, ließ sich nichts anmerken. „Ja, wir mussten abbrechen. Eine meiner Mitschülerinnen war positiv.“ Das war in letzter Zeit für so ziemlich alles die perfekte Ausrede. Noch immer wurde man sofort in Quarantäne gesteckt, wenn man mit dem Coronavirus angesteckt wurde.

„Positiv? Was meinst du?“

Leonora stellte sich heftig gestikulierend hinter sie.

Ben räusperte sich. „Schwanger. Ihr war die ganze Zeit übel.“

Seine Mutter schüttelte tadelnd den Kopf und nahm ihn in den Arm. „Das tut mir so leid für dich. Du hast dich doch so darüber gefreut. Und das auch noch jetzt, wo ich den Wasserbruch im Haus habe. Stell dir vor, ich wohne im Moment bei deiner Schwester.“

Er lachte gestellt. „Tja dann werde ich wohl auch übergangsweise einziehen.“

„Hauptsache wir sind alle zusammen.“

Sie vertrieben sich die Zeit mit Kochen und Brettspielen. Es fühlte sich falsch an, sie nicht aufzuklären. Doch an besonders üblen Tagen ergab es schlicht keinen Sinn. Dafür gab es gute, an denen sie sich ihrer Krankheit und den Gegebenheiten bewusst war. Doch auch die waren bedrückend, da ihre Mutter in dieser Zeit häufig weinte und vor Furcht fast verging, sie könnte ihre eigenen Kinder vergessen.

Als Dominik nach Hause kam, aßen sie zu Abend und ihre Mutter legte sich zu Bett. Dominiks Laune war mies wie immer, dabei müsste er gut gelaunt sein. Es war sein letzter Arbeitstag. Er verbrauchte die nächsten zwei Wochen seinen Resturlaub und hatte dadurch viel Zeit zum Packen. Die ungewisse Zukunft nagte auch an ihm. Er liebte Leonora, das war allen Beteiligten klar und wahrscheinlich zweifelte er selbst daran, ob er sein Vorhaben eiskalt durchziehen könnte. Doch langfristig würde ihre Beziehung unter der Situation irreparablen Schaden nehmen.

Leonora hatte Ben im Vertrauen erzählt, dass sie seit Monaten keinen Sex mehr hatten. Sie fürchtete sogar, ihr Mann könnte anderswo seine Bedürfnisse stillen.

„Morgen ist es so weit, oder?“, fragte Dominik, „Dann ist dieser bescheuerte Wettkampf zu Ende und du übernimmst hier das Ruder, Ben?“

„Schatz, wir haben doch besprochen, dass wir zumindest eine Übergangszeit lang ...“

„Eine Woche!“ Dominik hob den Zeigefinger. „In der Zeit packen wir ein und Ben schlägt hier sein Lager auf.“

„Erstmal muss ich den Wettkampf gewinnen“, sagte Ben. *Außerdem habe ich keine Ahnung, wie ich die Bude hier finanziere.* Seine Ersparnisse tendierten gegen null. Im Gegenteil. Mit seinem Verdienst half er seiner Schwester zurzeit aus. Er hatte also eine Woche, um entweder einen Job zu finden, oder die Sache mit Alea auf die Beine zu stellen. Zweiteres erschien ihm mittlerweile undenkbar. Sie würde ihn hassen. Selbst wenn er es geschickt anstellte und sie ihm keinen Vorsatz unterstellte, würde sie den Tod ihres Vaters lange betrauern.

Konnte er das tun? Das Leben ihres Vaters opfern, um seine Angelegenheiten zu regeln? Er fühlte sich wie ein Henker, der die Entscheidung traf, wessen Kopf unter der Guillotine abgetrennt wurde.

„Du sagtest doch, den Sieg hättest du in der Tasche“, meinte Dominik ungehalten.

„Die Chancen stehen sehr gut“, erwiderte Ben zurückhaltend.

„Das klang gestern noch ganz anders!“

„Verdammt, ich kann eben nicht hellsehen!“ Ben schlug auf den Tisch. „Ich geh‘ schlafen. Muss morgen fit sein.“

Leonora sah ihm unglücklich, Dominik wütend nach. Er hörte die beiden noch lange gedämpft streiten. Er zerstörte die Beziehung seiner Schwester mit seinem Zögern. Warum musste Moses auch gehen? Was war der Grund dafür? Vielleicht gab es ja Hoffnung. Womöglich enthielt sein Brief ein winziges Detail, das alles ändern könnte. Mit gemischten Gefühlen kramte er den Umschlag aus seiner Tasche und las Moses Brief im Schein der Lampe seines Handys.

Liebe Alea. Ich habe Ben gebeten, dir diesen Brief zu überreichen, da ich nicht mehr hier sein werde, um es selbst zu tun.

Es verstößt gegen so ziemlich jede ungeschriebene Regel, die mir in meinem Dasein auferlegt wurde, aber ich kann nicht mit dem Wissen gehen, dass du von mir enttäuscht bist.

Vielleicht wirst du einiges hiervon für verrückt halten, glauben, dass ich dich zum Narren halte, aber ich liebe dich und würde dich niemals belügen.

Ich kenne dich bereits, seit du ein kleines Kind bist, habe deine ersten Schritte beobachtet, dir begeistert zugesehen, wie du dich zu der Frau entwickelt hast, die du jetzt bist. Wir sind übrigens gleich alt. Ich wurde in dem Moment erschaffen, in dem du auf die Welt kamst, denn ich bin dein Schutzengel.

Der Sinn meines Seins ist es, auf dich aufzupassen. Für die meisten von uns ist das eine träge Pflicht, aber nicht für mich. Ich habe jeden Augenblick mit dir genossen, war stets an deiner Seite. Ich habe mich bereits in dein Wesen verliebt, ehe ich in deine Welt eintrat.

Uns wird nur eine Gelegenheit hierzu gewährt. Als du gestürzt bist, sah ich das Leben, das dein ganzes Sein ausmacht, mit einem Mal enden. Ich musste eingreifen.

Meine Chance war vertan und doch konnte ich nicht von deiner Seite weichen. Ich gab mein Sein auf, um für einen Monat Mensch zu sein. Mehr Zeit wurde mir nicht gewährt. Ich lebte in dem Wissen, mich geopfert zu haben, und doch bereute ich es keinen Augenblick. Denn es war ein Monat, in dem ich mein Leben mit dir teilte. Ich bin überzeugt, dass dieser Monat ein ewiges Leben ohne dich wert ist.

Mir wurde eine Aufgabe gestellt. Dein Leben zum Glück zu wenden. Ohne deinen Vater bist du nicht ganz, das war mir sofort klar. Ich wollte, dass du möglichst viel Zeit mit ihm hast. Aus eigener Erfahrung kann ich sagen, wie wichtig es ist, die Zeit, die man hat, mit einem geliebten Menschen zu verbringen. Aber du warst nicht aufzuhalten. Ich bin mir sicher, dass dein Ehrgeiz und dein unbändigender Glaube sich auszahlen. Du wirst deinen Vater retten. Ich glaube daran. Ich glaube an dich.

Dein Seelenheil wird mich ins Jenseits einkehren lassen, mir die Möglichkeit geben, dich eines Tages wiederzusehen. Ich wünsche dir alles Glück der Welt an der Seite deines geliebten Vaters. Wir sehen einander wieder, da bin ich mir sicher.

Moses

Ben erbleichte. Seine Finger zitterten. *Das ist unmöglich.* Aber es würde erklären, warum Moses so anders war. Warum er diese unheimliche Kraft besaß, dieses extreme Lerntempo. Er war kein Mensch. Doch dieser Abschiedsbrief, der Ben die Tränen in die Augen steigen ließ, hatte noch eine viel weitreichendere Bedeutung. Ein weiterer Kopf landete auf seinem Schafott. Wenn Aleas Vater starb, nahm er Moses offenbar den Einzug ins Jenseits, die Hoffnung, Alea wiederzusehen.

Er presste die Hände an die Schläfen. Das war zu viel.

Leonora quetschte sich neben ihn auf die Luftmatratze, die seine Bettstätte darstellte. „Was liest du da?"

Ben versteckte den Brief eilig. „Ich gehe noch einmal die morgige Choreo durch."

„Verstehe, störe ich dich?"

„Willst du nicht lieber bei deinem Mann schlafen?"

Sie verschränkte die Arme hinter dem Kopf und sah zur Decke. „Ich weiß nicht, ob er das noch lange ist."

„So schlimm?"

„Schätze mal, du hast es gehört."

Ben atmete ein und langgezogen wieder aus. Sie waren immer ein Herz und eine Seele gewesen, hatten füreinander eingestanden. Er erinnerte sich noch, als er als kleines Kind versehentlich ohne Schwimmärmchen in einen

See baden ging. Sie war kaum älter, konnte genauso wenig schwimmen und hatte sich ins Wasser gestürzt, um ihn zu retten. Irgendwie hatte sie es wild um sich schlagend geschafft, sie beide an Land zu hieven. Allein ihr zuliebe durfte er nicht versagen und doch zweifelte er mit jeder Minute mehr an seinem Plan. „Was wenn ich morgen verliere?"

„Zweifelst du?"

Er nickte.

„Ich will es mir nicht vorstellen. In unserer Beziehung herrscht schon so viel verbranntes Land. Eine weitere Katastrophe halten wir nicht aus. Dominik hat bereits alle Segel gesetzt. Er wird definitiv weiterziehen."

„Was tust du, wenn ich nicht aus dem Vertrag rauskomme?"

Sie ergriff seine Hand und sah ihm mit feuchten Augen entgegen. „Ben, du musst einfach gewinnen. Ich will ihn nicht gehen lassen, ich kann nicht. Er ist mein Leben."

Er krallte sich in die Matratze und konnte ihren Blick nicht erwidern. *Es tut mir leid Leo. Ich kann nicht. Ich kann ihr das nicht antun.*

*

Ein letztes Training vor dem Auftritt. Was für eine blödsinnige Idee. Alea und Samuel hatten sich grundsätzlich einen Tag vor jeder Show eine Auszeit genommen. Die Darbietung sacken gelassen. Außerdem war das die Chance für ihren Körper, die nötigen Kräfte zu regenerieren, um beim Auftritt mit voller Leistung glänzen zu können.

Ben hatte da anscheinend eine andere Mentalität. So aufgeregt wie er gewesen war, konnte sie ihm das schlecht abschlagen. Sie rief ihren Vater mit gemischten Gefühlen an. Die letzten Tage hatte sie ihn bereits vertröstet und jetzt verschob sie ihr Wiedersehen ein weiteres Mal. Dabei hätte sie sich gewünscht, ihn vor dem großen Finale zu treffen.

„Kontrollanruf?", fragte Samuel belustigt, als er abhob. Seine kratzige Stimme passte nicht dazu.

„Schlimmer. Ich muss dir für heute absagen."

„Ist alles in Ordnung bei dir?"

„Mein großartiger neuer Partner scheint einen Schub Lampenfieber zu haben und will noch eine Trainingseinheit schieben."

„Hast du ihm gesagt, dass das eine schlechte Idee ist?"

„Papa, er ist Profi – er weiß alles besser." Alea verdrehte die Augen. „Du klingst nicht gut."

„So was hört man doch gerne von seiner eigenen Tochter."

„Wir haben es fast geschafft, Papa." Sie legte so viel Zuversicht, wie sie konnte, in ihre Stimme. Dabei fürchtete sie sich immens vor dem morgigen Auftritt. Sie hatte ihre Gegner im Internet gesucht. Es war eine professionelle Gruppe aus Vegas. Aber damit wollte sie ihren Vater lieber nicht beunruhigen. Genauso wenig mit der Tatsache, dass ihr Partner zu ihnen gehörte.

„Ich glaube, eine Entschuldigung ist angebracht", sagte Samuel.

„Papa, es tut mir wirklich leid. Ich weiß, ich hätte viel öfter bei dir sein müssen. Aber mein neuer Partner und ich mussten uns einarbeiten. Ich habe einfach keine Zeit gefunden ..."

„Nein, ich meine, *ich* muss mich entschuldigen."

„Wie meinst du das?"

„Ich habe dich unterschätzt, mein Schatz." Seine Stimme nahm einen melancholischen Klang an, der Alea die Tränen in die Augen trieb. „Du hast dich allein durchgeschlagen, bist bei diesem Wettkampf so weit gekommen. Für mich bist du bereits die Gewinnerin. Ich bin stolz auf dich und dankbar, dass ich dein Vater bin."

„Danke Papa. Das bedeutet mir viel. Ohne dich hätte ich es nicht hinbekommen."

„Ach Unsinn! Übrigens habe ich noch eine gute Nachricht. Wir haben übergangsweise eine Wohnung – sogar ein Haus."

„Wie meinst du das?"

„Vor ein paar Tagen ist hier diese Frau reingerauscht. Erinnerst du dich? Diese Maja, von der ich dir erzählt habe. Die bei unserem letzten Auftritt zugesehen hat."

Alea konnte sich nur vage daran erinnern. „Und weiter?"

„Eine nette Person. Sie kennt uns von früher, war schon immer ein begeisterter Fan und hat angeboten, dass wir bei ihr wohnen können, bis wir etwas Eigenes haben."

Alea schmunzelte. „Das klingt nach mehr als nur einem Fan." Sie freute sich für ihn, wenngleich der Gedanke, jemand könnte den Platz ihrer Mutter einnehmen, sie ängstigte.

„Was soll ich sagen? Ich habe wohl Eindruck hinterlassen. Ich schicke dir nachher ihre Adresse."

„Du glaubst doch nicht etwa, dass ich allein zu einer völlig Fremden gehe?"

Seine Stimme wurde eine Spur ernster. „Alea, wahrscheinlich verbringe ich noch eine ganze Weile hier im Krankenhaus. Es wäre mir lieber, wenn du einen Erwachsenen an deiner Seite hast, der ein Auge auf dich wirft."

„Gerade eben hast du mich dafür gelobt, dass ich so gut allein klarkomme!", beschwerte sie sich.

„Ein Vater sorgt sich immer um seine Tochter – tu mir den Gefallen."

Sie konnte ihm diesen schlecht verweigern, nachdem sie ihn heute sitzenließ. „Also gut."

„Versprochen?"

Alea stöhnte auf. „Nur wenn du mir auch eins gibst."

„Bitte?"

„Du hältst durch, ja?"

„Das habe ich dir doch längst zugesagt."

„Nur um dich daran zu erinnern."

Ihr Vater schmunzelte. „Gut, versprochen."

Alea lächelte zufrieden. „Dann verspreche ich, zumindest mal vorbeizuschauen."

„Sie ist wirklich nett, gib ihr eine Chance."

„Ich muss jetzt trainieren. Ben sieht mich schon die ganze Zeit kritisch an."

„Viel Glück für morgen."

„Danke Papa."

„Ich liebe dich Alea und bin mit den Gedanken bei dir."

„Ich dich auch Papa." Sie legte auf und atmete langgezogen aus. Wie gern würde sie ihn jetzt persönlich sehen.

„Kommst du endlich?", nörgelte Ben.

„Bin schon auf dem Weg!" Sie wischte sich über die Augen. *Reiß dich zusammen. Morgen siehst du ihn wieder und dann wird alles gut.*

*

Er war die ganze Nacht durchmarschiert, bis er vor den Toren des Krankenhauses stand. Genügend Zeit, um den Kopf freizubekommen. Mittlerweile kannte man ihn hier. Er würde es vermissen, Samuel regelmäßig zu besuchen. Der Mann hatte eine Art, mit der Moses gut umgehen konnte. Ehrlich, direkt und spitzfindig. Ein älteres Ebenbild Aleas.

Die letzten Tage hatte sich sein Zustand rapide verschlimmert oder aber er war nicht mehr in der Lage, es zu kaschieren. Die Schwestern erzählten Moses, dass Samuel oft stundenlang im Delirium verbrachte. Vergesslich war er auch geworden. Manchmal wusste Samuel nicht mehr, was er vor wenigen Minuten gesagt hatte.

Moses betrat das Zimmer, welches mittlerweile immer mehr den Dunst von Alter, Krankheit und Tod verströmte. Samuel saß aufrecht in seinem Bett und starrte ins Nichts. Seine Haut spannte sich über seinen hohen Wangenknochen, seinen Bart hatte er mit Sicherheit eine Ewigkeit nicht mehr rasiert. Fiebriger Schweiß glänzte auf seiner Stirn.

Moses zog sich einen Stuhl heran, setzte sich und faltete die Hände im Schoß. „Samuel?“, wisperte er. Seine Stimme kam ihm wie ein schwacher Lufthauch vor. Er fühlte, wie seine Kräfte zunehmend zur Neige gingen. Die letzten Schritte hierher hatten auch ihn geschwächt. Endlich verspürte er dieses Gefühl, welches er nie hatte nachvollziehen können. Müdigkeit, Erschöpfung. Er bewunderte Alea nur umso mehr dafür, dass sie diesen peinigenden Eigenheiten des menschlichen Körpers so wunderbar zu widerstehen wusste.

Der Gedanke an sie ließ ihn die Hand zur Faust ballen. Es kostete ihn Mühe, die Tränen zurückzuhalten. *Ich werde dich eine lange Zeit nicht wiedersehen und vermisse dich schon jetzt.* Wie er dieses Mädchen liebte. Das war die schlimmste Strafe von allen. Diese zerreißenden Gefühle, die ihn beinahe völlig kontrollierten.

„Moses?“ Samuels Augenlider flatterten.

Moses griff nach seiner Hand. Sie fühlte sich wie die eines Greises an. Alt und ausgemergelt, die Adern deutlich hervortretend. „Wie geht es dir?“

„Ich verstehe nicht, wie die Leute wochenlang am Strand vegetieren können.“ Ein schwaches Grinsen zeichnete sich auf seinen Lippen ab. „Wo ist Alea? Sie wollte heute kommen.“

Das war sowohl Moses Hoffnung als auch Furcht gewesen. Dass er sie heute ein letztes Mal traf, sie noch einmal umarmen konnte, sie küssen. Er vertrieb den Gedanken. „Sie kommt wahrscheinlich später."

„Welcher Tag ist heute?"

„Dienstag."

„Morgen ist der Wettkampf", stellte Samuel fest. „Gib mir ein Stück Papier von da drüben. Ich schreibe es auf."

Moses reichte ihm einen der Notizzettel, die am Besuchertisch verteilt lagen. Offenbar hatte Samuel in letzter Zeit eine Menge Gedanken und Erinnerungen schriftlich fixiert.

„Sie muss fürchterlich aufgeregt sein. Der letzte Tag vor einem Auftritt ist der Schlimmste. Du musst dich ausruhen, damit deine Akkus voll aufgeladen sind, und kannst dich nicht mit Training ablenken."

„Dann hat sie ja ausreichend Zeit für dich." Moses legte ihm die Hand auf die Schulter.

Samuel schrieb sich die Memo auf, legte das Papier auf den Beistelltisch neben seinem Bett und fiel zurück auf das Kopfkissen. „Ein Tag noch." Sein Blick glitt wieder in die Ferne. „Ich muss durchhalten." Es klang wie ein Mantra, das er sich immer und immer wieder aufsagte.

„Du wirst es schaffen. Ich glaube an dich. Deine Tochter tut es auch."

Sein Kopf ruckte zur Seite. Ein nahezu panischer Ausdruck trat in seine Augen. „Du verlässt sie heute, nicht wahr?"

Moses nickte traurig. „Ja, ich muss gehen."

„Ich werde dich vermissen, weißt du das?"

Moses schmunzelte. „Ich dich auch."

„Hast du Alea alles beigebracht?"

Fast hätte Moses bei der Erinnerung daran aufgelacht. „Ich konnte sie dazu überreden, es sich anzuhören."

„Das ist gut, sehr gut." Seine Stimme klang mit jedem Satz entfernter, als säßen sie in verschiedenen Räumen. Lag es daran, dass er leiser sprach, oder verschlechterten sich Moses Sinneseindrücke? Er spürte den Sog an seinen Gliedern. Es fühlte sich an, als würde ein riesiger Staubsauger auf ihn gerichtet, der mit jeder Minute an Kraft gewann.

Samuels Blick ging wieder ins Leere. Er brabbelte unverständliche Wörter vor sich hin.

Moses griff nach ihm, doch seine Finger vermochten es nicht, seine Haut zu berühren. Er starrte auf sie hinab, konnte den Boden durch sein durchscheinendes Fleisch erkennen. „Samuel!“, hauchte er. Er machte sich Sorgen. Samuel musste durchhalten. Nur noch einen Tag, dann würde er geheilt werden.

Samuels Kopf fiel zur Seite, als bewege er ihn nicht mehr aus eigener Kraft. Seine Augen waren weit aufgerissen. „Du musst schon gehen?“

Moses nickte mit Tränen in den Augen. Sie versuchten, einander mit den Händen zu berühren, aber es gelang nicht. „Wir sehen uns wieder. Halte durch. Deine Tochter braucht dich.“

„Ich hab's versprochen“, wiederholte er dreimal, während seine Stimme immer leiser wurde. „Ich wünschte, ich könnte noch ein paar Worte mit ihr wechseln. Meine geliebte Tochter. Alea.“ Seine Worte verkamen zu einem fernen Säuseln.

„Samuel!“ Moses wollte schreien, doch ihm versagte die Stimme. Er musste Alea anrufen. Sie sollte sofort herkommen. Nur mit äußerster Kraftanstrengung schaffte er es, sich aufzurichten, und nach dem Telefon zu greifen, das neben dem Bett bereitlag. Seine Hand ging hindurch, als bestünde sie nur aus Luft. „Nein! Nein!“

Tränen traten in Samuels Augen. Sein Mund bewegte sich noch, aber er brachte keinen Ton mehr hervor.

Moses fiel auf die Knie. Seine Muskeln verweigerten sich ihm. Er verging. *Ich habe versagt.*

In diesem Moment wurde ihm klar, dass er seine Aufgabe verfehlt hatte. Es ging nie um den Wettbewerb. Alea sollte ihre Angst überwinden und die letzten Tage ihres Vaters mit ihm verbringen. Er fiel, sein Gesicht prallte auf den Boden.

Es tut mir leid Alea. Wir werden uns doch nicht wiedersehen.

Die Tür des Patientenzimmers wurde aufgeschwungen. Mit dem aufkommenden Windhauch verflüchtigten sich die letzten Partikel, die seinen Körper zusammenhielten. Das Letzte, was er verspürte, war Reue. Tiefe, alles zerfressende Reue.

*

Der Tag des Wettkampfs. Aleas Magen rumorte. Beim Frühstück hatte sie nichts hinunterbekommen. Sie wünschte sich, dass jemand bei ihr wäre. Doch Moses war bereits irgendwo anders und Ben wollte nicht mit ihr gemeinsam anreisen. Seine Gruppe durfte erst im letzten Augenblick erfahren, dass er zeitgleich für zwei Teams antrat.

Sie hatte ihren Vater angerufen, aber der hob nicht ab. Wahrscheinlich schlief er, wurde untersucht, oder hatte einen seiner Ausfälle. Sie betete, dass es ihm gut ging. In Kürze würden sie sich wiedersehen. Nur noch dieser Auftritt. Dieses letzte Mal musste sie alles geben.

Der Zug war pünktlich gekommen und baute auch während der Fahrt keine Verspätung auf. Ihr blieben zwei Stunden bis zu ihrem Auftritt. Mehr als genug Zeit, um sich die Nägel abzukauen. Sie brauchte eine Viertelstunde zum Theater. Die Tür war heute nicht geöffnet. Wahrscheinlich wollte man es sich ersparen, die heiße Luft von draußen hereinzulassen.

Alea drückte die Klinke hinunter, aber die Tür blieb verschlossen. Auf ein Klopfen hin rührte sich nichts. Irritiert eilte sie um das Gebäude herum. Auch die Seiteneingänge waren versperrt. Sie war wohl schlicht zu früh dran. Sie setzte sich auf die Stufen und starrte eine Weile ins Leere. Das Warten machte es nur noch schlimmer. Immer wieder sah sie auf die Uhr ihres Handys. Mittlerweile war es knapp über eine Stunde bis zu ihrem Auftritt.

Sie schrieb Ben eine SMS. *„Bist du schon da?“*

Die Antwort kam prompt: *„Ja, wo bleibst du?“*

„Ich sitze vor dem Eingang.“

„Dann komm doch rein. Treffen wir uns in der Umkleide.“

„Es ist verschlossen.“

„Blödsinn, die Tür steht sperrangelweit offen. Ich komme zu dir runter.“

Alea sah zur Tür. War sie wirklich zu blöd? Sie drückte die Klinke erneut, doch aller Bemühungen zum Trotz rührte sich nichts.

Kapitel 19

Es war zum Verrücktwerden. Sie war pünktlich, aber kam nicht hinein. Langsam zweifelte Alea daran, dass sie hier richtig war. Bisher hatte jede Runde hier stattgefunden. Niemand hatte etwas von einer Änderung gesagt.

Sie warf sich gegen die Tür und schrie wütend auf.

„Die machen erst heute Abend auf."

Aleas Kopf ruckte zu der Sprechenden. Es war Caro. Sie verengte die Augen.

„Hab da drin mein Schminktäschchen vergessen", ergänzte sie.

„Wo bist du?", schrieb Ben ihr.

Alea wurde zunehmend verzweifelt. Noch genau eine Stunde. Was war hier los? *„Ich stehe vor dem Theater."*

„Was tust du eigentlich hier? Ist heute nicht das Finale?", fragte Caro.

„Genau deswegen bin ich ja da." Caros Gegenwart ärgerte sie. Es stresste sie nur noch mehr. Sie schlug gegen die Tür. „Hallo?", rief sie.

„Hast du den Brief nicht bekommen?"

„Was für einen Brief?" Alea erschauderte. Sie hatte das Postfach ewig nicht mehr überprüft.

„Der Austragungsort wurde nach Wien verlegt, als das Finale verschoben wurde. Sie haben das Theater für heute nicht bekommen."

„Alea, das ist nicht witzig. Ich sehe dich nirgends!"

„Ich bin in St. Pölten!", tippte sie zurück. Ihre Augen wurden feucht vor Verzweiflung. Was jetzt? So schnell kam sie niemals nach Wien. Sie wusste ja nicht einmal wohin genau.

„Ich muss los", sagte Alea und rannte los.

„Warte!", rief Caro ihr nach.

„Keine Zeit!" Alea lief um ihr Leben. Jede Minute zählte. Einen Punkteverlust durfte sie sich gegen diese Gruppe nicht erlauben.

Caro holte sie ein und hielt sie am Arm fest. „Das schaffst du niemals!"

„Lass mich los!"

Caro wich vor ihr zurück, nachdem sie mit den Händen nach ihr ausschlug. „Hör zu Mädchen, ich kann dich fahren."

Alea hielt inne und beäugte sie misstrauisch. „Warum solltest du das tun?“

„Na ja jetzt wo wir keine Gegner mehr sind.“

Alea schob die Lippen zusammen. Damit könnte sie rechtzeitig kommen. Aber konnte sie ihr trauen?

Caro verschränkte die Arme. „Schon klar, Vertrauen verwirkt. Dann fahr halt öffentlich.“

Alea machte einen Schritt zurück. Es war sicherer. Sie konnte dieser Frau nicht über den Weg trauen. Aber mit dem Auto hatte sie zumindest eine geringe Chance. „Also gut.“

Caro lächelte zufrieden und winkte sie mit sich. „Beeil dich. Ich steh‘ gleich um die Ecke.“

Sie rannten um den Block und gelangten zu einem Auto, das einmal schwarz gewesen war, ehe der Rost es langsam rot eingefärbt hatte. Alea hatte wenig Erfahrung mit Autos, aber dieses hier war furchtbar klein und älter als alles, was ihr je über den Weg gekommen war. Sie zögerte. Würde das Teil unter ihr zusammenbrechen?

Caro riss die Tür auf und winkte sie zu sich. „Nun komm schon.“

Ich weiß, ich verlange in letzter Zeit viel, lieber Gott. Aber lass mich diese Fahrt überleben.

Sie stieg auf der Beifahrerseite ein und Caro ließ den Motor an. Er röhrte und gluckerte, als kämpfe er um sein Leben. Eine Vielzahl von roten Warnleuchten erschienen auf dem Display der Fahrerseite. Caro trat aufs Gas und das Auto hüpfte vorwärts.

„Ich bin auf dem Weg. Wir sehen uns auf der Bühne“, schrieb Alea, ehe sie sich festhalten musste, weil Caro gefühlsmäßig jede Geschwindigkeitsbeschränkung ignorierte und wie ein Berserker durch die Stadt fuhr. Das Gehupe anderer Autofahrer, die sie schnitt, folgte ihnen unablässig. Alea atmete laut auf, als sie endlich auf die Autobahn einfuhren und sich Caros Affenzahn relativierte. So brutal, wie sie das Gaspedal auch herunterdrückte, das altersschwache Auto schaffte es nur mit Mühe, überhaupt die 130 zu halten.

„Willst du mich nicht anschreien?“, fragte Caro über den Lärm hinweg.

„Wieso sollte ich?“

„Ich hab‘ dich angelogen, eingesperrt, dir eine Falle gestellt.“

Und trotzdem war sie ihr nicht böse. Warum eigentlich? Sie sollte die Frau hassen. „Ich schätze, du hattest deine Gründe."

Caro lachte auf. „Bist du 'ne Heilige oder was?"

„Ich würde auch alles für den Sieg tun."

„Du hast fair gespielt."

Alea schüttelte den Kopf und nickte gleich darauf. „Weil ich nicht anders kann."

Caro schnaufte. „Ich bin fast froh darüber, dass du uns geschlagen hast."

„Wieso?"

„Wenn eine ehrliche Haut wie du gewinnt, kann ich dran glauben, dass es noch etwas Gutes in dieser Welt gibt."

Sie brauchten nur fünfzig Minuten bis zum Veranstaltungsort.

„Hier kann ich nicht parken. Alles Kurzparkzone und ich hab keinen Parkschein", sagte Caro.

„Ich komme allein zurecht, danke."

„Davon gehe ich aus."

Sie sahen einander an und Caro nickte ihr aufmunternd zu. „Du hast es verdient, viel Erfolg."

„Sehen wir uns danach?"

Caro hob überrascht die Brauen. „Ich gehe jetzt mal diese Karre hier verscherbeln. Wir werden uns wieder mehr in Wien herumtreiben. Meistens in der Gegend um den Westbahnhof. Früher oder später laufen wir uns schon über den Weg."

„Danke."

Caro schloss die Augenlider und schüttelte den Kopf. „Das solltest du nicht. Ich habe dir nur Steine in den Weg gelegt." Sie griff über Alea hinweg und öffnete die Tür. „Beeil dich, die Uhr tickt."

Das musste sie Alea nicht zweimal sagen. Sie hetzte auf den Eingang zu. Zehn Minuten Zeit um sich fertigzumachen und auf die Bühne zu kommen.

*

Ben ging vor den Toren der Festspielhalle auf und ab. *Wo bleibt sie nur?*

Er hatte kaum ein Auge zugetan, war mit den Gedanken ständig hin- und hergerissen gewesen. Am Ende hatte er sich für Alea entschieden.

Beziehungen konnte man wieder kitten, aber den Tod nicht rückgängig machen. Sie hatte weitaus mehr zu verlieren als er. Das mit seiner Mutter würde er schon irgendwie regeln. Nötigenfalls müsste er sie eben mit nach Vegas nehmen. Er wusste zwar kaum, wie er selbst über die Runden kam, aber womöglich war eine WG mit Aylin die Lösung.

Die Idee war bescheuert, doch im Moment fiel ihm nichts Besseres ein. Er wusste nur, dass er Alea nicht enttäuschen durfte. Dieses Mädchen kämpfte so verbissen für das Leben ihres verbliebenen Elternteils. Sie verdiente den Sieg tausendmal mehr als Ben. Außerdem würde er sich an Jacksons entsetzter Visage weiden.

Er sah auf die Uhr. Noch knapp zehn Minuten bis zu ihrem Auftritt. Wenn Alea nicht kam, stand der Sieg seiner Gruppe fest. Ben hätte keinen Anteil daran. Er konnte es nicht ändern und war aus dem Schneider. Das machte die Situation vielleicht nicht besser, aber sein Dilemma löste es.

Ein Auto rauschte heran und stoppte mit quietschenden Reifen knapp vor ihm. Er hätte beinahe über die Skurrilität dieser Situation gelacht.

Alea hetzte aus dem Inneren und lief ihn fast um. „Was tust du hier? Du trittst doch gleich auf."

„Ich musste dich sehen." Er griff sie bei den Schultern und konnte nicht anders, als sie zu umarmen, damit sie seine Tränen nicht bemerkte. Das Schicksal hatte beschlossen, dass er ihr beistehen würde. Sie war da und er sorgte dafür, dass ihr Vater am Leben blieb.

„Ben, ich muss mich jetzt wirklich fertig machen."

Er ließ von ihr ab und lachte. „Sorry, rührseliger Moment."

Sie legte ihm eine Hand auf die Schulter. „Dafür haben wir nachher Zeit, einverstanden?"

Sie liefen gemeinsam nach drinnen. Er zeigte ihr, wo sie sich umziehen konnte, ehe er in den Darstellerbereich hinter der Bühne eilte. Man empfing ihn mit sichtbarer Erleichterung.

Jackson brachte kaum einen Ton heraus. Sein Gesicht war knallrot vor Wut, doch es war keine Zeit mehr. Gleich würde der Vorhang aufgehen und sie waren dran. Sie stellten sich in einem Kreis auf und legten die Hände übereinander. Es fühlte sich fürchterlich an. Ben mochte Jackson nicht, aber den Rest des Teams hatte er schätzen und lieben gelernt.

Der Preis, den sie zu zahlen hatten, war gering im Vergleich zu seinem eigenen oder dem von Alea. Und trotzdem fühlte er sich mies, wenn er in die vertrauensvollen Gesichter sah und wusste, dass er sie alle hinterging. Er konnte es nicht wie einen Unfall aussehen lassen. Er hatte nie einen Fehler in einer Show gemacht. Im Training vielleicht einmal aus Unachtsamkeit aber auf der Bühne war er ein Ass. Außerdem durfte es kein kleiner Fehler sein. Er musste die Show gehörig verpatzen.

Der Vorhang ging auf und die Akrobaten in Position. Wie ferngesteuert nahm Ben seinen Platz ein. Die Musik setzte ein und er begann mit seinem gewohnten Ablauf. Allein der Gedanke, einen Fehler zu machen, fiel ihm schwer. Das hier war sein Element. Er führte die Bewegungen aus, ohne nachzudenken.

Wann war der beste Augenblick? Es durfte nicht gefährlich für einen anderen werden. Gerade als Finn seinen Platz neben Joe einnehmen wollte, um Bella gemeinsam in den Flieger zu heben, stellte Ben sich ihm in den Weg.

Aylin winkte ihn zu sich. Jetzt sollte er mit ihr eine Figur herzeigen. Stattdessen sprang Bella herbei, wurde von Joe hochgehoben und fiel mangels eines zweiten Unterpartners nach vorne hinunter. Ben fing sie galant auf.

„Was treibst du da?“, fragte sie.

Diese kleine Einmischung reichte aus. Sie ging ihn an und verpasste ihren nächsten Einsatz, Ben fehlte ohnehin in der großen Pyramide und die ganze Truppe geriet ins Stocken. Es wurde ruhig im Publikum. Die Musik spielte weiter, während der Großteil der Gruppe immer mehr gelähmt wurde. Ein paar versuchten, den Ablauf aufrechtzuerhalten, wieder eine Ordnung hineinzubekommen, doch Ben wusste das zu verhindern, indem er hier mal ein unpassendes Rad schlug, dort einen Handstand fehlplatzierte und somit ein wachsendes Chaos einsetzte, das nicht mehr zu bändigen war.

Er hasste und liebte sich zugleich. Sein Team warf ihm vorwurfsvolle Blicke zu. Er würde ihnen zukünftig nicht mehr unter die Augen treten dürfen. Doch Aleas Sieg war damit sicher. Der Mimik der Punktrichter nach, die erbleichten und nicht ein noch aus wussten, hatten sie ihre Entscheidung jedenfalls schon gefällt. Ein Mann, der bisher beim Kamerateam stand, eilte zum Komitee hinüber. Wahrscheinlich fragte er, ob er die Kamera weiter draufhalten sollte.

Die Musik endete, die Darsteller nahmen ihre Endposen ein, doch der Applaus fiel schwach aus. Sogar einige Buhrufe ertönten aus der Menge.

Jim packte ihn am Arm. „Was zur Hölle sollte das?“

„Tut mir leid, Kumpel.“ Mehr wusste Ben nicht zu sagen.

Mit einem Mal hörten sie eine Stimme schrill aus dem Publikum schreien. „Ich verlange eine Wiederholung!“

Das Team, welches gerade dabei war, die Bühne zu verlassen, hielt inne. Ben starrte auf die Ruferin. *Alea? Was tust du da?*

*

Alea hatte den Auftritt nur mit halber Aufmerksamkeit verfolgen können. Neben ihr saß ein Typ in einem schrillen Anzug, der die ganze Zeit über fluchte wie ein Rohrspatz. Es hatte sich herausgestellt, dass es der Teamchef von *The Slash* war.

„Wie kann er es wagen, diese miese kleine Ratte?“

„Von wem reden Sie?“, mischte sie sich in seinen Monolog ein. Sie hatte eine vage Ahnung. Ben machte heute überhaupt keine gute Figur. Er wirkte tollpatschig und fahrig. War er zu aufgeregt?

„Ben, mein bester Mann. Dieser kleine Pisser hat bis zum Finale gewartet und jetzt überträgt das Fernsehen diesen Dreck. Das wird uns Aufträge kosten. Dafür bringe ich ihn um!“ Er deutete mit dem Zeigefinger auf Ben. „Sieh nur, was er da treibt. Er verbockt nicht nur seinen Part, sondern auch den der anderen.“

„Warum sollte er das tun?“ Alea fürchtete die Antwort und hoffte, dieser Mann würde ihr eine bessere liefern. Sie hatten sich einen fairen Wettkampf zugesagt. Natürlich rührte es sie, dass Ben ihr den Sieg sicherte, aber es fühlte sich nicht richtig an. Sie konnten es ohne miese Tricks schaffen. Solche Maßnahmen passten zu Menschen wie Caro. Sie wollte nicht auf dieselbe Tour gewinnen.

„Das wüsste ich auch gerne! Der Typ will aussteigen. Wir hatten einen Deal. Wenn er den Wettkampf gewinnt, kann er hierbleiben und sich um seine beschissene Familie kümmern. Für sein Versagen bekommt er fünf weitere Jahre. Ich hoffe, seine Eltern sind hinüber, wenn er wieder zurückkommt.“ Ein triumphales Grinsen mischte sich in sein wutverzerrtes Gesicht.

Alea erinnerte sich daran, dass Ben ihr gesagt hatte, wie es um seine Mutter stand. Sie hatte Alzheimer. Wahrscheinlich brauchte sie ihn dringend. „Das ist grausam."

Der Mann sah sie aus verkniffenen Augen an. „Was geht dich das an, Mädchen?"

Ich mag ihn und außerdem opfert er alles für meinen Traum, für mein Glück. Sie biss sich auf die Unterlippe. „Wie sähe es aus, wenn er sich bemüht hätte?"

Er sah sie mit schiefgelegtem Kopf an. „Wenn wir verlieren, sitzt er die fünf Jahre ab, scheißegal, wie er sich gibt."

„Aber Sie sagten doch, es ärgert Sie, dass dieser vermurkste Auftritt im Fernsehen übertragen wird?"

„Ja natürlich. Ich habe kürzlich erfahren, dass dieser Scheiß weltweit läuft. Das werden die sogar in den Staaten sehen."

„Angenommen er würde sich Mühe geben und sie verlieren trotzdem, aber wahren Ihr Gesicht."

„Die Sache ist gelaufen."

„Ist sie nicht!", protestierte Alea. „Also?"

„Auf was willst du hinaus?"

„Vielleicht kann ich was an der Sache drehen."

Er lachte auf. „Sag mal, bist du nicht eine der Wettbewerbsteilnehmerinnen?"

Sie nickte tief.

„Tja dann Glückwunsch, du hast gewonnen."

Er wollte weggehen, doch aus einem Impuls heraus packte sie ihn am Ärmel. „Ich bringe das Komitee dazu, den Auftritt wiederholen zu lassen."

„Warum solltest du das tun? Hier geht es um dreihundert Riesen. Du wärst völlig bescheuert."

„Ich will, dass Sie Ben zu seiner Familie lassen."

Er verengte die Augen. „Was hast du mit ihm zu schaffen?"

„Wir kennen uns." Sie verkniff sich, dass sie gleich gemeinsam antreten würden.

Er leckte sich über die Lippen und nickte zögerlich. „Und du glaubst, du kannst ihn motivieren, eine gute Show abzuliefern?"

„Ich weiß es." Sie reckte das Kinn in die Höhe.

„Also gut, ein Jahr."

„Wie bitte?“

„Wenn er seine Sache ordentlich macht und wir trotzdem verlieren, darf er seinen alten Vertrag behalten und muss noch ein Jahr ableisten.“

„Nein, er soll sofort zu seiner Familie gehen dürfen.“

„Ein Jahr, mein letztes Gebot.“

Die Musik auf der Bühne verebbte, die Bewegung reduzierte sich, die Akrobaten nahmen ihre Endposition ein.

„Du solltest dich beeilen, Mädchen. Wenn du erstmal da oben stehst, werden die nicht mehr zurückrudern.“

„Also gut.“ Sie hielt ihm die Hand hin. „Ein Jahr.“

Er schüttelte sie. „Einverstanden.“

„Ich will das schriftlich.“

Er lachte grölend auf. „Du gefällst mir.“

Nach einigem Diskutieren hatte Alea die Punktrichter überzeugt, einer Wiederholung zuzustimmen. Sie hatte damit gedroht, nicht aufzutreten, wenn man ihrer Bitte nicht Folge leistete. Das saß. Vielleicht lag es auch daran, dass alle Kameras auf sie gerichtet waren und man sich keine Blöße geben wollte.

Es gab eine kurze Besprechung, die Show wurde unterbrochen. Der Regisseur, der für die Fernsehübertragung zuständig war, war von Anfang an Feuer und Flamme. Dieser enttäuschende Auftritt durfte nicht live gehen. Das motivierte schlussendlich auch das Komitee. Man wollte das Finale des ersten Acrowinx nicht in diesem Licht erscheinen lassen.

Bens Truppe stellte sich ein zweites Mal auf und wiederholte ihre Aufführung. Dieses Mal ohne Fehler. Alea wusste gar nicht, wohin sie zuerst hinsehen sollte. Alles lief gleichzeitig ab. Mal führten alle dieselbe Figur auf, hoben ihren Partner in den Flieger empor, dann wechselte die Position paarweise und manchmal rahmten einfache Figuren am Rand eine Pyramide in der Mitte ein.

Drahtige Oberpartnerinnen flogen meterweit durch die Lüfte, wurden an den Armen aufgefangen und wieder hinauf katapultiert. Ihre Unterpartner verschränkten die Arme und wirkten wie Trampoline. Am beeindruckendsten waren die Figuren, bei denen Ben die Mitte einnahm und eine junge Frau viele Meter über dem Boden auf den Händen trug.

Er war großartig. So wie er sich auf der Bühne gab, schien er ein gänzlich anderer Mensch zu sein. So ernst, völlig in seinem Tun gefangen. Ein echter Profi.

Die Show währte nur wenige Minuten. Alea hätte ihnen stundenlang zusehen, sich an dem Einfallsreichtum weiden können. Einige Elemente hatte selbst sie noch nicht gesehen.

Die Gruppe verbeugte sich schließlich vor dem Publikum, genoss den Applaus aber nur einen Moment. Man spürte ihre Uneinigkeit, die wie schwerer Nebel auf die Gemüter drückte. Ihr Auftritt war zwar perfekt, doch Bens Verrat hatte einen Riss hinterlassen, der nicht so leicht zu kitten war.

Ben eilte zu ihr und packte sie an den Schultern. „Warum hast du das getan? Du hättest problemlos gewonnen!“

„Wir haben uns einen fairen Wettkampf versprochen.“

„Fair? Hier geht es um viel mehr als nur den Wettkampf, das weißt du. Es geht um das Leben deines Vaters.“

Alea riss die Augen auf. „Woher weißt du das?“

„Moses hat es mir verraten. Das ist doch Wahnsinn. Wieso riskierst du deinen Sieg?“

Sie legte ihre Hände auf seine Schultern. „Es geht für dich auch um das Leben deiner Mutter.“

„Sie wird nicht sterben. Das ist etwas ganz anderes.“

„Aber sie vergisst.“ Alea schüttelte den Kopf. „Du solltest jede Gelegenheit nutzen, die du bekommst, um noch Zeit mit ihr zu verbringen.“ *Das hätte ich auch tun sollen.* Mit einem Mal überkam sie ungewöhnlicher Schwermut. Sie hatte das Gefühl, hier falsch zu sein, einen fürchterlichen Fehler zu begehen. Sie schüttelte den Gedanken gewaltsam ab.

Ben verbarg seine Tränen hinter vorgehaltener Hand. „Du bist verrückt.“

Sie stand auf und umarmte ihn. „Nein, Optimistin. Ich glaube daran, dass ich gewinne.“

Der Moderator kündete sie bereits an.

„Ich gehe mich schnell umziehen“, sagte Ben und lief los. „Dann stellen wir deinen Glauben auf die Probe!“

Er erschien ein paar Minuten später schweißgebadet und sichtlich gehetzt. Kurz vor ihr blieb er stehen, wischte sich durch die Haare und grinste sie an.

„Du siehst fertig aus. Hast du noch Ausdauer für einen dritten Auftritt?"

Er bot ihr seine Hand an. „Für so eine hübsche junge Dame würde ich hunderte in Folge durchstehen."

Sie ergriff seine rechte und ging mit ihm unter Applaus auf die Bühne. „Ich fühle mich geehrt."

Sie schenkten einander ein letztes verschmitztes Lächeln, ehe ihre Züge nur noch feierlichen Ernst spiegelten. Für ihren finalen Auftritt hatten sie das Lied *Rise* gewählt. Heute würde Alea aufsteigen, dessen war sie sich sicher.

Die Musik setzte ein und sie bewegten sich tänzerisch dazu. Ihre Choreographie war etwas ganz Neues für Alea. Sie war weder explosiv und vertrauensvoll wie mit ihrem Vater noch von einer Zärtlichkeit wie mit Moses. Am ehesten würden sie sie als präzise bezeichnen.

Jeder Schritt stimmte perfekt mit dem Rhythmus der Musik überein. Sie begegneten einander wie Maschinen, die mit unermüdlicher Präzision zusammenarbeiteten. Als Ben sie in die Höhe stemmte und sie ihre Arme ausbreitete, überkam sie ein Gefühl von Erhabenheit.

Sie hatte das Finale erreicht und lieferte eine beeindruckende Show ab. Sie zeigte den Zuschauern eine ganz neue Seite ihrer selbst. Das Küken, welches zu einem ausgewachsenen Vogel herangewachsen war und voller Stolz sein Gefieder präsentierte.

Sie verließen sich aufeinander. Ben warf sie in einen doppelten Salto hinauf und sie öffnete sich genau im richtigen Moment, damit er sie an der Hüfte abfangen konnte, zu Boden führte und sie sich rückwärts abrollte. Ben zögerte nicht, bis zum letzten Augenblick zu warten. Ihm fehlte die Sorge, die Moses bei jedem Auftritt begleitet hatte. Für ihn wurde Alea zum Turngerät. Für die Dauer ihres Auftritts zählte nicht der Mensch, sondern nur die Sache.

Einen Moment betrachteten sie einander. Eine dramatische Pause vor der letzten Figur. Sie tauschten ein winziges Lächeln, ein Zucken der Mundwinkel, unbeobachtet vom Publikum, welches nur zwei ernst arbeitende Körper sah. Das Ergebnis von unzählbaren Stunden harten, unnachgiebigen Trainings. Eine Spur Menschlichkeit war ihnen eben doch geblieben. Hinter der Schale des Akrobaten steckte Ben, der Komiker, ein Freund und zukünftiger Weggefährte.

Erst als sie sich vor der Menge verbeugten, gönnte Alea sich ein befreites Lächeln. Sie hatte alles getan, was sie konnte und empfing dankbar die Lorbeeren dafür. Sie umarmten sich ein weiteres Mal, ehe sie unter dem Applaus der Zuschauer die Bühne verließen.

Es dauerte eine Ewigkeit, bis eine Entscheidung getroffen wurde. Der Moderator quälte sie durch ein nicht enden wollendes Procedere. Alea saß mit zusammengepressten Knien auf ihrem Stuhl in vorderster Reihe und verkrallte sich in ihren Gymnastikanzug. Ihr ganzer Körper zitterte. Sie nahm Bens Hand kaum wahr, der ihr über den Oberschenkel streichelte. Sie wurden auf die Bühne gebeten. Der Lichtkegel fiel sowohl auf *The Slash* als auch auf Alea und Ben.

„Und der Gewinner von 300.000 Euro und einer Reise nach Las Vegas ist ..." Der Moderator machte eine weitere künstliche Pause, derweil Alea ihre Finger verschränkte und sie so heftig drückte, dass das Weiß ihrer Knöchel hervortrat. „Die High Stackers!"

Es dauerte eine Weile, bis Alea verstand, dass damit sie gemeint war. Sie hatte den Namen gewählt, unter dem sie mit ihrem Vater aufgetreten war. Sie war wie betäubt, ihre Knie gaben unter ihr nach und nur dank Ben, der sie einem Bären gleich umarmte, fiel sie nicht vornüber.

Es fühlte sich an wie ein Traum. Eine utopische Hoffnung, die nun doch wahr wurde. Sie hatte gewonnen!

„Wir haben es geschafft!", schrie Ben ihr mehrmals ins Ohr, bis sie ihn von sich drücken musste, da sie ihr schon wehtaten.

Die Zuschauer grölten und klatschten, standen von ihren Plätzen auf. Ein besonders begeisterter Fan musste von den Sicherheitskräften davon abgehalten werden, die Bühne zu erstürmen.

Eine weitere Ansprache folgte, bis man ihr endlich den Scheck und den Gutschein für Las Vegas überreichte. Die ganze Zeit pochte ihr Herz wie wild und sie konnte kaum atmen. Die Luft hier drinnen wurde zu heiß. Sie musste raus, musste zu ihrem Vater, aber davor hatte sie noch unzählige Hände zu schütteln, Beglückwünschungen zu ertragen. Wie ein Geist durchlebte sie das Procedere, nahm es hin, derweil ihr Inneres immer mehr rumorte, aufschrie, verlangte, sie solle endlich loslaufen.

The Slash nahm die Niederlage mit Fassung. Sie schüttelten einander die Hände und verabschiedeten sich voneinander.

Weitere Glückwünsche folgten. Vertreter diverser Sponsoren traten an sie heran, ergriffen ihre Hände, lächelten mit ihr in die Kamera. Man feierte die Sieger und hatte offensichtlich nicht vor, sie allzu bald ziehen zu lassen. Doch Alea wollte einfach nur hier weg. Sie musste sofort zu ihrem Vater. Viel zu lange hatte sie es hinausgezögert.

„Zum krönenden Abschluss werden Alea und ihr Partner Ben einen letzten Auftritt für euch geben, liebe Zuschauer“, sagte der Moderator mit einem Mal.

Ben und Alea sahen einander überrascht an. Das war so nicht geplant. Sie lief zu dem Moderator hin, der sie irritiert ansah und bat ihn um das Mikrofon.

„Offensichtlich will unsere Gewinnerin vorher noch eine Nachricht mit euch teilen!“, kündigte er an und das Publikum applaudierte begeistert.

Aleas Mund wurde mit einem Mal richtig trocken. Sie sah zu Ben rüber, der ihr aufmunternd zunickte. „Es tut mir leid“, setzte sie an, was für verwunderte Blicke sorgte. Der Applaus setzte aus. „Ich weiß, ihr wünscht euch, noch mehr von uns zu sehen. Ich möchte niemanden hier enttäuschen und ich danke allen hier Beteiligten herzlich, dass ihr das hier ermöglicht habt.“ Sie hob den Scheck in die Höhe. „Ihr könnt euch nicht vorstellen ...“ Ihre Stimme brach und sie wischte sich über die Augen.

Ben kam zu ihr und nahm ihr das Mikrofon ab. „Sorry Leute, es gibt keine Zugabe. Dieses bezaubernde Mädchen hier muss zu ihrem kranken Vater. Ich hoffe, sie hat euer Verständnis.“ Er gab das Mikro dem verdattert dreinblickenden Moderator zurück. „Wenn nicht, ist es mir auch egal“, flüsterte er Alea zu und nahm sie in den Arm. „Richte ihm Grüße aus.“

Sie drückte ihr Gesicht an seine Brust. „Danke für alles, Ben.“

„Hab‘ ich gerne gemacht.“

Sie wollte ihn küssen. Im letzten Moment dachte sie an Moses. Es fühlte sich wie Verrat an und sie gab ihm einen Kuss auf die Wange. „Wir sehen uns“, hauchte sie ihm zu, ehe sie loslief.

Kapitel 20

Alea lief, als ginge es um ihr Leben. Am Ausgang hatte man sie noch einmal aufgehalten, ihr den übergroßen Scheck durch einen richtigen ausgetauscht und ihr alles Gute gewünscht. Sie hatte die Gelegenheit genutzt, ihr Handy zu checken. Mehrere verpasste Anrufe von einer Nummer, die sie nicht kannte. Sie war versucht, ihren Vater anzurufen. Aber schließlich entschied sie sich dagegen. Sie wollte es ihm persönlich sagen, hatte genug davon, nur seine verzerrte Stimme aus dem Hörer zu vernehmen.

Sie hatte überlegt, die U-Bahn zu nehmen, aber ihre Füße waren nicht in der Lage stillzustehen. Von ihrem Handy geleitet, lief sie neben der Straße, den dröhnenden Verkehr ignorierend, immer weiter in Richtung des Krankenhauses.

Ihr Herz pochte sowohl vor Freude als auch Sorge. Sie hatte ihn viel zu lange nicht gesehen. Die nächsten Tage würde sie nur bei ihm verbringen. Nötigenfalls schlief sie vor dem Eingang. Nichts würde sie davon abhalten, alles an Zeit in ihren Vater zu stecken, die verlorene wieder hereinzuholen.

Tausend Fragen bestürmten sie. Was würde jetzt geschehen? Wie lange dauerte es, bis der Experte aus dem Ausland herbeigeschafft war? Wäre die Operation erfolgreich? Das war ihre größte Sorge. Dass es schiefging und alles umsonst gewesen war. Aber sie hielt es frei nach dem Moses-Motto und *glaubte*.

Vor dem Eingang blieb sie einen Augenblick stehen, stützte sich gegen die Glasfront und atmete durch. Ihr Magen rebellierte. Sie wollte sich da drinnen nicht übergeben. Im Laufschritt zog sie weiter, folgte den gewohnten Linien, bis sie beinahe mit dem behandelten Arzt zusammenstieß. Sie strahlte freudig auf. Was für ein praktischer Zufall. „Ich habe das Geld“, sagte sie und hielt ihm den Scheck entgegen.

Der Arzt sah sie fragend an. Sie hatte ihn nur zweimal gesehen. Wahrscheinlich hatte er ihr Gesicht längst wieder vergessen.

„Für meinen Vater Samuel. Die Operation mit dem Experten aus dem Ausland. Erinnern Sie sich?“

Er öffnete den Mund. Sie sah die Erkenntnis in seinen Augen aufblitzen. Er wirkte erschrocken, ungläubig. Sollte er sich nicht für sie freuen?

„Du hast es noch nicht erfahren?“

Sie legte den Kopf schief. Ein ungutes Gefühl überkam sie.

Der Arzt knetete seine Hände und sah hilfesuchend zur Seite. „Dein Vater hat den gestrigen Tag nicht überlebt.“

Aleas Lächeln erstarb. „Sie lügen.“

Seine Mundwinkel senkten sich bedauernd. „Es tut mir leid.“

„Lügner! Er hat es mir versprochen!“

Sie lief an ihm vorbei, folgte weiter den Linien, die sie nur durch einen Tränenschleier noch wahrnahm. *Unmöglich. Er hat es mir versprochen. Er hat nie ein Versprechen gebrochen. Papa! Ich komme!*

Vor seinem Zimmer warf sie beinahe einen anderen Patienten um. Seinen Zimmergenossen. Er erkannte sie sofort, zögerte zunächst, ehe er sie mit einem mitfühlenden Lächeln bedachte.

„Lassen Sie mich durch!“, kreischte sie und quetschte sich durch den freigewordenen Spalt, als er zur Seite trat.

Durch das Fenster stach ihr die Sonne entgegen und blendete sie, als wolle sie sie zurücktreiben. Alea tastete sich vorwärts, schirmte die Augen gegen das Licht ab. „Papa, ich bin da! Ich habe gewonnen!“ Sie hatte sein Bett erreicht und betastete das kalte Laken. Ihre Augen hatten es bereits wahrgenommen, doch ihr Verstand akzeptierte es nicht. Sie wühlte das Laken auf, warf sich auf die Matratze und krallte sich hinein. „Papa, wo bist du? Warum bist du nicht da? Bitte! Tu mir das nicht an!“ Ihre Stimme versagte. Sie brachte nur noch ein unerbittliches Schluchzen hervor, nässte das Leintuch unter sich, welches den Geruch ihres Vaters in sich trug.

*

Man hatte sie gewähren lassen. Alea erwartete jeden Moment, dass ein Sicherheitsbeamter hereinkam und sie hinaustrug. Sie schrie und weinte aus vollem Leibe, bis sie das Gefühl hatte, keine Flüssigkeit mehr in ihrem Körper zu tragen.

Warum bin ich dich nicht öfter besuchen gekommen? Warum habe ich diesen Wettkampf über alles andere gestellt? Es tut mir leid, Papa. Du wolltest Zeit mit mir und ich habe sie dir verwehrt. Wie konnte ich nur so dumm sein?

Irgendwann war sie eingeschlafen. Als sie wieder aufwachte, fühlte sich alles wie ein Traum an. Eine Schwester rüttelte sie sanft. „Hast du dich beruhigt?"

Alea wischte sich über ihr Gesicht. Ihre Augen waren verklebt und die Haut fühlte sich verkrustet an. Nur mit Gewalt konnte sie einen neuerlichen Heulkrampf unterdrücken, als ihr bewusst wurde, dass sie nicht geträumt hatte. Ihr Vater war tot. Er hatte sie allein zurückgelassen. Sie hatte niemanden mehr. Sie zwang sich zu einem Nicken.

Die Krankenschwester drückte sie. „Mein Beileid zu deinem Verlust."

Ein weiteres stummes Nicken. Zu viel mehr war sie nicht fähig. Sie fühlte sich wie betäubt.

Die Schwester reichte ihr die Tasche, in der Alea die Kleidung ihres Vaters gepackt hatte. „Wir haben hier all seinen Besitz eingepackt."

„Danke", nuschelte sie und drückte die Tasche an sich.

Sie tätschelte ihren Schenkel. „Schau hinein, wenn du dich dazu bereit fühlst." Damit verließ sie das Zimmer.

Zurück blieb sie mit dem Zimmergenossen ihres Vaters, der sie aus wachen Augen ansah. „Er war sehr stolz auf dich", sagte er.

Alea nickte dazu. „Ich weiß." Sie stand auf und ging zum Ausgang. *Nur verdiene ich diesen Stolz nicht.*

Kapitel 21

Ben hatte es irgendwann auch geschafft, sich von der Bühne zu entfernen. Nachdem Alea weg war, hatte sich die Menge auf ihn gestürzt. Das Thema, warum er mit zwei Teams aufgetreten war, interessierte jeden brennend. Er antwortete so ausweichend, dass man irgendwann das Interesse an ihm verlor. In einem unbeobachteten Moment rannte er davon.

Sein Körper zitterte. Noch immer konnte er es kaum glauben. Es war, als wäre er die ganze Zeit über wie betäubt gewesen und erfahre erst jetzt, was gerade eben passiert war.

Sie hatten gewonnen und das, obwohl *The Slash* am Ende alles gegeben hatte. Nach dem Auftritt war Jackson missmutig zu ihm gekommen und hatte ihm eine überarbeitete Version ihrer Vereinbarung überreicht und ihn unterschreiben lassen. Ben hatte seinen Augen nicht trauen können. Trotz seiner Niederlage musste er nur noch ein Jahr ableisten.

„Bedank dich bei deiner kleinen Freundin, du Verräter", hatte Jackson gesagt und war murrend abgehauen.

Ben war sofort zum Krankenhaus gefahren. Er hatte ihr unzählige SMS geschrieben, sie angerufen, aber sie war nicht zu erreichen. Sicher hatte sie dadrin keinen Empfang oder sie war mit ihrem Vater beschäftigt.

Er hatte Moses Brief in der Tasche. Jetzt, wo ihr Vater gesund würde, musste er ihr diesen überreichen. Es war traurig, dass Moses nicht mehr zurückkehren würde, aber sie hätte etwas, worauf sie sich freuen konnte. Sie würden einander wiedersehen.

Bis dahin gehört die Kleine mir. Tut mir leid Mossi. Er zwinkerte in den Himmel und hoffte, sein Freund könnte es in irgendeiner Form wahrnehmen.

Stunden vergingen. Er überlegte bereits, nach drinnen zu gehen, aber der Komplex war riesig und man würde ihm kaum eine Info über den Aufenthaltsort ihres Vaters geben. Er wusste nicht einmal seinen Namen. Außerdem gewährte er Alea die Zeit mit ihm. Früher oder später würde sie rauskommen.

Der Abend graute und endlich entdeckte er ihre Gestalt am Ausgang. Er eilte ihr entgegen und erstarrte, als er sie verheult mit hängenden Schultern ziellos umherirren sah.

„Alea!"

Sie sah nur unmerklich auf.

Ben fing sie auf, als sie stolperte und auf das Pflaster zu fallen drohte. „Was ist los?" Er schüttelte sie. Ihr Blick war glasig. „Bitte! Rede mit mir."

Ihre Lippen zitterten, ihre Haut war kalkweiß. „Er ist gestorben."

Alles in Ben schrie von Pein erfüllt auf. *Nein! Das darf nicht sein!*

„Ich habe ihn nicht mehr besucht, Ben. Was bin ich für eine Tochter? Wie konnte ich nur?" Tränen schossen aus ihren geröteten Augen.

Ben wiegte sie in seinen Armen, flüsterte ihr tröstende Worte zu, teilte ihren Schmerz. Wie grausam konnte das Schicksal nur sein? Es gab niemanden, der es mehr verdient hatte als Alea, glücklich zu sein. Warum nahm man ihr den letzten Elternteil? Was für eine grausame Fügung ließ so etwas zu?

„Komm, ich bring dich nach Hause", flüsterte er.

Sie schüttelte den Kopf. „Ich schaffe das." Sie drückte sich von ihm weg, kämpfte sich auf die Beine und zwang sich zu einem Lächeln. Das Heben ihrer Mundwinkel wirkte fehlplatziert unter Augen, die in den Abgrund sahen.

„Alea warte!"

Sie hielt inne, ihr Brustkorb hob sich schwerfällig.

„Ich weiß, das ist vielleicht der falsche Moment, aber danke."

Sie schüttelte den Kopf. „Hab ich gern getan. Tut mir leid, dass du ein Jahr warten musst."

„Ich kriege das hin."

Sie atmete tief ein und stieß die Luft seufzend aus. „Ich schätze, ich habe jetzt ein Jahr Zeit und ausreichend Geld für eine Pause."

Er legte ihr die Hand auf die Schulter. „Die solltest du dir auch gönnen. Verdau den Verlust, finde zu dir zurück und in einem Jahr turnen wir zusammen."

„Ich werde derweil ein Auge auf deine Mutter haben."

Ben riss die Augen auf. Er fand keine Worte, verhaspelte sich und schließlich legte sie ihm die Hand auf die Lippen.

„Du brauchst nichts zu sagen.“ Sie schmunzelte fast, doch es war nur ein kläglicher Lichtstrahl, der einen verhangenen Himmel durchbrach.

Scheiße, jetzt heule ich auch noch wie eine Memme. Er wischte sich mit dem Ärmel über die Augen.

„Sehen wir uns?“, fragte er schließlich.

Sie nickte und ging. Ihr fehlte sichtlich die Kraft. Sie hatte sich für ihn bereits weit über ihre Grenzen bewegt. Nun musste er sie ziehen lassen, so sehr er sich um sie sorgte.

Er griff nach dem Brief in seiner Tasche und überlegte, ihr hinterherzulaufen. Doch dann wurde ihm klar, was der Tod ihres Vaters für Moses bedeuten musste. Ihm kamen erneut die Tränen und nun, da Alea nicht hier war und er Stärke beweisen musste, ließ er ihnen freien Lauf. *Verdammt Moss, es tut mir leid für dich. Ich kann ihr den nicht geben. Ich kann's einfach nicht.*

*

Sie hatte keine Ahnung, wie sie es zurück nach Hause geschafft hatte. Der drängende Wunsch, den Besitz ihres Vaters dorthin zu bringen, wo er hingehörte, hatte sie angetrieben. Dadurch hatte sie zumindest das Gefühl, ein Teil von ihm wäre hier.

Es dauerte drei Tage, in denen sie weder aß, trank, noch Kontakt zu irgendwem aufnahm. Sie kuschelte sich an die Tasche und wünschte, sie könnte ihm nachfolgen. Doch schließlich trieb sie der nagende Hunger aus dem Bett. Sie bekam kaum etwas herunter und fühlte sich schlechter als davor.

Die Tasche zu öffnen, fiel ihr unendlich schwer. Damit lüftete sie das letzte Geheimnis. Das Letzte, was sie je von ihrem Vater zu sehen bekam. Seine Sachen waren ordentlich hinein geschlichtet, dazu die Mappe mit den Steuerunterlagen.

Nichts.

Sie starrte den Haufen ernüchtert an. Keine weitere Erinnerung an ihn. Er hatte bis zum Ende geglaubt, er würde es schaffen. Sie schlug wütend um sich, hieb auf alles ein, was in Reichweite war. Sie hasste sich dafür, ihn nicht öfter gesehen zu haben. Sie nahm den Ordner und schleuderte ihn gegen das Bett. Er sprang auf und ein einzelner Zettel flatterte daraus hervor.

Ihr erster Impuls war es, ihn zu zerreißen. Doch dann erkannte sie die Handschrift ihres Vaters und mit einem Mal wurde sie ganz ruhig, sank auf den Boden und las.

Liebe Alea,

es fällt mir fürchterlich schwer, diese Zeilen zu schreiben. Es fühlt sich wie ein Verrat an unserem Versprechen an und ich hoffe, dass ich daran denke, dieses verdammte Schriftstück in tausend Fetzen zu reißen, wenn ich wohlbehalten aus der Operation zurückkehre.

Aber ich weiß, wie zerbrechlich auch ein feierlicher Schwur sein kann und ich will nicht von dir gehen, ohne dir diese letzten Worte gesagt zu haben.

Zunächst bitte ich dich um Entschuldigung. Wir haben dich in ein Leben gezwängt, dass für dich als unser Kind mit ständiger Unsicherheit verbunden war. Für mich als Vater war es wunderschön, mein Kind immer um mich zu haben. Du wurdest nie flügge, bist bei uns gewesen, hast deine Zeit mit uns verbracht. Es war die schönste Zeit meines Lebens.

Doch dadurch hast du es vermisst, Freunde kennenzulernen, dir eine Basis aufzubauen, die dich auffängt, wenn wir nicht mehr sind. Meine größte Sorge ist es, dass du jetzt ohne mich allein bist.

Du hast mir diese Sorge zu einem Teil genommen, indem du mir bewiesen hast, wie selbstständig du bist. Ich kann dir nicht sagen, wie stolz ich bin, eine Tochter zu haben, die bereits jetzt erwachsener ist als manche viel ältere Kinder. Du hast mich staunen lassen, bist über dich hinausgewachsen und zu einer Frau geworden. Ich danke dir, dass ich diesen Augenblick noch miterleben durfte, da du deine Flügel ausbreitest und aus dem Nest flüchtest.

Es gibt etwas, was ich dir lange sagen wollte. Etwas, dass ich dir bisher verheimlicht hatte, weil die Wahrheit für mich viel schwerer zu ertragen war und ich sie dir nicht aufbürden wollte. Als deine Mutter starb, war ich unsäglich traurig. Sie hatte ein Versprechen gebrochen, uns zurückgelassen. Ich hatte erst viel später einen Abschiedsbrief gefunden, in dem sie mich aufklärte, dass sie es für uns tat.

Vielleicht erinnerst du dich daran, dass wir am Ende waren. Wir konnten nicht auftreten, hatten den Kreditrahmen des Kontos überzogen und standen kurz davor, unser Zuhause zu verkaufen. Deine Mutter, die vorausschauende Seele, hat für uns beide eine hohe Lebensversicherung abgeschlossen. Sie hatte genauso viel Angst wie ich heute, dass du einmal allein und mittellos zurückbleibst.

Genau diese Versicherung hat uns damals das Leben gerettet und zugleich hatte ich von da an jeden Tag das Gefühl, ihren Tod zu verantworten. Ich bitte dich, ihr zu verzeihen. Sie hat uns nicht verlassen. Sie hat alles dafür getan, dass wir weiterleben können.

Ich glaube daran, dass du diesen Wettkampf gewinnst. Trotz allem habe ich dir die Unterlagen meiner Lebensversicherung in die Mappe gelegt. Es sollte ausreichen, damit du über die Runden kommst.

Außerdem wünsche ich mir, dass du nicht länger in einem Wohnwagen lebst. Du erinnerst dich doch daran, dass ich mit dir über diese nette Person aus der Gegend sprach? Sie heißt Maja. Ihre Adresse findest du auf der Rückseite. Schau doch einmal bei ihr vorbei.

Zu guter Letzt habe ich einen Wunsch an dich und ich bitte dich, ihn mir zu erfüllen. Du bist jung und hast noch ein langes Leben vor dir. Hass dich nicht selbst. Ich will mir nicht vorstellen, welche Schuldgefühle du im Moment hast, weil du denkst, das Falsche getan zu haben.

Das hast du nicht. Es ist immer richtig, zu glauben und zu kämpfen, und ich wünsche mir, dass du dein Leben weiter so ausrichtest. Ich glaube daran, dass du es auch ohne mich schaffst.

Wir sehen uns irgendwann wieder. Versprochen.

Dein Papa

*

Caro überstreckte ihren Rücken, um den Krampf loszuwerden, der sie den ganzen Tag schon plagte. Das Schlafen unter freiem Himmel belastete ihren Rücken mehr als früher. Wurde sie langsam alt? Sie schmunzelte über den Gedanken.

Wochen waren seit dem Wettkampf vergangen. Sie hatten das Auto verkauft und waren wieder am Ausgangspunkt angekommen. Der Acrowinx hatte das Interesse für Akrobatik in Österreich gesteigert. Überall sah man Amateure in den Parks, die den AcroYogis nacheiferten.

Ihre Straßenkunst profitierte von dem kurzen Aufwärtstrend, doch auch der würde wieder abflauen. Für den Moment genossen sie es, dass ihre Kasse halbwegs gefüllt war.

Sie hatten gerade einen kleinen Auftritt in der U-Bahn Station des Westbahnhofs hinter sich. Dort unten hatte man einen Bereich für Künstler eingerichtet, wo sie sogar offiziell auftreten durften.

Caro zählte das Geld durch und Henri starrte versonnen in die untergehende Sonne.

„Fühlt sich an wie früher, was?“, fragte er.

Caro hielt inne und lächelte. „Besser. Wir haben gutes Wetter und passable Einnahmen.“

„Wir könnten versuchen, wieder an feste Jobs zu kommen, uns vielleicht eine Wohnung leisten.“

„Und das hier aufgeben?“

„Warte auf den Winter, dann wirst du anders reden.“

„Bis zum Winter sind wir in Vegas.“ Sie wedelte mit einem Fächer von Zehnern.

„Dir ist klar, dass Flugtickets momentan teurer als je zuvor sind?“

„Das renkt sich bis in den Herbst wieder ein.“

Henri nahm sie in den Arm und drückte sie an sich. Er war glücklich. Aleas Sieg im Wettkampf war überall ausgestrahlt geworden. Er gönnte es ihr. Sie hatte es verdient. Hätten sie den Sieg errungen, hätte ihn das ewig beschäftigt.

Als eine junge Frau in Shorts und Tanktop vor ihnen stand und ihre Sonnenbrille lüftete, fiel ihm förmlich die Kinnlade herunter.

„Guter Auftritt, ihr zwei.“

Die Stimme ließ auch Caro aufmerken, die erst breit lächelte und kurz darauf betroffen zu Boden sah. Sie hatte Henri von ihrer Heldentat erzählt und doch fühlte sie noch immer den Dorn der Schuld, nach allem, was sie sich geleistet hatte.

„Danke. Verglichen mit deiner Performance beim Finale war es nur ein Tropfen auf dem heißen Stein.“

Alea schüttelte den Kopf. „Geschmack ist subjektiv. Ich mag diese Verbundenheit, die man bei euren Auftritten sieht. Ihr seid ein tolles Paar.“

Henri räusperte sich. „Verzeihst du uns, dass wir uns bei dem Wettkampf so mies verhalten haben?“

Caro drückte Henri zur Seite. „Um genau zu sein, war es ich, die ...“

„Schon gut.“ Alea wischte ihren Einwand beiseite. „Ich glaube, wir hatten alle gute Gründe, bei diesem Wettbewerb zu gewinnen.“

Henri atmete erleichtert auf. Caro schien noch weniger damit klarzukommen, dass Alea ihr alles einfach so verzieh. Sie bevorzugte es, wenn man sie ordentlich ausschimpfte. Aber da war sie bei dem Mädchen an der falschen Stelle. „Solltest du nicht längst in Vegas sein?“, fragte er.

Alea zog ein Kuvert aus ihrer Hosentasche. „Das Ticket ist ein Jahr gültig und ehrlich gesagt habe ich hier in Österreich unheimlich viel zu tun.“

Henri presste die Lippen zusammen und nickte. Er hatte nicht erwartet, dass sie ihren Handel noch achtete, nachdem sie sie so schändlich hintergangen hatten.

„Außerdem hatten wir doch eine Vereinbarung.“ Alea hielt ihm das Kuvert hin.

Caros Kopf ruckte nach oben. Unglauben stand in ihren Augen. Unglauben und Tränen, wie Henri erschrocken feststellte. Sie kannte die Frau weit über zehn Jahre und noch nie hatte er sie ...

Caro sprang auf und umarmte Alea stürmisch. „Es tut mir so leid!“, presste sie unter Schluchzern hervor.

Alea war sichtlich überrumpelt und tätschelte ihr den Rücken. „Ich hätte wahrscheinlich dasselbe getan“, sagte sie in beruhigendem Tonfall.

Das war mit Sicherheit eine Lüge, aber Henri honorierte das. Für ein Mädchen ihres Alters war sie schon sehr erwachsen. Sie musste früh gelernt haben, Verantwortung zu übernehmen.

Sie besuchten gemeinsam ein Restaurant. Alea ließ es sich nicht nehmen, alles zu bezahlen. Sie hatte das Totschlagargument, dass sie viel zu viel Geld hatte, um es sinnvoll auszugeben. Sie schlug sogar vor, ihnen eine finanzielle Stütze für ihren Start in Vegas zu geben, aber darauf ließen sie sich nicht ein.

Als der Abend hereinbrach, fühlte Henri sich schwermütig, Abschied von ihr zu nehmen. Alea machte auf ihn den Eindruck, als wäre sie nicht gänzlich echt, mehr wie eine Schauspielerin. Sie lächelte, doch es wirkte gezwungen. Er hätte gerne mehr über sie erfahren, sie kennengelernt und herausgefunden, was sie bewegte. Er wünschte, ihr etwas zurückgegeben zu können, aber in diesem Punkt war Alea seltsam verschlossen.

Sie verabschiedeten einander aufs Herzlichste und vereinbarten, dass sie Alea zu gegebener Zeit nach Vegas einladen würden, damit sie ihrer Show sah.

Henri und Caro spazierten der untergehenden Sonne entgegen. Die Sommernächte waren lau und sie hatten es nicht eilig. Ihre Mägen waren gut gefüllt und ihre Gemüter von unbeschreiblicher Leichtigkeit erfüllt.

„Unglaublich, was?“, fragte Henri.

„Reden wir nicht darüber, sonst muss ich noch mal weinen.“

„So emotional kenne ich dich gar nicht.“

„Dieses Mädchen macht mich fertig.“ Sie lächelte voll des Glücks. „Ich hoffe, wir sehen sie wieder.“

Er küsste sie auf den Kopf. „Mit Sicherheit.“

„Am Ende hat sich alles zum Guten gewandt, was?“

Er lachte auf. „Du hättest dir die Tricks also sparen können.“

„Wenn wir in Vegas durchgestartet haben, sollten wir uns bei deinen ehemaligen Freunden melden.“

„Du sprichst jetzt aber nicht von Julia und Tobias?“ Der Gedanke an die beiden weckte unschöne Erinnerungen, die er lieber verdrängte.

„Genau die.“

„Ich schätze mal, was auch immer du getrieben hast, bei denen sind wir unten durch.“

„Wenn wir ihnen bei ihrer Babyplanung unter die Arme greifen, machen wir das wieder wett.“

„Du glaubst, die beiden sind noch zusammen?“

Sie lehnte den Kopf gegen seine Schulter. „Ich denke, die Akrobatik schafft ein Band zwischen Menschen, das nicht so leicht zu zerreißen ist.“

„Und das aus deinem Mund!“

„Ach sei still und lass uns den Sonnenuntergang genießen.“

Henri öffnete das Kuvert und stöberte nach den Tickets. „Mit diesen zwei Schätzen in der Hand wird mir das nicht schwerf ...“

„Was ist los?“ Als sie zu ihm rüber sah, hatte sie die Antwort sofort. Neben den Tickets fanden sich unzählige 500-Euro-Scheine in dem Kuvert.

„Darum hat sie uns die ganze Zeit damit abgelenkt, uns finanziell zu stützen, wenn wir reinschauen wollten!“

Henri lachte auf. „Dabei hat sie uns längst einen Haufen Geld zugesteckt.“

„Dieses Biest!“, meinte Caro lachend. „In ihr steckt eine richtig gute Lügnerin.“

„Das muss sie von dir haben.“ Henri stupste sie mit dem Ellbogen an.

„Wir müssen das zurückbringen.“

Henri schüttelte den Kopf. „Als ob sie das zulässt. Aber du wolltest doch meine alten Freunde unterstützen.“

Caro sah versonnen auf das Geld und nickte. „Das würde ihr gefallen, schätze ich.“

*

Maja saß an ihrem Esstisch und stierte die Maserung des Holzes an. Sie hatte es kommen sehen und doch beharrlich ignoriert. Beinahe jeden Tag hatte sie Stunden mit Samuel im Krankenhaus verbracht, ihn besser kennengelernt, mit ihm gescherzt und gelacht. Er hatte ihr viel über Alea erzählt.

Aus ihrem Alltag als Kindergärtnerin wusste sie, dass viele Väter, was die Liebe zu ihren Kindern anging, im Schatten der Mütter standen. Oder sie wussten diese Gefühle nicht auszudrücken.

Samuel war eine Ausnahme. Wenn er von seiner Tochter sprach, leuchteten seine Augen und die Furchen seiner Krankheit verblassten mit einem Mal. Sie war so gespannt darauf gewesen, dieses Mädchen persönlich kennenzulernen. Zum ersten Mal im Leben hatte sie es bereut, keine eigenen Kinder bekommen zu haben. Seine Beschreibung, wie er sie großgezogen hatte, hatte Sehnsucht in ihr aufkommen lassen.

Auch persönlich waren sie sich nähergekommen. Samuel hatte mit jedem Mal mehr seinen Charme spielen lassen. Er hatte den Tod seiner Frau lange nicht überwunden und war nur auf seine Tochter fokussiert gewesen. Gedanken an eine neue Beziehung hatte er nie verschwendet. Auch aus Rücksicht vor Aleas Gefühlen. Doch jetzt, wo er im Krankenhaus lag und sie auf sich allein gestellt war, hatte er erkannt, wie wichtig es war, jemanden an seiner Seite zu haben.

Maja hatte sich bereits ausgemalt, diese Person zu sein. Kurz vor dem Ende des Wettkampfs hatte er ihr versprochen, mit Alea darüber zu sprechen. Zumindest in der Zeit, da er operiert wurde und noch im Krankenhaus bleiben musste, wollte er seine Tochter motivieren, bei Maja einzuziehen.

Doch dazu war es nicht gekommen. Es erschien Maja, als hätte sie ihr Leben lang auf einen Augenblick gewartet, der nie kommen würde. Sie war einem Jugendtraum hinterhergelaufen und hatte sich ihm gleichzeitig verweigert, um ihn jetzt vor ihren Augen zerplatzen zu sehen.

Sie war nahe dran gewesen, doch noch eine Familie zu haben. Jetzt schien dieser Traum vorbei, nicht mehr realisierbar. Sie stützte den Kopf auf die Tischplatte und weinte.

Als die Tür klingelte, ignorierte sie es. *Wer auch immer was von mir will, er soll zur Hölle fahren!*

Eine Weile verging, ehe es erneut klingelte. Zusätzlich klopfte jemand höflich. Sie tupfte sich die Augen mit einem Taschentuch ab. Mit einem Ruck stand sie auf und straffte ihre Schultern. Zumindest konnte sie ihre Wut jetzt an jemanden auslassen.

Sie riss die Tür auf und wollte den unerwünschten Besucher aufs Unfreundlichste begrüßen. Ihr stockte der Atem, als sie erkannte, wer da Einlass zu ihrem Haus erbat.

„Alea“, flüsterte sie.

Das Mädchen schluckte und nickt unmerklich, derweil sie versuchte, ihr fest in die Augen zu sehen. „Mein Vater hat mich gebeten, hier vorbeizuschauen.“

Majas Herz schlug mit heftiger Gewalt gegen ihren Brustkorb. Am liebsten würde sie das Mädchen an sich drücken. Diese arme Gestalt, die ihren Vater verloren und mutterseelenallein in einem Wohnwagen lebte. Doch aus den Erzählungen Samuels wusste sie, dass das der falsche Weg war. Alea zeigte ihre Trauer nicht. Man sah ihr ihre mühsame Beherrschung an, die sie trotz ihrer rotgeäderten Augen aufrechterhielt.

Maja machte ihr Platz und winkte sie hinein. Beinahe wäre sie wieder in Tränen ausgebrochen. Sie wollte etwas sagen, doch ihr fehlten die passenden Worte.

Aleas Brustkorb hob sich merklich, ehe sie den ersten Schritt machte. Es kostete sie sichtlich Überwindung.

Das kann dein Zuhause sein, wenn du es willst. Ich werde für dich da sein. Du musst es nur zulassen.

Epilog

Alea sah versonnen auf das Bild ihrer Eltern und küsste sie nacheinander. Sie hatte Frieden mit ihrer Mutter geschlossen und barg beide gleichermaßen liebend in ihrem Herzen. *Danke Mama, dass du alles dafür gegeben hast, damit Papa und ich weitermachen konnten. Und danke Papa für alles. Einfach alles.*

Sie wischte sich mit einem leicht verärgerten Lächeln über die Augen. Gänzlich abschließen konnte sie noch immer nicht. Sie rollte sich aus dem Bett. Aus der Küche hörte sie bereits das Zischen der Pfanne, die entweder Spiegelei oder Pancakes anbriet. Sie hatte Maja und Helena – Bens Mutter – vor einigen Minuten darüber diskutieren hören, was sie ihrer Ziehtochter heute zum Frühstück anbieten würden.

„Guten Morgen Schatz!“, begrüßte sie Helena, als sie aus dem Zimmer kam und drückte sie an sich. Bens Mutter war toll. Es hatte lange gedauert, sie an ihr neues Zuhause zu gewöhnen und noch länger, bis sie Alea nicht mehr vergessen hatte. Jetzt behandelte sie sie wie eine Tochter. Alea kam mit ihrer Vergesslichkeit gut zurecht. Sie brachte zumindest den Vorteil, dass Helena sie jeden Tag aufs Neue mit voller Herzlichkeit begrüßte. Schlechte Laune war bei ihr nur selten angesagt.

Sie befühlte Aleas Taille und hob sorgenvoll die Brauen. „Ich habe doch gesagt, das Kind braucht Pancakes. Sie wird mit jedem Tag dünner!“

Maja schnaubte lautstark. „Das Mädchen braucht Eier für ihren Muskelaufbau.“

Alea trottete verschlafen zu Maja rüber und umarmte sie von der Seite. Sie hatte jetzt zwei Mütter, die unterschiedlicher nicht sein könnten. Helena war eher die Emotionale, die sie mit allem verwöhnte, was man sich nur vorstellen konnte. Maja entsprach mehr ihrem Vater, trieb sie an, pushte sie weiter und ließ nicht zu, dass Alea sich an einen bequemen Lebensstil gewöhnte.

„Du würdest so ein schönes Paar mit meinem Sohn ergeben“, meinte Helena, während sie den Frühstückstisch deckte, wobei Alea ihr zur Hand ging.

„Ach ja?“ Alea störte es nicht, dass sie immer wieder dieselben Gespräche führten. Sie passte sich an und ließ jeden Tag aufs Neue geschehen. Einzig Maja gewöhnte sich nicht daran.

„Das hast du ihr schon hundert Mal erzählt.“

„Ach Unsinn! Weißt du, er ist gerade auf Maturareise. Aber wenn er zurückkommt, stelle ich dich ihm vor. Er ist genauso ein Sportfanatiker wie du.“

Alea lächelte. „Darauf freue ich mich schon.“

Ben und sie telefonierten öfter miteinander. Sein Humor hatte ihr über die schwere Zeit hinweggeholfen. Er konnte zwischenzeitlich auch mal ernst sein, aber am liebsten ulkte er herum und zog sie auf. Für so einige blöde Sprüche verdiente er sich noch eine deftige Abreibung, wenn er zurückkam. Sie führte penibel Buch darüber.

Ihr gutes Verhältnis löste Glücksgefühle und zugleich Schuld in ihr aus. Wie es wohl Moses ging? Was er gerade tat? Sie ärgerte sich, dass sie dem Kerl kein Handy besorgt hatte. Es wäre das Naheliegendste, um ihn zu erreichen. Aber irgendetwas sagte ihr, dass das nichts geholfen hätte.

Ihr geheimnisvoller Märchenprinz war in sein Geschichtsbuch zurückgekehrt. Doch sie wusste, dass sie ihn früher oder später wiedertreffen würde. Und dann konnte er sich so einiges anhören!

Sie setzten sich an den Frühstückstisch, der sich unter der Last von Ei, Brot, Gemüse, Obst und vielerlei weiteren Angeboten eigentlich hätte biegen müssen. Die beiden meinten es zu gut mit ihr. Ehe sie nicht mehr als pappsatt war, durfte sie den Tisch nicht verlassen.

Es klingelte und Alea wollte sofort eilfertig zur Tür laufen.

„Warte mal“, meinte Maja, „wir erwarten keinen Besuch und zu dieser gottlosen Zeit braucht mir auch niemand hier anzuklingeln. Wahrscheinlich ist es wieder dieser Idiot Herbert, der was gegen den Wohnwagen auf meinem Parkplatz hat.“

„Es wird die Post sein“, warf Helena ein.

„Die legen die Pakete mittlerweile nur noch vor die Tür.“

Alea nahm widerstrebend Platz, da klingelte es ein zweites Mal und ein drittes Mal. Ein Sturmklingeln setzte den dreien zu.

Maja sprang auf und stapfte wütend zur Tür. „Den leg ich um!“

Alea überholte sie und wedelte beruhigend mit den Händen. „Lass mich das machen.“

„Nein, du bist viel zu feinfühlig. Das ist einer der Nachbarsjungen. Die machen das ständig, aber jetzt ist Schluss damit.“

„Ich möchte den Tag ohne Streitereien beginnen“, sagte Alea mit Nachdruck und sah sie mit Hundeblick an. „Bitte.“

Maja verdrehte die Augen und kehrte um. „Du wickelst mich um den Finger Alea. Glaub nicht, mir fällt das nicht auf.“

Alea sah ihr schmunzelnd nach, ehe sie die Tür öffnete. Sie erwartete, dort niemanden anzutreffen. Tatsächlich gab es hier öfters Klingelstreiche. Es hatte sich herumgesprochen, was für eine seltsame Familienkonstellation hier lebte und wie üblich piesackten die Leute gerne Menschen, die nicht ihren Vorstellungen entsprachen.

„Hallo Süße“, begrüßte sie Ben.

Alea erstarrte und blinzelte ihn nur an.

„Mein Anblick hat dir wohl die Sprache verschlagen, was?“

Sie schüttelte den Kopf und fühlte sich unsäglich blöd. Sie war nicht darauf vorbereitet gewesen. Er hätte erst in einem Monat kommen sollen. Sie wollte eine Party für ihn schmeißen – außerdem sollte da ein Kübel mit Eiswasser über der Tür schweben, um ihn gebührend zu empfangen. Nun stand sie da, wie vom Donner gerührt, hielt die Hände vor den Mund und konnte sich schon wieder diese dämlichen Tränen nicht verkneifen.

Ben schnupperte in den Raum hinein. „Riecht nach Frühstück.“ Er ging an ihr vorbei und gab ihr einen spielerischen Schubs mit dem Ellbogen.

„Warte!“, sagte Alea. *Typisch, dass er keine große Sache daraus macht, dieser Klotz.*

Sie öffnete ihre Arme.

„Muss das jetzt sein?“ Er stöhnte genervt mit einem fiesen Grinsen auf den Lippen.

Alea senkte den Kopf, als wolle sie ihn einem Stier gleich attackieren.

Ben schüttelte mit einem theatralischen Seufzer den Kopf und nahm sie in den Arm. „Wenn’s sein muss.“

„Ich hab‘ dich vermisst“, nuschelte sie ihm in sein Shirt.

Er rieb seine Wange an ihrem Haar. „Ich dich auch, du glaubst nicht wie sehr.“

„Was treibst du da mit meiner Tochter?“, keifte Maja.

„Ist das Ben?“, mischte sich Helena begeistert ein und lief an Maja vorbei zu ihrem Sohn.

Sie begrüßten einander liebevoll. Alea war baff, wie rührselig Ben werden konnte, wenn es um seine Mutter ging. Der Tag konnte nur noch perfekt werden. Helena nahm Ben sofort in Beschlag, jammerte, wie abgemagert er war und bereitete ihm gegen Majas Einwand ein paar Pancakes, damit er was auf die Rippen bekam.

Maja war bestürzt, dass plötzlich ein Kerl hier auftauchte. Sie zog Alea zur Seite und fragte, ob ihr Vater sie gebührend über Männer aufgeklärt hätte. Erst nachdem Alea ihr mehrfach beteuerte, dass sie und Ben nur Freunde waren, ließ sie von ihr ab und nahm Ben ins Verhör.

Alea schloss die Tür und lehnte sich gegen den Rahmen. Sie brauchte einen Moment, bis sie ihren Atem unter Kontrolle hatte. Sie fühlte sich glücklich und gleichzeitig bedrückte sie dieses Gefühl. Das war immer wieder so. Wenn ihr Herz vor Freude pochte, dämpfte sie der Gedanke, dass sie das nicht verdiente.

Ist es in Ordnung, dass ich mich freue, Papa?

Die Morgensonne kam hinter den Wolken hervor und streichelte ihr warm über die Wange. Es erschien ihr wie eine Bestätigung, eine Absolution. Mit einem tiefen Seufzer stieß sie sich von der Tür ab und trat in die Küche.

„Hey, das ist mein Platz, Ben!“

Der Angesprochene drehte ihr den Kopf zu. Alea prustete auf. Sein Mund war vollbeladen mit Eiern, Speck und Brot.

Von nun an würde ihr Leben noch eine Spur bunter werden. Ben war da und hatte nicht vor, wieder zu gehen. Sie würden als Duo miteinander trainieren, auftreten, etwas aufbauen.

Bens Pläne waren größenwahnsinnig. Aus seiner Sicht würden sie bald eine ganze Showgruppe führen.

Egal in welcher Form endlich konnte sie wieder das tun, wofür sie täglich Luft durch ihren Körper pumpte, Krafttraining trieb, sich bis an ihre Grenzen dehnte und unaufhörlich Bodenturnübungen trainierte:

Akrobatik.

Nachwort

Es ist vollbracht. Lange war es mein Wunsch, eine Sportromanze zu schreiben, bei dem sich die Protagonisten der Akrobatik widmen. Das ist das Ergebnis.

Nachdem ich meine Leidenschaft für die Akrobatik bereits in einem Sachbuch verewigt und in einer humorvollen Jugendtrilogie das Turnen allgemein eingebracht habe, habe ich mich an dieses Buch gewagt.

Die Akrobatik ist ein wundervoller Sport, der mich bereits seit vielen Jahren begleitet. Daher enthält dieses Buch sehr viele meiner persönlichen Erfahrungen und ist ein klares Herzensprojekt.

Das Gefühl des Vertrauens auf der einen Seite und der Verantwortungsübernahme auf der anderen macht diesen Sport zu etwas Unvergleichlichem. Es wäre schön, wenn der ein oder andere durch meine Geschichte auf diese Sportart aufmerksam wird.

Obwohl zwischen Akrobatikpartnern ein unheimlich starkes Band des Vertrauens entsteht – oder entstehen kann – ist die Variante, dass sich daraus eine Liebesbeziehung entwickelt, eher unwahrscheinlich. Für realistischer halte ich es, dass ein bestehendes Paar in der Akrobatik einen gemeinsamen Sport findet.

Auf einem Niveau wie Alea turnt, wäre es wohl auch sehr unpraktisch, ständig von liebevollen Gefühlen abgelenkt zu sein. Meiner eigenen Erfahrung nach ist man beim Turnen so fokussiert, dass man überhaupt an nichts denkt, außer an die Ausführung der Übung selbst.

Ich hoffe, ich konnte mit dieser Geschichte einen dramatisch schön garnierten Einblick in die Welt der Akrobaten geben und freue mich, dich erneut als Leser in einem anderen Buch begrüßen zu dürfen.

Danksagungen

Zunächst einmal möchte ich der Sportunion Döbling danken, wo ich meine ersten Akrobatikerfahrungen machen durfte. Dort verbrachte ich eine unheimlich lehrreiche, aber auch fordernde Zeit. Im Zuge dessen gilt mein Dank selbstredend insbesondere meinen unermüdlichen Trainerinnen, die daran glaubten, dass ich auch mit meinem fortgeschrittenen Alter noch in diese Sportart passe.

Ein weiterer Dank geht an all meine Akrobatikpartnerinnen und -partner seien sie aus dem Verein, Freizeitakrobatikgruppen oder dem privaten Umfeld. Da ich mittlerweile selbst als Trainer einiger Akrobatikgruppen tätig bin, bin ich auch dankbar für jeden jungen Menschen, dem ich diese Sportart näherbringen durfte, darf und noch werde. Es ist unheimlich motivierend zu sehen, mit welchem Elan die Jüngsten an schwierigste Techniken gehen und dabei ihren Trainer zeitweise in den Schatten stellen.

Für das Buch im Speziellen gebührt meiner Frau Sonja einmal wieder großer Dank. Dieses Mal durfte sie als Zuhörerin hinhalten, als wir in Italien waren. Ich habe mir für die vielen Zeiteinheiten, die wir im Schatten am Strand lagen, das Manuskript ausgedruckt mitgenommen und sie damit über sieben Tage hinweg gequält. (Glücklicherweise gefiel ihr das Buch zumindest, weswegen es wohl halbwegs erträglich war.)

Last but not least danke ich, wie üblich, jedem Leser, sowohl jenen, die erst mit diesem Buch zu mir fanden, als auch denen, die mir seit mehreren Werken die Treue halten. Über positives Feedback freue ich mich jederzeit. Scheut euch nicht, es mir unter die Nase zu reiben - mein Ego ist so hungrig wie das Krümelmonster.

Printed in Poland
by Amazon Fulfillment
Poland Sp. z o.o., Wrocław

48545123R00155